HEYNE BÜCHER

W0369645

SCIENCE FICTION

Herausgegeben
von Wolfgang Jeschke

Von Isaac Asimov erschienen
in der ALLGEMEINEN REIHE:

Auf der Suche nach der Erde · 01/6401
Aurora oder Der Aufbruch zu den Sternen · 01/6579
Das galaktische Imperium · 01/6607
Die Rückkehr zur Erde · 01/6861
Die Rettung des Imperiums · 01/7815
Nemesis · 01/8084
Robot ist verloren · 01/8199
Die vierte Generation · 01/8228
Die Menschheit wird gerettet · 01/8358

in der Reihe HEYNE SCIENCE FICTION & FANTASY:

Der Mann von drüben · 06/3004
Geliebter Roboter · 06/3066
Der Tausendjahresplan · 06/3080
Der galaktische General · 06/3082
Alle Wege führen nach Trantor · 06/3084
Am Ende der Ewigkeit · 06/3088
SF-Kriminalgeschichten · 06/3135
Ich, der Robot · 06/3217
Die nackte Sonne · 06/3517
Der Zweihundertjährige · 06/3621

als Herausgeber:

Science Fiction-Erzählungen des 19. Jahrhunderts · 06/4022
Fantasy-Erzählungen des 19. Jahrhunderts · 06/4023
Der letzte Mensch auf Erden · 06/4074
Zukünfte — nah und fern · 06/4215
Spekulationen · 06/4274
Die Wunder der Welt · 06/4332
Science Fiction aus den Goldenen Jahren · 06/4600

Außerdem erscheinen seit 10 Jahren regelmäßig Auswahlbände mit Erzählungen aus dem amerikanischen ›Isaac Asimov's Science Fiction Magazine‹:

29. Folge · 06/4405
30. Folge · 06/4446
31. Folge · 06/4495
32. Folge · 06/4536
33. Folge · 06/4581
34. Folge · 06/4631
35. Folge · 06/4690
36. Folge · 06/4742
37. Folge · 06/4795
38. Folge · 06/4855
39. Folge · 06/4906

und in der BIBLIOTHEK DER SCIENCE FICTION LITERATUR:

Lunatico · 06/7
Meine Freunde, die Roboter · 06/20
Die Stahlhöhlen · 06/71
Die nackte Sonne · 06/72
Foundation · 06/79

als Herausgeber:

Das Forschungsteam · 06/13

Isaac Asimov's SCIENCE FICTION MAGAZIN

39. Folge

ausgewählt und herausgegeben
von
Friedel Wahren

Deutsche Erstausgabe

WILHELM HEYNE VERLAG
MÜNCHEN

HEYNE SCIENCE FICTION & FANTASY
Band 06/4906

Deutsche Übersetzungen
von Vincenzo Benestante, Yoma Cap,
Jürgen Langowski, Jakob Leutner
und Peter Pape
Das Umschlagbild malte Karel Thole

Redaktion: Friedel Wahren

Printed in Germany 1992
Umschlaggestaltung: Atelier Ingrid Schütz, München
Technische Betreuung: Manfred Spinola
Satz: Datentechnik Schaber, Wels
Druck und Bindung: Elsnerdruck, Berlin

ISBN 3-453-05830-5

Karen Joy Fowler

Lieserl

Der erste Brief kam mit der Nachmittagspost. In Postsäcken und Kisten war er den ganzen Weg von Ungarn gereist, bis er endlich durch den Messingschlitz in Einsteins Tür segelte.

›*Lieber Albert*‹, stand da zu lesen, ›*das kleine Lieserl ist angekommen. Von Mileva soll ich Dir ausrichten, daß Deine neugeborene Tochter winzige Fingerchen hat und so kahlköpfig wie ein Hühnerei ist. Mileva läßt Dir mitteilen, daß sie Dich liebt. Sobald es ihr besser geht, wird sie Dir selbst schreiben.*‹

Unterschrieben hatte Milevas Vater. Der Brief war Ende Januar abgeschickt worden, jetzt schrieb man Anfang Februar. Es war also gut möglich, daß nichts von dem Inhalt des Briefes mehr der Wahrheit entsprach, selbst wenn alles zum Zeitpunkt seiner Abfassung der Wahrheit entsprochen hatte.

Einstein las den Brief mehrere Male. Er war erschrokken. Warum konnte Mileva ihm nicht selbst schreiben? Die Geburt mußte wohl sehr schwierig gewesen sein. War das Baby tatsächlich so kahlköpfig? Er hätte gern ein Foto gesehen. Welche Augenfarbe hatte die Kleine? Sah sie Mileva ähnlich? Milevas Gesicht war von einem Kranz dichter dunkler Haare umrahmt.

Einstein lebte in Bern, in der Schweiz. Mileva war zur Geburt nach Ungarn gefahren, in ihr Elternhaus in Titel. Und obwohl sie das nie gesagt hatte, war Mileva verletzt gewesen, weil Einstein sie allein nach Ungarn geschickt hatte.

Das war 1902. Einstein war zweiundzwanzig Jahre alt. Die ganze Geschichte ist nicht so einfach, wie sie klingt. Aber irgendwo muß man schließlich anfangen, selbst wenn solch ein Anfang möglicherweise ein verzerrtes und falsches Bild wiedergibt.

Lautlos wirbelten große sternförmige Schneeflocken vor Einsteins Fenster durch die Luft, lautlos wie der künstliche Schnee in jenen Glaskugeln, in denen es zu schneien anfängt, wenn man die Kugel schüttelt.

Als der Himmel sich langsam verdunkelte, als es Abend wurde, saß Einstein über seinen Arbeitsnotizen auf dem Bett. Jetzt war die Glaskugel geschüttelt worden, und Einstein saß wie das unbewegliche Keramikfigürchen im wirbelnden Zentrum, ein buntbemalter Weihnachtsmann.

Lieserl — wie ich sie jetzt schon liebe, dachte Einstein beunruhigt und verwirrt. Bevor ich sie überhaupt kenne — wie ich sie jetzt schon liebe!

Am nächsten Morgen kam der zweite Brief.

›*Liebes Schatzerl!*‹ schrieb Mileva. ›*Deine Tochter ist wunderschön. Aber es gefällt ihr ganz und gar nicht auf dieser Welt — sie brüllt vor Wut. Papa kommt bald, beruhige ich sie. Und alles, was Dir nicht gefällt, wird Papa für Dich ändern — wenn's sein muß, die ganze Welt. Papa liebt sein Lieserl. Ich bin immer noch sehr müde. Du mußt so schnell wie möglich zu uns kommen. Lieserl hat inzwischen dunkle Haare bekommen, und ich glaube, der erste Zahn ist auch schon unterwegs.*

Einstein starrte auf den Brief. Eines Tages wird ihm einer seiner Freunde sagen, er werde nie den Mut haben, eine Frau zu heiraten, die nicht ganz gesund sei. Bald nachdem er Mileva kennengelernt hatte, wird er das sagen. Mileva hinkte. Möglicherweise hatte dieser

Freund mit seiner Bemerkung mehr als diese Gehbehinderung gemeint. Einstein wird antworten, Mileva habe eine schöne Stimme.

Als Einstein diesen Brief bekam, waren Mileva und er noch nicht verheiratet, sosehr er sich das auch gewünscht hätte. Sie war sein Püppchen, sein ›Liebes Dockerl‹. Bis jetzt hatte er noch keine Möglichkeit gefunden, ihren Lebensunterhalt zu sichern: eben erst hatte er sich um eine Assistentenstelle beworben.

An Mileva schrieb er:

›Du hast jetzt die Möglichkeit, Deine Beobachtungen zu machen. Ich möchte gern einmal auch selbst ein Lieserl haben — es muß sehr interessant sein. Sicher kann sie schon weinen. Lachen wird sie später erst lernen. Darin liegt eine tiefe Wahrheit.‹

Am Schluß des Briefes entwarf er eine Zeichnung seines winzigen Zimmers in Bern, ähnlich jenen Zeichnungen, die er später anfertigte, um seine ›Gedanken‹, seine Gedankenexperimente und verschiedene physikalische Situationen und Probleme zu veranschaulichen. In dieser Zeichnung kennzeichnete er die Gegenstände in seinem Zimmer mit Buchstaben: ein großes ›B‹ etwa stand für ›Bett‹, ein kleines für ›Bild‹. Er versuchte, einen Platz für Mileva und Lieserl in diesem Zimmer zu finden, und forderte Mileva auf, ihm dabei zu helfen.

Im Juni wird er eine Anstellung als Schweizer Staatsbeamter bekommen, und im Januar darauf, ein Jahr nach Lieserls Geburt, wird er Mileva heiraten. Immer wieder wird er verschiedene Antworten geben, wenn ihn Freunde danach fragen, warum er sie geheiratet habe. ›Aus Pflichtgefühl‹, wird er manchmal sagen — manchmal aber auch, daß er sich noch nie habe daran erinnern können, warum eigentlich.

Am nächsten Tag kam ein dritter Brief.

›Mein liebes, böses Schatzerl! Lieserl vermißt ihren Papa. Du wirst nicht glauben, Albert, wie klug sie ist. Heute zog sie ein Buch aus dem Regal. Sie lutschte heftig an den Fingern und schlug das Buch auf. ‚Kann Lieserl denn schon lesen?' fragte ich sie zum Spaß. Und sie zeigte auf den Buchstaben E, wobei sie einen süßen klebrigen Fingerabdruck auf dieser Stelle hinterließ. ‚E', sagte sie. Du wirst sehr stolz auf sie sein. Sie läuft bereits, und mittlerweile kann sie auch lachen. Mir war gar nicht klar, wie schnell Kinder sich entwickeln. Wann kommst Du zu uns? Mileva.‹

Sein Zimmer war zu klein.

Der Staub, der sich überall auf den Büchern angesammelt hatte, tanzte im Licht und entwarf Muster, die an die Brown'schen Molekularbewegungen erinnerten. Einstein ging hinaus, um einen Spaziergang zu machen. Die Sonne blendete ihn. Ihr Licht wurde noch dadurch verstärkt, daß es von den leuchtendweißen Neuschneeflächen zurückspiegelte. Man konnte zusehen, wie die Eiszapfen, die von Dachtraufen hingen, an ihren Wurzeln abschmolzen, dann abrissen und sich wie Messer in die unter ihnen liegende weiche Schneedecke spießten. ›Mileva ist ein Büchermensch‹, hatte seine Mutter zu ihm gesagt, ›ein Büchermensch wie du. Was du aber brauchst, ist jemand, der dir den Haushalt führt. Was du brauchst, ist eine Ehefrau.‹

Einstein hatte Mileva auf der Eidgenössischen Technischen Hochschule kennengelernt. In diese Schule wurde nur aufgenommen, wer eine ziemlich schwierige Aufnahmeprüfung bestanden hatte. Im ersten Anlauf war Einstein im Fach ›Allgemeinwissen‹ durchgefallen.

›Sie wird dein Leben ruinieren‹, prophezeite seine Mutter. ›Keine anständige Familie wird sie akzeptieren. Geh nicht mit ihr ins Bett. Wenn sie schwanger wird, gerätst du in eine üble Situation.‹ Unklar, welche Vorbehalte Einsteins Mutter wirklich gegen Mileva hatte. Erst war sie unglücklich, weil Mileva akademische Ambitionen hatte. Noch unglücklicher aber war sie dann, als Mileva zweimal durchs Examen fiel und ihr Diplom nicht bekam.

Erst nach fünf Tagen hörte Einstein wieder von Mileva:

›*Mein liebstes Schatzerl! Wenn sie nicht gerade auf den Küchentisch geklettert ist, rutscht sie das Treppengeländer hinunter*‹, jammerte Mileva. ›*Ich darf sie keine Minute lang aus den Augen lassen. Weil Du ein Bild von ihr wolltest, hab ich versucht, sie zu fotografieren. Aber sie hält einfach nicht lange genug still. Solange Du nicht zu uns kommst, mußt Du Dich also mit meinen Beschreibungen zufriedengeben. Sie hat dunkles, festes Haar und Augen wie ein Reh. Aus ihrer ersten Garderobe ist sie bereits herausgewachsen, jetzt trägt sie richtige Kleider mit Schürzen. ‚Papa, Papa, Papa', plappert sie, ihr Lieblingswort. Ja, erzähle ich ihr, Papa kommt. Ich bringe ihr bei, wie man Kußhändchen wirft, ich bringe ihr bei, wie man in die Hände klatscht. ‚Papa kommt', plappert sie, wirft Kußhändchen und patscht in die Hände. ‚Papa liebt sein Lieserl!'*‹

Einstein liebte sein Lieserl, das er noch nie gesehen hatte. Er liebte Mileva, er liebte die Wissenschaft, er liebte die Musik. Er löste wissenschaftliche Probleme, während er Geige spielte. Er dachte an Lieserl, während er wissenschaftliche Probleme löste. Lieben heißt Glauben, und Wissenschaft heißt Glauben. Einstein begriff, daß sein Glaube einer harten Prüfung unterzogen wurde. Irgendwann einmal wird er sagen, man habe manchmal das Empfinden, Wissenschaft sei Kunst. Wissenschaft ist aber nicht Kunst. Kunst hat mit Inspiration und Erfahrung zu tun. Für einen Wissenschaftler ist Erfahrung aber eher ein Hindernis. Ein Wissenschaftler hat nur wenige Jahre zur Verfügung, um mit seiner ganzen Unschuld und Unwissenheit eine ganze, neue Welt zu entwerfen, in der er dann für den Rest seines Lebens existieren muß. Einstein wird nicht immer jung bleiben, Einstein hatte nicht alle Zeit dieser Welt zur Verfügung.

In seinem Zimmer, in dieser winzigen Zelle, erwartete Einstein die nächste Nachricht. Die Briefe machten ihn unglücklich, er wünschte, keinen weiteren mehr zu erhalten. Deshalb würde er jetzt sein Zimmer nicht mehr verlassen, auch nicht für einen noch so kurzen Moment, um nur ja zu verhindern, die Ankunft eines Briefes zu spät zu bemerken. Auf Milevas letzte Briefe hatte er bereits nicht mehr geantwortet. Er wußte nicht mehr, was oder wie er hätte schreiben sollen. Er brühte sich eine Tasse Tee auf, rührte um und beobachtete dabei, wie die Teeblätter sich in der Mitte des Tassenbodens absetzten, keines von ihnen am Rand der Tasse.

Er nahm sich ein leeres Blatt Papier und füllte es mit den Zeichnungen von Flüssen — nicht den Flüssen einer Landschaft, sondern den eng sich windenden Flüssen einer Landkarte. Ein paar Stunden später nur war der Brief da. Er kam mit der Nachmittagszustellung und glitt wie eine Zunge durch den Türschlitz. Einstein fing ihn auf, als er zu Boden fiel.

›*Was treibst Du, Schatzerl? Dein kleines Lieserl ist heute abend zu einer Gesellschaft geladen und sieht aus wie eine Prinzessin; sie trägt ein langes weißes Kleid, wie eine Braut. Ich habe ihre Haare um meine Finger gewickelt und ihr so Locken ins Haar gedreht. Sie ist mit einer violetten Schärpe und violetten Bändern geschmückt. Im Moment tanzt sie mit meinem Vater in der Diele: ihre Füße auf seinen Füßen, und ihr Kopf reicht nur wenig über seine Taille hinaus. Sie tanzen Walzer. ‚Alle Jungen werden heute mit Dir tanzen wollen‘, sagt mein Vater zu ihr, aber sie runzelt nur die Stirn. ‚Ich interessiere mich nicht für Jungs‘, antwortet sie. ‚Nirgendwo gibt es einen Jungen, den ich so liebhabe wie meinen Papa.‘*‹

1899 hatte Einstein angefangen, Mileva Briefe zu schicken, in denen er über die ›Elektrodynamik Bewegter Körper‹ schrieb, ein Thema, das auch zum Titel seiner Arbeit über Relativität wurde, die er 1905 veröffentlichte. Im Jahr 1902 liebte Einstein Mileva.

1916 aber wird er seinem Freund Besso schreiben, daß es ihn wahrscheinlich geistig und körperlich vollständig erschöpft und entkräftet hätte, wenn es ihm nicht gelungen wäre, seine Frau auf Distanz zu halten, außer Sicht- und Hörweite. ›Du kannst Dir nicht vorstellen‹, wird er seinem Freund schreiben, ›zu welchen Tricks eine Frau wie die meine fähig ist.‹

Mileva, selbst ausgebildete Physikerin — wenn auch ohne Diplom —, wird jammern, daß sie die ›Spezielle Relativitätstheorie‹ nie verstanden habe. Und sie wird Einstein beschuldigen, daß er sich nie die Zeit genommen habe, sie ihr vernünftig zu erklären. Einstein schrieb eine Frage entlang der Schlangenlinie eines der Flüsse: Wo bist du? Auf einen anderen Fluß eine zweite Frage: Wie bewegst du dich? Er führte das Flußende um viele Windungen und Biegungen weiter, bis es schließlich in den ersten Fluß mündete.

Vier Postzustellungen später kam der nächste Brief:

›Liebes Schatzerl! Sie ist eine wunderschöne junge Dame. Wenn Du sie nur sehen könntest! Der Atem würde Dir stocken. Haare wie Seide, Augen wie Sterne. Sie läßt Dich grüßen: ‚Sag meinem geliebten Papa, daß ich immer sein kleines Lieserl sein werde.' Ihr rotes Mützchen auf dem Kopf, läuft sie immer wieder in den verschneiten Garten und zeichnet Engel in den Schnee. Mit einemmal habe ich Angst um sie, Albert. Sie ist zart und verletzlich wie eine Schneeflocke. Habe ich sie zu sehr beschützt? Was weiß sie über Männer? Wenn Du bloß bei mir gewesen wärst und mich beraten hättest!‹

Obwohl der Brief so lange unterwegs gewesen war, duftete er noch nach Rosen.

An diesem Abend kamen zwei Freunde zu Einstein

zum Essen. Der eine — Solovine — war Philosophiestudent. Der andere hieß Habicht und war Mathematiker. Die drei nannten sich ›Die Olympische Akademie‹, machten sich auf diese Weise über ihre vergeistigternsthaften Neigungen lustig. Einstein hatte Wein gekauft und ein einfaches Abendessen gemacht. Es gab gebackenen Fisch. Sie aßen um den Tisch, tranken und sammelten mit den Fingern auch noch die letzten Stückchen Fisch auf, bis auf ihren Tellern nichts mehr übrig war als das Rückgrat der Fische, an denen wie die entlaubten Zweige der Bäume im Winter die Gräten hingen.

Die Freunde diskutierten laut und angeregt über Musik. Solovines bevorzugter Komponist war Beethoven. Einstein schrie plötzlich, Beethovens Musik sei gefühlsüberladen, ganz besonders die Stücke in c-Moll. Einsteins Komponist war Mozart. Im Unterschied zu Beethoven brauchte der seine Musik nicht erst zu erschaffen: ihm sei sie gegeben, er brauche sie nur zu entdecken. Während Beethoven also die Musik des menschlichen Herzens schreibe, sei Mozart der Übersetzer der Musik Gottes.

Die Vollkommenheit einer Welt ohne Menschen war es, die Einstein ein Leben lang faszinieren sollte. Ironischerweise wird seine größte Leistung darin bestehen, die objektive Newtonsche Wissenschaft der Engel um die Relativität des Menschlichen erweitert und ergänzt zu haben.

Von seiner Tochter erzählte er seinen Freunden nichts. Der Wind, der um das Haus wehte, war wie ein stimmloser Chor. Sein ganzes Leben lang habe er versucht, sich von den Ketten des bloß Persönlichen, bloß Individuellen zu befreien, wird Einstein später einmal sagen.

Einstein sprach kaum jemals über sein privates Leben. Dieses absolute Schweigen läßt vermuten, daß es ihm entweder sehr leicht fiel, sich davon freizuhalten, oder daß ganz im Gegenteil Macht und Einfluß des Persönlichen so gewaltig war, daß er sich fürchtete, jemals etwas laut darüber zu äußern. Entweder trifft eine dieser beiden Möglichkeiten zu oder beide. Vielleicht aber auch weder die eine noch die andere.

Sprechen wir von diesem ›bloß Persönlichen‹: Die Informationen, die wir mit unseren fünf Sinnen empfangen, sind erschreckend ungenau, liefern bestenfalls Näherungswerte. Der Sehsinn etwa, jener Sinn, auf den die Menschen am meisten angewiesen sind. Wir sehen nur einen kleinen Teil der Farben, die in der Welt vorkommen. Als wäre der Vorhang vor einem großen Fenster nicht ganz zugezogen worden, so daß ein Spalt in der Mitte offen bleibt. Dieser Spalt in der Mitte des Vorhangs entspricht dem visuellen Wahrnehmungsfeld des Menschen.

Eine Katze hört Töne, von denen ein Mensch sich nur eine schwache Vorstellung machen kann. Die obere Grenze ihres Hörvermögens liegt bei etwa 100000 Schwingungsperioden pro Sekunde. Dem stehen die 35000 bis 45000 Schwingungsperioden pro Sekunde gegenüber, die ein Hund noch hört und dann jene 20000, die die obere Grenze des menschlichen Hörvermögens ausmachen. Eine Katze kann noch aus einer Entfernung von 180 Metern zwei Töne unterscheiden, die in einem Abstand von nur 4,5 Zentimetern erzeugt werden.

Bestimmte Insekten können Mitglieder ihrer Spezies aus einer Entfernung von beinahe 1,5 Kilometern mit Hilfe ihres Geruchssinnes identifizieren.

Ein Mensch, dem man die Augen verbunden hat und der sich die Nase zuhält, ist nicht in der Lage, den Geschmack eines Apfels von dem einer Zwiebel zu unterscheiden.

Es ist daher nur natürlich, daß der Mensch ungeschickt in der Welt umhertappt, nichts begreift und nichts versteht. Innerhalb eines riesigen Universums ist der Mensch in eine kleine Kammer eingeschlossen.

Es ist daher nur natürlich, daß Einstein, dieser stümperhaften Sinne auch noch beraubt, nicht dahinterkommen konnte, was mit seiner Tochter oder Mileva geschah.

Milevas nächsten Brief steckte der Postbote nicht sorgfältig genug durch den Briefschlitz. Er fiel in den Schnee, blieb die ganze Nacht über dort liegen und war am nächsten Morgen steifgefroren. Der Umschlag war so eiskalt, daß Einstein sich die Finger verletzte, als er ihn von der Türschwelle aufhob. Er hauchte so lange darauf, bis er ihn öffnen konnte.

›Wieder ein ruhiger Abend mit Deinem Lieserl. Wir haben bis spät in die Nacht gelesen und uns dann unterhalten. Sie hat mir eine Menge Fragen über Dich gestellt. Ich nehme an, sie hatte gehofft, irgend etwas über Dich zu erfahren, irgend etwas, das ich ihr noch nicht erzählt habe. Schließlich begnügte sie sich aber doch mit den alten, immer gleichen Geschichten. Sie zog die kleine Zeichnung hervor, die Du ihr kurz nach ihrer Geburt geschickt hast. Habe ich Dir schon gesagt, daß sie die wie einen Schatz hütet? Als sie noch ein Kind war, zeigte sie immer drauf und erklärte: Hier sitzt Papa, hier schläft Papa ... Ich hab mir gewünscht, ich könnte sie wieder auf den Schoß nehmen — was ziemlich lächerlich ausgesehen hätte, Albert. Stell sie Dir vor: Ihre Beine länger als die meinen, und schon wieder eine neue graue Strähne im Haar. War es dumm von mir, daß ich mir das gewünscht habe, Schatzerl? Hätte mich jemand davor warnen müssen, daß ich sie niemals für immer festhalten kann?‹

Einstein steckte den Brief wieder in den Schnee zurück. Er hatte ihn noch nicht gefunden. Er hatte nie eine so schöne Tochter gehabt. Vielleicht hatte er noch nicht einmal Mileva kennengelernt, Mileva, die er immer noch liebte, Mileva, die aber nicht gesund war und die gern ihre Tricks und Kniffe ausspielte.

Vielleicht, überlegte er, vielleicht wird er den Brief im

Frühling finden, wenn der Schnee schmilzt. Wenn die Tinte nicht verlaufen ist, wenn man den Brief noch lesen kann, dann wird er entscheiden, was zu tun ist. Dann wird er sich entscheiden müssen.

Es fing wieder an zu schneien. Einstein ging in sein Zimmer zurück, um sich einen Schirm zu holen. Der Schnee deckte den Brief zu. Als er auf seinem Weg zur Bäckerei über ihn hinwegstieg, konnte er ihn nicht mehr sehen. Er wollte nicht nach Hause gehen, wo kein Brief an der Tür versteckt war. Er war zweiundzwanzig Jahre alt, stand vor der Bäckerei, aß sein Brot und las ein Buch in dieser winzigen Welt, die er sich unter seinem Schirm im Schnee geschaffen hatte.

Einige Jahre später wird einer seiner Kollegen einen Besuch bei Einstein beschreiben: Mileva und er waren inzwischen verheiratet, sie hatten zwei Söhne und keiner von ihnen sprach jemals, auch nicht ein einziges Mal von Lieserl. Die Wohnungstür wird offenstehen, damit der frisch gewischte Fußboden trocknen kann. Mileva wird eben im Flur tropfnasse Wäsche aufhängen, Einstein wird mit einer Hand eine Wiege schaukeln, mit der anderen Hand ein aufgeschlagenes Buch halten. Der Ofen wird qualmen.

›Wie hält er das bloß aus?‹ Sein Kollege wird diese Frage in einem Brief stellen, in einem Brief, den es noch gibt, den jeder lesen kann. Dieses Genie. Wie hält er das bloß aus?

Die Antwort darauf: Er hielt es nicht aus. Viele Jahre lang wird er es versuchen, dann verläßt er Mileva und seine Söhne, schickt ihnen das Geld, das er mit dem Nobelpreis gewonnen hat.

Als am Nachmittag die Post kam, fand der Postbote den Brief wieder und legte ihn zu der neuen Sendung. Es kamen also zwei Briefe — nur einer davon war bereits geöffnet worden.

Den neuen Brief legte Einstein zur Seite, steckte ihn

unter seine Arbeitspapiere. Versteckte ihn im Bücherregal. Zog ihn wieder hervor. Öffnete ihn ungeschickt, die Hände zitterten ihm. Er hatte gewußt, daß dieser Brief kommen würde, hatte es möglicherweise schon seit damals gewußt, als Lieserl ihren ersten Zahn bekam, ganz sicher seit jenem Zeitpunkt, als sie zum ersten Mal zum Tanzen ging.

Und es stand genau das in dem Brief, was er befürchtet hatte, schlimmer noch, als er es sich jemals vorgestellt hatte:

›Sie ist kahlköpfig wie eine Eiskugel und wahnsinnig wie eine zürnende Göttin, mein Albert! Aber sie ist immer noch mein liebes Dockerl, mein kleines Püppchen. Sie klammert sich an mich, schreit, wenn ich sie auch nur für eine Minute allein lassen will. Mama, Mama! Dieser Wahnsinn in ihren Augen und um ihren Mund! Sie ist zahnlos und beschmutzt sich selbst. Sie ist mein Baby. Und Deines, Schatzerl! ‚Nirgendwo gibt es einen Jungen, den ich so lieben könnte wie meinen Papa', lispelt sie, so wie sie es getan hat, als sie noch ein Kind war. Sie hat eine Nachricht für Dich hinterlassen, eine Nachricht von den Toten. ‚Was Du Dir wirklich wünschst, Papa, wirst Du bekommen', sagt sie. ‚Ich bin gegangen, um es für Dich zu holen. Denk dran, daß es von mir kommt.' Sie weinte und biß sich auf die Nägel, bis sie bluteten. In ihren Augen stand der blanke Wahnsinn. Und sie sagte noch etwas: ‚Je heller das Licht, um so tiefer die Schatten, mein Papa. Mein geliebter Papa. Mein armer Papa. Du wirst schon sehen!'‹

Das Zimmer war zu klein. Einstein ging nach draußen. Der Atem stieg ihm wie eine Wolke aus dem Mund, greifbar, als ob er auf Glas hauchen würde. Er stellte sich vor, daß er auf einen Spiegel schriebe, einen seiner ›Gedanken‹ mit dem Finger in den eigenen Atem zeichnen würde. Er stellte sich eine Grußpostkarte vor, wie man sie am Valentinstag verschickt. ›Lieserl‹, schrieb er quer darüber. Er liebte Lieserl. Er teilte das Wort in zwei Hälften, strich mit dem Fingernagel senkrecht durch das S. Die beiden Hälften des Herzens öffneten und schlossen sich, schlugen wie Flügel aneinander, schneller und immer schneller. Bis sie endlich auseinanderrissen und aus seiner Erinnerung verschwanden.

Originaltitel: ›Lieserl‹
Aus: ›Isaac Asimov's Science Fiction Magazine‹, Juli 1990

Deutsche Übersetzung von Jakob Leutner

Gregory Benford

Raum-Zeit-Fluß

Montag, 5. Dezember 2048
Nahmen ein Taxi nach Los Angeles zum 9-Uhr-Orbitalflug nach Kairo.

Beim Aufstieg kriegten wir vorschriftswidrig mehr als 1,4 ge ab, und etliche Passagiere beschwerten sich, vor allem diese armen Schlotterer in ihren Klappergestellen, den Apparaturen, die einem das Gehen ermöglichen, wenn kein Hüftgelenksersatz mehr möglich ist.

Meine reiseerfahrene Joanna verschlief das Ganze, während ich mir die Zeit mit Gedanken darüber vertrieb, daß ich nun endlich das alte Ägypten sehen würde, von dem ich schon als Junge geträumt hatte, damals um die Jahrhundertwende.

> If thou be'st born to strange sights,
> Things invisible to see,
> Ride ten thousand days and nights,
> Till age snow white hairs on thee.*

Diese Zeilen von John Donne passen recht gut, denn meine Schläfen zeigen den Schnee des Alters, nur mein stetig zunehmender Leibesumfang ist weniger romantisch. Erfreulich hingegen, daß ich immer noch Worte, die ich erstmals in meiner Jugend las, jederzeit zitieren

---

* Frei übertragen: Bist du Seltsames zu sehn geboren,
für Dinge, unsichtbar den Augen,
so reis zehntausend Tag' und Nächte,
bis Alter dir das Haar beschneit.

kann. Das ist einer der wenigen Vorteile, wenn man Professor für Englische Literatur an der Uni von Irvine, Kalifornien, ist, obwohl sich ein solcher andererseits eine Reise wie diese nur bei größter Sparsamkeit leisten kann.

Die Reiseagentur hatte behauptet, die Quarthex würden den Tourismus in keiner Weise stören — ja, man bemerkte sie angeblich kaum, weil sie sich bemühten, sich der Bevölkerung anzupassen. Wie ein fast zweieinhalb Meter großes Insektoid mit metallisch glänzender roter Haut wie ein Ägypter aussehen kann, weiß ich zwar nicht, aber Joanna meinte, wir sollten uns auf keinen Fall von der Reise abhalten lassen.

Hoffentlich hat sie recht. Ich meine, es ist ja nun schon vierzehn Jahre her, daß die Quarthex auf der Erde landeten, die ersten interstellaren diplomatischen Beziehungen begründeten und sich dann Ägypten als die einzige Gegend der Erde aussuchten, die ihnen für ihre sogenannten kulturellen Studien interessant genug erschien. Wir werden davon wohl auch etwas zu sehen bekommen, obwohl die Quarthex ziemlich für sich bleiben und ihre vielschichtigen Verhandlungen mit den verschiedensten diplomatischen Ausflüchten vernebeln.

Als wären die sechs Stunden Reisezeit (einschließlich der Wartefrist im Orbit wegen eines unangekündigten Starts der Chinesen) noch nicht erschöpfend genug, sahen wir uns beide ein Holo über einen dieser neuen Biotech-Burschen an, das sich *Ganz von Herzen* betitelte und eine Aneinanderreihung einfältiger Witze war. Für unseren stumpfsinnigen Zustand war's aber vermutlich das Richtige.

Bei der Landung in Kairo war es klar und angenehm kühl, um die fünfzehn Grad. Wir stolperten aus der Maschine, und die Augen brannten uns nach einer Reise von zehntausend Tagen und Nächten in einer rasenden Aluminiumdose.

Der Flughafen wirkte heruntergekommen; schlagartig wurden wir mit dem Lärm, dem Durcheinander und dem Dreck der Dritten Welt konfrontiert. Eine Abflughalle war voll Männern mit Turbanen. Überall Sicherheitsposten, schwerbewaffnet. Quarthex waren nicht zu sehen. Vielleicht fallen sie wirklich nicht sehr auf.

Der Bus quer durch Kairo kam an einem verfallenen Aquädukt vorbei, an dem sich kaftanbekleidete Männer drängten, schwarz verhüllte Frauen, Tiere, die Abfälle fraßen, Menschen, überall Menschen, die an den unmöglichsten Stellen Unterschlupf fanden, Straßenhändler in den staubigen Gassen und ein Verkehr, der abwechselnd wahnwitzig oder völlig gelähmt wirkte.

So krochen wir durch Kairo nach Gizeh hinaus, wo sich unvermittelt die Pyramiden aus der Dämmerung erhoben. Das Hotel, *Mena House,* wirkte wie ein königliches Jagdschloß aus dem neunzehnten Jahrhundert. Elegant.

Das Abendbüffet war gut. Der Schlaf kam über uns wie eine übermächtige Last.

6. Dezember

Ein Tagebuch zu führen, ist ganz amüsant. Joanna meint, es werde mir guttun und mich vielleicht sogar wieder zum Schreiben bringen. Sie sagt, wir Literaturknaben seien alle verhinderte Autoren, und ich könne mir allerhand von der Seele schreiben. Nun, so sei es:

> Thou, when thou return'st, wilt tell me
> All strange wonders that befell thee.*

Womit alle Welt gewarnt sei.

Sind heute nach Süden aufgebrochen, nach Memphis, der alten Hauptstadt, die aufgegeben wurde, nachdem ein Krieg ihre Mauern gesprengt hatte und nach-

---

* Frei übertragen: Kehrst du dann heim, bericht mir,
was an Wundern seltsam dir widerfuhr.

folgende Überschwemmungen die Zerstörung vollendet hatten.

Die berühmte umgestürzte Ramsesstatue. Auch im Liegen wirkt die Gestalt noch machtvoll. Man kommt sich vor wie ein Zwerg, der um einen gefallenen Riesen, einen Gulliver, herumtrippelt.

Sakkara, die bedeutendste Totenstadt von Memphis, liegt drei Kilometer weit draußen in der Wüste. Gräber aus der Ersten Dynastie, außerdem die älteste Pyramide, die aus fünf großen Stufen gebaut wurde. Kritzeleien im Innern aus der Zeit des Neuen Reichs haben jetzt selbst schon Altertumswert, aus unserer Sicht.

Weiter zur größten Pyramide — per Kamel! Die Treiber erwiesen sich als noch lästiger, als alle Gerüchte behaupten. In die Chefren-Pyramide, die nicht ganz so hoch wie die seines Vaters Cheops ist, gingen wir auch hinein. Alle der rund achtzig bekannten Pyramiden sind geplündert worden. Die Gänge und Kammern haben eine irgendwie beklemmende Leere an sich, so lange sind sie schon ihrer Bestimmung beraubt. Ihre stumme Masse wirkt beängstigend.

Alvarez von Berkeley hat versucht, noch unbekannte Kammern in den Pyramiden zu finden, indem er Höhenstrahlungsmeßgeräte in den untersten Räumen aufstellte und untersuchte, ob der Strahlungsfluß nicht in bestimmten Richtungen schwach erhöht war, ohne Ergebnis. Es gibt seismische, ja sogar Radarmessungen sämtlicher sandiger Regionen um Gizeh, weil man hoffte, auf verschüttete Gräber zu stoßen, ebenfalls ohne Ergebnis bisher. Natürlich jede Menge Echos von den Überresten gewöhnlicher Häuser und sonstiger Gebäude.

Haben heute die Zeitumstellung ziemlich überwunden, machen aber ein Nickerchen, wann immer möglich. Praktisch, daß unser Hotel nur ein paar hundert Meter von den Pyramiden entfernt liegt.

Habe versucht, Joanna dazu zu bewegen, ihr Armbandradio daheim zu lassen. Seit ihrem Nervenzusammenbruch wird sie mit den Meldungen von den alltäglichen Katastrophen nicht mehr so richtig fertig. (Aber wer wird das schon?) Sie ist jetzt halbwegs in Ordnung, aber ihr Arzt meinte, diese Reise sollte so ruhig wie möglich verlaufen.

Doch sie dreht natürlich das blöde Ding an, und es gibt eine Menge Aufregung über einen neuen Grenzkonflikt zwischen dem Reich Israel und dem Arabischen Mohammedanischen Sowjet. Intelligente Raketen gegen intelligente Raketenabwehr. Ein Patt. Manche Dinge ändern sich einfach nicht.

Ich schaltete sofort ab. Noch Stunden danach zitterten ihr die Hände. Ich versuchte, die Sache zu vergessen.

Aber es ist schon anders, wenn man nur ein paar hundert Meilen von der Front entfernt ist. Hoffentlich sind wir hier sicher.

7. Dezember

Waren in Kairo im ägyptischen Museum, in der Tutenchamun-Ausstellung — wahre Schatzkammern von Luxus und juwelenschimmernder Fülle. Endlose Regale mit Alabasterschalen, goldeingelegten Schatullen, Zeugen einer tausendjährigen Schaffenskraft.

Als ich durch einen der stickigen Marmorgänge wanderte, kam mir aus einem Nebenkorridor der erste Quarthex entgegen, den ich je zu Gesicht bekommen hatte. Riesig, klappernd und rasselnd stakte er auf seinen sechs Beinen an mir vorbei. Natürlich beachtete er mich überhaupt nicht — sie wandern fast immer an uns Menschen vorbei, als könnten sie uns überhaupt nicht sehen. Aber vielleicht bedeutet dieser abwesende, gleichgültige Blick, daß sie irgendwelche seltsamen fremden Gedanken wälzen. Wer weiß denn, warum sie ausgerechnet die alten Ägypter so eindringlich studieren und den Rest der Menschheit nicht der Beachtung wert finden? Der im Museum trug eine mindestens einen Meter hohe schwarze Graniturne in drei abgespreizten Armen, als hätte das Ding praktisch kein Gewicht. Kurz nahm ich den scharf-säuerlichen Geruch der Flüssigkeit wahr, die ihre Gelenke schmiert. Dann war mein erster Alien verschwunden.

Nach dem Museum schauten wir uns noch die älteste koptische Kirche in Ägypten an, angeblich jene, in der sich Moses versteckte, als er aus der Stadt floh. Sieht auch danach aus. Der alte Teil von Kairo ist übervölkert und verfallen, die Leute arbeiten in jedem elenden Winkel mit einem Minimum an Werkzeugen, und viele stehen nur herum und schauen den anderen bei der Arbeit zu. Das einzige Anzeichen einer wirklich sinnvollen Tätigkeit waren bei einer Gruppe von Männern und Frauen zu sehen, die lange, gelbe, zigarrenförmige Gegenstände auf Wagen zogen. Die Quarthex wollten diese Dinger außerhalb der Stadt aufstellen, erklärte unser Führer.

Abends besuchten wir die Bild- und Tonschau bei der Sphinx — wirklich ausgezeichnet. Es gibt sogar einen Kommentar in der Sprache der Quarthex dazu, seltsam abgehackte kläffende Laute.

Die Araber sagen: ›Der Mensch fürchtet die Zeit; die Zeit aber fürchtet die Pyramiden.‹ Genau solch ein Gefühl bekommt man hier.

Nachher aßen wir im indischen Restaurant des Hotels — ganz annehmbar.

8. Dezember
Kairo ist eine Stadt, die platzt, die zu Tode getrampelt wird.

Seit dem Umsturz von 1952 hat ihre Bevölkerung um das Vierzehnfache zugenommen, und das ist nicht zu übersehen. Die alten viktorianischen Villen, die einst baumgeschmückte prächtige Straßen säumten, wurden von modernen Wohnsilos aus Betonfertigteilen in die

Zange genommen. Die alten Gebäude wurden stehengelassen, denn gleichgültig, wie stark verfallen sie sind, irgend jemand wohnt darin.

Der Wüstenstaub ist allgegenwärtig. Vereinzelte Pflanzen in den Höfen wirken müde und hoffnungslos. Die moderne Zivilisation hat der alten Kultur nicht gutgetan.

Das ist vielleicht auch der Grund dafür, daß die Quarthex offensichtlich alles ablehnen, was seit der Römerzeit gebaut wurde. Ich beobachtete einen mit einer Art Maschine, einem schwarzen Apparat, der zwei Meter über dem Boden dahinschwebte und dabei etwas wie ein Kabel in die Erde verlegte, immer am Nilufer entlang. Wenn er dabei auf ein Gebäude stieß, krachte er unbeirrt mitten hindurch, so daß die Trümmer nur so flogen. Die Quarthex haben das wohl alles mit der ägyptischen Regierung abgesprochen, denn es war eine Menge Polizei da, um dafür zu sorgen, daß ihnen niemand in die Quere kam. Seltsam.

Andererseits ist es ganz logisch, wenn man es recht bedenkt. Die Quarthex beherrschen diese Antigravitationstechnik, von der wir seit langem träumen. Sie sind damit sehr zurückhaltend, speisen uns seit Jahren mit hier und da einem Bröckchen neuer Technologie ab, wobei die Ägypter die alleinigen Patentrechte erhalten haben. Das dürfte ihre Wirtschaft als einziges noch auf den Beinen halten, trotz diesem ungeheuren Bevölkerungszuwachs. (Pfui, *trotz* mit Dativ! Als Philologe müßte ich mich schämen, aber verdammt, ich habe Urlaub!) Angefangen haben die Quarthex hier als Gäste, haben die antiken Baudenkmäler und so weiter studiert, aber mittlerweile ist es offensichtlich, daß sie hier bestimmen, als würde das Land ihnen gehören.

Die Quarthex haben uns allerdings nicht ein einziges Gerät gegeben, das uns verriete, wie die Sache funktioniert — das behaupten jedenfalls meine Kollegen vom physikalischen Institut. Es ärgert sie, daß diese fremde

Rasse die Raumzeit so vollkommen beherrscht, daß die Gravitation selbst manipulierbar wird, und wir kommen einfach nicht drauf.

Wir haben die berühmte Alabastermoschee besichtigt. Sie thront droben auf dem Zitadellenhügel, kühl und erhaben über die Stadt hinwegblickend. Der alte Basar in der Nähe ist ein wahrer Kaninchenbau und sieht genauso aus, wie man sich einen orientalischen Basar nach einschlägigen Filmen vorstellt. Irgendwie unwirklich, wie aus Tausendundeiner Nacht. Wir kauften allerhand Gewürze, Spezereien wäre das passendere Wort. Die Gebetsrufe von den Moscheen dringen überallhin, selbst in die verwinkeltsten Hinterkammern, wo Joanna um Schmuck feilschte.

Es ist unmöglich, noch etwas wirklich Antikes zu bekommen, erklärten uns die kleinen braunen Händler. Die Quarthex haben alles aufgekauft, für alles mit Gold bezahlt, das noch aus der Zeit der Pharaonen stammen könnte. In den letzten paar Jahrhunderten hat es jede Menge Fälschungen gegeben, manche wirklich ausgezeichnet gemacht, so daß die Quarthex einfach alles erwarben, was irgendwie echt wirkte. Kein Wunder, daß sie den Ägyptern sympathisch sind. Sollen sie Häuser demolieren, soviel sie wollen. Gold spricht eine deutlichere Sprache als die Vergangenheit.

Mittags gingen wir an Bord der altehrwürdigen *Nile Concorde,* des Touristenboots für unsere Flußfahrt. Das Lunch war ausgezeichnet, italienische Küche. Nachmittags erforschten wir Kairo, unbeschreiblich dreckige und verwahrloste Märkte. Kalbsinnereien, die einfach so, ohne Kühlung, ohne Abdeckung, unter gewaltigen Fliegenschwärmen angeboten wurden. Ein Erlebnis für sich, insbesondere dann, wenn man es fertigbringt, fünf Minuten oder länger den Atem anzuhalten.

Wir beschlossen den Tag im Shepheard Hotel, dem Schauplatz etlicher englischer Spionageromane (Maugham insbesondere). Es gibt dort eine ausgezeichnete Bar — Nubier, Saudis usw., die sich jede Menge entschieden unislamischer Drinks wie Gin und Bier einverleiben. Im Hintergrund saß ein Quarthex auf einem speziellen Stuhl und unterhielt sich per Vokaliser mit einem Saudi. Ich bekam nicht mit, was sie sagten, aber der Saudi hatte so ein Glitzern in den Augen. Machte wohl gerade ein gutes Geschäft.

Aber es war recht gemütlich in der Bar. Über der Theke hing ein Spruchband:

> Das tote Gestern, das ungeborne Morgen,
> wer macht sich ihretwegen Sorgen,
> solang das Heut' einem günstig ist.

Ganz richtig, also ... Hallo, Barkeeper!

9. Dezember, Freitag, Feiertag der Moslems

Wir verließen Kairo gestern nacht um elf; die dunstigen Lichter der Stadt glitten an unseren Kabinenfenstern vorbei, weit schöner bei Nacht als in der staubigen Hitze des Tages. Den ganzen Tag über fuhren wir den Fluß hinauf. Zum Frühstück und Lunch gab's ein Büffet, genießbare östliche bzw. mediterrane Küche, einen passablen Rotwein.

Kaum hundert Meter entfernt von uns ist die Vergangenheit noch sehr lebendig, fast so, als wären die Pharaonen immer noch die Herren im Lande. Primitive Bewässerungspumpen, angetrieben von mageren Eselchen, Frauen, die graue Gewänder im Nil waschen. Im Osten die Sandwälle der Wüste, von denen zuweilen blasse Sandtentakel — längst nicht mehr von der jährlichen Überflutung weggespült — über die Felder bis zum Ufer vordringen. Moslemgräber aus Stein oder Tonziegeln ziehen vorüber, während wir auf dem Oberdeck faulenzen und durchs Fernglas die wild winkenden Kinder beobachten — über einen Abgrund aus Zeit hinweg.

Das Schiff hat Platz für vielleicht hundert Passagiere, doch wir sind nur fünfzig, also haben wir genug Ellbogenfreiheit und Servicepersonal auf unserer gemächlichen Fahrt den Fluß hinauf, von Musik berieselt, von antiken Baudenkmälern am Ufer angenehm abgelenkt: nicht gerade dekadent, aber gepflegt sybaritisch. (Warum gibt's so wenige Touristen? Der Fremdenführer meint, die Leute hätten vielleicht Angst vor den Quarthex. Joanna wird in ihrer Nähe auch unruhig, aber ich weiß nicht, ob das nicht nur ein Wiederaufleben ihrer alten Ängste ist.)

Die schlanken, luftig-leichten Minarette sind oft der einzige erfreuliche Anblick in den staubigen Dörfern aus Lehmziegeln; wie die ätherische Verkörperung einer Idee versuchen sie sich aus dem sandbraunen Chaos zu erheben. Wo irgend möglich, werden Tiere als Kraftquelle eingesetzt. In der Nacht wirken diese Dörfer wie ausgestorben.

Die Kehrseite dieses ländlichen Friedens ist Langeweile, und damit läßt sich leider vieles in der Geschichte und ihren fanatischen Strömungen erklären.

10. Dezember
Während wir flußaufwärts dampfen, nehmen die Spuren der Zivilisation zusehends ab. Die Lehmziegeldörfer haben sowieso keine Elektrizität; es gäbe zwar genug Strom vom Nasser-Staudamm, aber die Leitungen und Umspannwerke sind zu teuer. Man sollte meinen, daß mit dem Gold der Quarthex hier viel getan werden könnte.

Unser Reiseleiter meint aber, die Quarthex hätten bisher stur jegliche solche Verbesserungen abgelehnt. Sie erlauben nicht, daß die Gewinne von ihren Patenten zur Modernisierung Ägyptens aufgewendet werden. Nahrung für die Armen, Sanierung des Nils, der Wiederaufbau alter Monumente — dagegen haben sie nichts (tatsächlich tragen sie äußerst großzügig zu allen Restaurierungsprojekten bei). Aber eine bessere Elektrifizierung — nein. Ein ganz entschiedenes Nein.

Bei einem schäbigen Städtchen gingen wir an Land und fuhren mit einem Bus in die westliche Wüste. Nur einen Kilometer entfernt von der flachen Überschwemmungsebene ist die Sahara vollkommen lebensfeindlich und unfruchtbar. Wir besuchten eine Totenstadt der Ptolemäer. In einem Grab gibt es die Mumie eines Mädchens, das ertrank, als es den Nil überqueren wollte, um den Geliebten zu besuchen, zumindest erzählen das angeblich die Hieroglyphen. In der Nähe gibt es Katakomben mit mumifizierten Pavianen und Ibissen, den Symbolen der Weisheit.

Hier beginnt ein Tunnel, der nach Südosten in Richtung von Echnatons Hauptstadt führt. Die deutschen Entdecker im vorigen Jahrhundert verfolgten ihn vierzig Kilometer weit — diese ganze Strecke aus Sandstein herausgehauen, eine gigantische Aufgabe —, bevor sie wegen zu schlechter Luft umkehren mußten.

Wozu diente der Tunnel? Niemand weiß es. Stickig, nicht ganz geheuer. Urnen mit vertrockneten Mumienresten, unberührt. Ein Schritt in einen Seitengang, man taucht ein in ein tausendjähriges Mysterium.

Ich verließ unsere Gruppe und wanderte über einen flachen Hügel — genaugenommen, um mich zu erleichtern. Im Westen gab's nichts als Sand, Sand und wieder Sand. Ich stand da und leistete meinen Beitrag zur Linderung der Trockenheit, als ich einen dieser großen schwarzen Apparate am Horizont auftauchen sah. Das Ding fauchte und rumpelte und verlegte etwas wie ein Rohr — eine eigenartige Röhre, ganz silbrig metallisch, mit blauen Reflexen, die darin entlangliefen. Während ich hinstarrte, veränderte sich das Gefunkel, wurde gelb und rot.

Natürlich saß ein Quarthex obenauf. Die Maschine hielt nach Süden zu, in etwa parallel zum Nil. Als ich zurückkam und Joanna davon erzählte, schaute sie sich die Karte an, und wir konnten uns nicht vorstellen, was es da draußen gab, das für irgend jemanden, selbst einen Quarthex, von Interesse sein konnte. Keine Ruinen oder sonstige antike Relikte, nein gar nichts. Sonderbar.

11. Dezember
Beni Hassan, ein nahezu verlassener Ort abseits vom Nil. Nachdem wir das fruchtbare Überschwemmungsland per Esel durchquert hatten, ging's einen steilen Pfad über den Abbruch der östlichen Wüste hinauf. In den dortigen Felsengräbern gibt es schöne Wandbilder und einige Statuen — die sind nur noch da, weil sie direkt aus der Felswand gehauen und mit ihr noch durch einen dicken Felssims verbunden sind. Vermutlich haben schon die alten Ägypter alles geklaut, was nicht niet- und nagelfest war. Das muß man den Quarthex zugute halten, sagt unser Führer, daß sie nichts wegnehmen. Sie sind ehrlich an der Wiederherstellung der Altertümer interessiert, nicht daran, alle möglichen Artefakte in ihre Ecke der Milchstraße heimzuschleppen.

Weiter flußaufwärts gingen wir am Rande einer weiten Staubebene an Land, die wir auf einem traktorgezogenen offenen Hänger durchquerten. Die Lehmziegelpaläste Echnatons sind verschwunden, außer einer Ecke des Nofretete-Palastes, wo diese berühmte Büste von ihr gefunden worden ist. Die königlichen Gräber in dem Berg dahinter wurden ziemlich demoliert — Namenssiegel unkenntlich gemacht, große Brocken aus den Wänden gebrochen, wohl von den Priestern, die nach Echnatons Tod seine monotheistische Revolution wieder rückgängig machten.

Die Wandmalereien sind sehr realistisch und lebendig; die Frauen haben sogar Brustwarzen. Der Tunnel von gestern verläuft wahrscheinlich hier irgendwo unten, vielleicht mündet er in die Gänge, die man tief unten in den Grabschächten des Königs erkennen kann. Auch die hat noch nie jemand gründlich erforscht. Es gibt Engstellen, die wahrscheinlich beliebte Schlupfwinkel für Skorpione oder Schlangen sind, vielleicht sogar Fallen für Grabräuber verbergen.

Während Joanna und ich so herumwandern und ein paar Aufnahmen von den Reliefs machen, höre ich ein Rascheln. Joanna hat die Taschenlampe mit, und wir spähen über eine Brüstung in einen geraden Schacht hinunter. Auf seinem Grund bewegt sich etwas, etwas verdammt Großes.

Wir brauchen eine Minute, um zu begreifen, daß das rötliche glatte Ding da unten kein von Geisterhänden bewegter Sarkophag ist, sondern der Rückenpanzer eines Quarthex. Er setzt so eine Art Saugnäpfe an die Wand an und zieht Kabel hindurch. Weiter hinten in den Schatten scheinen schon mehr davon befestigt zu sein.

Der Quarthex blickt auf, in den Lichtstrahl unserer Lampe, und huscht davon. Erforscht er die Gänge? Aber warum hat er sich so eilig davongemacht? Was gibt es zu verbergen?

12. Dezember
Den ganzen Tag Flußfahrt, die Ufer vorübergleiten sehen.

Joanna hat recht; ich brauchte diesen Urlaub wirklich. Ich merke das auch, wenn ich diese Aufzeichnungen lese — sie klingen immer weniger angespannt.

Das gilt auch für mich. Ehe man's gewahr wird, ist das Leben halb vorüber ... Und so fliehen meine Tage, wie die Quelle, rastlos hin ...

Der Alltag des Universitätslebens hat meine Fähigkeit, zu staunen, mich einfacher Dinge zu erfreuen, immer mehr abgestumpft. Der Nil hat etwas Endloses an sich, etwas frei Fließendes, frei von den Zwängen der Zeit. Ich fühle richtig, wie es war, hier einst zu leben, Teil einer großen kosmischen Uhr, des ewigen Laufs von Sonne und Mond, der alle Jahre wiederkehrenden

Flut. Der Nasser-Damm hat das Steigen und Sinken der Wasser bezwungen, nicht aber ihr gleichmäßiges machtvolles Dahinströmen.

Der tiefe zeitlose Friede durchdringt alles. Gestern abend, als Joanna und ich uns liebten, war es schöner als je zuvor. Großartig!

(Und ich weiß recht gut, daß du dies liest, Joanna — ich sah dich gestern heimlich das Heft aus dem Koffer holen! Tatsächlich, es *war* schöner denn je — bemerkenswert, nach all den Jahren. Und wir haben morgen und danach wieder ein Morgen ...)

> Halte das Glück wie den Vogel:
> so leise und lose wie möglich!
> Dünkt er sich selber nur frei
> bleibt er dir gern in der Hand.

Irgendwie ist mir danach, nächstes Semester die Vorlesung über die Dichter der Romantik zu halten. Oder sogar selbst etwas in der Richtung zu verfassen ...

Heute flogen drei Quarthex über uns hinweg. Sie führten augenscheinlich etwas wie widderköpfige Statuen mit sich. Der Reiseleiter sagt, daß die Araber und natürlich die Archäologen die alten Statuen an andere Plätze verschleppt hätten. Die Quarthex haben sich die Genehmigung verschafft, so viele wie möglich an die Originalstandorte zurückzuschaffen, soweit diese bekannt sind.

13. Dezember
Wieder ein Landausflug, Abydos — ein wunderbar erhaltener Kalksteintempel, von dem sogar noch das massive Dach intakt ist. Schäbige Lehmhütten drängen sich rundum, aber sie vermögen die eindrucksvolle massige Förmlichkeit des Baues nicht zu beeinträchtigen.

Die in einem Seitengang eingemeißelte Liste der Pharaonen beeindruckt allein schon durch die Zeitspanne, die sie umfaßt. Jeder Name auf dieser Liste war ein königlicher Pharao, ein lebender Gott, und die Namen bedecken eine ganze große Wand. Ägypten hat länger überdauert als irgendeine andere menschliche Staatsgemeinschaft, und die Menge der Namen an dieser Wand ist um so eindrucksvoller, als die Erbauer des Tempels dafür nicht einmal irgendeine bevorzugte Stelle für erforderlich hielten.

Nicht in der Liste enthalten sind Hatschepsut, als eine bloße Frau, und Echnaton, der skandalöse Monotheist. Ramses II. ließ alle Reliefs hier, besonders an den gigantischen Säulen, extra tief einschneiden, um einer Zerstörung vorzubeugen — eine Möglichkeit, der er sich nur zu bewußt war, weil er eifrig an den Tempeln seiner Vorgänger so verfuhr. Er ließ frühere Arbeiten wegmeißeln und seine eigenen Namenssiegel anbringen, offenbar in der Hoffnung, er könne sogar den Göttern vorspiegeln, er selbst hätte alle diese Tempel errichtet. Ach ja, die Unsterblichkeit.

Heute gab's ein kleines Erdbeben. Memento an Kalifornien!

Wir waren an Bord, und Joanna wanderte pflichtgetreu auf dem Hauptdeck hin und zurück, um das üppige Mittagessen abzuarbeiten. Wir sahen, wie die Palmen am Ufer wankten, und verdammt noch mal, sogar am Wasser war eine leichte Schockwelle zu beobachten, die von Osten nach Westen lief, und dann kam von Osten eine Art tiefes Rumpeln. Der Reiseleiter sagt, er hat so was noch nie gesehen.

Und dann heute abend. Von Osten und von Westen zogen sich rubinrot leuchtende Schleier den Himmel hinauf, ähnlich wie ein Polarlicht, nur in den falschen Himmelsgegenden. In Wellen schlug das Leuchten hoch, veränderte die Farbe, als es höher stieg, flammte golden auf, als sich die beiden Lichtwellen im Zenit trafen, und erlosch jäh. Ich könnte schwören, ich hörte ein hohes schrilles Summen, als die rotgoldene Scheitellinie pulsierend aufzuckte, quer über den ganzen Himmel.

Es waren nur wenige Leute an Deck, deshalb erregte das Schauspiel auch nicht viel Aufsehen. Nach Joannas Theorie handelte es sich einfach um das Feuer eines Raketentriebwerks.

Ein mitreisender Ingenieur meint, es müsse irgend etwas mit Magnetfeldern zu tun haben. Ich bin kein Naturwissenschaftler, aber mir scheint, was immer die Quarthex vorhaben, sie sind jedenfalls imstande dazu. Herren der Raumzeit nannten sie sich selbst bei den diplomatischen Zeremonien. Der Vertreter der Vereinten Nationen tat das als Übertreibung ab, aber die Quarthex könnten es ernst gemeint haben.

14. Dezember
Dendera. Ein weitläufiger Tempel, weniger gut bekannt als Karnak, aber nicht weniger eindrucksvoll. Quarthex waren dort, gruben an den Fundamenten herum. Der Reiseleiter meint, sie suchen vielleicht nach irgendwelchen geheimen Gängen. Die ägyptische Regierung läßt ihnen allem Anschein nach mehr als freie Hand.

Auf dem Rückweg zum Schiff kamen wir an einer Menschenmenge vorbei, Hunderten Personen, alle kostümiert. Ich dachte, es handele sich um eine Art Volksfest oder irgendeinen Humbug für die Touristen, aber der Reiseleiter runzelte die Stirn und meinte, er wisse auch nicht, was da los sei. Die Menge sang etwas, das auch der Führer nicht verstehen konnte. Er sagte, die groben Schurze seien typisch für die Kleidung des Altertums. Die Menge wirkte ziellos und desorientiert, schien sich aber auf den Tempel zuzubewegen. Mir kamen die Leute betrunken vor.

Der Reiseleiter erklärte, daß die gesamte Religion des alten Ägypten sich am Nil orientiere. Dieses Land ist im Grunde genommen zehn Kilometer breit und siebenhundert Kilometer lang, ein schmales Band Leben tragender Boden, eingezwängt zwischen zwei tödlichen Wüsten. Deshalb glaubten sie, die Götter hätten das so beabsichtigt, und der Nil sei der Mittelpunkt ihrer ganzen verdammten Welt.

Da die Sonne im Osten aufgeht, war das für sie die Gegend, wo alles beginnt. Das Ende, das Sterben, der Tod — das war im Westen, wo die Sonne verschwand. So begruben sie ihre Toten schon vor siebentausend Jahren auf der Westseite des Nils. In der Nacht leuchtete die versunkene Sonne in der Unterwelt, wo jeder letzten Endes hinkam. Irgendwie tröstlich, die Vorstellung, daß die Sonne so auch noch den Toten leuchtete. Allerdings nur den tugendhaften Toten. Wer nicht die Gesetze befolgte ...

Some are born to sweet delight,
Some are born to endless night.*

Ihr Kosmos wurde durch den Fluß sauber entzweigeteilt, und sie hatten etwas übrig für klare Verhältnisse. Sie erfanden den 24-Stunden-Tag, teilten ihn aber der Ordnung und Symmetrie halber in die Hälfte. Jede der zwölf Tagesstunden war im Sommer länger als die im Winter, und für die Nachtstunden galt natürlich das Umgekehrte. Ihr ganzes Staatswesen, versinnbildlicht durch eine unsterbliche Hand oder ein Auge, beruhte auf solch ehrfurchtgebietender Symmetrie.

Nächste Anlegestelle Luxor und dann nach Karnak. Die späteren Pharaonen konnten sich nicht mehr den Arbeitsaufwand für Pyramiden leisten, also gaben sie sich mit Grabanlagen in dem riesigen Komplex von Karnak zufrieden.

Ich stelle mir vor, daß es nicht lange dauern wird, bis irgendein Neureicher draufkommt, daß man sich um ein paar Millionen ein Grabdenkmal leisten kann, das größer ist als die Große Pyramide. Es wären nur ein paar

---

* Manche sind geboren für Freude und Glück,
manche dagegen der endlosen Nacht.

Millionen Kalksteinblöcke dazu nötig — oder besser noch Granit, und man könnte es besser isolieren und schützen. Wer nicht einen Kontinent erobern, eine Symphonie komponieren kann, der muß sich eben Steine anhäufen als Denkmal.

L'eternité
ne fut jamais perdue.*

Das Lichtspektakel an diesem Abend in Karnak war zeitweilig unheimlich, aber eindrucksvoll, mit dröhnenden Stimmen, die unmittelbar aus dem Stein zu kommen schienen. Ich sah einen Quarthex unter den Zuschauern. Er/es starrte vor sich hin, schien niemanden um sich zu bemerken, stieß aber auch mit niemandem zusammen.

Das Wesen wirkte fast verzückt. Die glitzernden Augen folgten alle vier gebannt den flackernden blauen und rotgoldenen Lichtflecken, die über die mächtigen Säulen, die umgestürzten riesigen Statuen wischten. Lichtreflexe glommen an der Schmierflüssigkeit der Gelenke auf, als es sich mit abgehackten klickenden Bewegungen vorbeugte. Irgendwie wirkte es ehrfürchtig. Hoch über die Menge ragend, lange Augenblicke reglos verharrend, gehörte es viel eher zu den riesigen erstarrten Gestalten aus Stein als zu uns einfachen Sterblichen ringsum, die wir respektvollen Abstand wahrten.

Der Anblick berührte uns seltsam. Neue Rätsel der Sphinx ... Wie in den Zeilen:

... a subtler Sphinx renew
Riddles of death Thebes never knew.**

---

* Die Ewigkeit geht nie verloren.

** ... neue alte Sphinx von feinerem Verstand
— Todesrätsel, die Theben nie bekannt.

15. Dezember
Ein großer Tag. Das Tal der Königinnen, der Edlen, und endlich das Tal der Könige selbst. Großartig!

Alles Trockentäler (Wadis), ersichtlich einfach zu bewachen und abzuschirmen. Nichtsdestotrotz wurden alle 62 bekannten Gräber — mit Ausnahme des Tutenchamun-Grabes — ausgeraubt, wahrscheinlich innerhalb weniger Jahrhunderte nach ihrer Entstehung.

Müssen wohl Insider am Werk gewesen sein.

Es gibt eine Theorie, daß das Ausrauben der Gräber eine notwendige Phase der Wirtschaft geworden sein könnte, ein Wiederverwerten aller Reichtümer und eine einfache Methode für den nächsten Pharao, zu eindrucksvollen Schaustücken für *sein* Begräbnis zu kommen. Also ein einfacher marktwirtschaftlicher Mechanismus, Freunde.

Später sammelten Priester die Mumien der Pharaonen ein und verbargen sie in einer Höhle in der Nähe, weil ihnen klargeworden war, daß die Gräber nicht alle geschützt werden konnten. Thutmosis III. ist erstklassig erhalten. Seine hakennasige Mumie ist in das Grab zurückgebracht worden — eine tiefreichende große Anlage, größer als unsere Wohnung, mit mehreren Stockwerken, die durch Rampen verbunden sind, mit Schatzkammern, Galerien usw. Die Inschrift darüber verkündet: *Du wirst wiederleben in Ewigkeit.*

Alles sauber ausgeräumt, natürlich, mit Ausnahme des Sarkophags, der zu schwer zum Wegschleppen ist. In den Pyramiden gab es Fallgitter, Schlagfallen, Fallgruben und Todesschächte, um unvorsichtige Grabräuber an ihrem Vorhaben zu hindern, hier dagegen nicht viel von dieser Art. Es ist schon ein seltsames Gefühl, wenn man sich diese alten Baumeister vorstellt, wie sie mit ihrem ganzen technischen Geschick Mord planten für eine ferne Zukunft, lange nach ihrem eigenen Dahinscheiden, nur um die Vergangenheit zu schützen.

Tod, wo ist dein Stachel ...

Ein Einkaufsnachmittag im Basar. Das alte viktorianische Hotel am Fluß hat Atmosphäre, aber wenig Gäste. Das Essen ist nach wie vor gut. Auch noch kein Reisedurchfall. Wir haben beide allerdings vor Reiseantritt vorbeugend eine Kapsel dieser speziellen Bakterien geschluckt, die sich in unseren Gedärmen mittlerweile munter vermehren und auf etwaige gemeine Fremdbakterien lauern. Sehr beruhigend.

16. Dezember
Weiter den Fluß entlang. Wir machen halt in Kom Ombo, einem Tempel des Krokodilgottes, durch dessen Bau vermutlich die Unmengen Krokodile in nahen Fluß besänftigt werden sollten. (Heutzutage gibt's im Nil keine mehr, leider, sie hätten die Flußfahrt interessanter gemacht ...) Eine Kammer enthielt 98 Krokodilmumien, wie Holzscheiter aufgestapelt.

Weiterfahrt. Ein paar Kilometer weiter südlich arbeiteten Trupps von Ägyptern am Flußufer. Sie zogen große Granitblöcke zum Wasser, auf untergelegten Rundhölzern. Ich stand an Deck und versuchte zu erkennen, ob sie wirklich nur Seile und einfache Flaschenzüge verwendeten und keine Maschinenwinden.

Dann entdeckte ich einen Quarthex am Scheitel der Klippen, aus denen die Blöcke herausgeschnitten wurden. Hochaufragend über die Arbeiter gestikulierte er mit diesen typisch abgehackten Bewegungen und rief etwas in einer annähernd menschlich klingenden Sprache, die ich jedoch nicht kannte. Der Reiseleiter kam heran, blickte stirnrunzelnd hinüber, aber auch er verstand nichts.

Die Arbeiter zogen Seile durch Rillen im Fels, schütteten immer wieder Sand und Wasser in die Ritze und schnitten so den Block durch simples, primitives Ausschleifen aus dem Fels. Mit dieser Methode mußte es Wochen dauern, auch nur einen herauszubekommen! Weiter hinten trieben andere Männer Holzplanken in die tiefen Rillen, hämmerten sie mit einfachen Holzschlegeln hinein. Dann schütteten sie Wasser über die Bretter, und man hörte bis zu uns den Stein krachen, als sich tief in der Rille das Holz ausdehnte.

So machten sie es zu Pharaonenzeiten, sagte unser Reiseleiter irgendwie betroffen. Immer noch bellt die metallische, verzerrte Stimme abgehackte Silben über die plackenden Menschen, durch die hitzeflimmernde Luft, weit über den Fluß.

Später

Machten halt in Edfu, einem gut erhaltenen Tempel, der bis ins späte 19. Jahrhundert unter mohammedanischem Schutt metertief begraben lag. Das ist das beste an einer Flußfahrt, daß man unmittelbar bei den verschiedenen Sehenswürdigkeiten vorübergleitet, sie so aus einem neuen Blickwinkel zu sehen bekommt und dann beinahe aus der Kabine heraus die Vergangenheit betritt, ohne durch das Heute gestört oder aus der Stimmung gebracht zu werden.

Nur diesmal gab's einige Aufregung, als einer der Mitreisenden ein Stück am Ufer entlangging, um das Schiff zu fotografieren — und plötzlich schießt etwas aus dem Schilf auf ihn los, die Besatzung schreit auf — ein Krokodil! Der Mann läßt die Kamera fallen und rennt.

Das Vieh musterte uns alle, fauchte und watschelte in den Nil zurück. Unser Reiseleiter ist ziemlich durcheinander, vielleicht noch mehr als der Bursche, der um ein Haar eine Krokodilmahlzeit abgegeben hätte. Wer hat im Nil wieder Krokodile eingesetzt?

17. Dezember

Assuan. Eine saubere, ansprechende Stadt. Der große Staudamm gleich südlich davon ist ein eindrucksvolles Denkmal sowjetischer Spitzentechnik etc. ... Der blanke Hohn, wenn man bedenkt, wie arm die Russen heute sind. Sie könnten einen Kredit und Wirtschaftshilfe von Ägypten brauchen!

Die beim Bau nicht vorhergesehenen Nebenwirkungen jedoch (der steigende Grundwasserspiegel verschlimmert die Insektenplage, in den Tempeln verwittern Reliefs, Wandmalereien modern, und der Stauraum selbst verschlammt immer stärker) werden nach und nach bedrohlich. Man plant, einen Kanal zu graben, um einen Großteil des neu herangeschwemmten Schlamms in die Wüste abzuleiten und dort ein ganzes Tal für den Anbau fruchtbar zu machen, aber ich kann mir nicht vorstellen, wie man genügend Wasser ableiten will, um den Schlamm mitzureißen, und trotzdem noch genug im Stauraum zurückbehalten kann.

Der Reiseleiter sagt auch, daß es Schwierigkeiten dabei gebe.

Nun flogen wir nach Süden bis Abu Simbel. Der Nasser-Stausee, der nun den ursprünglichen Standort der riesigen Tampelanlagen bedeckt, ist Hunderte Meilen lang. Im Jahr 2008 wurde er nochmals vergrößert.

Zur Zeit der Pharaonen lagen hier Dörfer und Steinbrüche für Baumaterial, und Handelsstraßen nach Süden zu den nubischen Königreichen. Jetzt ist alles schon lange im Wasser versunken.

Den gewaltigen Tempel Ramses' II., der gebaut wurde, um die angriffslustigen Nubier mit seiner Pracht und Majestät zu beeindrucken, und den seiner Königin Nofretari hat man allerdings vor dem Untergang gerettet. Die kolossalen Standbilder von Ramses II. wirken wie Verkörperungen seines Größenwahns. Auf den Reliefs im Innern ist er in *allen* wichtigeren Heldenrollen im Verlauf der großen Schlacht mit den Hethitern dargestellt — Gegner niedermetzelnd, Gefangene nehmend, dann dieselben Gefangenen sich selbst vorführend, der er von beratenden Göttern umringt ist — unter denen sich wiederum er selbst befindet! Und das alles für einen Kampf, der tatsächlich auf ein recht fragwürdiges Patt hinauslief. Beide Tempel wurden um gut dreißig Meter höher verlegt und in einer völlig künstlichen Felskuppe, die innen von dem größten Betongewölbe der Welt gestützt wird, wieder aufgebaut. Eine erstaunliche Leistung.

»Schaut meine Werke, ihr Mächtigen, und verzweifelt!«

Nur, als Shelley *Ozymanias* verfaßte, hatte er die so prächtig erhaltenen Bildnisse Ramses' II. nicht gesehen.

Als wir die Tempelanlage verließen, wirbelte ein plötzlicher Windstoß uns Sand in Augen und Mund, und ich entdeckte einen Quarthex. Das Wesen wühlte mit einem silberglänzenden Werkzeug im Sand, das rubinrotes Licht ausstrahlte. Neben ihm, auf einer schwebenden Ladeplattform, entdeckte ich einige dieser seltsamen röhrenähnlichen Dinger, die ich schon vor einigen Tagen gesehen hatte. Hier halfen auch etliche Männer und Frauen, schleppten technisches Zeug heran, das sie in die Löcher verlegten, die der Quarthex aushob.

Die Leute wirkten benommen, irgendwie wie Schlafwandler oder so. Ich winkte und rief einen Gruß hinüber, aber keiner von ihnen blickte auch nur auf. Mit Ausnahme des Quarthex. Sie haben natürlich keinerlei Mienenspiel, doch diese glitzernden Stielaugen musterten mich für einige lange Sekunden, und die dünnen Fühler um die Mundöffnung zuckten erregt.

Ich schaute weg. Ich weiß nicht, wieso, aber das Wesen war mir ein bißchen unheimlich. Gewiß, es blickte uns nicht gerade freundlich an. Vielleicht hatte es etwas dagegen, daß ich seinen Arbeitstrupp angerufen hatte.

Wir flogen nach Assuan zurück, entlang des unwahrscheinlich schmalen Bandes von Grün, das sich durch völlig unwirtliche Leere windet.

18. Dezember

Ich schreibe in der Dämmerung, bevor das Licht zu schlecht wird. Als wir heute morgen aufstanden und in die Stadt gingen, begann wahrhaftig der Boden unter unseren Füßen zu schlingern. Lehmhütten zerbröckelten, Schockwellen fegten über den Nil, das ganze verdammte Repertoire.

Wir schafften es zum Schiff zurück, aber da wußte auch keiner, was eigentlich los war. Im Radio gab man sich wortkarg, obwohl der Sender Kairo deutlich zu empfangen war. Ja, es hatte ein Erdbeben gegeben, überall am Nil entlang.

Das Sonderbare war, daß der Kapitän keinen anderen Radiosender hereinbekam. Nur Radio Kairo. Ansonsten Funkstille im gesamten Mittleren Osten.

Einige der Mitreisenden glauben, daß ein Krieg ausgebrochen ist. Kann schon sein, doch das ägyptische Militär hat jedenfalls keine Ahnung davon. Die Soldaten stehen nur am Kai herum, spielen mit ihren AK47 und schauen genauso verwirrt drein, wie wir alle es sind.

Am Nachmittag weiteres Gerumpel und neuerliche Erdstöße. Und jetzt, da das Tageslicht nahezu erloschen ist, erkenne ich am Himmel riesige Lichtschleier, und die Sternbilder sind irgendwie verschoben.

Joanna hat ein paar von ihren Pillen geschluckt. Sie versucht, ihre Nerven wieder in den Griff zu kriegen, und ich möchte ihr helfen, so gut ich kann. Wie ich diesen leeren, stumpfen Ausdruck hasse, den ihre Augen bekommen.

Wir müssen zusehen, daß wir hier verdammt schnell rauskommen.

19. Dezember

Es schadet nichts, wenn ich das alles niederschreibe, weil es sonst nichts zu tun gibt.

Als wir heute morgen aufstanden, war die Sonne aufgegangen, aber der Mond war nicht untergegangen. Und er ging auch den Rest des Tages nicht unter.

Natürlich können beide zugleich am Himmel stehen,

aber doch nicht den ganzen Tag lang? Joanna ist besorgt, nicht wegen des Mondes, sondern weil alle Passagierflüge abgesagt worden sind. Wir hätten heute nach Kairo zurückfliegen sollen.

Wieder Erdbeben. Diesmal wirklich schwere Stöße.

Mittags waren auf einmal überall Quarthex. In der Luft schwärmten sie von Osten und Westen heran. Einige tauchten platschend in den Nil ein — und kamen nicht wieder hoch. Andere brausten über uns hinweg nach Süden, zum Staudamm.

Niemand war so wagemutig, das Schiff zu verlassen — ich auch nicht. Verdammt, ich will nichts als heil nach Hause kommen. Joanna verläßt die Kabine gar nicht mehr.

Ungefähr eine Stunde später kam ein dunkelhäutiger Kerl in einem zerschlissenen grauen Anzug den Kai entlanggerannt und rief, der Damm sei *weg*. Einfach nur weg. Die Quarthex sammelten sich in kleinen Gruppen oberhalb, und es gab viel purpurne Lichtblitze und Gepolter und Krachen wie von Donner, und dann verschwand der Damm einfach.

Aber das aufgestaute Wasser ist nicht in einer Flutwelle zu uns heruntergeströmt. Der Mann sagte, es sei *in die andere Richtung* geflossen. Nach Süden.

Ich warf einen Blick über die Reling. Der Nil floß nach Norden.

Später an diesem Nachmittag gingen fünf Leute von der Besatzung in die Stadt. Mittlerweile zuckten unaufhörlich orangerote und goldene Lichtfinger über den Himmel und woben seltsame Muster. Von Norden her türmten sich Wolken heran, und dann trafen diese leuchtenden Strahlen dagegen und durchbohrten die Wolken mit einem weißen Lichtregen.

Immer noch wimmelte es überall von Quarthex. Hoch über den Wolken kann man einen seltsamen metallisch blauen Schimmer wahrnehmen, wie eine durchscheinende Kuppeldecke.

Immer wieder schießen Quarthex dort hinauf, manchmal direkt aus dem Nil auftauchend und in die Höhe sausend, bis sie nur noch als kleine Punkte zu erkennen sind. Sie kreisen dort oben herum, als wollten sie diesen seltsamen Schirm inspizieren, und dann stürzen sie wieder herunter wie Steine und tauchen in den Nil ein. Wie wildgewordene Bienen, sagte Joanna, und ihre Stimme zitterte.

Ein technisch versierter Mitreisender, ein Rockwell-Ingenieur, meint, *er* finde, die Quarthex veranstalteten einfach ein tolles Lichtspektakel. Einfach so ein Schauspiel, um Eindruck zu schinden, meint er.

Während ich das schreibe, kommen die fünf Besatzungsleute aus Assuan zurück. Sie sind dort in die großen Hotels gegangen, und dann zur Polizeidirektion. Man sagte ihnen, der Fernsehsender von Kairo sei vor zwei Tagen ausgefallen. Alle Flüge seien untersagt worden, weil die Quarthex so durch die Luft schossen, und wegen dieser bunten Strahlen.

Zumindest ist das die offizielle Version. Der Kapitän sagte, sein Vetter habe ihm erzählt, daß vor zwei Tagen doch einige Flugzeuge gestartet seien, aber die seien droben gegen irgend etwas geprallt. Gegen diesen blaumetallischen Schimmer?

Jedenfalls ist ein Flugzeug abgestürzt. Die anderen Maschinen konnten landen, allerdings schwer beschädigt.

Die Behörden schweigen darüber. Sie lassen nicht nur uns Touristen im Ungewissen — sie stecken offenbar überhaupt den Kopf in den Sand.

Ich hoffe, der Ingenieur hat recht. Joanna ist besorgt und unruhig, und wir haben zum Abendbrot kaum etwas gegessen, nur ein bißchen in dem kalten Lammbraten herumgestochert. Vielleicht klärt sich morgen alles auf.

20. Dezember
So war es. Wir wachten auf, gingen an Deck und sahen die Erde aufgehen.

Sie stieg über den Hügeln im Westen empor, weißblaue Wolken, Flecken von Grün und Braun, aber im wesentlichen gelbbraune Wüste. Wir blicken ja nach Westen, über die Sahara hinweg. Ich schreibe dies, während alle anderen ziellos herumrennen, wie Hühner, denen man den Kopf abgehackt hat. Ich sitze an Deck, und vom Ufer sind wildes Geschrei, ungezügelter Verkehr, ja sogar vereinzelte Gewehrschüsse zu vernehmen.

Jetzt kann ich weiter nach Osten blicken — entweder drehen wir uns, oder wir steigen sehr rasch, so daß wir mehr Überblick bekommen.

Wo Mittelägypten war, ist nun ein zerklüftetes langes schwarzes Loch in der Erdoberfläche.

Das Dunkle muß der Kalkstein unter dem Wüstensand sein. Sie haben das Niltal mitsamt einem Streifen Wüste auf beiden Seiten und mitsamt uns herausgerissen — und alles andere zurückgelassen. Und irgendwie heben sie das alles von der Erde ab.

Keine umherfliegenden Quarthex mehr. Außer diesem metallischen blauen Schimmer hoch droben ist nichts zu sehen.

Nur — jenseits davon steigt die Erde immer höher.

22. Dezember
Habe einen Tag übersprungen.

Gestern kamen wir sozusagen nicht einmal zum Denken. Nachdem ich meine letzte Eintragung gemacht hatte, kamen Scharen von Ägyptern den Kai entlang, stumm dahintrottend wie die damals in Abu Simbel. Nur diesmal waren es Tausende.

Und ein Quarthex führte sie an. Das Wesen trug eine riesige scheibenförmige Apparatur, die einen summenden Ton von sich gab. Wenn der Quarthex die Scheibe hob, änderte sich die Tonhöhe des Summens.

Mir schien davon der Kopf zu zerspringen, das Wasser schoß mir in die Augen. So als drücke mir eine riesige Hand den Schädel zusammen, daß alles verschwamm.

Um mich herum wälzten sich die anderen stöhnend auf dem Deck, auch Joanna.

Als der Quarthex unser Schiff erreicht hatte, war ich als einziger noch auf den Beinen. Seine gelbschillernden unsteten Augen glotzten mich ausdruckslos an. Dann wandte er den kantigen Kopf ab und marschierte weiter, ein unheimlicher Rattenfänger, gefolgt von langen Reihen Einheimischer.

Einige unserer Reisegenossen vom Schiff schlossen sich ihnen an. Starre glasäugige Gesichter. Ich schrie sie an, aber niemand, nicht ein einziger in der ganzen Prozession, blickte auch nur auf.

Joanna versuchte, mit ihnen zu gehen. Ich warf sie zu Boden und hielt sie fest, bis diese verdammte Spukparade weit entfernt war.

Nun ist das Schiff verlassen. Wir sind an Bord geblieben, einfach weil wir uns aus Angst nicht wegtrauen.

Was immer der Quarthex tat, beeinflußte bis auf ein paar Prozent alle Menschen in Reichweite. Ein paar Leute von der Besatzung sind auch dageblieben, betroffen, verängstigt, kaum ansprechbar, aber keine solchen Zombies.

Beim Abendessen waren es wieder weniger.

Am nächsten Morgen war niemand mehr da.

Wir mußten auf Nahrungssuche gehen. Die Besatzung mußte mitgenommen haben, was noch an Vorräten an Bord gewesen war. Ich schlich vorsichtig bis in eine Ladenstraße in der Nähe, aber es war alles geschlossen. Menschenleer. Vor wenigen Tagen hatten wir hier Kaftans und Alabastersphinxen und Nippes aus gehämmerter Bronze in dem malerischen Gewimmel der Läden gekauft, und jetzt war alles wie ausgestorben. Nirgendwo ein Laut, nicht einmal eine streunende Katze.

Ich wagte mich auf die Rückseite eines heruntergekommenen dreckigen Kaffeehauses, über das ich die Nase gerümpft hatte, als wir auf unserem Einkaufsbummel vorbeigekommen waren. Ich erinnere mich, gedacht zu haben, daß Durchfall hier wohl das einzige sei, was man bekommen könne. Jetzt war ich froh, in einem Schrank ein paar tagealte Früchte zu finden.

Beim Herauskommen lief ich beinahe einem Trupp Ägypter in die Hände, die die Straße heraufmarschierten. Zombies.

Sie wirkten zwar irgendwie wie ein Polizeitrupp, aber einer in Karnevalsaufmachung — Lendenschurze, schwere Ledergürtel, Schmuckperlen und Armreifen, die Haare mit Wachs steif modelliert. Sie trugen Lanzen mit scharfen Spitzen.

Gut, daß ich so auf der Hut war, sonst wären sie förmlich über mich gestolpert. Ich hörte sie kommen und huschte in ein dreckstarrendes Gäßchen. Sie suchten systematisch das Viertel ab, durchstöberten die armseligen Wohnungen über den Läden. Ihr Kapo bellte Befehle in einer Sprache, die ich nicht kannte — abgehackt, guttural, nicht wie das heutige Ägyptisch.

Ich entwischte ihnen nur knapp.

Danach ließen wir uns nicht mehr blicken. Wir blieben unter Deck und warteten auf den Nachteinbruch.

Nicht, daß wir uns in der Dunkelheit sicherer gefühlt hätten. An Land waren Feuer aufgeflammt. Nicht in Assuan selbst — die Stadt war finster, vollkommen finster. Nein, die zuckenden gelbroten Lichtpunkte sprenkelten die Hügel weiter landeinwärts. Überall auf den ausgedörrten Hängen waren sie zu sehen und bildeten die Grenzwälle zur richtigen Wüste, die sich dann weit nach Osten und noch weiter nach Westen zieht — oder vielmehr gezogen hat …

Jetzt, vermute ich, sind in beiden Richtungen bestenfalls ein paar Meilen Wüste übrig, bevor man — was erreicht?

Mit Joanna kann ich darüber nicht reden. Sie hat wieder diesen gehetzten, verängstigten Gesichtsausdruck wie damals vor ihrem Nervenzusammenbruch. Sie ist in sich gekehrt und schweigsam und bleibt in der Kabine.

Wir haben das vertrocknete Obst und Grünzeug verzehrt. Jetzt gehen wir schlafen.

23.Dezember

Heute kamen wieder einige dieser Zombiepatrouillen vorbei. Sie trotteten den Kai herunter, starrten die Touristenboote an, die hier vertäut waren, aber aus irgendeinem Grund kamen sie nicht an Bord.

Wir sind jetzt ganz allein hier. Alle Besatzungen, alle Touristen sind fort.

Aber das ist nicht die wichtigste Neuigkeit. Gegen mittag nämlich, als wir wirklich hungrig wurden und ich den Mut aufzubringen versuchte, nochmals in die Ladenstraße zu gehen, da hörte ich plötzlich ein Dröhnen über uns.

Seit Tagen hatte ich kein Flugzeug mehr gehört — und das hier waren Düsentriebwerke, und allem Anschein nach hatte der Pilot Schwierigkeiten.

Ich ging an Deck, nachdem ich mich vergewissert hatte, daß keine dieser Patrouillen in der Nähe war, und das Dröhnen wurde lauter. Es war ein kleiner gedrungener Düsenflieger mit Stummelflügeln, der ziemlich tief über dem Wasser herunterkam, hustend und stotternd und schließlich ganz verstummend.

Die Nase senkte sich und tauchte mit einem gewaltigen Aufspritzen in die Wellen des Nils. Ich hielt den Piloten für verloren, aber das Ding schwamm für einige Zeit ganz tüchtig auf dem Wasser, und dann klappte die Cockpithaube zurück, und ein Mann kletterte heraus.

Ich rief ihn an, er winkte zurück und schwamm auf unser Schiff zu. Augenblicke später sank seine Maschine.

Er erwischte ein herunterhängendes Tau und kletterte

an Bord. Wahrhaftig — ein Amerikaner. Aber das war nicht die größte Überraschung, sondern das, was er zu erzählen hatte.

Er war nicht irgend so ein Wolkenhüpfer von Kairo. Er war ein Astronaut.

Er war Teilnehmer einer Rettungsmission, die man uns nachgeschickt hatte in der Hoffnung, gegen die Absichten der Quarthex noch etwas unternehmen zu können. Er hatte mit den anderen bald den Kontakt verloren, aber es hatte so ausgesehen, als ob alle auf dieser seltsamen Insel im All, zu der Ägypten geworden war, hatten heruntergehen müssen.

Wir ziehen jetzt in einer Entfernung von etwa zwei Erdradien auf einer langsam sich ausweitenden Umlaufbahn dahin. Wir sind umgeben von einem Schutzschild, der — wie auch immer — die Luft zurückhält und alles andere — kosmische Strahlung, Telekommunikation, Raumschiffe — fernhält.

Irgendwie haben die Quarthex eine Schicht Ägypten von der Erde gelöst und ziehen nun damit davon. Kein Mensch hatte die leiseste Ahnung, daß so etwas in ihrer Macht stünde. Niemand auf der Erde weiß, was man dagegen unternehmen kann. Die Quarthex, die sich gerade nicht in Ägypten aufhielten, starteten einfach mit ihren Schiffen und kamen nach.

Er heißt Ralph Blanchard, und er hatte den Auftrag, mit seinem schnellen Raumboot unter der davonschwebenden Insel Ägypten durchzufliegen und wenn möglich festzustellen, wie die Schicht Land losgerissen worden war. Eine erhebliche Menge war abgebröckelt und zurückgefallen.

Auf der Unterseite der riesigen Landscholle sind Reihen von silbrigen Kapseln angebracht, sagt er, die offenbar gewaltige Antigrav-Einheiten sind. Es muß sich um die gleiche Apparatur handeln, die die Flugschiffe der Quarthex antreibt und deren Geheimnis wir so gern herausbekommen hätten.

Die Kapsel sind in einem Gitternetz von rund einer Meile Maschenweite verteilt. Dazwischen wimmelt es von Quarthex. Sie bauen, bestellen das Land — alles praktisch kopfunter! Wie es scheint, wirkt die Schwerkraft auf der Unterseite in umgekehrter Richtung. Wahrscheinlich wird so die ganze Landscholle überhaupt zusammengehalten — indem sie von beiden Seiten durch künstliche Schwerkraft zusammengedrückt wird. Wie diese Abschirmung oben geschaffen wird, wissen die Götter.

Das Sonderbarste aber ist der Nil. Es gibt auch auf der Unterseite einen Nil.

Er beginnt unterhalb von Alexandria, wo *unser* Nil ins Mittelmeer fließt — geflossen ist. Von dort fließt er zurück, die ganze Unterseite entlang, durch ein eigenes neues Niltal. Dann kommt er herauf über die Kante der Landscholle und wird ein paar hundert Meilen flußaufwärts zu unserem Nil.

Die Quarthex haben den Stauraum des Nasser-Dammes abgelassen, und der Nil fließt wieder in seinem alten Bett. Die gewaltigen Tempelanlagen Ramses' II. sind mit ihrem künstlichen Hügel weit vom Fluß entfernt, aber Ralph ist sicher, Quarthex dort an der Arbeit gesehen zu haben, die das Bauwerk zerlegen.

Er meint, sie würden es wieder an seinen angestammten Ort zurückversetzen, wo es bis zum Bau des Damms in den Sechzigerjahren des vorigen Jahrhunderts gestanden hatte.

Ralph sollte nach seinem Erkundungsflug nach Orbital City zurückkehren. Bei seinem letzten tiefen Überflug prallte er jedoch gegen die Abschirmung, die die Luftschicht festhält. Sein Raumboot wurde beschädigt.

Er hatte einen Suborbitalflieger bekommen, mit dem beliebig oft ein Wiedereintritt in die Atmosphäre möglich war, für den Fall, daß er in den Luftraum der Landscholle eindringen könnte. Das war seine Rettung. Andere waren auf den Schirm geprallt und durchgebrochen, Piloten mit konventionellen Raumgleitern und ähnlichem, und sie fielen hinunter wie Steine.

Wir haben über alles herumdiskutiert, aber keiner von uns hat eine brauchbare Theorie, was da eigentlich vor sich geht. Hauptsache, wir gehen den Patrouillen aus dem Weg.

Joanna hat inzwischen in den verstecktesten Stauräumen des Schiffs herumgestöbert und eine ganze Kiste Skivaa entdeckt, ein billiges ägyptisches Bier. Nachdem ich diese schon zum Ritual gewordene Eintragung abgeschlossen habe — wer weiß, eines Tages steht das alles vielleicht in den Geschichtsbüchern, und als pflichtgetreuer Akademiker sollte ich die Geschehnisse auch weiterhin für die Nachwelt aufzeichnen —, werden wir drei diese Kiste Bier gemeinsam vertilgen. Ich hoffe, es reicht für ein anständiges Besäufnis. Joanna würde es guttun. Sie ist ziemlich mit den Nerven runter. Außerdem:

> Malt does more than Milton can
> To justify God's ways to man.*

24. Dezember
Dieses kleine Tagebuch war alles, was ich mitnehmen konnte, als die Zombies kamen. Ich trug es zufällig in der Tasche.

Immer wieder überdenke ich, was geschehen ist. Ich hätte nichts tun können, davon bin ich überzeugt, und doch …

Wir waren unter Deck geblieben. Mittlerweile waren wir schon wieder verdammt hungrig, aber wir hatten zu viel Angst, um uns hinauszuwagen. In der Ferne war hymnenartiger Gesang vernehmbar, der immer lauter

---

* frei übersetzt:
Malz(bier) hilft dem Menschen mehr als alle Werke
Miltons, Gottes Wege zu begreifen.

wurde. Dann Schritte an Deck. Wir zogen uns in die kleinen Dritte-Klasse-Kabinen achtern zurück.

Die Geräusche kamen näher. Ralph meinte, wir sollten uns stellen und kämpfen, aber ich hatte diese Lanzen gesehen, und ich bin auch nicht mehr in dem Alter, da man sich gern mit solchen Verrückten anlegt.

Joanna geriet in Panik. Es war wie bei ihrem Zusammenbruch, schlimmer noch. Das Nervenzittern wurde immer heftiger, bis es ihren ganzen Körper schüttelte, die Finger krallten sich wie Klauen ins Haar, die Augen waren zugepreßt, das Gesicht verzerrte sich. Sie war für ihre Umwelt nicht mehr zugänglich.

Ich konnte nichts mit ihr anfangen, sie wollte und konnte nicht still sein. Sie riß sich los und stürzte aus der Kabine, in der wir uns verbargen, stürmte einfach kreischend den Gang entlang auf sie zu.

Ralph schlug vor, wir sollten die Ablenkung ausnützen und versuchen wegzukommen, und ich sagte, ich müsse bleiben und ihr helfen, aber dann sah ich, wie sie sie packten und festhielten, nicht irgendwie grob. Es sah nicht so aus, als ob sie ihr irgend etwas antun würden, außer sie mitzunehmen.

Und da bekam meine Angst die Oberhand. Es fällt mir schwer, dies niederschreiben. Ein Teil meiner selbst sagt, ich hätte bleiben, sie verteidigen müssen — aber es wäre aussichtslos gewesen. Man wird kaum jemals im Leben seinen Idealen gerecht. Die Welt der Literatur zeigt immer wieder Menschen, die sich zu ungeahntem Mut aufschwingen, aber das ist doch ein bißchen etwas anderes als schiere Dummheit. Zumindest versuche ich mir das einzureden.

Die Zombies hatten uns noch nicht entdeckt, also ließen wir uns möglichst lautlos über Bord gleiten.

Wir stiegen über die flußseitige Laderampe hinunter. Ralph schwamm vorsichtig ums Heck, um zum Ufer zu sehen, und kehrte mit besorgter Miene zurück. Der Kai wimmelte von Zombies.

Wir mußten sehen, daß wir wegkamen. Die einzige Möglichkeit war, den Fluß zu durchschwimmen.

Diese zittrige Schrift rührt von völliger, schierer Erschöpfung her. Ich schwamm und schwamm, und es kam mir vor wie eine Ewigkeit. Das Wasser war nicht so übel, einigermaßen warm, aber die Strömung brachte uns immer wieder aus der Richtung. Ein Glück, daß der Nil an dieser Stelle ziemlich schmal ist und immer wieder verwitterte Felsinselchen aus dem Wasser ragen. Mehrmals hielt ich mich daran fest, um auszuruhen.

Niemand sah uns, oder zumindest unternahm niemand etwas.

Wir krochen an Land wie halbertrunkene Ratten. Es gibt dort einen großen Hügel mit vielen alten Felsengräbern. Ich dachte zuerst, wir könnten in einem davon Unterschlupf suchen, und stolperten mit weichen Knien den Hang hinauf, doch dann sahen wir Scharen von Leuten oben.

Und einen Quarthex, ein großes Exemplar mit schimmerndem Panzer. Er trug auch irgend etwas auf dem Kopf. Angeblich tragen die Quarthex keinerlei Kleidung, aber der hatte einen seltsamen Kopfputz, einen mächtigen Vogelkopf mit schmalem langen Schnabel und schwarzglitzernden Augen.

Rundum ging es zu wie in einem Tollhaus. Lange Reihen von lastentragenden Menschen, seltsame eintönige Gesänge summend. Quarthex, die auf ihren Schwebeplattformen herumsausten. Und über allem eine sengende, stechende Sonne.

Für eine Weile blieben wir in unserem Versteck. Ich stellte fest, daß dieses Tagebuch in seinem Etui aus Leder dank dem Reißverschluß im Fluß kaum naß geworden ist, und begann zu schreiben. Joanna sagte einmal, ich hätte mich wohl schon in der Pubertät als eine Art Abwehr gegen meine Umwelt in die Bücher zurückgezogen. Sie hatte für alles ihre psychoanalytischen Erklärungen — es war sozusagen ihr Hobby. Sie meinte immer, wenn sie sich selber verstehen lernte, käme alles in Ordnung. Nun, vielleicht habe ich tatsächlich Worte und Bücher und ein ruhiges, geordnetes Leben als eine Art Zuflucht benutzt. Na und? Das war jedenfalls besser als diese ›reale‹ Welt, die mich jetzt und hier umgibt.

Ich dachte an Joanna und was wohl mit ihr geschah. Die Quarthex können …

Fortsetzung

Während ich schrieb, kamen die Quarthex auf einmal näher. Ich meinte schon, jetzt sei alles aus, aber sie sahen uns nicht. Sie drehten nur die großen kantigen Köpfe und musterten die Gegend. Dann entfernten sie sich wieder. Die Gesänge der Arbeiter waren ein zermürbender dröhnender Singsang, der nach und nach in der Ferne verklang.

Wir schauten, daß wir wegkamen.

Ich schreibe während einer kurzen Rastpause. Bald müssen wir weiter.

Es gibt keine Zuflucht mehr als die gottverdammte Wüste.

25. Dezember

Weihnachten.

Ich muß dauernd an einen fetten knusprigen Truthahn mit würziger Fülle und pikanten Preiselbeeren denken, mit einem trockenen Weißwein, sämiger Bratensoße …

Aber das ist sinnlos. Wir fanden heute an einer verlassenen Baustelle endlich etwas zu essen, Brot, das mindestens eine Woche alt war und ein paar vertrocknete Früchte. Das war alles.

Ralph drängte darauf, weiter nach Westen zu kommen. Er möchte über die Kante sehen, nachschauen, wie sie diese Landscholle zusammenhalten.

Mich interessiert das nicht so besonders, aber ich

weiß nicht, wohin wir sonst sollen. Die Angst hält mich auf den Beinen und vielleicht auch meine wissenschaftlichen Instinkte — die Tatsache, daß ich dieses Tagebuch immer noch weiterführe. Das hält mich bei Verstand — falls ich überhaupt noch einen habe.

Ralph meint, diese Niederschrift könnte einmal wertvoll sein. Nur müßte man sie irgendwie nach draußen bringen. So mache ich also weiter. Buchstaben, Wörter, Sätze. So viel klarer und sauberer als diese staubige surrealistische Welt.

In der Ferne sahen wir wieder einen Trupp Leute in Lendenschurzen. Mir fiel plötzlich ein, wo ich diese Art von Kleidung schon gesehen hatte — auf den prachtvollen Wandmalereien in den Gräbern im Tal der Könige. Es ist die Kleidung der alten Ägypter.

Ralph glaubt zu wissen, was vor sich geht. Die Quarthex hatten, als sie die riesige Landscholle losrissen, auf der wir jetzt gestrandet sind, eine Nachricht auf allen Kommunikationsfrequenzen ausgesendet. Keiner hatte viel davon verstanden — es war alles in dieser verstümmelten, verzerrten Sprache mit durcheinandergewürfelten Wörtern gekommen, die ihrer Vorstellung von menschlicher Redeweise entsprach. Irgendwas über ihren Auftrag oder ihre Bestimmung, das Beste von jeder Welt zu fördern. Und daß sie mit den Ägyptern einen Handel abgeschlossen hätten, die unerfüllten Verheißungen ihrer majestätischen Vergangenheit zu verwirklichen und so weiter. Und damit die Früchte der Äonen reifen könnten, müsse das Land abgetrennt werden.

Ha! Große Zeiten kehren wieder — nur hat Shelley sich das wohl anders vorgestellt.

Nicht, daß mir Gründe und Ursachen jetzt besonders wichtig wären ... Ich mußte den ganzen Tag über an Joanna denken, und ich fühlte mich immer noch schuldig, während wir in Hitze und Staub nach Westen trotteten und uns vor Trupps glasig vor sich hin starrender Arbeiter verbargen, wenn es nötig war.

Bei Sonnenuntergang erreichten wir den Rand. Ich hatte nicht darüber nachgedacht, aber es war klar, daß es nur Tag und Nacht geben konnte, wenn sie diesen flachen Erdquader, auf dem wir uns befinden, um die Längsachse rotieren lassen.

Sie halten diesen neuen Asteroiden zusammen, halten die Atmosphäre fest, sorgen für gerade die richtige Rotation — Herren von Raum-Zeit-Fluß, fürwahr.

Vor uns fiel der Grund ab. Es war nicht so, als steige man einen Abhang hinunter, nichts zog uns die Schräge hinunter. Ich meine damit, daß wir den Eindruck hatten, uns horizontal zu bewegen. Aber wenn wir den sehr nahen Horizont beobachteten, wußten wir, daß das nicht stimmte.

So holten wir den Sonnenuntergang ein. Eine Weile entsprach der Sonnenstand für uns dem späten Nachmittag, dann schien die Sonne wieder höher zu steigen, bis sie direkt über uns stand.

Nun konnten wir auch die Erde wieder sehen, weiter entfernt als gestern, kühl und blau.

Wenig später kamen wir an eine Wand aus schimmernden Metallröhren, die von einem wabernden kaltblauen Glimmen umgeben waren. Als wir näher kamen, wurde mir immer flauer zumute. Irgend etwas passierte mit der Schwerkraft, mein Magen fühlte sich an, als würde ich wild herumgeschleudert. Endlich war es nicht mehr möglich, weiterzugehen. Wankend blieb ich stehen, mir war übel, als wäre ich seekrank. Ralph wollte nicht aufgeben. Ich beobachtete, wie er versuchte, näher an die metallene Barriere heranzugehen, die mir jetzt vorkam wie eine Fata Morgana aus leuchtenden Eisbergen, die über der ausgedörrten Wüste schwebten.

Später erzählte er mir, er habe versucht, in gerader Linie zu gehen. Ich jedoch sah, wie er mit weichen Knien hin und her schwankte, und es sah aus, als ob er sich welle und ausdehne, sich horizontal strecke, während irgendeine Kraft ihn vertikal zusammenpreßte, das eiförmige Zerrbild eines Menschen, eine von den Wogen der Gravitation verformte Masse.

Bald begann er zu taumeln, zu fallen. Er schrie — es war ein entsetzlicher, entstellter Laut, als würde zähes Papier zerrissen, langsam, unerbittlich, nichtendenwollend. Er wandte sich zur Flucht. Der Sand griff wie mit staubigen Fangarmen nach dem Laufenden, zog sich in glitzernden Schwaden hinter ihm her — aber festhalten konnte ihn die Wüste nicht. Ralph taumelte auf mich zu, keuchend, mit weitaufgerissenen Augen, in denen das Grauen stand.

Wir machten uns auf den Rückweg.

Nach einer kleinen Weile bemerkte ich eine Gruppe von Männern und Frauen, die seltsam hölzern auf uns zumarschierten, an uns vorbeizogen, ohne uns zu bemerken, und unbeirrt auf die Barriere zuhielten. Fast alle waren alt und krank. Einige hatten Verletzungen — wir sahen die offenen Wunden.

Schweigend und unaufhaltsam zogen sie zum Rand der Welt.

Ralph und ich folgten ihnen ein Stück. Als sie in die Nähe der Barriere kamen, erhoben sie sich einfach aus dem Sand, als würden sie eine unsichtbare Treppe hinaufsteigen, einfach in die Luft hinauf.

Und über die schimmernden Röhren.

Sie waren ungehindert darübergeschwebt.

Wir beschlossen, uns nach Süden zu wenden. Vielleicht war der Rand dort anders beschaffen. Ralph sagte, nachdem die Generale die Ergebnisse der ersten flüchtigen Erkundungsmission studiert hätten, hätte man offenbar geplant, die Abschirmung an der Oberfläche zu durchbrechen, und zwar dort, wo der Nil über die Kante strömt. Dann wollte man die Menschen per Boot den Nil entlang hinausbringen.

Ob sie das jetzt schon versuchten? Manchmal hörten wir ein Dröhnen am Himmel, auch den fernen Donner von Explosionen. Ralph ist da nicht sehr hoffnungsvoll und meint eher bitter, daß die Quarthex irgendwann einmal dieser Eindringlinge müde werden und sich mit dem Ursprung dieser Belästigungen befassen könnten.

Ich weiß es nicht. Ich bin müde und ausgelaugt.

Könnte es eine Fluchtmöglichkeit geben? Es klingt unmöglich, aber es ist die einzige Hoffnung, die wir haben.

Weiter nach Süden, zum Ursprung des Nils.

Heute nacht sind wir in einer kleinen Höhle untergekrochen. In der Wüste draußen ist es bitter kalt, und unser Sonnenbrand macht uns auch zu schaffen.

Ich bin verdammt hungrig. Schöne Weihnachten.

Jetzt hätten wir schon wieder daheim in Laguna Beach sein sollen.

Gott weiß, wo Joanna jetzt ist.

26. Dezember

Bin noch einmal davongekommen. Sehr knapp.

Die Quarthex arbeiten jetzt in Suchteams. Sie haben die Wüste offenbar in Planquadrate eingeteilt und fliegen sie systematisch mit ihren Schwebeplattformen ab. An beiden Enden des Fluggeräts sind lange Rohre wie Geschütze montiert, und je ein Quarthex visiert damit über das sandige Gelände.

Ralph und ich krochen zum Eingang unserer Höhle und beobachteten, wie sie die Gegend durchkämmten. Am Nilufer beginnend, flogen sie ihre Suchstreifen ab. Als sich eine der Rohrmündungen auf uns richtete, traf mich etwas; es war wie eine warme feuchte Welle, die einem ins Gesicht schlägt. Ich wurde auf die Knie geschleudert, taumelte zurück, kroch weiter in die enge Höhle hinein.

Da ließ das Gefühl nach, verging, als hätte die Welle mich in den erstickenden Schlamm des Meeresbodens geschleudert und weiche nun zurück.

Einen Augenblick später war es vorüber. Keuchend rollte ich mich herum und sah, wie Ralph hinaus ins

Sonnenlicht stolperte, hin zu dem Schweber der Quarthex. Das Projektorrohr war auf ihn gerichtet, so daß die Höhlenmündung offenbar nicht mehr in seinem Ausstrahlungsbereich war. Nur deshalb hat mich die Welle losgelassen.

Ich sah, wie sie eine Strickleiter herunterließen. Fügsam kletterte Ralph hoch. Ich wollte ihm zurufen, ihn anschreien, versuchen, die hypnotische Wirkung dieses Geräts zu brechen, doch wieder einmal war der bessere Teil der Tapferkeit die Vorsicht — ich sah untätig zu. Sie brachten ihn fort.

Ich wagte erst wieder in der Dämmerung, mich zu rühren. Jetzt, da ich niemanden mehr habe, mit dem ich reden kann, ist es viel schwerer, die Angst zu bezwingen.

Gott, bin ich hungrig! Hab rein gar nichts zu essen gefunden.

Als ich dieses Tagebuch hervorholte, sah ich das Lederetui und erinnerte mich an Geschichten von Leuten, die so hungrig waren, daß sie ihre Schuhe aßen. Hinreichend weichgekocht und gesalzen, mit einer schmackhaften Soße natürlich.

In ein, zwei Tagen wird mir diese Vorstellung wohl nicht mehr so komisch vorkommen.

Ich muß weiter.

27. Dezember

Schreiben fällt mir schwer.

Heute früh haben sie mich erwischt.

Es ist wie eine Klammer um den Kopf. Wie das erste Mal. Es drückt einem das Gehirn zusammen.

Nach einer Weile wird es besser. Angenehmes Gefühl. Nur so ein Summen die ganze Zeit, man kann nicht denken.

Entdeckten mich, als ich ein Trockental durchquerte. Hatte keine Ahnung, daß sie in der Nähe waren. Eine Suchplattform.

Brachten mich zu einigen anderen. Alles Ägypter. Sie haben sie eingefangen wie mich.

Ließen uns zum Nil marschieren.

Mehr als genug zu essen.

Mittags eine lange Rastpause.

Sie brachten Joanna zu mir. Es geht ihr gut. Sieht hübsch aus in dem langen fließenden Gewand, das die Quarthex ihr gaben.

Überall um uns sind die Vogelköpfigen. Ich erinnere mich. Ibis, der Vogel des Nils. Und Hundeköpfige. Löwenköpfige.

Die Götter der Alten Zeit. Die Quarthex sind die Götter der Alten Zeit, des großen Reiches.

Wir sind das Volk.

Manchmal kann ich denken, wie jetzt. Sie schicken mich von den Arbeitstrupps weg, Besorgungen machen. Ich bin alt und nicht mehr stark. Sie sind freundlich — geben mir leichte Arbeiten.

So kam ich hierher, wo ich dieses Tagebuch versteckt habe. Bevor sie mir die alten unbequemen Kleider wegnahmen, steckte ich das kleine Buch in eine Felsritze. Den Stift auch.

Das Schreiben hilft. Mein Verstand wird klarer.

Ich sah Ralph, dann verlor ich ihn wieder aus den Augen. Nach der Mittagsrast habe ich schwer gearbeitet. Die Sonne war angenehm. Ich hob Krüge hoch und trug sie dorthin, wohin mich der Vorarbeiter schickte.

Der Quarthex-Gott mit dem Ibiskopf baut einen neuen Tempel. Aus den Steinen und Ziegeln von Assuan. Es wird ein kühler tiefer Tempel mit vielen Säulen werden.

Sie haben meine schmutzigen Kleider mitgenommen. Gaben mir einen frischen Schurz, ein Stirnband, Sandalen. Angenehm, besser als meine alten Kleider.

Es fällt schwer, mich an das zu erinnern, was war, bevor ich herkam. Bevor ich den Fluß kannte und seinen Lauf und wie er die Welt teilt.

Ich werde mich ausruhen, bevor ich zu lesen versuche, was ich früher hier geschrieben habe. Die Wörter sind schwierig zu verstehen.

Tage später
Ich komme wieder, aber ich kann nur wenig lesen.

Joanna sagt, du sollst das nicht. Der Ibisgott will es nicht.

Ich erinnere mich, ich habe diese Wörter auf Papier geliebt, in den Tagen vorher. Ich habe mein Essen damit verdient. Jetzt sind sie leer. Es war wohl keine Wahrheit in ihnen.

Ich brauche sie nicht mehr.

Ralph und seine Wissenschaft. Auch das waren nur Wörter.

Später
Viele Tage her, daß ich dies hervorhole. Ich tue gute Arbeit, ich esse, Joanna ist bei mir in der Nacht. Viele gute Dinge. Ich will das nicht mehr lesen.

Aber heute ist wieder so ein Ding über unsere Köpfe gedröhnt. Es schoß über die Wüste wie ein kreischender schwarzer Vogel. Wie der Falke. Dann fiel es herunter, Flammen, lautes Brüllen.

Ralph fiel mir ein.

Dieses Buch fiel mir ein, ich holte es.

Der Ibisgott spricht zu uns bei jedem Sonnenuntergang. Wie unser Leben wieder Glanz und Ruhm gewonnen hat. Wir sind wiederum ein Volk, nachdem wir lange, lange Zeit verloren waren.

Was der rote Untergang der Sonne bedeutet. Der Ort, wo die Toten in der Wüste des Westens wohnen. Wie man im Sterben nahe an den Rand gebracht wird, wie die Toten ihre letzten Schritte auf dieser Welt tun und dann hinübergehen über die Grenze hinunter in die Unterwelt.

Dort wird der Löwengott sie aufnehmen. Ihnen neues Leben schenken.

Die Quarthex haben entdeckt, wie die Toten jeder Lebensart wieder zum Leben erweckt werden können. Dieses Geheimnis verbreiten sie unter den Sternen.

Aber nur jene dürfen daran teilhaben, die verstehen, die es verdienen, die sich der großen Symmetrie des Lebens beugen.

Eine Seite Licht, eine Seite Dunkelheit.

Die Sonne erhellt die Unterwelt, wenn für uns Nacht ist. Dort feiern und lieben und lachen die Toten und leben für alle Zeiten.

Ralph hat es gesehen. Das glückliche Land der Unterwelt. Auch dieses hat Teil an der Sonne.

Ich habe Ralph heute gesehen. Er kam an den Fluß, um das Falkending in den Wolken kreischen und fallen zu sehen. Wir alle kamen.

Es stürzte in den Fluß und wurde verschlungen und wird von den Wassern über den Rand der Welt in die Unterwelt getragen werden.

Ralph war traurig, als der Falke stürzte. Er sagte, es sei falsch, daß man das Ding geschickt habe. Daß es jemand aus der alten toten Zeit geschickt habe.

Ralph arbeitet im Steinbruch. Er schneidet die Kalksteinblöcke. Er schaut gut aus. Die Sonne hat die Hand auf ihn gelegt und ihn stark und braungebrannt gemacht.

Ich begann von der Zeit zu reden, da wir uns getroffen hatten, aber er runzelte die Stirn.

Das war, bevor wir verstanden, sagte er. Er schüttelt den Kopf. Ich solle jetzt nicht mehr davon sprechen. Ich weiß

Die Götter kennen die Zeit und den Fluß. Die Götter wissen und verstehen.

Jetzt bin ich müde.

Wieder später
Joanna ist krank. Ich versuche zu helfen, aber es gibt keine Möglichkeit, das Bluten aufzuhalten.

Früher hätte ich alles versucht, um zu verhindern, daß das Leben aus ihr herausrinnt. Ich wäre traurig gewesen.

Jetzt tue ich nichts. Ich bin ruhig.

Der Ibisgott bereitet sie vor. Gründlich und sorgsam richtet er ihren Körper her.

Heute abend wird sie auf die letzte Reise gehen. Wird die letzten Schritte zum Rand des Himmels und in die Unterwelt tun.

Es ist so, wie es die Tempelbilder erzählen. Sie wird leben für alle Zeiten.

Die Ewigkeit wartet.

Ich komme her zu diesem Buch, um das zu berichten. Manchmal erinnere ich mich, wie es früher war.

Ich kannte keine Freude. Joanna kannte keine Freude.

Wir lebten ohne Sinn und ohne Ziel. Ein bloßes Kommen und Gehen.

Jetzt weiß ich, was mit uns geschehen wird. Der Tod im Westen. Ein neues Leben, wenn die Sonne jeden Tag von neuem aufersteht.

Die Quarthex-Götter haben recht. Ich sollte dieses alte Leben vergessen. Sich am Vergangenen festhalten ist Sterben. Weiterziehen wie der Fluß ist Leben.

Heute habe ich den Pharao gesehen. Er kam in einem flammenden Wagen, schwarze Pferde zogen ihn, in der Hand hielt er ein strahlendes Bronzeschwert. Hoch über ihm stand die Sonne, und keinen Schatten warf er.

Groß und erhaben in seiner rotglänzenden Haut fuhr er die Straße der Könige hinauf. Wir, das eine Volk, jubelten ihm zu.

Sein großer Kopf schimmerte prächtig in der Sonne, und seine vielen Arme winkten seinem einen Volk in Gruße zu. Er ist so großmächtig, daß die Pferde, die ihn ziehen, keuchen und schwitzen. Sein harter schimmernder Körper ist Rüstung zugleich, denn er ist zu allen Zeiten gewappnet gegen unsere Feinde.

Wie jene, die vom Himmel fallen. Jeden Tag stürzen nun immer mehr von ihnen wie verglimmende Feuerkugeln in die Wüste herunter. Narren sind es. Schwarze verrottende Körper. Von ihnen wird keiner sich erheben und nach Westen ziehen. Nur verbrannter Staub unter den Füßen des Pharaos sind sie.

Dreimal fuhr der Pharao die Straße entlang. Wir warfen uns nieder, um seinen Blick zu verdienen. Seine großen glänzenden Augen musterten uns, und wir schrien auf, die Gesichter naß vor Freude.

Er wird für uns sprechen in der Unterwelt. Unser Lob singen vor den Göttern der anderen Seite.

Er wird uns den Weg nach Westen eben und leicht machen.

Ich beuge mich zur Erde vor ihm.

Jetzt grabe ich dies tief in den Sand ein. Niemals mehr schreibe ich darin.

Solches Schreiben ist nichts für diese Welt. Es stammt aus der früheren Zeit, da ich nichts wußte und alles dachte.

Ich gehe zu meiner Ewigkeit mit dem Fluß.

Originaltitel: ›Of Space-Time and the River‹
Aus: ›Isaac Asimov's Science Fiction Magazine‹, Februar 1986

Deutsche Übersetzung von Yoma Cap

JACK MCDEVITT

Letzter Kontakt

Sie blickten durch dichte Wolkenbänke zu einem im Sonnenlicht glitzernden Ozean hinunter. Eine gebirgige Inselkette ragte über den sanft gekrümmten Horizont. »In den Kristallen waren Tausende wie diese gespeichert«, sagte Wincavan. »Andere *Welten.*«

Rotifer regte sich hinter ihm in der Dunkelheit und seufzte halblaut.

»Dies ist der Anblick, den man von der *Quandis* aus am ersten Tag auf Omyra hatte. Später, nachdem sie besiedelt war, wurde diese Welt berühmt, weil ihre Philosophen den Menschen und seinen Platz im Universum verstehen lernten.«

Rotifer konnte seine Verachtung nicht ganz verbergen. »Und wo soll dieser Platz sein?«

Nun seufzte Wincavan. »Ich glaube, sie erkannten genau, daß erst der Mensch dem Universum einen Sinn gibt.«

Rotifer lachte. Es war ein häßliches Geräusch, voller Hohn.

»Sie sind nie anderen Wesen begegnet«, erklärte Wincavan. »Auf all diesen Welten haben sie immer nur Spiegelbilder ihrer selbst gefunden.«

Er schwieg für eine Weile. Die Inseln glitten unter ihnen vorbei, liebliche, üppige grüne Flecken im endlosen blauen Meer. »Nein, Sie haben schon recht mit Ihrer Verachtung. Aber ich möchte gern glauben, daß wir einem edlen Zweck gedient haben: vielleicht als Herolde oder Fackelträger. Forscher, die etwas Größeres suchen als wir, mögen unsere Knochen zwischen den Sternen finden und erkennen, daß wir dort waren.«

Rotifer drehte den Stuhl herum, wandte den Bildern den Rücken. »Emory, ich mag Ihre Geschichten. Aber in Wahrheit gibt es nur eine Welt, und Sie stehen darauf.«

»Nein.« Wincavan schloß schaudernd die Augen. »Wir sind nicht einmal auf dieser Welt geboren.«

Der jüngere Mann hob die Schultern. »Was macht das schon?«

In der Ferne tauchte eine blaue Linie von Berggipfeln auf. Die winterlich weißen Kuppen bildeten die Steilküste eines Kontinents. Doch die Gebirgskette war nur schmal; bald darauf wich sie Regenwäldern und einer Seenplatte. Breite Flüsse erschienen. Am Zusammenfluß der beiden größten Ströme würde zwei Jahrhunderte später Camwyck erbaut werden. Und noch einmal viele Jahre später würden die Söhne und Töchter der Stadt die große Expansion zu den Sternen fortsetzen. Oliver Candliss, dessen blutiges Hemd man oben im Museum aufbewahrte, war dort geboren.

Wincavan überlegte, ob sie etwas tiefer gehen sollten, doch er wollte lieber den ganzen Planeten im Auge behalten. Der Planet war der bezauberndste Teil der Vorführung, abgesehen vom Kampf mit dem Rikatak, der den Höhepunkt bildete.

Sie hielten sich ein Stück über den treibenden Kumuluswolken. Das Licht wechselte; es wurde dunkler, als sie wieder über offenem Meer flogen. »Hübsches Naturschauspiel«, sagte Rotifer.

Wincavan nickte geduldig. Es stand zuviel auf dem Spiel; er wollte den Ratsherren nicht beleidigen.

Über ihnen erschien ein Baldachin aus Sternen in unbekannten Konstellationen. Weit darunter flackerten stumme Blitze. »Irgendwann«, sagte Wincavan, »wird es auf dieser Welt zahllose Städte geben.«

Rotifer verlor die Geduld. »Woher wollen Sie das wissen?« knurrte er müde. Er war selbst nicht mehr der

Jüngste. Seine Augen waren in den harten Wintern kalt und stechend geworden. Haar und Bart waren ergraut, und er humpelte stärker als früher. (Er hatte die Beinverletzung vom ersten Kavallerieeinsatz gegen die Goliaths, als er gepackt und gebissen worden war.) Besonders in feuchten Nächten war er ungenießbar, und er beurteilte seinen Wert ausschließlich nach einer langen Serie von Siegen gegen die Wilden, die schon viele Jahre zurücklag. Rotifer stellte nach Wincavans Meinung ein typisches Beispiel für einen Helden dar, der seine Zeit überlebt hatte.

»Weil ich die Aufzeichnungen gesehen habe. Sie waren in einem der Kristalle«, sagte er hitzig, »die zu Lebzeiten meines Großvaters versteigert wurden!«

»Ah, ja«, sagte der Ratsherr mürrisch, als hätte er Wincavan bei einer Täuschung ertappt. »Natürlich, sie mußten ja in einem der Kristalle sein.«

Im Westen erhoben sich neue Berggruppen. Sie lagen silbern und stumm unter den Sternen, unter denen ein bleiches rötliches Glühen den Horizont durchbrach. Rotifer, der noch nie einen Mondaufgang gesehen hatte, betrachtete das rötliche Licht zwischen den Gipfeln, als sich Omyras Begleiter über die Gipfel schob. Er atmete schneller. »Was ist das?« fragte er. Seine Stimme klang etwas schriller als sonst.

»Eine zweite Welt«, schnaufte Wincavan. »Sie umkreist die erste.«

»Eine Welt im Himmel?« Der Ratsherr lachte, doch Wincavan hielt sein Lachen für unaufrichtig. »Das ist Unfug, Emory. Wie kann man so etwas ernst nehmen?«

Wincavan wußte, was alle über ihn dachten: ein verwirrter alter Mann, der in einem alten Theater lebte und den Unterschied zwischen Film und Realität nicht mehr begriff. Doch die Halle war kein Theater. Die Menschen hatten dies früher gewußt. Sein Großvater hatte erzählt, daß es einst eine kleine Gruppe von Unterstützern gegeben hatte, Männer und Frauen, die in der Großen Zeit aktiv die Forschung gefördert hatten. Doch das war lange her. Jetzt war er allein, abgesehen von den wilden Goliaths, die gelegentlich an den Außenwänden heraufkletterten, um ängstlich die Bilder anzustarren. »Warum«, fragte er müde, »verleugnen Sie den Beweis, den Sie vor Augen haben?«

»Weil es nur eine Vorführung ist. Wie alle anderen. Weil es nur eine Welt gibt; weil ein Ozean nicht an einer Kugel haften bleibt. Warum fließt er nicht einfach von der Welt herunter, Wincavan?«

Wincavan zögerte. »Ich weiß es nicht«, gab er zu.

»Das dachte ich mir.«

»Aber einst haben wir es gewußt.«

»Und das Wissen war sicher in einem der Steine, oder?«

Wincavan hob die Schultern. »Die Sonne geht jeden Abend im Westen unter. Können Sie mir erklären, wie sie über Nacht zum Osthimmel zurückkehrt?«

»Es gibt einen Tunnel«, sagte Rotifer zögernd. »Unter der Welt hindurch.«

»Das glauben Sie doch nicht im Ernst.«

»Das klingt genauso vernünftig, wie mit dem Kopf nach unten zu leben.« Er starrte Wincavan an und versuchte dessen Gesichtsausdruck im Zwielicht zu erkennen. »Haben Sie auch Bilder von Ozeanen und Meeren auf der anderen Welt? Von der Welt im Himmel?«

»Früher hatten wir welche.« Der Kristall war inzwischen in eine goldene Spange gefaßt. Wincavan hatte ihn das letzte Mal zwischen den üppigen Brüsten von Banda Fier, der Frau des Stallmeisters, baumeln gesehen.

Unter ihnen trieben die Wolken von Omyra. Wincavan spürte das Gewicht des rotierenden Planeten. Er wußte, daß die größte Landmasse direkt unter ihnen lag, ein gewaltiger Kontinent schwefliger Gebirge und weiter felsübersäter Ebenen und vorrückender Gletscher.

»Die *Quandis* hat diese Welt dreiundneunzigmal umkreist, bevor der Landungstrupp abgesetzt wurde.« Er hielt inne und blickte zur näher rückenden Dämmerungslinie hinunter. Rotifer schwieg, die Arme vor dem breiten Brustkorb verschränkt. »Am vierten Tag betraten Memori Collin, Lex Esteban und Creel MacAido eins der Beiboote des Schiffes. Sie waren etwa *hier*...« Er schob einen Hebel vor. Die Sterne taten einen Sprung, und Omyras Wolkendecke kreiste. »Es sah ungefähr so aus«, sagte er, als der Ratsherr seine Stuhllehnen packte und zurückfuhr.

Über ihnen erschien der schwarze Rumpf der *Quandis,* und sie sanken durch die Wolken hinab. Rotifer wollte den Blick abwenden. Sie stürzten mit schrecklicher Geschwindigkeit durch den Himmel. Auch nach so vielen Jahren und nach Tausenden von Flügen verfolgte Wincavan das Manöver wie gebannt. Sie stürzten und stürzten, und Rotifer gab ein seltsames Geräusch von sich; dann waren sie wieder über dem Wasser, und ihr Sturz wurde gebremst. Das Meer unter ihnen wurde von schwerem Regen gepeitscht. Die Böen schüttelten das kleine Beiboot.

»Dies ist der Blick aus dem Landeboot«, erklärte er. Er sprach laut, obwohl es nicht nötig war. War es nur seine Phantasie? In den letzten Momenten des Manövers glaubte er, daß sich ihm sein Sitz entgegenhob. Als er sich wieder an seinen Gast wenden wollte, bemerkte Wincavan eine rasche Bewegung vor einem Fenster. Zwei, vielleicht sogar drei Goliaths waren vom Hof heraufgeklettert, um die Bilder zu beobachten. Sie saßen oft dort. Er hatte schon vor langer Zeit den Versuch aufgegeben, sie hereinzulocken. »Gleich werden Sie eine Insel sehen, die fast wie ein laufender Mann geformt ist.« Er benutzte den elektronischen Zeigestab. »Da. Sie können einen Arm sehen, das da ist der Kopf, vorgebeugt, weil er sich sehr schnell bewegt. Wir werden in der Nähe der rechten Kniescheibe landen. Collin wählte diese Stelle, weil der Grund dort eben ist. Es gibt dort nicht viele Bäume und kaum andere Hindernisse, und sie wußte aus Erfahrung, wie taktisch wichtig es war, in alle Richtungen freie Sicht zu haben.«

»Wer ist Collin?« fragte der Ratsherr mit zitternder Stimme.

»Sie befehligt das Landeteam«, sagte er.

Sie schwebten über der Insel. Das Meer war leuchtend grün und rollte träge über den weißen Strand. Der Sturm hatte sich gelegt. Hohe, gelbe, knollige Pflanzen standen am Ufer.

»Das sind seltsame Bäume«, bemerkte Rotifer.

»Nach den Aufzeichnungen des Schiffs gehören sie zu einer großen Pilzart.«

Sie hielten über einer Landschaft mit grotesken Pflanzen. Eine Landestütze schob sich aus dem Rumpf. Dann veränderte sich der Kamerawinkel, und sie blickten zum Meer hinaus.

Wir sind gelandet. Es war Memori Collins Stimme; sie flüsterte vor Aufregung. Es war immer das gleiche mit ihr: Wincavan war ihr auf mehr als dreißig Welten gefolgt. Er war in bezug auf die Reihenfolge nicht sicher; diese Information schien, genau wie viele andere Dinge, für immer verloren. Sie steckte irgendwo in den Kristallen, aber die meisten Steine waren jetzt verstreut. Sie befanden sich im Umkreis von einer Meile, doch sie hätten genausogut auf Omyra seien können.

Aber das spielte im Augenblick keine Rolle. Wichtig war nur dieser prächtige Augenblick: Collin, Esteban und MacAida tauchten aus ihrem geheimnisvollen Kokon auf und betraten ein unbekanntes Land. Sie bewegten sich gelassen, schnell und zielstrebig. Und doch wußte er, daß sie genauso aufgeregt waren wie er.

Alles grün. Diesmal hatte Creel MacAido gesprochen. Jedesmal, wenn er diese Stimme hörte, mußte er daran denken, daß MacAido vor laufenden Kameras auf Mindilmas einen schrecklichen Tod gestorben war. Auf Mindilmas sah er viel älter aus. Wincavan tröstete sich mit dem Gedanken, daß dieses schreckliche Ereignis noch weit in der Zukunft lag. Es war eine Landung, die Wincavan noch besaß, doch er betrachtete sie nie.

Rotifer konnte natürlich den Wortwechsel nicht verstehen, er erkannte nicht einmal die Sprache. Doch der Zusammenhang machte eine Übersetzung überflüssig.

Sie blickten durch die Fenster des Beibootes zum Meer hinaus und sahen Felsen, die von Wogen umspült wurden, Wesen mit weichen Häuten, die in der Nachmittagssonne lagen, üppige Pflanzen am Rande eines fernen Waldes.

Für Wincavan, der wußte, was kommen würde, war dies ein unheildrohendes Bild.

Der Kameraausschnitt veränderte sich wieder, bis sie die Luke des Beibootes sahen. Sie öffnete sich, und Memori Collin, die langbeinige, dunkelhäutige schöne Frau, tauchte auf. Ihre Uniform glich denen, die im ersten Stock in Glaskästen aufbewahrt wurden. Sie war aus einem Stück, grün und weiß, und auf der rechten Schulter war das Abbild einer Fackel zu sehen.

Vielleicht war es dieses Symbol: Die hohe stolze Flamme auf den Uniformen, auf den Geräten und auf den großen Sternenschiffen selbst — heute noch zu sehen auf einem halben Dutzend Tafeln, die an wichtigen Stellen in der Halle angebracht waren —, vielleicht war es dieses Symbol, das Wincavans Hoffnung darauf nährte, daß der Mensch doch einen Zweck erfüllte. Daß die Rasse, die gescheitert war, doch noch als Zündfunke für einen Nachfolger dienen mochte. Worauf sonst konnte man hoffen?

Der Wind spielte mit ihrem kurzen Haar, als sie heraustrat, und ihr Nacken wurde einen Augenblick lang entblößt. Sie trug in einer Hand eine Waffe, ein tödlich glänzendes schwarzes Ding. Sie blickte in die Kamera. Rotifer beugte sich vor. »Hübsche Biene«, sagte er. Wincavans Knöchel wurden weiß, doch er schwieg.

Collin entfernte sich mit genauen selbstsicheren Bewegungen vom Beiboot. Der Rikatak war nur noch Minuten entfernt. Wincavan, der wußte, wohin er blicken mußte, wußte auch, daß alles gutgehen würde. Dennoch spürte er, wie sich sein Herzschlag beschleunigte.

»Sie waren gut«, sagte Rotifer. »Das muß ich zugeben: Sie waren gut. Sehen Sie nur diese Bilder. Wie haben sie das gemacht?« Er schüttelte den Kopf und blickte leutselig zu Wincavan hinüber. »Eines Tages werden wir ihre Geheimnisse aufdecken.«

»Bestimmt nicht, wenn Sie alles versteigern«, sagte Wincavan. »Es ist nicht mehr viel da.«

»Ein Teil dieser Sachen könnte ohne weiteres militärische Verwendung finden. Können Sie sich vorstellen, wie die Goliaths aussähen, wenn wir solche Dinge herstellen könnten?« Er machte eine unbestimmte Geste, als wolle er ein Hindernis wegräumen. »Ich bin zu früh geboren. Wir haben eine großartige Zukunft, Emory. Es ist nur eine Frage der Zeit.«

»Ja«, knurrte Wincavan.

»Wenn wir nur verstehen könnten, wie sie einige dieser Dinger gemacht haben. Wie die Lichter funktionieren. Warum die meisten Gebäude im Winter warm und im Sommer kühl sind. Ich bin überzeugt, daß hinter allem ein einziges übergreifendes Prinzip steht. Wenn wir dieses Prinzip herausfinden, kennen wir auch ihre Geheimnisse!«

Er schüttelte traurig den Kopf. »Ich weiß, Emory, Sie denken gern von sich, daß niemand außer Ihnen an den Alten Interesse hat. Aber das stimmt einfach nicht. Der Unterschied zwischen Ihnen und mir ist der zwischen Wissenschaft und Religion. Realität und Traum. Wir müssen die Alten als das sehen, was sie waren, ihnen mit offenem Geist begegnen.«

Es kam aus einer kleinen Baumgruppe, um ein paar dickstämmige gedrungene Bäume herum. Wincavan hatte sich diese Szene aus morbider Begeisterung schon viele Male angesehen. Er starrte ins dichte Unterholz und glaubte schon die Vorderbeine des Wesens zu sehen.

Neben Collin erschien Creel MacAido. Er war ein großer schlanker und beinahe jungenhafter Mann mit lebhaften grünen Augen. Und er liebte sie. Wincavan spürte, was zwischen den beiden vorging, und er sah auch, daß MacAidos Gefühle nicht erwidert wurden.

Er sagte etwas zu ihr. Etwas über die Landschaft, doch Wincavan beherrschte die Sprache nicht sonderlich gut. Aber der Tonfall machte klar, daß die wahre Bedeutung mit dem Inhalt der Worte nichts zu tun hatte.

»Was geht da vor?« fragte Rotifer.

»Sie werden gleich angegriffen. Erkennen Sie die Gefahr?«

Der Ratsherr beugte sich vor und musterte den Schirm. Der Rikatak sprang plötzlich über die Bäume. Der Ratsherr kreischte und fuhr zurück. Die spindeldürre Kreatur mit den vielen Mäulern flatterte weiter in die Höhe, breitete papierdünne Schwingen in der Luft aus, die roten Augen offenbar auf Wincavan gerichtet. Sechs dürre Beine hingen herab. Wäre nicht die böse orangenfarbene Flüssigkeit gewesen, die zwischen den Zahnreihen hervordrang, dann wäre es ein geradezu anmutiges Wesen gewesen.

Collin und MacAido rührten sich nicht. Wincavan war nie sicher, ob er bewundernswerte Disziplin oder reine Panik beobachtete. Der Rikatak schwebte herab. Plötzlich erschien unter ihm ein durchsichtiges Netz, das mit dünnen Fäden an seiner Haut befestigt war.

Die Szene verdunkelte sich, als wäre eine Wolke vor die Sonne getrieben. »Lauft!« brüllte Rotifer. »Macht, daß ihr wegkommt!«

Collin und MacAido warfen sich gleichzeitig zu Boden. Heißes Licht explodierte, das Netz trennte sich von dem Wesen und sank langsam herab. Wincavan starrte hinauf: Das Netz pulsierte und atmete, als lebte es. Lange Tentakel tasteten sich nach unten.

»Gift«, sagte Rotifer. Sein Kampfinstinkt meldete sich zu Wort.

Das Netz legte sich über die Opfer.

Die Luft wurde neblig und rot, man konnte kaum noch sehen. Blaues Licht zuckte vom Boden hinauf, ein schreckliches Kreischen traf Wincavan wie ein körperlicher Schlag, und die ganze Szene löste sich in einem Wirbel von Blut und Bewegung auf. Dann wurde es dunkel.

Die Kampfgeräusche setzten sich fort. »Die Geräte wurden beschädigt«, erklärte Wincavan. Einige Augenblicke später baute sich das Bild wieder auf, und das Ding bewegte sich auf dem Boden. Es schleppte zerstörte Glieder hinter sich her und versuchte Collin mit den Kiefern zu schnappen. Sie lag auf dem Rücken, die Fersen in den Boden gestemmt, um Halt zu finden, und suchte zwischen dem Gewirr von Fängen und Gliedern ein gutes Ziel.

Das Netz hatte MacAido angegriffen. Er kämpfte sich verzweifelt zur Pistole vor, die etwa einen Meter entfernt lag. Doch jede Bewegung zog seinen Gegner enger um ihn. Ab und zu zuckte er in Krämpfen. Sein röchelnder Atem erfüllte die Halle. Er hatte einen Arm freigekämpft, doch das Ding legte ihm schon feste Stränge um den Hals, als er endlich die Waffe zu fassen bekam.

Er feuerte zweimal über Collins Schulter. Abermals gellte ein unirdischer Schrei.

Es reichte. Collin bekam die Lücke, die sie brauchte. Sie zerstörte mit einer raschen Salve weißer Hitze den Kopf und schnellte dann hinüber, um MacAido zu helfen. Inzwischen war auch Esteban zur Stelle und hatte sich in den Kampf eingeschaltet. Wincavan hörte Rotifer laut schnaufen, als sie MacAida aus dem Netz befreiten.

»Eine schöne Waffe«, sagte Rotifer. »So was könnten wir auch gebrauchen.«

Wincavan lächelte. Memori Collins Pistole lag oben, im gleichen Raum wie Candliss' Hemd.

»Gut«, sagte der Ratsherr. Er nahm sich zusammen. »Nicht ganz so gut wie einige der Sachen, die bei Gavandy am Wochenende laufen, aber nicht schlecht.«

»Gavandys Bilder sind nur Geschichten«, erklärte Wincavan, dem es kaum gelang, seine Enttäuschung zu verbergen.

»Und das hier sind auch Geschichten!« Rotifer starrte den alten Mann hart an. »Um Himmels willen, Emory, sehen Sie das nicht? Hören Sie: Wenn irgend etwas von dem hier wahr wäre, wenn wir wirklich von anderen Welten stammen würden, die im Himmel schweben, was ist dann geschehen? *Was ist geschehen?* Was tun wir hier? Wo sind die anderen Menschen?«

Wincavan berührte einen Sensor, und das Bild fiel in sich zusammen. Die Lichter flammten auf, und das stille Amphitheater war wieder zu sehen. »Ich weiß nicht«, sagte er.

»Sie haben nicht allzu viele Antworten, wie?«

Wincavan betrat die Bühne, auf der der Rikatak gestanden hatte. »Wer hat die Stadt erbaut?« fragte er leise.

»Die Alten. Und ich weiß, daß sie vieles konnten, was wir nicht können, doch das beweist noch nichts.«

»Wohin sind sie verschwunden?« bohrte Wincavan. »Sie müssen einst so zahlreich gewesen sein wie wir. Die Stadt ist so groß, daß wir mehr als einen Tag brauchen, um von einem Ende bis zum anderen zu gelangen. Es mag viele Städte wie unsere gegeben haben.«

»Ausgestorben. Möglicherweise ein Krieg. Oder eine Seuche.«

»Vielleicht haben Sie recht. Und was immer geschehen ist, vielleicht hat es sich nicht nur auf unseren Lebensraum ausgewirkt. Marc, ich glaube, daß nur noch wir übrig sind.«

Rotifer stand auf. Es war kühl. Er zog sich die Jacke

enger um die Schultern. »Es tut mir leid, Emory«, sagte er. »Aber ich glaube, dieses Gespräch führt uns nicht weiter. Der Rat braucht Geld, und wir müssen entweder mehr Steuern erheben oder wieder eine Versteigerung ansetzen. Wahrscheinlich sogar beides.«

»Hören Sie, Marc.« Wincavan sprang auf. »Verdammt, es ist nur noch ein Dutzend übrig!«

Rotifer zog die Brauen zusammen. »Emory, es spielt wirklich keine Rolle. Selbst wenn Sie recht haben — ich glaube nicht, daß jemand daran erinnert werden will.«

Schnee fiel auf den Hof. Rotifer band sein Reittier los, tätschelte dem Wisent hinter den Hörnern den Kopf, schwang sich in den Sattel und schüttelte seinen Mantel frei. Er blickte zu Wincavan. Dann schnippte er mit den Zügeln und ritt durch das Steintor hinaus. Hinter ihm heulte der Sturm mit wirbelnden Schneeflocken.

Wincavan schloß die Tür. Er wanderte durch das alte Gebäude, am Projektor, an den Maschinen und an den eleganten Möbeln vorbei, die erbarmungslos Generationen von Menschen überlebt hatten. Er stieg die Treppe zum ersten Stock hinauf, hielt inne, um Tee zu machen; dann betrat er das Museum.

Neben dem Amphitheater war der große Raum im ersten Stock das größte Zimmer in der Halle. Hier waren Uniformen, Pokale, Decken, Statuen und glänzende schwarze Instrumente ausgestellt, deren Zweck Wincavan nicht zu erraten vermochte. Sie ruhten sicher in verschlossenen Glaskästen, deren Beleuchtung mit Knöpfen eingeschaltet werden konnte. An den Wänden hingen verblassende Bilder. Sie waren die einzigen Gegenstände im Raum, die unter dem Zahn der Zeit gelitten hatten. Dennoch konnte man die Themen noch erkennen: Zylindrische Gegenstände schwebten vor Sternen und Welten; Menschen standen in bizarren Landschaften neben Maschinen; eine Feuerlanze durchbrach einen friedlichen Abendhimmel.

Außerdem gab es zwei Porträts. Ein Mann und eine Frau, beide in die Uniform der Forscher gekleidet. Sie hatten klare Augen und waren kräftig gebaut, und Wincavan fragte sich, wer sie wohl gewesen sein mochten. Vielleicht, dachte er, symbolisierten sie alle jene, die in großen Schiffen zu unbekannten Welten aufgebrochen waren.

Er blieb vor dem blutbefleckten Hemd von Oliver Candliss stehen. Seltsamerweise war das Schild vor dem Kasten nur mit seinem Namen und dem Wort *Salinas* beschriftet, so als sei die Bedeutung offensichtlich. Wincavan war mit diesem bärtigen Riesen ins dunkle Kahjadan gewandert, war mit ihm im elektrischen Himmel über einem schwarzen Ding geritten, das ganze Sonnen umschloß, hatte ihn in den unirdischen grauen Tempel auf Willamine begleitet, der (wenn er die Dokumente richtig verstand) danach nie wieder menschliche Besucher gesehen hatte.

Er blieb vor einer silbernen Urne stehen, aus welcher Abbas Ti und sein Team Micondian Brandy getrunken hatten, bevor sie zur heldenhaften Rettung der *Toller* aufgebrochen waren. Es gab Töpferwaren aus den Minen von Ingundian und Drachenkrallen. Er lächelte böse; niemand sonst wußte, daß es solche Dinge gab. Welche Visionen konnte er den heimeligen Träumen der Stadtmenschen einflößen, wenn er wollte!

(Während er zwischen den funkelnden Kästen umherwanderte, spürte er die Blicke der Goliaths im Rükken. Er wußte aus langer Erfahrung, daß er nur eine schwache eilige Bewegung sehen würde, wenn er sich rasch umdrehte. Doch am Morgen sah er ihre Spuren oft auf den Mauern und manchmal auch im Hof. Er wollte gern glauben, daß sie von etwas anderem als den Schaukästen angezogen wurden.)

Memori Collins Pistole lag am Fenster unter Glas. Die

Waffe war kleiner, als man nach den Bildern vermutet hätte. Doch die zugespitzte Mündung sah genauso tödlich aus wie im Kampf gegen den Rikatak.

Er mußte dafür sorgen, daß sie nicht den Auktionatoren in die Hände fiel. Er fragte sich, ob er nicht sogar die Bürgerpflicht hatte, sie zur Verteidigung gegen die Goliaths an die Stadt zu übergeben. Das wäre für die Barbaren eine tödliche Überraschung gewesen, denn sie waren es gewohnt, sich nur Speeren, Pfeilen und Steinwürfen gegenüberzusehen. Dennoch gefiel ihm der Gedanke nicht, Rotifers Partei würde über eine solche Waffe verfügen. Ganz egal, in welche Richtung sie zielte.

In der Mitte der Längswand hing ein gerahmtes Dokument. Die Buchstaben waren so verschnörkelt, daß der Wortlaut nicht zu lesen war. Doch anscheinend war es eine Verfassungsurkunde. Ein Abbild der Fackel, die Collin und Candliss und alle anderen an den Ärmeln trugen, war in der unteren linken Ecke abgedruckt. Es waren etwa dreißig Textzeilen, gefolgt von einem halben Dutzend Unterschriften. In der Titelzeile des Dokuments erkannte er nur ein Wort: FORSCHUNG.

Wincavan liebte den warmen vertrauten Raum. An diesen Ort war er gekommen, als sein Sohn vor langer Zeit in einem Gefecht mit den Goliaths so sinnlos gestorben war. Und hier hatte er lange vor der Heirat auch erkannt, wie sehr er Ceola liebte.

Er erinnerte sich an die letzte Auktion. Es war schon zwei Jahre her, und auch sie hatte stattgefunden, weil der Rat die Steuern nicht erhöhen wollte. Die Gegenstände im Museum verstand man nicht, und deshalb hatten sie für das Stadtvolk keinen großen Wert. Deshalb waren sie verschont geblieben. Nur die Kristalle, diese wundervollen Edelsteine, die im Licht der Sterne funkelten, erzielten vernünftige Preise.

Damals hatten sie zwölf Stück verkauft, die Hälfte der ganzen Sammlung. (Zu Zeiten seines Großvaters hatte es einige hundert dieser Gegenstände gegeben. Wenn die Familienüberlieferung richtig war, dann gab es nicht zwei mit demselben Farbton.)

Wenn Wincavan heute zu einem Vortrag oder ins Theater ging, sah er sie unweigerlich wieder. Der gewaltige Andakar klemmte zwischen den Brüsten der Frau des Polizeichefs; Morinai mit seinen geheimnisvollen aufgegeben Städten schmückte das Haar der Tochter eines Gerbers; R Leonis III, das Heim der mächtigsten Seegeschöpfe, die die Forschungsschiffe je gesehen hatten, zierte den Gürtel eines Handelsmannes.

Wincavan starrte durchs Fenster zur Weststraße hinaus. Sie führte in einem Bogen an der Halle vorbei, zwischen Bäumen vor den dunklen Hügeln hindurch, an den städtischen Farmen vorbei und hinaus in die Wildnis. Sie war mit dem gleichen dauerhaften Material gebaut worden, aus dem die meisten alten Gebäude bestanden. Größtenteils war die Straße in gutem Zustand; es gab nur wenige Risse oder Schlaglöcher; weiter von der Stadt weg wurde sie allerdings etwas schadhafter.

Es schneite immer noch.

In einem anderen Zeitalter, bevor das Reisen so gefährlich wurde, war er mit seinem Vater auf Wisenten weit auf der Straße vorgedrungen, bis zu den Vorbergen der Grimrocks hinaus. Die gute alte Zeit, in gewisser Weise die beste Zeit seines Lebens. Jene Reise hatte irgendwie den Übergang vom Kind zum Mann markiert.

Sie hatten geangelt und gejagt und sogar einen Abend mit den Goliaths verbracht. Die Geschöpfe waren sehr freundlich gewesen, hatten ihre fremden Lieder in einer Sprache geschnurrt, die kein Mensch je gelernt hatte. Doch Wincavan hatte den tanzenden Feuerschein in den dunklen Katzenaugen gesehen und war vor dem beunruhigenden Lächeln zurückgewichen, das zugleich begeistert und gefährlich schien. Er hatte das dampfende Fleisch verschlungen und dunklen Wein aus einer geschnitzten Holzflasche getrunken, die sie ihm später geschenkt hatten. (Sie stand heute auf einem Ehrenplatz über dem Kamin.)

Und ihre Frauen: Es waren liebliche elegante Geschöpfe, deren Krallen blitzten, wenn sie im Feuerschein tanzten. Wincavan erinnerte sich an seine Verlegenheit, als er, noch ein Kind, entdeckte, daß seine Männlichkeit sich für tieferstehende Wesen interessierte. Schade: Es war ein Drang, dem er nie nachgegeben hatte. So etwas tat man nicht, zumindest nicht in aller Öffentlichkeit. So waren die Jahre vergangen, und er hatte die Fähigkeit verloren, bevor er die Hemmung hatte überwinden können.

Es spielte keine Rolle.

Er öffnete das Fenster. Schneeflocken wehten in den Raum. Die kalte Luft roch gut.

Irgendwo auf der Weststraße, mehrere Tagesreisen entfernt, hatten er und sein Vater einen Turm und eine damit verbundene Gebäudegruppe entdeckt. Es war draußen in der Prärie gewesen, zwölf Wegstunden vom Waldrand entfernt. Sie hatten das Gebäude schon zwei Tage vorher sehen können; es ragte hoch zum Himmel auf, als sie an seinem Fuß standen, höher als irgendein anderes Gebäude in der Stadt. Die Sonne spiegelte sich blendend in den glatten Wänden. Doch in den Tümpeln der Umgebung gab es Brackwasser und Stechfliegen.

Das Heizungssystem hatte funktioniert, und sie hatten die Nacht im Innern des Gebäudes verbracht. Das Innere war weitläufig gewesen: riesige offene Räume, in denen die ganze Stadtbevölkerung mehrmals Platz gehabt hätte. (Sie hatten eine Gruppe von Goliaths bei sich gehabt, doch die hatten Angst vor dem Gebäude bekommen und waren weitergezogen.) Am besten erinnerte er sich daran, daß irgendwo im Gebäudekomplex eine Tür im Wind gequietscht und geknarrt hatte. Sie hatten sie am Morgen gesucht; sie befand sich an der Rückfront eines großen leeren Gebäudes, das eine gute Kornkammer abgegeben hätte. Da es nicht möglich gewesen war, die Tür zu reparieren, hatte sein Vater sie herausgehebelt und ins hohe Gras gelegt.

Danach hatte Wincavan noch einige ähnliche Gebäudekomplexe in den Geschichten gesehen. Und er hatte viele Jahre davon geträumt, noch einmal hinzukommen und herauszufinden, ob an einem geheimen Ort nicht irgendwo ein Schiff versteckt war.

Er stand noch lange am Fenster.

Kurz vor Mitternacht entschied er sich. Er zitterte und zog ein Hemd an. Er wählte ein schweres Gewand und einige Kleider aus dem Schrank und tappte barfüßig die Wendeltreppe zum Erdgeschoß hinunter. Er umrundete die Außenmauer des Amphitheaters, das den größten Teil des Erdgeschosses einnahm. Hinter dem Gebäude lag das Lager, ein langer schmaler Raum mit Fächern in den Wänden, in denen die Kristalle aufbewahrt wurden. Viele Reihen waren jetzt leer. Doch hier und dort glitzerte ein Stein im kalten Licht.

Wincavan faltete das Gewand zusammen und legte es auf einen Schrank.

Er fragte sich, welcher seiner Vorfahren wohl die Kombination herausgefunden hatte, mit der die Fächer geöffnet wurden. Der Code war ein Familiengeheimnis, das von Generation zu Generation weitergegeben wurde. Er selbst, der jetzt kinderlos war, hatte sich vor langer Zeit darauf vorbereitet, diese Information an den Sohn seiner Schwester weiterzugeben, den er für würdig hielt.

Nacheinander nahm er die Kristalle heraus: das üppige Omyra; das dunkle gespenstische Sycharis; das neblige Ossia, das knochenbleiche Heim des epischen Dichters Kolminthi (dessen Werke genauso verloren waren wie seine Welt); Candliss' geliebtes Kahjadan ... Sie wärmten ihm die Hände, und seine Augen trübten sich in der Gewißheit, daß er die prächtigen Bilder nie mehr sehen würde. Er hüllte sie in seine Kleider, steckte das ferne Endikali in ein Hemd, ließ Sensien in eine Socke gleiten; Shalinol und Moritaigne und das öde Mindilmas (wo MacAido sein Leben verloren hatte) kamen in eine an beiden Knien geflickte Hose.

Als er fertig war und alle zusammengebunden hatte, kehrte er in sein Zimmer zurück und zog sich an. Er überlegte, ob er die Goliath-Flasche mitnehmen sollte. In dieser letzten Nacht in der Halle wurde ihm klar, daß die Flasche alles war, was ihm von seinem Vater geblieben war; so steckte er sie in eine Tasche. Dann trug er alle Vorräte zusammen, die er sich beschaffen konnte, und brachte alles zum Stall hinaus, bei dessen Bau er dem Großvater geholfen hatte. Er verschnürte das Bündel auf Armagons Flanke. Der große Wisent beobachtete ihn neugierig, stampfte auf dem weichen Lehm und drehte den Kopf zum Sattel herum. Das Tier schnaubte, als er es in den Schnee hinaustrieb.

Er ging noch einmal zurück, um Halstuch und Hut zu holen, und kehrte, einem Impuls folgend, noch einmal ins Museum zurück. Seine Familie hatte nie die Codes gefunden, um die Schaukästen in diesem heiligen Raum zu öffnen; und wenn einer seiner Ahnen die Codes gewußt hatte, dann hatte er sie nicht weitergegeben.

Wincavan wanderte mit wärmenden Gedanken durch die glänzenden Gänge, ließ die Fingerspitzen über die Kästen gleiten. Irgendwie sammelte sich hier niemals Staub an. Er blieb vor Memori Collins schwarzer Waffe stehen, die in ihrem genau passenden Halfter steckte und auf rotem Tuch die Zeit überdauert hatte. Der Name war in glänzendem Silber in das Bronzeschild eingraviert. Darüber fünf Zahlen, zweifellos ein Datum, das ihm jedoch nichts bedeutete. Irgendwo im Raum hörte er ein Seufzen. Er hob einen Stuhl und schlug ihn fest gegen die Vitrine.

Er zitterte und bekam eine Beule.

Er schlug noch einmal zu, und der Stuhl zerbarst, Holzsplitter und Stoff rieselten über die helle Oberfläche. Er schlug heftig auf den Kasten ein, bis er zusammenbrach und die Waffe auf den Teppich hinunterfiel.

Er kniete nieder, berührte das kalte schwarze Metall mit den Fingerspitzen und nahm die Waffe aus dem Halfter. Sie war schwerer, als er erwartet hatte. Der Griff paßte genau in seine Hand. Der Zeigefinger legte sich wie von selbst um den Abzug. Immer noch auf den Knien, streckte er die Waffe aus, zielte durchs Visier und schwenkte sie langsam durch den Raum, als lauere irgendwo zwischen den glänzenden Ausstellungsstücken ein unsichtbarer Feind. Der Kopf pochte ihm heftig, und er nahm die Waffe mit nach unten und probierte sie an der Hofwand aus.

Das Ding erwachte zum Leben, ein schmaler weißer Strahl spaltete den Stein. Er verbarg die Waffe in der Manteltasche, zufrieden, daß er damit vor den heutzutage gefährlichen Goliaths und großen Fleischfressern gut geschützt war. Es war die Waffe eines Helden. In gewisser Weise hatte Rotifer recht gehabt. Wincavan hatte eine Schwäche für Magie.

Er ließ die Vordertür unverschlossen, damit man sie nicht aufbrechen mußte. Dann neigte er vor dem fallenden Schnee den Kopf und bog auf die Weststraße ein, hinaus zum Wald und zu Grimrock.

Der Wald verschluckte ihn bald darauf. Die einzigen Geräusche rührten von Armagons gedämpft pochenden Hufen, vom flüsternden Schnee in den Zweigen und vom Keuchen seines Atems. Er zog sich die pelzbesetzte Kapuze über den Kopf und befestigte sie mit den Bändern. Bald begann der Boden anzusteigen.

Er überquerte die hölzerne Brücke über den Malumet, schlich an Farmen und am Sportplatz vorbei (niemand wußte, warum der Ort so hieß), schmeckte die großen feuchten Schneeflocken und überlegte sich, was ihn sein Handeln kosten werde.

Der Turm war schrecklich weit entfernt. Bei gutem Wetter und in der Blüte seiner Jugend war es schon ein langer anstrengender Weg gewesen. Für einen alten Mann, bedrückt vom Gewicht der Verzweiflung, war es hoffnungslos.

Er ritt fast bis zum Morgengrauen, um sich möglichst rasch von der Stadt zu entfernen. Seiner Erfahrung nach würden die Bieter am Vormittag zur Halle kommen, um sich auf die Auktion vorzubereiten. Wenn man entdeckte, daß er nicht da war, würde man annehmen, daß er in die öden Gebäude der Innenstadt geflohen war und zuerst dort suchen. Niemand würde erwarten, daß er die warme Sicherheit der alten Gebäude verlassen hatte. Schließlich gab es keinen anderen Ort auf der Welt, wo ein Mann leben konnte.

Dennoch war Wincavan vorsichtig, denn er fürchtete sich vor Verfolgern. Er kampierte in dichtem Gebüsch und benutzte nur eine leichte Decke aus der Zeit der Stadtgründer, um ein provisorisches Zelt zu errichten, das er mit Hilfe eines umgestürzten Baumes verankerte. Es schützte ihn selbst und zum Teil auch Armagon. Er versuchte ein Feuer zu entfachen, doch der unbeständige Wind und der treibende Schnee erstickten die Flammen. Schließlich gab er auf, wickelte sich fest in die Decke und sank in einen erschöpften Schlaf.

Am Morgen erwachte er steif und fröstelnd. Der Sturm hatte sich gelegt, doch die Sonne war nur ein gelber Flecken am bedeckten Himmel. Jetzt gelang es ihm, das Feuer anzufachen. Er setzte eine Tasse Kaffee auf und briet ein Stück Kalbfleisch. Dann zwang er die geschwollenen Füße in die Stiefel. Bald darauf war er wieder unterwegs, getrieben von den sinkenden Temperaturen und der zunehmenden Gewißheit, daß er sterben würde, wenn er nicht bald den Turm erreichte. Und doch war dieses Risiko nichts, verglichen mit der Vorstellung, in einer Halle zu bleiben, die ihrer lebendigen

Phantome beraubt war, in der schrecklichen Gewißheit, für alle Ewigkeit durch Rotifers Rechthaberei eingeschränkt zu werden. Gewiß war es besser, hier draußen zu sterben, als Jahr um Jahr einem öden Tod entgegenzutaumeln, niedergedrückt von eben diesem Wissen. In gewisser Weise war er vielleicht sogar der letzte Mensch, ein direkter Nachkomme jener, die ein Universum gezähmt und irgendwie verloren hatten. (Er spürte Memori Collins Metallwaffe gegen die Rippen drücken.)

Die Kristalle, in seine Kleider gehüllt, pendelten leicht an beiden Seiten des Wisents.

Er zog das Halstuch hoch und verhüllte das Gesicht. Speichel drang ihm aus dem Mund ins Tuch und gefror. Einige Schneeflocken wehten, und der Wind raschelte beständig in den Bäumen. Ab und zu hörte er die Geräusche großer Tiere, doch er sah nur kleine Pelzwesen und bunte Wintervögel.

Seine Kapuze war groß und tief, für Wetter wie dieses genäht. Er hatte den Eindruck, aus einem Tunnel hinauszublicken, und diese Illusion tröstete ihn ein wenig. Er wollte sich in einen Winkel seines Geistes zurückziehen, fort von den steifgefrorenen Fingern, den schmerzenden Muskeln und den gequälten Lungen. Seine Kleider wurden schwerer, das Herz pochte.

Hin und wieder stieg er ab und lief. Armagon beobachtete ihn mit leuchtenden braunen Augen und bewegte sich langsamer, um ihn nicht zu überholen.

Die zweite Nacht war besser. Der Himmel hatte sich geklärt, doch die kalten starrenden Sterne brachten eine bittere Kälte. Wincavan rastete früh, baute sein Zelt auf und schlief an einem ruhig brennenden Feuer.

Am Morgen dachte er an Umkehr. Er drehte sogar sein Reittier herum, und er glaubte, er hätte sich entschieden, der Dummheit ein Ende zu setzen und sein Leben zu retten. Doch schon nach wenigen Schritten hielt er wieder inne, saß für etwa zehn Minuten unschlüssig auf seinem Reittier und wendete es dann wieder nach Westen.

Stunde um Stunde suchte er den Horizont nach Bergen ab. Die Berge würde er als erstes sehen, wenn das Wetter klar blieb, und dann, wenige Stunden später auch den Turm! Doch von diesem Augenblick an wäre es immer noch eine Reise von mindestens zwei Tagen!

Hoffnungslos! Mein Gott, es war von Anfang an ein hoffnungsloses Unterfangen gewesen.

Am Ende übermannten ihn Halluzinationen, verstärkt vom sanften Rhythmus der Muskeln und Sehnen seines Reittiers. Sein Vater ritt neben ihm, und ab und zu bemerkte er einen dritten Gefährten: manchmal Oliver Candliss, manchmal Memori Collin.

Sie trugen ihre Uniformen und saßen aufrecht auf ihren Tieren, drängte ihn weiter, die Augen wie gebannt nach Westen gerichtet. Dort ist Grimrock, Emory! Du kannst es nicht sehen, weil deine Augen jetzt alt sind. Aber es ist nicht mehr weit. Geh weiter!

Am Spätnachmittag des vierten Tages fiel er aus dem Sattel. Der tiefe Schnee bewahrte ihn vor schweren Verletzungen, doch er verrenkte sich den linken Arm und das linke Bein. Danach humpelte er schwer, und der Schmerz im Arm wollte nicht aufhören.

Es wurde nötig, alle paar Stunden zu rasten, sein Zelt aufzubauen und ein wärmendes Feuer anzuzünden.

Er bedauerte seine Voreiligkeit, er bedauerte sie von ganzem Herzen. Doch in anderen, vielleicht weniger vernünftigen Augenblicken, wenn seine unsichtbaren Gefährten mit ihm ritten, glaubte er, nie stolzer gewesen zu sein und niemals eine tiefere Freude empfunden zu haben.

Die kalte Luft stach ihm in die Lungen, und der Mantel wurde ihm unerträglich schwer. Während er seine Herzschläge zählte, veränderte sich Memori Collins Botschaft an ihn: *Emory,* flüsterte sie, und die Stimme hauchte wie der Wind über den schneebedeckten Feldern, *alles, was wir je waren, reitet mit dir.* Und er dachte, jawohl, wenn ich sterbe, wird es so sein, als hätte keiner von ihnen je gelebt.

Und er wußte, daß dies so war: Tränen quollen ihm aus den Augen und gefroren auf den Wangen, und keuchend in der schneidend kalten Luft drängte er sein Tier weiter.

So ritten sie zusammen, Emory Wincavan und sein Vater (jünger als in seiner Erinnerung), Oliver Candliss und Memori Collin. Mit der Zeit verlor die Kälte ihre Schärfe. Die Zügel erschlafften ihm in den Händen, und die Welt war vom beständigen Trott des Wisents erfüllt. Selbst die Halluzinationen lösten sich auf, bis es außer Armagon, dem Schnee und dem Wissen, was er mit sich trug, nichts mehr gab.

Es war dunkel.

Er klammerte sich an den Nackenpelz des Reittieres, bemerkte kaum dessen Wärme. Und den letzten Gedanken, als der Sattel unter ihm fortglitt, flüsterte er seinem Reittier ins Ohr: *Vergib mir.*

Die Goliaths fanden ihn im Frühling. Neben ihm lag die Leiche seines Reittiers.

Sie verbrannten ihn, wie es ihre Tradition vorschrieb, denn er war ein Feind, und sie konnten den Segen der Geister nicht für den Ort erbitten, an dem er gefallen war.

Memori Collins Pistole wurde unbemerkt mit ihm verbrannt, und als die Flammen des Scheiterhaufens heiß genug waren, explodierte sie zur Überraschung der Zuschauer.

Sie retteten die Kristalle und verteilten sie an die Frauen, die sie sehr bewunderten und für das Fest der Sommersonnenwende beiseite legten.

Die Flasche erkannten sie als ihr Eigentum wieder.

Einer unter den Goliaths erkannte das Gesicht des alten Mannes. Er erinnerte sich an die große Halle am Rande des Ruinenfeldes und an die flackernden Gespenster im östlichen Raum. Nach einigen Mühen brachte er eins der Juwelen in seinen Besitz, das sommergrüne Omyra, und schob es in einen primitiven Lederbeutel, den er sich an den Gürtel band, um ihn immer bei sich zu tragen.

Und später, als die Goliaths ihre Feinde in die Prärien im Norden und Osten davontrieben, fand er eine Gelegenheit, den gespenstischen Ort zu besuchen. Es war jetzt kalt und dunkel, und er stand lange im Mondlicht. »Dank sei dir, Ältester«, flüsterte er so leise, daß die Worte sich im Wind verloren. »Wir werden deiner Fährte folgen.«

Originaltitel: ›Last Contact‹
Aus: ›Isaac Asimov's Science Fiction Magazine‹, Juni 1988

Deutsche Übersetzung von Jürgen Langowski

Lucius Shepard

Nomans Land

1

Vier Meilen südlich des Leuchtturms von Gay Head auf Martha's Vineyard liegt Nomans Land, eine Insel von etwa einer Meile Breite und anderthalb Meilen Länge, die von einem Sanddünenstrand mit Büscheln harter Gräser und Strandhafer im Osten zu einer vielleicht zehn Meter hohen Klippe aus Ton und anderen Sedimenten auf der Westseite ansteigt, die der Küste von Massachusetts gegenüberliegt. Vor 1940 gab es einige kleine Gehöfte auf der Insel, doch als während des Zweiten Weltkriegs öfter deutsche U-Boote entlang dieses Küstenabschnitts gesichtet wurden, beschlagnahmte die Regierung das Land, siedelte die Bewohner um und errichtete riesige Betonbunker an den Stränden, wo dann Tag und Nacht Militärposten Ausschau hielten nach Sehrohr oder Brückenturm feindlicher Unterseeboote. Nach dem Krieg wurde die Insel zum Sperrgebiet für Zivilisten erklärt und als Zielgelände für Bomber und Kampfflugzeuge der Luftwaffenbasis Otis benützt, und dies ist heute noch, wenn auch selten, der Fall. In stillen Winternächten, wenn der Trubel der Touristensaison vorbei ist, hört man die Detonation der Raketen bis zur Insel Nantucket, fünfundzwanzig Meilen weiter östlich. Dennoch ist die Insel zum bevorzugten Nistplatz von Tausenden Seemöwen, Seeschwalben und in geringerer Zahl auch Eisenten geworden, die man öfter in Ketten dunkler Punkte über den Abendhimmel ziehen sieht. Die Insel wurde denn auch als nationales Schutzgebiet für Wildtiere ausgewiesen, obwohl es einem widersinnig erscheinen mag, daß ein Tierschutzgebiet mit Bomben und Raketen beschossen wird. Andererseits mag man den Standpunkt vertreten (der im übrigen vielen Naturschützern berechtigt erscheint), daß diese gelegentlichen Angriffe dem Vogelbestand weniger Schaden zufügen, als es durch den Zustrom menschlicher Wesen — auch mit noch so noblen Absichten — der Fall wäre, wäre die Insel kein militärisches Sperrgebiet mehr. Und so bleibt Nomans Land verlassen, nur Wind und Brandung beeinträchtigen die Stille, hin und wieder auch das Kreischen der Möwen oder das Bellen spielender Seehunde auf dem Strand, und natürlich auch das Geraschel irgendwelcher Nagetiere oder einiger Maulwürfe in ihren unterirdischen Gängen. Außer den ganz frischen sind fast alle Bombentrichter unter Sand und Gras verborgen, dennoch ist das Gehen schwierig, weil der Boden voller Pockennarben und Mulden ist wie die Oberfläche eines riesigen Golfballs, so daß man nur zu leicht ins Stolpern gerät. Krüppelföhren bedecken einen Großteil der Insel und verbergen die zerbombten Bauernhäuser bis auf ein paar aufragende zersplitterte Sparren. Der Anblick dieser Ruinen, das trübsinnige Gekreisch der Vögel sowie die Spuren von Krieg und Zerstörung bewirken einen Eindruck völliger Verlassenheit, der durch den Namen der Insel noch unterstrichen wird. Gleichgültig, ob sich dieser Name nun von einem Eigennamen herleitet oder ob die Insel früher No Man's Land (keines Mannes Land) geheißen haben mag, was sich dann durch kartographische Schlamperei zu Nomans Land vereinfacht hat, die Benennung ist so passend, daß sie vielleicht die unbewußte Ahnung irgendwelcher ungewöhnlicher Ereignisse oder geheimnisvoller Vorgänge zum Ausruck bringt. Das Seltsame ist: Es gibt keine dunklen Gerüchte in Zusammenhang mit der Insel, keine Legenden, kein Seemannsgarn über geheimnisvolle Lichter oder sonderbare Weisen an jener einsamen Küste. Und genau das ist in diesen Gewässern, wo jede schäbige Sandbank Gegenstand Dutzender Schauermärchen ist, eigentlich erstaunlich, beinahe verdächtig. Noch viel verdächtiger mag es einem aber vorkommen, daß trotz der eigenartigen Vergangenheit der Insel, trotz der Vorliebe der Neuengländer für Lokalchronik, für Geschichten und Geschichte, niemand, nicht ein einziger Mensch, sich jemals für die vielen Fragen interessiert hat, die man um Nomans Land stellen müßte, und daß auch keines Menschen Stimme die Antworten geben könnte.

2

In der Nacht des sechzehnten Oktober irgendwann in den achtziger Jahren trieb im ärgsten Sturm dieses Herbstes der Fischtrawler *Preciosilla* durch den Muskeget-Kanal zwischen Martha's Vineyard und Nantucket und wurde dann in schwerer See westwärts auf Nomans Land zu getragen. Das Ruderhaus stand in Flammen, und die Maschinen hatte eine Explosion zerrissen, was vier von den zehn Mann Besatzung das Leben gekostet hatte. Weitere drei waren über Bord gespült worden. Als das Boot in die Nähe von Nomans Land geriet, sahen die Überlebenden die Insel einen Augenblick lang als blitzerhellten Umriß vor den tobenden Sturmwolken. Sie wußten wohl, daß die *Preciosilla* der See nicht mehr lange standhalten konnte, deshalb vertrauten sie ihre Seele Gott und ihren Körper den Wellen an, um vielleicht doch noch festes Land zu erreichen. Einer der drei, ein Seemann portugiesischer Abstammung aus New Bedford, Pedro Arenal, wurde vom Strömungssog an der Insel vorbeigerissen und nie wieder gesehen. Die zwei letzten jedoch, Odiberto ›Bert‹ Cisneros, sechsundvierzig, ebenfalls Portugiese, und der Schiffskoch Jack

Tyrell, ein Ire Anfang der Dreißig, erreichten keine zwanzig Meter entfernt voneinander den Strand und suchten Schutz im Windschatten eines Betonbunkers, wo sie dann zitternd dasaßen, zu frierend und geschockt zum Denken, betäubt von den Donnerschlägen der Wogen, und hinausstarrten in die tobende Dunkelheit, das Feuerwerk der Blitze, das Wellen höher als Zirkuszelte zuckend erhellte und ihre Gischtkronen schaurig aufleuchten ließ.

Es war Tyrell, ein hagerer schwarzhaariger Mann mit einem etwas verschlagenen Ausdruck in den scharfen Zügen, der das Bedürfnis verspürte, im Innern des Bunkers Schutz zu suchen. Er verspürte wohl die Kälte viel schlimmer als Cisneros, der von den beiden gewiß der besser geschützte war: muskulös und krummbeinig, mit den Ansätzen eines Bierbauches und einem wettergegerbten dunklen Gesicht, das derzeit zu einer entsetzten Grimasse erstarrt war, die durch zwei goldglänzende Eckzähne unterstrichen wurde. Er reagierte überhaupt nicht auf Tyrells Zurufe, so daß sich dieser schließlich mühsam auf die Beine wälzte und mit flatternden Haaren, im Sturm schwankend, heranstapfte und Cisneros unter den Achseln packte. Cisneros ließ sich hochzerren, aber als er begriff, daß Tyrell ihn ins Innere des Bunkers schleifen wollte, riß er sich von dem Iren los und stolperte ein Stück den Dünenabhang hinunter. In seinen Augen war der Bunker mit seiner fahlen Betonwölbung und dem niedrigen schwarzen Eingangsspalt ein riesiger Schädel mit klaffender Mundöffnung, aus der das wahnwitzige Heulen des Windes drang, und damit wollte er nichts zu tun haben. Ein heftiger Windstoß warf ihn zurück, er taumelte, und sein entsetzter Blick streifte den Himmel gerade in dem Augenblick, als ein schwefliges Licht aufflammte und der Strahl des Leuchtfeuers von Gay Head über die Unterseite der jagenden schwarzen Wolken strich. Obwohl er seit zwanzig Jahren diese Gewässer befuhr, dachte er in seiner Panik nicht an den Leuchtturm, und der vorüberzuckende Lichtstrahl erschien ihm wie ein Fingerzeig der Hölle. Er fiel in dem schlammigen Sand auf die Knie und bekreuzigte sich, und Gebetsfetzen jagten ihm durch den Kopf wie windgepeitschte Notflaggen.

Tyrell war versucht, ihn sich selbst zu überlassen. Er hatte für Portugiesen nicht viel übrig, und schon gar nichts für Cisneros, der ihn auf der *Preciosilla* zweimal mit dem Messer bedroht hatte. Aber ihr schlimmes Schicksal hatte sie in gewisser Weise aneinandergeschmiedet, und außerdem war Cisneros' Furcht für Tyrell irgendwie eine Rückenstärkung. »Beweg deinen verdammten Arsch!« brüllte er, als er sich gegen den Sturm zu Cisneros durchkämpfte. »Du blöder Scheißkerl! Willst du hier erfrieren — oder was?« Noch einmal rang er mit Cisneros, zerrte ihn hoch und schleifte ihn zum Bunker.

Die stückhaften Stoßgebete hatten Cisneros so weit beruhigt, daß er sich in sein Schicksal ergab. War es nicht gleichgültg, wie er starb: in die See geschleudert oder von den Kiefern des Bunkers zerdrückt? Im letzten Augenblick, als Tyrell ihn über die Betonstufe in den schwarzen Schlund hineinstieß, zerbröckelte seine fatalistische Ergebenheit, und er versuchte sich loszureißen. Doch die letzte Kraft war ihm aus den Gliedern gewichen, und er brach auf den Boden zusammen. Tyrell kroch hinter ihm ins Innere, und sie kauerten sich an der Wand dicht aneinander. Blitze erhellten mit nervenzermürbender Häufigkeit die morschen Wände, die gestreift waren von weißlichem Vogeldreck, von Spinnweben überzogen, und in allen Ecken und Spalten gab es noch viel mehr Spinnweben, teilweise losgerissen und im Wind flatternd. Cisneros schloß die Augen, Blindheit war ihm lieber als das flackernde Bild einer Umgebung, die in schauerlicher Weise an Verliese und Folterkammern erinnerte. Er begann murmelnd einen Kreuzweg zu beten und wiederholte die tröstlichen Worte, bis sie ihn gegen das Wüten des Sturms abschirmten, und es dauerte nicht lange, bis er, wie ein Kind davor zurückscheuend, sich seinen Ängsten zu stellen, in tiefen Schlaf fiel.

Tyrell hatte genauso viel Angst, aber sein Entsetzen entsprang nicht dem Sturn oder seiner Umgebung, sondern den letzten paar Stunden auf der *Preciosilla.* Wenn er in die Dunkelheit starrte, sah er dort die Gesichter der Toten, sah das brennende Ruderhaus als großes erleuchtetes Fenster wie irr in der Sturmschwärze hüpfen und schwanken, mit der verschrumpften geschwärzten Gestalt des Kapitäns aufrecht inmitten der Flammen, immer noch das Ruder umklammernd, und sah den Maat, dessen Augen durch den Widerschein des Feuers zu roten Schlitzen geworden waren, wie er einem Gottverlassenen gleich die Arne hochriß und sich der schwarzen Klaue einer Sturmwoge opferte, die ihn mit sich in die Hölle hinunterriß … Tyrell schüttelte den Kopf, versuchte diese alptraumhaften Eindrücke zurückzudrängen. Streifte schließlich das Ölzeug ab und knetete an einem Krampf in der Wade. Ein Schauder fuhr ihm durch sämtliche Glieder, und das war, als bräche ein Damm in ihn und die ganze aufgestaute Schwäche überflutete ihn. Er ließ sich gegen die Wand sinken, und der Sturm war auf einmal ganz fern, so wie alles andere, das ihm zuvor geschehen war.

So ein verdammtes Pech! dachte er.

Aber eigentlich war er schon öfter in schlimmerer Lage gewesen. Er war ein Überlebenstyp und hatte das entsprechende Glück. Da war zum Beispiel die Gelegenheit, wo er, Joe McIlrane und Pepper Swayze in Peppers Haus von den Englischen überrascht worden waren, mit nur einem Gewehr und in einem Kugelhagel, der Vasen und Bilder an den Wänden zersplittert hatte. Und dann die Haft. Herrgott, war es nicht ein besonderer Glücksfall gewesen, mit dem verdammt besten Ausbruchsspezialisten der ganzen IRA in dieselbe Gefängniszelle gesteckt zu werden? Und genauso hatte er Glück gehabt, als er sich von Irland absetzte und es bis in die Staaten schaffte, mit einem feinen Leben und einem netten Mädel und einem sauberen Bett und genügend Zeit zum Faulenzen und für ein paar Bierchen am Abend. Natürlich würde er sich früher oder später wieder dem Kampf anschließen. Er konnte doch nicht den anderen den vollen Triumph überlassen, die verdammten Englischen in ihr lausiges, aufgeblasenes Königreich zurückgejagt zu haben ... Ein heftiger Blitz zerriß das schwarze Chaos des Sturms und brannte Nachbilder von den Bunkerwänden in Tyrells Augen, so daß er unwillkürlich aufschrie.

»Jesus«, fragte er den Himmel, »willst du mich umbringen?«

Donner grollte, die See brüllte.

»Na, ich scheiß sowieso drauf.«

Er bemühte sich, die Gedanken wieder nach Irland zurückzulenken, aber er merkte bald, daß seine Erinnerungen — das waren sie für ihn geworden, die so oft erzählten Lügengeschichten, angenehme heldenhafte Erinnerungen, mit denen er sich weit mehr beschäftigte als mit seiner tatsächlichen Vergangenheit — ihm keinen Trost mehr boten. Er überlegte, wie lange der Sturm wohl noch dauern mochte. Wahrscheinlich noch gut einen Tag. Danach würde er an der Nordküste ein Feuer entzünden, so groß, daß man den Rauch auf Gay Head bemerken mußte. Eins stand jedenfalls fest: *Er* würde tun, was notwendig war, denn Cisneros war auf keinen Fall eine Hilfe. Mit einem Deck unter den Füßen, da hatte der Hundesohn die Zähne zeigen können, aber wenn er erst mal etwas naß geworden und durchgebeutelt worden war, dann war er unbrauchbar. Nun, in dieser Nacht hatte der gute alte Bert noch mal Glück gehabt, da ihm ein gewisser Jack Tyrell, der Schrecken von Belfast, zur Seite stand, der niemals einen Kameraden im Stich gelassen hatte.

»Immer mit der Ruhe, mein Junge!« murmelte er und tätschelte Cisneros' Schulter. »Ich bin ja bei dir, mußt du wissen.«

Bert Cisneros stöhnte, Blitze flammten, und es krachte ringsum, doch Jack Tyrell, der einst angesichts des Hinrichtungskommandos seiner Träume gelacht hatte, lachte auch jetzt in der Überzeugung, daß es im gesamten Universum keinerlei Schrecken gebe, dem die Waffen seiner Vorstellungskraft nicht gewachsen wären.

3

Cisneros schlief nicht so richtig, er fiel eher die Treppe seiner sechsundvierzig Lebensjahre hinab, sich kopfüber überschlagend, langsamer über die Absätze polternd und rollend, langsam genug, um sich bei einem jeden bestimmter bedeutsamer Missetaten bewußt zu werden. Da war der Mann, den er erstochen hatte, als sie vor einem Nordoststurm in Nantucket Schutz gesucht hatten; die Freunde, die er hintergangen hatte; die Frauen, die er verprügelt hatte. Er sah seine Frau vor sich, das Gesicht voll dunkelroter Schwellungen und streifig von Tränen, und sie umklammerte das kleine goldene Kreuz am Hals. Da schämte er sich zum ersten Mal in seinem Leben, das ein übles Dahinvegetieren, ein dunkler Abschnitt der Zeit gewesen war, interpunktiert von stupiden Gewalttaten, angeheizt von einem Ich, das sämtlichen Gegenbeweisen zum Trotz von seiner geistigen Überlegenheit überzeugt war. Als er so in eigenartigem Zwielicht seine bisherige Existenz vorbeiflackern sah, empfand er etwas wie Erleichterung, als er den untersten Absatz erreichte und hineinstürzte in seinen Anfang, wo er zusammengerollt liegenblieb wie eine dunkle Perle im Innern einer riesigen Auster, nicht schlafend, aber in einer schlafähnlichen Betäubung. Er sah die gesamte Insel, betrachtete sie von wechselnden

Aussichtspunkten mittels eines neuen Wahrnehmungssinnes, der ihm alles als eine Art Juwelenmuster auf dunklem Grund zeigte: Vögel mit Rubinaugen im Gras der Dünen, das wie tanzende Silberhärchen aussah, geisterhaft blasse Wolken, die über ihm herumwirbelten, und die zersplitterten Balken einer alten Hausruine, um die ein unheimliches grünes Licht spielte, dort inmitten windzerzauster Föhren, und jadeblaue Wellen, marmoriert von einem schimmernden Netzmuster aus Gischtfäden, die sich an einer Klippe im Westen brachen, und über allem der Wind, ein wogender graugrüner Nebel. Er fragte sich, wie das sein konnte, daß er im Bunker lag und gleichzeitig über verschiedenen Teilen der Insel zu schweben schien, doch dann bemerkte er die zahllosen goldenen Fäden, die von seinem Körper ausgingen und ihn wie mit hauchfeinen Drähten mit unzähligen Punkten der Insel verbanden. Er begriff, daß seine Sinne durch diese Drähte hinausgriffen und es ihm ermöglichten, das Land in allen Einzelheiten zu betrachten. Er vernahm eine Stimme — nein, zwei Stimmen. Eine war dumpf und erregt und ängstlich und versuchte ihn in die Dunkelheit des Lebens zurückzurufen, doch auf die wollte er nicht hören. Statt dessen horchte er der zweiten Stimme nach, die leise und sanft war, mehr eine tiefe Melodie als Worte, und die ihm ein Gefühl der Ruhe und der Kraft vermittelte, ähnlich, wie er es als Kind empfunden hatte, wenn er in der Kirche niederkniete. Er glaubte nicht, daß der Gott, der zu ihm sprach, der Gott seiner Kindheit war, aber er war dankbar, daß seine Gebete irgend jemanden erreicht hatten. Da für seinen Verstand außerdem ein Gott so gut wie der andere war, bereitete es ihm keinerlei moralische Schwierigkeiten, das Objekt seines Glaubens zu wechseln. Und als seine Gedanken sich änderten, seltsam konkret und intellektuell wurden, voll grimmigen Zielbewußtseins, als er von sich selbst nicht als Bert Cisneros, sondern als Quentin Borchard dachte, sich sah als hageren blassen

Mann mit falkenscharfen Zügen und tiefliegenden Augen im Schatten struppiger Brauen, in seinem Sonntagsanzug aus schwarzem Wolltuch, da stellte er dies alles nicht in Frage, weil er wußte, daß Gottes Wege für ihn unbegreiflich waren, und lieferte sich diesen Gedanken aus …

… und sah, daß er an einem tiefblauen Tag, mit Herden von Schäfchenwolken bis weit hinaus übers Meer, zielbewußt und mit festen Schritten zum Steilhang ging, als wollte er aus irgendeinem Grund deutliche Spuren hinterlassen. Als er den westlichen Klippenrand erreichte, suchte er sich einen festen Standplatz im kniehohen Gras, beugte sich vor und spähte hinunter auf die Felswand. Mit ihrer grauen rissigen Oberfläche sah sie aus wie eine uralte verrottende Stirn, die sich aus der See erhob, zerfurcht von quälenden Gedanken. Die kochenden Wogen am Fuß der Klippen schienen ihn anzuziehen, sich mit frostiger Last im Magen zu verkrallen, und so richtete er sich auf, wandte den Blick auf die sonnenüberglänzte See, auf die kobaltfarbene Dünung, die sich am Horizont verlor. Er fand es seltsam, daß er keine Schmerzen mehr verspürte. Der Schmerz, der ihm in den Eingeweiden nagte, hatte ihn zu dieser Stelle getrieben, und nun, als hätte sein Entschluß eine Heilung bewirkt, fühlte er sich ruhig, bei klarem Bewußtsein und frei von jedem Leiden. Wäre es nur das gewesen, nur der Schmerz, dann hätte er es wohl bis zum Ende ertragen; nicht mehr ertrug er jedoch, mitansehen zu müssen, wie seine Krankheit immer neue Furchen in Marthas Gesicht einätzte und sie entstellte, wie das Meer und die Zeit den Fels unter ihm gealtert hatten. Dies war der beste und anständigste Ausweg. Sie würde niemals glauben, daß er Selbstmord begangen habe; sie würde annehmen, daß er am Klippenrand entlanggegangen sei und durch einen plötzlichen Schmerzanfall das Gleichgewicht verloren habe. Sie würde das Land verkaufen können, und sie war immer noch hübsch genug, um einen neuen Ehemann und einen neuen Vater für die Kinder zu finden. Es war ein Segen, daß sie noch zu klein waren, um wirklichen Schmerz über den Verlust zu empfinden. Gewiß, sie würden weinen und sich vorstellen, daß er im Himmel war. Die Zeit würde jedoch diese Wunden heilen, und alles, was er jetzt noch für sie tun konnte, war rasch sterben, damit sie eher darüber hinwegkommen könnten. Und das würde gar nicht so schwierig sein, wie er geglaubt hatte. Genaugenommen war er schon tot, getötet von der Kraft seines Entschlusses. Wie er so dastand, fühlte er sich bereits abgekapselt von seiner Vergangenheit, vom Leben, und er vermeinte, die gesamte Insel im Rücken zu spüren, sie auf neue Art wahrzunehmen: die Bucht am Ostufer, wo in einem Gezeitentümpel Seeigel an den Steinen klebten; die mit einem Rankendickicht von wilden Reben überwachsene Nordküste, ein Gewirr bizarrer Schatten, die im Seewind tanzten; eine Wühlmaus, die mit funkelnden schwarzen Knopfaugen aus ihrem Loch hervorspähte; die weißen Spinnen, die einzigartig für die Insel waren und ihn mit ihren unaufhörlichen Bissen wütend machten, jedoch in den Föhren Netze von unübertroffener Schönheit und Kompliziertheit woben; die Seeschwalben, die unermüdlich über dem Meere kreisten. Dies alles verspürte er als eine gespannte Wesenseinheit, eine geballte Kraft, die ihn umgab, so als müsse sie teilhaben an dem, was er zu tun hatte. Er war kein religiöser Mensch. Seine pragmatische Natur hatte ihm nicht erlaubt, an ein Nachher zu glauben, und er zog auch jetzt diese Möglichkeit nicht in Betracht. Allerdings glaubte er, falls es ein höheres Wesen wie einen Gott gäbe, dann müsse es, wie die Insel, eine Entität sein, die imstande sei, alle geringeren Existenzen in sich aufzunehmen, die in seinen Einflußbereich gelangten, müsse Luftströmungen, die über die Dächer balinesischer Tempel gestrichen waren, einbeziehen ebenso wie Meeresströmungen, die die Küsten von Teneriffa umspült hatten. In gewissem Sinn *war* die Insel sein Gott gewesen, das Objekt seiner Verehrung, seiner Arbeit und seiner Hoffnungen, und er fühlte sich ihr jetzt verbundener denn je zuvor. Er liebte diesen Ort, und vielleicht war dies, nicht irgendeine mystische Abstraktion, eine brauchbare Definition für einen Gott: etwas, dem man seine ganze Mühe und Fürsorge widmete, etwas, das durch einen langen Prozeß der Hingabe eins wurde mit dem Wesen seines Anbeters. Es schien, als würden seine Gedanken durch das Brausen der Wellen und das Schreien der Möwen in ein Orchester einbezogen, das eine Musik voller Logik und Poesie ertönen ließ, und er merkte, daß er vorgetreten war, daß er fiel. Einen Augenblick lang empfand er Angst, aber der Schock des Aufpralls, die stechende Kälte des Wassers betäubten seine Furcht, und wie ein Herbstblatt taumelte er in blaugrüne Tiefe, eisige Tiefe, eisige Dunkelheit, langsam, ganz langsam hinein in einen Traum von einem Sturm, zu einem geheimen Ort, wo andere an dem Traum teilhatten, wo kein menschliches Wesen lebte, wo Wahrheit Form war und Form Chaos und Chaos zu neuer Ordnung gesponnen wurde.

4

Der Morgen kam, und noch immer tobte der Sturm über Nomans Land. Schiefergraue Wellen peitschten gegen den Strand, trugen ihn ab; die Wolken wurden immer schwärzer und senkten sich tiefer, und der Wind preßte das Gras auf den Dünen flach, fegte kreischend über die Insel und trieb Regenschwaden in den Bunkereingang, so daß Tyrell von den nadelstichscharfen Tropfen wach wurde. Jeder Muskel im Leib tat ihm weh, und im Mund verspürte er Sand. Er stöhnte, rieb sich einen verkrampften Schenkel, kratzte eine gerötete Stelle am Handgelenk und stellte fest, daß Cisneros immer noch zusammengerollt schlief, Kopf und Hals schildkrötenhaft in sein Ölzeug eingezogen. Etliche Spinnweben spannten sich von der Wand zu seinen Beinen. Tyrell räusperte sich, spie aus und rief: »He, Bert! Erheb dich, du dreckiger Knoblauchfresser!«

Cisneros rührte sich nicht.

Tyrell langte hinüber und rüttelte ihn an der Schulter. Cisneros murmelte etwas, schlief jedoch weiter.

»Nutzloser Bastard«, murmelte Tyrell. »Ohne dich bin ich sowieso besser dran. Immer diese verdammte Rosenkranzzupferei und wie ein altes Weib die Heiligen anjammern! Geh zum Teufel!«

Er lutschte an dem pappigen Belag seiner Zähne und sah sich im Bunker um. Spinnweben allenthalben an der gelblichen Mauer, an den Fäden Dutzende weißer Spinnen; manche krochen an ihnen entlang, andere wiederum hingen wie winzige Sterne an Einzelfäden herab. Er spürte ein leichtes Brennen an der Wade, schrie auf und zerquetschte eine Spinne, die im Hosenbein hinaufgekrochen war. Schaudernd wälzte er sich auf und zertrat die Spinnen, die in dunkle Ecken davonzuhuschen versuchten. Als er sicher war, daß sich am Boden keine mehr herumtrieben, hielt er inne, die Arme gegen die Kälte um sich selbst geschlungen und mit einem wachsamen Auge zur Decke, ob sich nicht von dort etwa eine Spinne herunterließ.

»Cisneros«, sagte er unsicher, »wach auf!«

Der Schlafende schien zu zittern.

»Möchtest du, daß diese scheußlichen kleinen Krabbelviecher überall auf dir herumkriechen?« erkundigte er sich, und der Klang seiner Stimme munterte ihn ein wenig auf. »Na gut, Bert. Mir soll's recht sein, alter Junge. Ich meinerseits find's hier beschissen. Mein Magen ist leer wie 'ne Dorfkirche Dienstagnacht, und ich werd mir jetzt eine Auster oder einen ersoffenen Vogel oder sonst was suchen, was eßbar ist.« Er schwang sich halb über den Einstiegsrand, wo er einen Augenblick innehielt, um den Kragen seiner Wetterjacke hochzuschlagen. »Soll ich dir was mitbringen, Bert? Nein? Na ja, vielleicht bist du nach deinem Schläfchen anderer Meinung. Ich werd' später wieder reinschauen. Schlaf mal gut.«

Er stieg über die Schwelle hinaus in den Sand, in dem er sofort bis zu den Knöcheln einsank, und so watete er mühsam, stolpernd, manchmal auf allen vieren kriechend, den Dünenhang hinauf bis zum Kamm. Hier gelang es ihm, wieder auf die Beine zu kommen, doch der Wind und der peitschende Regen packten ihn mit aller Macht. Schwankend starrte er landeinwärts über das zernarbte Gelände: Aus schüsselförmigen Vertiefungen sprossen blaßgrüne Grasbüschel — manche dieser Mulden waren an die sieben Meter breit —, und dahinter, wo es etwas ebener wurde, gab es Gruppen von Japanföhren, zwischen denen er in rund dreißig Meter Entfernung einen frischen Krater ausmachte. Etwa in der Mitte der Insel ragte zersplittertes schwarzes Gebälk aus den Föhren, offenbar die Überreste eines Gebäudes. Er wollte darauf zugehen, da fegte etwas Großes, Schmutzigweißes kreischend aus dem Gras hoch und griff ihn wild flatternd an. Der schwarze Schnabel hackte knapp vor seinem Gesicht in die Luft; er schrie auf, warf die Arme hoch und schwang abwehrend die Fäuste. Dabei verlor er den Halt und kollerte den Dünenhang hinunter.

Am Fuß des Hangs richtete er sich auf die Knie auf und hielt Ausschau nach der Seeschwalbe. Sie war nicht mehr zu sehen. Offenbar war er zu nahe an ihr Nest geraten, und er überlegte, ob wohl Eier darin waren. Aber nur für die Not, dachte er. Bloß eine beschissene Notreserve. Erstens hatte er für rohe Eier nur sehr wenig übrig, und außerdem wollte er sich nicht noch einmal mit der Seeschwalbe anlegen. Er stand auf, klopfte Klumpen des nassen Sandes von den Jeans und machte sich zu den Ruinen auf, ein umständlicher Weg zwischen den überwachsenen Kratern. Unter den Föhren war es bei diesem Wetter noch viel düsterer, eine grünschattige Dämmerung, nur die Regentropfen schimmerten wie Glasperlen an den Spitzen der Nadeln; der Boden war hier nicht mehr so uneben, doch alles hing voller Spinnweben — die Netze weißer Spinnen wie jener, die vom Bunker Besitz ergriffen hatten. Er fegte sie beiseite, um sich den Weg freizumachen, und trat nach ein paar Minuten aus dem schütteren Wäldchen auf eine große Lichtung, in deren Mitte die Gebäudereste standen. Aus den Abständen der noch nicht niedergebrochenen Sparren und den im Schutt herumliegenden Schindeln schloß er, daß dies wohl die Überreste einer Scheune waren. Und jener Haufen zersplitterter Planken rechts davon, die aussahen, als hätte eine riesige Faust sie niedergewalzt, das war vermutlich ein Wohnhaus gewesen. Er ging hinüber und stocherte mit der Fußspitze im Schutt. Feuchtglänzende dunkle Bretter, weiß geädert von Moder, Unkraut, das aus den Ritzen hervorwucherte; zerfetzte Blechstücke. Er hatte gehofft, vielleicht auf einen alten Vorrat irgendwelcher Lebensmittelkonserven zu stoßen, aber es war klar, daß es hier nichts mehr gab, das ihm irgendwie von Nutzen sein konnte.

Über ihm rissen die Wolken kurz auf, einen Augenblick lang ließ der Regen nach, und Streifen eines aschgrauen Himmels wurden sichtbar; gleich darauf schlossen sich die Lücken, und die Wolken schoben sich noch tiefer, schwarzgraue Fetzen wie fleischige tote Blätter, die in dicken Schichten zusammenklebten, und eine Windbö heulte klagend heran und bog sämtliche Föhren auf eine Seite, so daß sie gleichzeitig wieder in aufrechte Stellung schnellten wie eine Reihe zerlumpter grüner Tänzer. Tyrell wandte sich um; er wußte nicht recht, was er jetzt unternehmen sollte, und überlegte gerade, ob er mit einem Stein einen der Vögel erwischen könnte, als ihm vorkam, daß da jemand am Rand der Lichtung stünde. Eine schlanke Gestalt mit einer schwarzen Regenjacke, die Kapuze über den Kopf gezogen. Das Herz hämmerte ihm, er wich einen Schritt zurück. Dann wurde ihm klar, daß das, was er gesehen hatte, nicht mehr gewesen war als ein zufällig menschenähnlicher Umriß aus windbewegten Schatten zwischen zwei Föhren. Einen Augenblick später jedoch hörte er eine Bewegung, und diesmal sah er ganz deutlich eine Gestalt hinter einem Stamm verschwinden.

»Bert, bist du's?« rief er beunruhigt, und als keine Antwort kam, rief er nochmals: »Wer ist da?«

Der Regen wurde noch heftiger, spritzte in einem Sprühnebel von den modrigen Planken vor ihm weg und verhinderte jede klarere Sicht auf die Föhrengruppe. Das an- und abschwellende Rauschen der Regenschwaden in den Föhrenzweigen war wie der Atem eines großen Tiers.

»He!« schrie Tyrell. »He, wer, zum Teufel, sind Sie?«

Wieder kam keine Antwort, aber als ihm schon fast die Nerven durchgingen, weil man ja nicht wußte, ob da nicht ein Verrückter oder Schlimmeres unterwegs war, und er zum Bunker zurückkehren wollte, da trat die Gestalt auf die Lichtung heraus und kam mit unsicheren Schritten auf ihn zu. Eine Frau. Strähnen von weißblondem Haar klebten ihr auf der Stirn. Sie war Ende zwanzig oder auch etwas jünger. Sie hatte typisch nordeuropäische Züge, gletscherblaue Augen, ein kräftiges Kinn und einen energischen Mund — zwar kein hübsches Gesicht, aber eines voll ungezwungener Sinnlichkeit. Sie blieb auf Armlänge vor ihm stehen, musterte ihn mit einem Blick, der zugleich hoffnungsvoll und vorsichtig war, und streckte halbherzig die Hand aus, als wolle sie ihn, so kam es ihm vor, irgendwie prüfend berühren. »Sie sind von dem Boot«, sagte sie.

»Woher wissen Sie das?« fragte Tyrell beunruhigt.

»Ich habe gestern abend gesehen, wie es brannte.« Sie schob ein paar verirrte Haarsträhnen wieder unter die Kapuze der Wetterjacke; ein Regentropfen lief ihr über die Wange bis zum Kinn. »Ich versuchte noch in der Nacht zum Strand zu kommen, aber der Sturm war zu stark. Ich habe die Orientierung verloren. Heute früh ging ich zum Bunker. Ich wußte, wenn sich irgendwelche Überlebenden auf die Insel gerettet hatten, würden sie dort Schutz suchen.« Sie fuhr sich mit dem Handrücken übers Gesicht. »Ihr Freund schläft noch.«

»Ach, tatsächlich? Na ja, er hat eine schwere Nacht hinter sich.« Tyrell blinzelte einen Tropfen weg, der ihm in den Augenwinkel geraten war. »Ich heiße Jack Tyrell.«

»Astrid.« Sie sprach den Namen zögernd aus, als widerstrebe es ihr, sich zu identifizieren.

»Und was machen Sie hier?«

»Ich habe — habe eine Studie gemacht. Über die Spinnen — die weißen. Die haben Sie sicher bemerkt. Ich bin Entomologin.«

»Da geht's um so Insektenviehzeugs, nicht?«

»Wissen Sie ... Ich hätte abgeholt werden sollen, doch der Sturm ... Das Boot konnte nicht auslaufen. Meine Freunde ... Sobald das Wetter besser wird, kommen sie sicher.«

Tyrell konnte ihre Ängstlichkeit verstehen — eine Frau allein an diesem gottverlassenen Ort; er spürte aber auch, daß ihre Unsicherheit noch andere Ursachen haben mußte als einfach die Furcht vor einem Angriff, daß irgend etwas sehr viel Tiefergehendes sie verängstigte.

»Vielleicht«, schlug er vor, »sollten wir zurück in den Bunker. Damit wir aus diesem Regen rauskommen.«

»Nein«, sagte sie, blickte zur Seite, dann hinter sich und fixierte schließlich Tyrell mit weitaufgerissenen Augen. »Nein, ich habe — eine Behausung. Das ist — näher. Und ich habe auch Vorräte, falls Sie hungrig sind.«

»Himmel, und wie! Ich wär' Ihnen ewig dankbar, wenn Sie was erübrigen könnten.« Er bedachte sie mit seinem gewinnendsten Grinsen, aber das heiterte sie nicht auf; sie warf weiterhin unruhige Blicke in alle Richtungen, wie um sich zu überzeugen, daß alles wie sonst war. Er bemerkte die Rundung ihrer Brüste unter der Windjacke, den Schwung ihrer Hüften, und er verspürte einen Stich des Verlangens, den er sich — vermittels einer Dosis katholischer Schuldgefühle ob solch lüsterner Gedanken — gleich wieder aus dem Kopf schlug. Außerdem, überlegte er, würden ja einmal ihre Freunde eintreffen. Wenn *sie* allerdings Lust auf eine nähere Bekanntschaft haben sollte — das war dann eine ganz andere Sache.

»Es gibt keinen Grund, Angst zu haben. Ich tu Ihnen nichts. Bert allerdings ... Das ist mein Kamerad. Mit dem sieht's anders aus. Der schlägt seine Frau, wissen Sie. Und er hat immer ein Messer bei sich.« Er lachte. »Außerdem, obwohl er wirklich dumm wie die Sünde ist, hält sich der Trottel für ein verdammtes Genie. Also, mit dem in der Nähe müssen Sie sich in acht nehmen. Der ist eine Gefahr für sich selber. Aber ich werd' schon ein Auge auf ihn haben, machen Sie sich keine Sorgen.«

Ihr Gesichtsausdruck wechselte von Verwirrung zu Erstaunen, doch dann wurde ein trauriges Auflachen daraus. »Oh, ich mache mir keine Sorgen«, sagte sie. »Ich weiß, daß ich gar nichts zu befürchten habe.«

5

Cisneros schlief, und der Schlaf führte ihn von einem Traum zum nächsten, Träume, die ihn unter anderen Umständen durch ihren bizarren Inhalt erstaunt hätten, die er aber mittlerweile als Teil eines komplizierten und tiefgründigen Prozesses zu erkennen gelernt hatte, der in seinem Ablauf dennoch vollkommen natürlich war, der eine Grundlage der Schöpfung selbst war. Alles Leben war ein Traum, wie er nun begriff. Dies hatte ihm seine Mutter schon als Kind erklärt, und er hatte es als kindliche Wahrheit hingenommen, daß die Tage eines Menschenlebens nur ein flüchtiges Bild auf dem spiegelnden Teich von Gottes Vorstellungskraft waren; er bezweifelte, daß seine Mutter es als etwas anderes als ein hübsches Märchen angesehen hatte. Jetzt erkannte er, daß es letzte und höchste Wahrheit war. Leben und Träume waren tatsächlich ein und dasselbe, und es war sein glückliches Schicksal gewesen, mittels Erschöpfung und Angst so tief unter die Oberfläche des Schlafes hinabzutauchen, daß er die Quelle der Träume zu erreichen vermochte, den Ort, aus dem das Leben Energie und Sinn empfing.

Millionen und Abermillionen von Leben, von Träumen strömten ihm zu durch jene goldenen Fäden, die ihn festhielten, doch mit dem wählerischen Sinn des Kenners entschied er, sich nur mit jenen zu beschäftigen, die in irgendeiner Weise in einem Zusammenhang mit der Insel standen: Indianer, Bauern, Soldaten, Zivilbeobachter und auch jene, die wie er durch Zufall hingekommen waren. Er träumte, er sei ein Junge, der am Rand der Klippen spielte, Steine hinunterwarf in die kochende Gischt an ihrem Fuß, dann auf dem Rücken lag, lange Gräser kitzelten ihm die Nase, und er sah den Wolken zu, so großen, weißen, dicken Wolken, daß sie wie gewichtige Persönlichkeiten ausschauten. Eine junge Frau kam mit einem Mann von Gay Head herüber, um ihn zu ihrem ersten Geliebten zu machen, und in diesem Traum verweilte er länger, denn er empfand ein gewisses geiles Vergnügen bei ihrem ängstlichen Zögern, dem Schmerz und der Lust. Dann kam ein wahnsinniger U-Boot-Kommandant, der von seiner Mannschaft auf der Insel ausgesetzt worden war und der überzeugt war, sein Boot sei mit allerlei barocken Schnörkeln und Vergoldungen verziert wie bei Jules Verne, daß es mit kristallenen Torpedos bewaffnet sei, die mit Drogen und Musik geladen waren, und der glaubte, er führe mit seiner Mannschaft durch phantastische, geheimnisvolle Gewässer, wo sie versunkene Kontinente besuchten, sich mit meergrünen Frauen vergnügten und in eine Ekstase der Sinnesfreuden versetzt wurden durch die Lieder verzückter Sänger mit Bärten aus Tang und schwarzen Perlen unter der Zunge.

Diese Träume waren schwieriger zu verstehen als die anderen, nicht nur was ihren Sinn betraf, sondern vor allem ihre Rolle im Spiel des Lebens in der Welt. Verglichen mit den anderen, waren sie wie Springer und Läufer gegenüber Bauern ... Einen Augenblick lange wußte er nicht, woher dieser Vergleich stammte. Er hatte niemals Schach gespielt, hatte keine Ahnung von Figuren oder Zügen. Dann jedoch begriff er, daß er durch die Informationen, die ihm die Träume vermittelten, ein neuer Mensch wurde. Alle bösen Gelüste seines früheren Lebens fielen von ihm ab wie eine alte Haut; seine schäbige Gier, sein erbärmlicher Geiz, alle unmäßigen Eigenschaften seines Wesens wurden nach und nach ersetzt, verdrängt von einem bedächtigen, einfühlsamen Charakter, dessen Eigenschaften bestimmt wurden von der ansteckenden Menschenfreundlichkeit kultivierter Seelen, und er erkannte langsam, daß ein Sinn in dieser Veränderung lag, daß er nicht durch Zufall auf diese Insel geraten war. Er sollte den Angelegenheiten Gottes eine neue Wendung geben, einen neuen Plan der Schöpfung verwirklichen. Angesichts dieses Wissens verblich der letzte Rest seiner Furcht, und er lieferte sich vorbehaltslos jenen Träumen aus, nicht allein deshalb, weil er begierig war zu erfahren, was seine Aufgabe sein sollte, sondern auch wessen Werkzeug er sein würde. Er spürte, daß er dahinschwand, irgendwie körperlos wurde, selbst zu einem weiteren Traum wurde, und statt daß er sich dadurch sein Selbstbewußtsein rauben ließ, empfand er im Gegenteil berauschende Freude bei diesem Akt der Selbstaufgabe, bei dem Gefühl des Einsseins, das ihn durchströmte, bei der Gewißheit, daß er trotz aller menschlicher Schwächen und Fehler die

Erfüllung seines Daseins, den Sinn seiner Bestimmung bald erfahren würde, daß seine Sünden vergeben worden waren und daß er erwählt worden war, das Wesen seines Gottes zu erkennen.

6

Etwas abseits von den Überresten der alten Farmgebäude, halb verborgen in den graugrünen Schatten der Föhren, stand ein kleiner Schuppen mit einem Blechdach, vielleicht eine Werkzeughütte, die irgendwie die jahrelange Bombardierung und das rauhe Klima überstanden hatte. Die verwitterten Bretterwände waren schwarz vor Feuchtigkeit, und das Dach bestand zur Hälfte aus Rost. Astrid hatte es jedoch verstanden, es sich hier halbwegs gemütlich zu machen. Auf einem wackligen Tisch standen eine Heizplatte mit zwei Kochstellen und eine Sturmlampe und daneben ein Durcheinander von wissenschaftlicher Ausrüstung: ein Mikroskop, Proberöhrchen und ähnliches. Der Boden war mit getrocknetem Gras belegt, und an der einen Wand gab es einen Stapel von Lebensmittelkonserven; die Ritzen zwischen den Brettern waren mit Lehm abgedichtet worden, und in der einen Ecke war ein Schlafsack ausgebreitet, auf dem noch einige zusammengelegte Decken lagen. Nach ein paar Minuten war es in dem Schuppen beim flackernden orangeroten Licht der Lampe und in der Wärme, die die Kochplatten in dem kleinen Raum verbreiteten, während zwei Dosen Stew aufgeheizt wurden, beinahe freundlich geworden; die Geräusche von Wind und Regen klangen hier unwichtig und weit entfernt. Nur die Spinnweben, die die Dachbalken fast völlig einhüllten, trugen nicht zur Gemütlichkeit bei, aber als Tyrell in der Annahme, sie lange nicht hinauf, Astrid fragte, ob er das Zeug herunterwischen solle, antwortete sie in gedrücktem Ton, daß das keinen Sinn habe.

»Morgen früh sind sie wieder da.« Sie reichte ihm eine dampfende Gulaschdose und empfahl ihm, einen Lappen zu benützen, um sich nicht die Finger zu verbrennen. »Es ist ja hier alles voll von den Spinnen … Es müssen Millionen sein.«

»Ja, und ein Gutteil davon hat nichts Besseres zu tun, als den alten Bert in ihre Netze zu wickeln.« Er ließ sich auf dem Boden nieder, an die eine Wand gelehnt, und wärmte sich an der Dose in seinem Schoß. Er beobachtete sie, als sie sich gegenüber hinsetzte. Sie hatte ihre Regenjacke ausgezogen, darunter trug sie einen dicken weißen Wollpullover zu Jeans. Ein bißchen mager, dachte er, aber nicht übel. Sie ertappte ihn dabei, wie er sie anstarrte, und er klopfte mit dem Löffel gegen seine Dose. »Das ist prima.«

Sie erwiderte nichts, blickte ihn nur weiter mit einem seltsam gespannten Ausdruck an.

»Stimmt irgendwas nicht?« fragte er.

Sie schrak auf, als seien ihre Gedanken ganz woanders gewesen, hob die Schulter und sagte: »Nein.«

»Es muß aber was sein«, meinte er. »Sie schauen drein, als wollten Sie beim geringsten Geräusch die Wände hochgehen.«

Sie lachte nervös. »Da ist wohl der Sturm schuld.«

»Sicher«, sagte er spöttisch. »Das wird's wohl sein.«

Sie schlug die Augen nieder und rührte in ihrem Gulasch herum.

»Sind Sie nicht hungrig?« fragte er und schob einen weiteren Happen in den Mund.

»Nicht besonders.« Sie blickte jäh auf, als wolle sie etwas sagen, aber sie besann sich anders.

Er löffelte weiter an seinem Gulasch, kaute. »Erzählen Sie doch was von sich. Woher kommen Sie?«

»Woods Hole«, sagte sie gleichgültig.

»Da bin ich noch nie gewesen. Ich selber bin jetzt in New Bedford zu Hause. Früher hab ich in Belfast gelebt.«

Er hatte irgendeine Antwort von ihr erwartet, aber sie stocherte nur weiter stumm in ihrem Fleisch herum.

»Ich mußte dann weg von dort«, sagte er. »Schwierigkeiten mit den Engländern, Sie wissen ja.«

Schweigen.

»Ich war bei der IRA«, fuhr er unsicher fort, schwankend zwischen Ärger über ihre Gleichgültigkeit und der Besorgnis, daß sie ihm vielleicht nicht glaubte. Er entschied sich für den Angriff. »Langweile ich Sie?«

»In gewisser Weise«, sagte sie. »In anderer Hinsicht — nein.«

»So, was Sie nicht sagen!« Er stellte seine Gulaschdose beiseite. »Dann sollten Sie mich aber darüber informieren, in welcher Hinsicht ich Sie langweile, damit ich das in Zukunft vermeiden kann.«

»Es ist nicht so wichtig«, meinte sie.

»Mag sein«, sagte er. »Aber ich habe so das Gefühl, daß Sie eine schlechte Meinung von mir haben.«

»Und wenn das so wäre?«

»Mir wäre es anders lieber, das ist alles. Fallen Sie etwa auf diese verdammte Propaganda der Engländer gegen die IRA rein? Wenn das der Grund ist ...«

»Hören Sie auf«, sagte sie, »hören Sie bloß auf damit!«

»Wenn das der Grund ist«, fuhr er hitzig fort, »dann will ich Ihnen mal ...«

»Ich will das nicht hören!« Ihre Stimme war schrill geworden. »Es ist sowieso alles eine Lüge, da müssen Sie's nicht noch schlimmer machen!«

»Jetzt hören Sie mir mal zu!«

»Nein«, sagte sie, »Sie hören zu! Sie sind in Belfast geboren, aber Sie hatten nie etwas mit der IRA zu tun. Vor drei Jahren sind Sie ausgewandert, um in der Gaststätte Ihres Vetters in New Bedford zu arbeiten, und seitdem haben Sie weiter nichts Bemerkenswertes getan, als ein dortiges Mädchen zu schwängern.«

Für einen Augenblick saß er erschrocken da, unfähig

zu irgendeiner Erwiderung. »Wie«, stotterte er, »wie können Sie das wissen? Ich hab Sie doch nie im Leben gesehen.«

Ihre Lippen zitterten. »Ich habe eine — eine Gabe«, erwiderte sie mit einem verzweifelten Auflachen.

»So wie — wie eine Art Gedankenlesen?«

Sie nickte.

Er packte sie beim Handgelenk, aus Ärger, aus Furcht, denn es war ihm unangenehm, daß sie seine Geheimnisse kannte; sie riß sich jedoch los und starrte ihren Arm an, wo er sie festgehalten hatte, als erwartete sie, blaue Flecken zu entdecken. Sie blickte zu ihm hoch, und er glaubte, in ihren Augen eine neue Art von Intensität zu lesen, die er als Abscheu vor seinen Lügen deutete, was in ihm den Wunsch erweckte, den Schaden wiedergutzumachen, obwohl er eigentlich nicht wußte, weshalb.

»Es tut mir leid«, sagte er, als dränge es ihn, alles zu beichten, zu erklären, daß nur Selbsttäuschung ihm über die Schuldgefühle hinweggeholfen hätten, aus Belfast geflohen zu sein. »Wissen Sie, ich war ... Mein Onkel war bei der IRA. Ich hatte immer ein schlechtes Gewissen, daß ich seinem Beispiel nicht gefolgt war. Die Familie ... Also alle redeten eigentlich nur über ihn. Mein verdammter Onkel Donald. Berühmt und im Gefängnis. Aber ich konnte Donald nicht nacheifern. Ich hatte Angst ... Das war die eine Seite. Aber vor allem konnte ich einfach nie verstehen, wie das war, wenn man ein Gewehr hob und einen Menschen tötete. Ich meine, Gott ja, die Engländer hab ich gehaßt. Aber ich konnte mir nicht vorstellen, jemanden umzubringen. Wissen Sie, was ich meine?«

Sie gab keine Antwort, aber er fühlte den Blick ihrer kühlen blauen Augen.

»Hören Sie mir überhaupt zu?« fragte er. »Verdammt noch mal, ich rede mit Ihnen. Hören Sie mir zu?«

»Ich höre zu.«

»Ich bin ein Feigling«, sagte er. »Ich schäme mich deshalb eigentlich nicht. Meine Hauptsorge war, was die Leute von mir denken könnten. Donald war eben so verdammt berühmt und großartig ... Ich wollte da nicht zurückstehen, deshalb hab ich angefangen zu lügen. Aber ich bin's eigentlich ganz zufrieden, ein Feigling zu sein. Was sollte schlimm daran sein? Wenn es mehr von uns Feiglingen gäbe, wär die Welt ein besserer Ort.« Er suchte ihren Blick, um sich über ihre Meinung klarzuwerden. »Also?«

»Wir haben alle unsere Schwächen.« Sie sagte das so wehmütig, daß ihm der Gedanke kam, daß nichts, was er je an Gutem oder Bösem getan hatte, irgendwie von Bedeutung für sie war und daß ihr nichts ferner lag, als über ihn zu richten. Seltsamerweise war ihm das unangenehm. Ohne seinen Schutzschild von Lügen, ohne die Motivation durch seine Schuldgefühle blieb ihm in dem Gespräch nichts mehr zu sagen. Er stocherte mit der Gabel an einem Stückchen Rindfleisch herum.

»Wollen Sie noch was?« fragte sie.

»Jetzt noch nicht.«

Regen prasselte gegen den Schuppen, ein heftiger Windstoß rüttelte an den Planken, und in der Ferne grollte der Donner. »Ich sollte mal nach Bert sehen«, sagte er unwillig. »Er wird jetzt auch hungrig sein.«

Astrid legt ihm eine Hand auf den Arm. »Bleiben Sie doch noch ein bißchen!« bat sie. »Nur noch eine Weile. Ich bin hier schon so lange allein.«

»Wie lange sind Sie denn schon hier?«

»Mir kommt es wie Jahre vor«, sagte sie gedankenverloren.

Tyrell lehnte sich an die Wand zurück, und die Wärme in seinem gefüllten Magen ließ ihn nachgiebig und gesprächig werden. »Na ja, Bert wird wohl noch ein wenig ohne mich auskommen.« Er deutete zum spinnwebenverhangenen Dach hinauf. »Wollen Sie mir nicht was über Ihre kleinen Freunde erzählen?«

Ihre Miene erstarrte.
»Sie haben doch gesagt, daß Sie sie studieren, oder?«
»Ja … ja«, antwortete sie mit seltsam belegter Stimme.
»Also — was hat's mit denen auf sich?«
Sie sagte etwas Unverständliches.
»Wie war das?«
»Sie sind giftig«, sagte sie.
»Giftig?« Er fuhr hoch, tastete nach den entzündeten Stellen an Armen und Beinen. »Scheiße, ich hab bestimmt ein halbes Dutzend Bisse! Was mach ich denn jetzt?«
»Keine Sorge«, sagte sie. »Das Gift wirkt sehr schnell. Sie werden vermutlich ein paar Halluzinationen bekommen. Aber wenn Sie gebissen wurden und noch am Leben sind, dann sind Sie immun.« Sie lachte hölzern. »Wie ich.«
Ihm fiel Cisneros ein. »Ich muß Bert da rausholen! Er war praktisch von den Biestern bedeckt. Ich …« Etwas an ihrem Gesichtsausdruck ließ ihn innehalten, und ein eiskalter Schauder breitete sich zwischen seinen Schultern das Rückgrat entlang aus. »Sie waren doch unten beim Bunker. Sie haben gesagt, er schläft!«
»Sie haben soviel durchgemacht«, meinte sie. »Ich wollte nicht … Ich weiß nicht. Vielleicht hätte ich es Ihnen sagen sollen. Ich war durcheinander. Ich bin schon so lange hier, allein mit den Vögeln und Spinnen …« Ihr Kinn bebte, und Tränen glänzten in ihren Augen.
»Was ist mit ihm passiert?«
»Ihr Freund war nicht immun.«
»Was sagen Sie da … Ist er tot?«
»Ja.«
»Herrgott!« Tyrell schaute zum Dach hinauf, zu den sternförmigen weißen Spinnen, die über ihre Netze krochen. Er mußte daran denken, wie er am Morgen mit Cisneros geredet hatte, ihn angestoßen hatte, und der Mann war schon so gut wie tot gewesen. Von Abscheu

erfüllt sprang er auf, ergriff einen auf dem Tisch liegenden Stock und schlug die Netze herunter.

»Nein ... Bitte!« Astrid packte ihn von hinten, bekam den Stock zu fassen und versuchte ihn seinem Griff zu entwinden. Ihre Augen waren schreckgeweitet, an ihrer Wange zuckte ein Nerv, und es war mehr das Entsetzen in ihrem Gesicht, das ihn aus der Fassung brachte, als ihre körperliche Gegenwehr.

»Was haben Sie bloß?« Er stieß sie weg und schwang den Stock nach den Spinnweben. »Sie sind vernarrt in die kleinen Biester, stimmt's?«

»Nein, das stimmt nicht. Es ...«

Er packte sie bei den Schultern und schüttelte sie. »Jetzt tun Sie mir mal einen Gefallen! Sagen Sie mir, was los ist mit Ihnen! Im einen Moment tun Sie, als wär ich der letzte Mensch auf der Welt, und meine Gesellschaft wäre Ihnen ein wichtiges inneres Bedürfnis, und im nächsten ist es, als hätten Sie das Flattern ledriger Schwingen und das Geheul von Wölfen in den Ohren.« Er schüttelte sie wieder. »Hier stimmt irgend etwas nicht. Ich will, daß Sie mir sagen, was hier los ist.«

»Nichts«, antwortete sie. »Nichts.«

»Verdammt!« Er schlug ihr ins Gesicht. »Jetzt reden Sie schon!«

»Nichts! Nichts!«

Er schlug sie noch einmal.

»Es ist die Wahrheit!« Sie lachte, und es war fast ein Schreien, das bald hysterisch klang. »Absolut nichts! Ich schwör's!«

Beschämt über sich selbst half er ihr, sich hinzusetzen, und legte einen Arm um sie, versuchte sie zu beruhigen mit gemurmelten Trostworten. Vielleicht hatte ihr einfach die Einsamkeit so zugesetzt — und die morbide Art ihrer Studien. Sie saß hier vermutlich seit einer Woche oder länger fest, und nach allem, was er bis jetzt gesehen und erfahren hatte, bezweifelte er, daß er selber es länger als eine Woche auf Nomans Land aushielte, ohne einen Knick in der Optik zu kriegen. Sie seufzte, ließ sich gegen ihn sinken, schmiegte sich in seinen Arm, und er staunte, welch ruhige Zuversicht dieser kleine Vertrauensbeweis in ihm weckte. Er wußte nicht, wie lange es her war, daß er sich je so gefühlt hatte — wenn überhaupt jemals —, und er überlegte, ob es vielleicht daran lag, daß er zu Aufrichtigkeit, zu einer Beichte gezwungen worden war, so daß nun der alte Unrat weggeräumt war und er freien Ausblick auf sich selbst und seine Welt gewonnen hatte. Es schien, als hätte er, als er seine falschen Rechtfertigungen, seine Lügen aufgab, zugleich auch Schuldgefühle und Ängste abgestreift. Nun, da er hier an einem fremden Ort saß, den Arm um eine fremde Frau gelegt und wohl mehr als je zuvor der Unbill des Schicksals ausgesetzt, da fühlte er sich zum erstenmal imstande, echte Entscheidungen auf der Grundlage von Vernunft und Herzensregungen zu treffen und nicht nur bloß auf etwas zu reagieren, das er fürchtete und das er lieber vergessen hätte. Auch seine Furcht war verschwunden, und er erkannte nun, daß es eine ganz unbestimmte, undeutliche Furcht gewesen war, nicht etwa nur die Sorge um sein eigenes Leben in den politischen Wirren eines trübsinnigen Belfast: Er hatte sich vor allem gefürchtet, vor jeder Entscheidung, jeder Möglichkeit. Er erkannte auch, daß nicht nur seine Furcht der Falschheit entsprungen war, sondern daß auch alles, was er geliebt hatte — Frauen, Heimatland, alles —, nur Symbole dieser Furcht gewesen waren, Objekte, denen er die Flagge seiner Lügen, seiner angeblichen moralischen Grundsätze anheften konnte. Während er die Maserung der verwitterten Bretter anstarrte, ein feines, kompliziertes Muster wie von einer gedruckten Schaltung, da meinte er, nun einen klaren Weg vor sich zu sehen. Wie er seine illusorischen Vorstellungen von Heldentum abstreifen würde. Zu einem friedlichen Leben der inneren Stärke finden würde. Ein Held des Alltags werden würde. Opfer bringen würde für eine Familie, für Freunde. Das war das Beste, was man tun konnte. Für einen einzelnen Menschen, für eine Idee auch, war es unmöglich, den übermächtigen Bann des Daseins zu brechen. Gleichgültig, wie leidenschaftlich die Auflehnung, wie sehr man auch Herz und Hirn dafür einsetzte, es dauerte an, weiter und weiter, verwob sich zu einem bösen, unentrinnbaren Netz voller Alpträume und Tragödien. Das war es, was man von Belfast lernen konnte, von den wilden jungen Männern mit ihrem hitzigen Kampfesmut. Die Waffen strecken. In sich selbst nach neuen Welten suchen, die man erobern konnte, nach neuen Gesetzen, für die es sich zu kämpfen lohnte.

Er merkte, daß Astrids Atem tief und regelmäßig geworden war, und weil er dachte, sie sei eingeschlafen, versuchte er, sie vorsichtig niederzulegen, um sie zuzudecken, so daß er dann den Krampf, der in seinem Arm einsetzte, wegmassieren könnte. Ihre Lider zuckten und öffneten sich, und sie verstärkte ihren Griff um seine Mitte.

»Geh nicht weg!« flüsterte sie.

»Sie schlafen ja schon«, sagte er.

»Nein, nein … Ich ruhe mich nur aus.«

»Also«, meinte er mit einem Grinsen, »ich fände es besser, mich im Schlafsack auszuruhen.«

»Ja, gut.«

Sie erhob sich träge, ging zu ihren Schlafsack hinüber, schlüpfte aus den Schuhen und zog mit gesenktem Blick die Jeans aus. Für ihn kam das ganz unerwartet, und er sah zu, wie sie die Jeans über die Hüften streifte, schließlich herausstieg mit der behutsamen, unbeholfenen Anmut eines Kranichs. Ihre Beine waren lang und schön und sehr bleich und weiß, und er sah auch den honigfarbenen Pelz der Schamhaare durch das durchsichtige Höschen. Sein Mund wurde trocken. Er blickte weg, schaute wieder hin, als sie sich, anstatt in den Schlafsack zu schlüpfen, obenauf ausstreckte und eine Decke über sich zog. Die Hüften wölbten sich auf unter den Decke, die Hände streiften an den Schenkeln entlang, und er wußte, daß sie ihren Slip auszog. Sie drehte sich auf die Seite, so daß sie ihn ansah. Ihre Augen waren groß und voller Lichter in der dämmrigen Ecke.

»Komm zu mir!« sagte sie.

Der Sturm wütete in heftigen Böen gegen den Schuppen, Regen trommelte auf das Dach, und dieses Toben der Elemente war es letztlich, das Tyrell zum Aufstehen bewog, obwohl er den Bann einer sonderbaren Tugendhaftigkeit verspürte und vor Astrids Einladung eher zurückschreckte, weil sie doch Fremde waren und so etwas deshalb ungehörig war. Er ging zum Tisch hinüber und löschte die Sturmlampe. Die kirschroten konzentrischen Kreise der Heizplatte schwebten in der Dunkelheit wie bizarre Heiligenscheine. Er streifte die Kleider ab und schlüpfte fröstelnd zu ihr unter die Decke. Sie hatte ihren Pullover hochgeschoben, und ihre Brüste preßten sich an ihn und wärmten ihn. In der matten Glut der Heizplatte wirkten ihre Züge leidenschaftlich, ihre Augen waren halb geschlossen. Er wollte sie etwas fragen, wollte wissen, warum das passierte, um sicher zu sein, daß es nichts Niedriges, nichts Schäbiges war, sondern etwas Reines und Starkes, etwas, das zu den Grundsätzen seiner neuentstandenen Empfindsamkeit paßte, doch als sie sich dicht an ihn drückte, wußte er, daß es gut war. Er glaubte zu fühlen, wie die Weiße ihrer Glieder auf ihn abfärbte, und als er in ihr versank, da empfand er die Bewegung wie eine süße Schwere tief im Bauch, eine ähnliche Empfindung, wie wenn man in einem schnellen Wagen eine Kurve nimmt und wieder auf die Gerade kommt, und die ganze Welt drückt einen tief in die üppige Federung.

»Es ist so lange her«, flüsterte sie und umklammerte ihn, als wolle sie ihn für immer festhalten. »So lange.«

Er wußte nicht recht, wie sie das eigentlich meinte,

aber irgendwie schien es auch für ihn zuzutreffen, es schien eine Ewigkeit her zu sein, daß er eine so vollkommene Vereinigung erfahren hatte, und er krallte die Finger in das weiche Fleisch ihrer Hüften, preßte sie noch enger an sich, glitt tiefer hinein, was ihrer Kehle einen leisen Schrei entlockte, und flüsterte, ohne irgend etwas zu verstehen: »Ich weiß, ich weiß.«

Als Tyrell aufwachte, tobte der Sturm noch mit unverminderter Macht. Föhrenäste peitschten von außen gegen die Wände, und vom Meer her kam das unablässige trübsinnige Geheul des Windes. Mattrotes Licht breitete sich von der Heizplatte aus und schien an der Decke in den wabernden Spinnweben zu rostfarbenem Staub zu zerfallen. Er war benommen und durcheinander von dem an- und absteigenden Jaulen des Windes, dem unaufhörlichen Prasseln des Regens, und um eine Hilfe beim Aufwachen zu haben, drehte er sich zu Astrid um, wobei er den linken Arm auf ihren Bauch fallen ließ. Sie rührte sich nicht. Er starrte zu ihr hin, und langsam gewöhnten sich seine Augen an die Dunkelheit, doch als er ihr Gesicht erkennen konnte, blieb ihm das Herz stehen bei dem Anblick, der sich ihm bot: leere Augenhöhlen; vertrocknete Sehnen, die sich wie Drähte über nackte Backenknochen zogen; die Zähne zum Teil ausgefallen, die Kiefer unter Fetzen gelblicher Hautreste sichtbar; Büschel ausgebleichten Haares, die an pergamentenen Fetzen von Kopfhaut klebten. Grabesgestank drang ihm in die Nase, und er fühlte klebrigfeuchte Kälte unter dem Arm. Er schrie auf, fast war es ein Kreischen, wälzte sich hastig vom Schlafsack herunter auf den mit trockenem Gras bedeckten Boden, kauerte dort keuchend und mit seinem Entsetzen ringend und versuchte sich einzureden, daß er das alles gar nicht gesehen hatte.

»Astrid?« fragte er.

Kein Laut.

Er tastete nach seiner Hose, fuhr mühsam hinein. Rief wieder ihren Namen, lauter. Nichts. Gänsehaut überlief ihn. Er zog seinen Sweater über, stieg in die nassen Schuhe.

»Astrid!« rief er. »Wach auf!«

Er wollte sich zu ihr hinhocken und genauer nachsehen, was er da gesehen hatte, aber er brachte nicht den Mut dazu auf. Statt dessen wich er zurück, rammte mit dem Oberschenkel die Ecke des Tisches, so daß die Sturmlampe wankte, fast umfiel. Er fing sie auf, tastete auf dem Tisch nach den Streichhölzern. Die Hände zitterten ihm so stark, daß er drei Streichhölzer brauchte, um die Lampe zu entzünden, und als die Flamme ruhig geworden war, mußte er die ganze Willenskraft zusammenraffen, um in die Ecke zu schauen, wo der Schlafsack lag. Wieder schrie er und taumelte gegen die Tür, um Atem ringend, wie gelähmt von dem Anblick dieses gräßlichen Totenkopfes, der da aus der Decke hervorschaute mit blicklosen Augen, vor denen eine weiße Spinne zu hängen schien, die sich an ihrem Faden unmittelbar vor dem Gesicht heruntergelassen hatte. Dann riß der Faden, und die Spinne fiel in eine der leeren Augenhöhlen, und für den Bruchteil eines Atemzuges schien das Auge zu zwinkern.

Das brachte Tyrell um die letzte Fassung. Schreiend riß er die Tür auf und rannte wie ein Gehetzter zwischen den Föhren dahin, bis ihm die nassen Äste ins Gesicht und gegen die Brust peitschten. Keuchend taumelte er hinaus auf die Lichtung und blieb neben den Resten des Hauptgebäudes stehen. Der Regen fegte ihm hart ins Gesicht, durchnäßte die Wolle seines Pullovers. Er wischte sich die Augen und schlug die Richtung zum Strand ein, zu den Bunkern, hielt inne, als ihm einfiel, daß Cisneros tot war und daß er keine Ahnung hatte, wohin er sich in Sicherheit bringen könnte. Die windzerzausten Föhren wippten mit den dunkelgrünen Wipfeln heftig im Sturm, ein Blitz riß eine grellweiße Kluft in die geballten bleigrauen Wolken am östlichen Himmel, und vom Strand her drang das Donnern der Brandung. Plötzlich kam ihm der entsetzliche Gedanke, daß Astrid ihm folgen könnte, und er fuhr herum. Es kam jemand durch die Pinien auf ihn zu. Es war aber nicht Astrid. Gisneros war es, in Jeans und einer Wollmütze und einer Windjacke, die naß glitzerte. Er lächelte.

Tyrells Gedanken wirbelten durcheinander. Er wich vor Cisneros zurück, doch dabei wurde ihm klar, daß alles, was Astrid — ob sie nun ein Geist war oder was immer — ihm erzählt hatte, Lüge gewesen war. Cisneros war nicht tot. Ganz offensichtlich nicht. Aber er konnte dem Augenschein nicht ganz glauben und wich weiter zurück, während er Cisneros anrief.

»Bert!« brüllte er gegen das Windgeheul. »Wo bist du gewesen?«

»Hallo, Jack! Was ist denn los, Mann?«

»Bert?« Tyrell war immer noch nicht sicher, wer oder was ihm da entgegenkam. »Ich hab dich im Bunker zurückgelassen. Ich wollte dich schlafen lassen und später zurückkommen.«

»Ich habe wirklich gut geschlafen«, sagte Cisneros und kam näher. »Hübsche Träume. Und was hast du gemacht?«

»Hab versucht, was zu essen zu finden.«

»Erfolg gehabt?«

Tyrells Antwort blieb ihm in der Kehle stecken. Sein Magen war voll — daran gab es nichts zu rütteln. Wenn aber Astrid ein Gespenst war, wie konnte er dann satt sein? Völlig verwirrt wischte er sich neuerlich den Regen aus den Augen. Cisneros war ein paar Schritte entfernt stehengeblieben, und durch den Regen, der ihm ins Gesicht peitschte, sah Tyrell ihn nur undeutlich.

»Du schaust aber beschissen drein, Mann«, stellte Cisneros fest. »Warum bloß? Das ist doch ein guter Ort hier.«

Tyrell lachte höhnisch auf. »Na sicher!«

»Geht's dir schlecht, Mann?« Cisneros kicherte. »Nimm's leicht. Entspann dich! Gott ist hier.«

»Gott?« Ein Frösteln rann Tyrell das Rückgrat hinunter, sein Skrotum spannte sich, und er blinzelte die Regentropfen fort, um Cisneros deutlicher sehen zu können. Er fühlte sich wie im Zentrum eines graugrünen Mahlstroms, treibend in einem formlosen Medium ohne Grenzen, das einzig Reale in endloser Unwirklichkeit. »Was meinst du — Gott?«

»Ich rede nicht von Jesus«, sagte Cisneros mit wissendem Kichern. »O nein! Ich rede nicht von Jesus.«

»Also wovon redest du *überhaupt?*«

»Es ist interessant«, sagte Cisneros. »Ich frage mich, ob die Gottesvorstellung nicht auf einer Vorahnung dessen basiert, was hier existiert. Es wäre möglich, weißt du. Es ist ja offensichtlich, daß da auffallende Ähnlichkeiten bestehen bei den Gesetzen des Karma, bestimmten christlichen Glaubensgrundsätzen und der tatsächlichen Funktion des«, — er schnüffelte amüsiert —, »des Göttlichen.«

Cisneros' uncharakteristische Wortgewandtheit und abstrakte Selbstversunkenheit erschreckten Tyrell; der Mann hatte zwar schon immer großartig dahergeredet, da er aber einfach nichts Intelligentes zu sagen gehabt hatte, war die Wirkung lächerlich gewesen. Jetzt wirkte er ein wenig angsteinflößend.

Der Regen wurde heftiger, und Cisneros verschwamm wie ein Trugbild. Etwas baumelte ihm vom Handgelenk, pendelte hin und her, und Tyrell, der angestrengt durch den Regen spähte, sah, daß es ein achtzackiger Stern war, der grob aus einem Stück Muschel geschnitzt und durchbohrt worden und an einem Bindfaden aufgefädelt war.

»Was ist das?« fragte Tyrell.

»Nur etwas, das ich gemacht hab ... Als ich auf dich wartete.« Cisneros ließ den Stern hochschwingen und fing ihn in der Hand auf. »Für mich ist alles anders geworden, Jack. Ich bin nicht der Mensch, der ich früher war.«

»Das ist keiner von uns«, meinte Tyrell in dem Versuch, leichtherzig zu scheinen, und wich einen Schritt zurück.

»Das ist wahr«, sagte Cisneros. »Mehr als das. Es ist die einzige Wahrheit.«

Tyrell bemerkte zum erstenmal, daß der Regen Cisneros nichts auszumachen schien; das Wasser rann ihm in Strömen übers Gesicht und in die Augen, aber er blinzelte nicht einmal. Tyrell wäre gern geflohen, davongerannt, aber er wußte weder, wo es ein sicheres Versteck gab, noch wußte er, wovor er fliehen wollte.

»Erzähl mir was über Gott, Bert!« bat er, die Angst verdrängend in der Hoffnung, daß Cisneros' Verhalten nur eine zeitweilige Verwirrung war, verursacht von Kälte und Hunger und Erschöpfung.

»Willst du das wirklich, Jack? Du siehst mir nicht wie Mensch aus, der sich viel um Gott kümmert. Aber«, — er ließ den kleinen weißen Stern an der Schnur herumwirbeln —, »wenn du es wirklich hören willst, dann bist du bei mir richtig. Weil ich der Mann bin, der allen über Gott erzählen wird ... Sobald ich von dieser Insel herunterkomme, werde ich das tun. Ich werde die Wahrheit predigen über den Gott, der ist, und die Welt, die nicht ist.« Sein Lächeln wirkte wie ein Ausdruck heiterster Gelassenheit. »Verstehst du?«

»Eigentlich kaum«, sagte Tyrell. »Erklär's mir!«

»Diese Welt«, sagte Cisneros und deutete auf die Föhren ringsum, »ist nichts als ein Traum.« Er kicherte. »Nur weiß eben niemand, wer da träumt. Niemand außer mir.«

»Und wer ist das?«

»Und wenn ich's dann allen sage«, fuhr Cisneros fort, als hätte er die Frage nicht gehört, »wenn ich ihnen sage, daß alles nichts ist daß alles, was sie tun, gleichgültig ist, denn es ist nichts und schadet niemandem, weil alles nur ein Traum ist — dann wird es ein Chaos geben. Vielleicht ein Chaos aus Blut und Sex und Wahnsinn. Ein wunderbares Chaos aus Träumen. Aber vielleicht ist es auch der Anfang einer neuen und herrlichen Wahrscheinlichkeit. Ja, ich glaube, so könnte es sein.«

Tyrell bemühte sich, seinen Gleichmut aufrechtzuerhalten. »Ach, glaubst du das, Bert?«

»Du glaubst mir nicht, wie?«

»Niemand wird dir glauben — einem ungebildeten kleinen Portugieser. Auslachen werden sie dich, bis du deinen Arsch schleunigst heimbewegst nach New Bedford.«

»Willst du einen Beweis, Jack? Sie haben mir ein paar kleine Tricks beigebracht. Ich werde sicher einen finden, der dich überzeugt.«

»Aber gern. Mal los — zeig mir deine Kunststückchen.«

»Wird mir ein Vergnügen sein.« Cisneros' Grinsen wurde breiter, so daß seine Goldzähne sichtbar wurden; das dunkle wettergegerbte Gesicht bekam etwas Koboldhaftes, Boshaftes, dessen Einzelheiten im strömenden Regen verschwammen. Dann verblaßte das Gesicht allmählich. »Träume, Jack. Sonst gibt es nichts. Träume wie ich, wie du. Wie deine Freundin da hinten in dem Schuppen.«

Tyrell wollte schon fragen, woher er über Astrid Bescheid wüßte, da wurde seine Neugierde von wachsender Bestürzung weggeschwemmt, die sich in lähmendes Entsetzen verwandelte. Cisneros verblaßte, wurde zu einem durchsichtigen, verschwommenen Schemen im Regen — seine Stimme jedoch blieb klar verständlich.

»Denk hieran, Jack, wenn du glaubst, etwas zu wissen. Du weißt nichts, Mann. Nichts. Du bist Rauch, du bist Nebel auf dem Wasser, du bist nicht einmal so wirklich wie Tau im Gras. Und was du fühlst und was du weißt, ist noch weniger als das. Du kannst dir vorstellen, daß du ein Funken bist, der einen Augenblick in der

Dunkelheit aufglimmt und erlischt. Aber nicht für immer erloschen, Jack. Für immer, das gilt nur für die realen Dinge, die, die wirklich leben und sterben. Du bist ein Hauch im Wind, ein Muster, eine Form, die von jenen, die wirklich sind, hin und wieder zurückgerufen wird, damit sie damit spielen können, neue Träume schaffen, sich unterhalten. Du bist Teil eines Spiels.«

Cisneros war mittlerweile fast völlig verschwunden; nichts als ein verschwommen menschenförmiger Hohlraum im Regen war von ihm geblieben, ein undeutlicher Schemen vor den dunklen Föhren.

»Träume«, ertönte Cisneros' Stimme leise und doch deutlich im Pfeifen des Windes, »manchmal sind sie schön, Jack. Schön, ruhig und friedvoll.«

Wieder blitzte es im Osten, unmittelbar gefolgt von einem scharfen Donnerschlag.

»Aber manchmal sind es Alpträume.«

7

Wie konnte er nur, überlegte Cisneros, jemals so tief gesunken sein wie in seinem früheren Leben? Wie hatte er ein so brutaler Angeber sein können, der Frauen und Schwächere mißhandelte? Er nahm an, daß er — wie die meisten seiner Kumpane — einfach Sklave einer Tradition gewesen war, angesteckt von der geistigen und körperlichen Armseligkeit des Lebens unter den Portugiesen von New Bedford. Fest stand, daß die dauernde Mißhandlung seiner Mutter durch den Vater sein eigenes Verhalten geprägt hatte, und von diesem Einfluß hatte er sich sein Leben lang nicht lösen können. Jetzt allerdings wurde ihm die Chance auf Erlösung geboten ... Mehr noch, sein lebenslanger Hunger nach Wissen und nach den Fertigkeiten, dieses Wissen einzusetzen, war gestillt worden, und er hatte die Absicht, das Beste aus den Gegebenheiten zu machen. Und während er sich damit befaßte, die Wahrheit überall zu verbreiten, würde er auch an seiner Frau und den Kindern alles Schlimme wiedergutmachen, bei allen, denen er Unrecht zugefügt hatte. Er besaß, im Gegensatz zu Tyrell, noch ungenützte Kräfte, er war imstande, sich zu ändern. Er wußte, wie albern es angesichts seiner vergänglichen Natur war, stolz auf sich zu sein; aber obwohl er nur eine Schöpfung, eine Illusion war, gab ihm das nicht das Recht, irgendwelche menschlichen Anstandsregeln zu mißachten oder seine Fähigkeiten nicht voll einzusetzen. Selbst wenn Tyrell imstande gewesen wäre, die Dinge so hinzunehmen, wie sie waren, was Cisneros bezweifelte, so wäre er doch niemals fähig, seine Menschlichkeit zu bewahren; er war nicht stark, nicht widerstandsfähig. Es war ein Jammer, aber Cisneros hatte keine Zeit zum Jammern. Er mußte eine ganze Welt belehren, aufklären, und Tyrells Schicksal war nicht sein Problem. Später würde er wohl noch einmal versuchen, mit ihm zu sprechen. Jetzt aber gab es soviel zu lernen, soviel zu verstehen. Und er ließ sich versinken in dem Traum und seinen ungeahnten Tiefen, wo er mit den Trillionen Formen des *Schöpfers* kommunizierte.

8

Es dunkelte bereits, aber der Sturm tobte immer noch, als Tyrell endlich den Mut aufbrachte, zum Bunker zu gehen. Er war bis auf die Haut durchnäßt, sein Pullover war ein übelriechender Filz triefender Wolle, und er zitterte vor Kälte; dennoch stand er lange Zeit neben dem Bunker, weil ihm davor graute zu erfahren, was darin lag. Riesige, schiefergraue, gischtmarmorierte Wogen rollten von der See heran, krachten an den Strand, leckten mit dünner Zunge vor bis zum Bunkereingang, wichen zurück, hinterließen Streifen feuchtbraunen Sandes mit tiefeingeschnittenen Rinnen; auf dem Dünenkamm peitschte der Wind die hohen Gräser zu Boden. Aber trotz dieses Wütens der Elemente fühlte Tyrell, daß das Schlimmste vorüber war, daß bei Tagesanbruch das Meer ruhig und der Himmel klar sein würden und daß jedes am Strand entzündete Feuer vom Leuchtturmwärter von Gay Head bemerkt werden müßte. Also nur noch eine Nacht, dann wäre er in Sicherheit. Aber diese eine Nacht dehnte sich endlos vor ihm, und er begriff, daß ihm — wenn schon nicht von anderer Seite — vor allem Gefahr drohte von den Schrecken seines Verstandes. Er glaubte jetzt, daß auch darin die Ursache für alles lag, was er gesehen oder gefühlt hatte. Der Schock, den das Feuer auf der *Preciosilla* bewirkt hatte, der Kampf, an Land zu kommen ... das alles mußte irgendwie seinen Verstand beeinträchtigt haben, denn er wollte einfach nicht glauben, was er gesehen hatte. Um jedoch seine Ängste zu beschwichtigen, würde er in den Bunker schauen müssen, um dann wieder Ordnung in seinen Verstand bringen zu können, um Kraft für die Einsamkeit der kommenden Nacht zu sammeln.

Endlich nahm er allen Mut zusammen und stapfte den Hang hinunter, wobei er in dem nassen Sand oft bis zu den Waden einsank. An der Ecke des Bunkers blieb er stehen, ließ die Macht der See auf sich einwirken, füllte die Lungen mit ihrer Kraft, ihrem herbsalzigen Geruch. Dann erst stolperte er um die Ecke und spähte über den Rand des Eingangs hinein. Erleichtert stellte er fest, daß Cisneros immer noch im Schatten der Eingangsstufe lag, das Gesicht zur Wand gedreht. Er trug noch immer die schwarze Regenjacke und die Jeans.

»Bert!« rief Tyrell. »Wach auf!«

Cisneros rührte sich nicht; Spinnfäden verbanden seinen Körper mit der Bunkerwand, weitere Spinnweben spannten sich über die Fußgelenke, die Knie. Spinnen waren nicht zu sehen — jedenfalls nicht auf dem Körper. Und nicht so viele wie zuvor an den modrigen Wänden und der Decke.

»Komm schon, Bert!« rief er, und noch nie im Leben war seine Stimme so voll flehentlicher Besorgnis gewesen. »Heb deinen faulen Hintern!«

Vielleicht ist er wirklich tot, dachte Tyrell. Was würde das im Hinblick auf Astrid bedeuten? Beinahe hatte er sich schon eingeredet, daß sie nicht wirklich gewesen war. Er schrie wieder, und wieder kam keine Antwort. Er holte tief Atem, hielt ihn an, beugte sich über den Rand ins Innere und stieß Cisneros mit einem Zeigefinger an.

Der Finger versank bis zum Knöchel in Cisneros' Schulter, und Tyrell verspürte eine kribbelnde Bewegung daran.

Er schrie entsetzt auf und riß die Hand zurück. Cisneros' Körper schien sich zu kräuseln, zu verschwimmen, und vor Tyrells Augen löste er sich auf, die so echt wirkende Regenjacke, die Jeans, der Streifen bräunlicher Haut, der zwischen dem zerzausten schwarzen Haar und dem Rand der Jacke sichtbar gewesen war, dies alles zerfiel zu Myriaden winziger weißer Formen, Tausenden und Abertausenden von Spinnen, die da hervorquollen, übereinanderkrabbelten, so daß kein Zweifel mehr bestand, der Körper war gänzlich aus winzigen Spinnentieren zusammengesetzt gewesen, ein brodelndes Nest von kleinen Scheusalen, die nun wie eine Springflut über den Boden auf ihn zuströmten und über die Eingangsstufe heraufbrandeten.

Tyrell schrie und schrie und hetzte weg vom Bunker, fiel, rutschte auf dem Rücken, kroch auf das Meer zu bis an den Rand, bis ins kalte Wasser. Er setzte sich auf und starrte hinauf zum Bunker. Die Spinnen waren ihm nicht gefolgt; sie saßen ruhig an der Kante des Eingangs nebeneinander, aufeinander, ein etliche Zoll dicker Saum, und ihm kam der Gedanke, daß sie ihn beobachteten, belustigt waren über seine Panik. Er kam auf die Beine, keuchend, von Entsetzen gewürgt, da donnerte es hinter ihm wie von einem Bombeneinschlag. Er fuhr herum, und im selben Moment schleuderte der gewaltige Brecher ihn zu Boden und schleifte ihn über den groben Sand der Uferböschung mit. Hustend und Salzwasser spuckend wälzte er sich auf. Die Spinnenschar saß immer noch auf der Eingangsstufe, beobachtete ihn immer noch. Er tat einen Schritt nach rechts, hielt hilflos inne. Einen Schritt nach links. Hielt inne. Ein schluchzender Laut löste sich aus seiner Kehle, seine Augen wurden naß.

»O Gott, Jesus«, rief er verzweifelt in das Pfeifen des Windes, »tu mir das nicht an!«

Eine kleinere Welle brach sich hinter ihm und umspülte ihm mit eisigem Wasser die Beine bis zu den Knien.

»Bitte«, flehte er. »Ich halt das nicht mehr aus.«

Er wollte, daß es jemanden gäbe, der antworten würde, jemanden, an den er sich in dieser unverdient schrecklichen Lage wenden könnte. Das, dachte er, wäre meine einzige Hoffnung. Er konnte nirgendwohin fliehen, sich nirgendwo verstecken. Endlich aber, weil ihm nichts anderes übrig blieb, lief er los, machte einen weiten Bogen um den Bunker, stapfte hastig die Düne hinauf und darüber hinweg, suchte sich im Rennen geschickt einen Weg durch die überwachsenen Krater, durch die Föhren. Nach und nach fühlte er sich beim Laufen ganz leicht, so als ob ein jeder Schritt ihn hoch über die Insel, ja, sogar über den Sturm hinwegtragen könnte. An dieser einzigen tröstlichen Unwirklichkeit unter allen schrecklichen Unwirklichkeiten, die über Nomans Land herrschten, klammerte er sich fest und dachte, er könnte so in alle Ewigkeit laufen oder bis er umfiel, oder bis etwas noch Unwirklicheres geschah, irgend etwas, das ihn durch Schrecken oder Schmerzen ein für allemal von der Furcht befreien würde, die ihn so lange beherrscht hatte.

Die Nacht war quälende Dunkelheit, die von rotglühenden Blitzen zerrissen wurde, leuchtende Risse in einer brüchigen schwarzen Schale, und sonst gab es nur das flackernde organgefarbene Licht, das durch einen Spalt unter der schlechtsitzenden Tür von Astrids Schuppen schimmerte. Tyrell stand unter den Föhren, die Arme um die Schultern geschlungen, um sich warmzuhalten, doch die Zähne klapperten, und er fror bis auf die Knochen. Halluzinationen, hatte sie gesagt. Vielleicht war das die Ursache für alles, was ihm widerfahren war. Halluzinationen, verursacht durch das Spinnengift. Wenn ihre Version der Dinge richtig war, alles nur Halluzinationen. Bert war tot — und dann gab es auch nichts zu fürchten im Innern des Schuppens. Er wünschte nichts so sehr, wie daran zu glauben, denn dann konnte er sich wärmen. Wärme erschien ihm jetzt wichtiger als alles andere auf der Welt, und er begriff, daß er diesem Verlangen sehr bald Rechnung tragen müßte, wenn er überleben wollte. Er drückte sich immer näher an den Schuppen heran, blieb stehen, lauschte, hoffte auf irgendein Zeichen aus dem Innern, das ihm vielleicht Klarheit verschafft hätte über den derzeitigen Bewohner. Aber es war nichts zu hören außer dem Prasseln des Regens in den Föhrenzweigen, dem Heulen des Windes und dem gelegentlichen Krachen des Donners.

Tyrell schlich zur Tür und spähte durch eine Ritze zwischen den Planken hinein, aber außer einem verschwommenen orangeroten Lichtschein konnte er nichts erkennen. Er spürte die Wärme drinnen wie heißen Atem durch die Ritze strömen, und schließlich war die Verlockung so groß, daß er die Tür öffnete. Der Schuppen war leer. Nach kurzem Zaudern schlüpfte er hinein und schloß die Tür hinter sich. Er zog die durchweichte Kleidung aus, wickelte sich in eine Decke und stellte sich dicht zur Heizplatte, um sich die Hände über der glühenden Spirale zu wärmen. Endlich, als das Zittern nachgelassen hatte, setzte er sich auf den Schlafsack, deckte sich mit einer zweiten Decke zu und starrte ausdruckslos zum Dach hinauf, wo Dutzende weißer Spinnen auf den Fäden ihrer komplizierten Netze umherwanderten. Er fühlte sich schwach bis in die Knochen, jedes einzelne Glied, zu schwach, um etwas gegen die Spinnen zu unternehmen, und nach einer Weile bewirkten ihre zierlichen lautlosen Bewegungen bei ihm eine Art Trance; ihre Ortsveränderungen schienen gewissen Mustern zu unterliegen, die der Aufrechterhaltung einer bestimmten Struktur dienten, ein kontinuierlicher Prozeß der Abstimmung, des Ausgleichs. Er mußte über sich selber lachen. *Herrgott, jetzt habe ich wohl wirklich eine Schraube locker!* Er lehnte sich bequem gegen die Wand, ließ die Augen zufallen; das Licht der Sturmlampe, das durch die Lider drang, bekam dadurch einen schwachen rötlichen Schimmer, ein freundlicher warmer Farbton wie bei einem sommerlichen Sonnenuntergang, und ihm war, als versänke er darin, triebe in einer sanften Brise dahin, die ihn forttrüge von dem Sturm, von allen Stürmen.

Als er aufwachte, sah er Astrid auf sich herunterschauen, während sie ihre Regenjacke auszog. Er setzte sich auf, und die Muskeln in Schultern und Nacken verhärteten sich in der Erwartung, daß sie sich wieder in einen Kadaver verwandeln würde. Aber es gab keine Veränderung. Sie strich sich mit beiden Händen das Haar über die Schläfen nach hinten, faßte die feuchten Strähnen zu einem glatten Ponyschweif zusammen.

»Ich habe mir Sorgen gemacht um dich«, sagte sie. »Ich wußte nicht, wohin du verschwunden warst.«

Er fand nur mühsam wieder zu seiner Stimme. »Ich ... äh ...« Er schluckte. »Es waren diese Halluzinationen, von denen du gesprochen hast. Ich wachte auf und sah etwas, das mir Angst einjagte.«

»Was hast du gesehen?« Sie kniete sich neben ihn, und er mußte sich beherrschen, um nicht vor ihr zurückzuweichen.

Er berichtete ihr, was er im Schuppen und im Bunker gesehen hatte. Zum Schluß lachte er unsicher und meinte: »Als du erzählt hast, daß man Halluzinationen kriegen kann, da habe ich nicht angenommen, daß du diese entsetzlichen Sachen meinst.«

Sie zupfte an einem Grasbüschel; ihre Miene war düster. »Ich muß dir die Wahrheit sagen«, begann sie. »Es ist egal, ob du mir glaubst oder nicht. Oder vielleicht ist es nicht egal ... Vielleicht ist es wichtig in einer Hinsicht, die ich nicht verstehe. Jedenfalls muß ich es dir erzählen.«

Er spürte, daß nun etwas Schlimmes käme, in seinen Eingeweiden schien sich ein säuerlicher schwerer Eisklotz zu bilden, und die Schwäche in allen Gliedern nahm zu.

»Ich kam hierher im Sommer 1964«, sagte sie. »Ich ...« Sie brach ab, als sie seinen entsetzten Blick bemerkte. »Ich bin kein Gespenst ... Nicht so, wie du glaubst. Jedenfalls auch nicht mehr Gespenst als du.«

»Was, zum Teufel, soll das heißen?«

»Hör einfach zu!« sagte sie. »Es wird dir sehr schwerfallen, alles zu glauben, aber du wirst ohnehin nichts verstehen, wenn du mir nicht genau zuhörst. In Ordnung?«

Er nickte nur, war zu entsetzt, um sich zu rühren, um irgend etwas anderes zu tun als zuzuhören.

»Ich kam 1964 her«, fuhr sie fort. »Um die Spinnen zu studieren. Ein Botaniker, der einige Zeit auf der Insel verbracht hatte, hatte mir von ihnen berichtet, und ich bekam auch ein Musterexemplar zu sehen. Schon da war ich überzeugt, daß wir es mit einer gänzlich neuen Subspezies zu tun hatten, nicht nur mit einer Variation. Insbesondere faszinierte mich ihr Gift. Es enthielt eine unglaublich komplizierte DNS ... Weißt du, was das ist? DNS?«

»Ich hab ungefähr eine Vorstellung.«

»Also gut.« Sie legte eine Hand über die Augen und

rieb sich mit zwei Fingern den Nasenrücken, eine Geste, als wolle sie Müdigkeit verscheuchen. »Himmel, es gäbe soviel zu berichten!«

Dieses kleine Zeichen ihrer Schwäche gab ihm ein wenig Zuversicht zurück. »Dann erzähl nur! Wir haben die ganze Nacht.«

»Wenigstens das«, bemerkte sie, holte tief Atem und seufzte. »Abgesehen von der DNS fand ich etwas in dem Gift, das nach Fragmenten menschlicher RNS aussah.« Sie warf ihm einen fragenden Blick zu.

»Hat das etwas mit dem Gedächtnis zu tun, mit der Speicherung von Erinnerungen — richtig?«

»In der Richtung.«

Der Wind zwängte sich unter der Tür herein und ließ die Bodenauflage aus getrocknetem Gras rascheln; die Flamme der Sturmlampe flackerte, erholte sich wieder, und ein Teich orangefarbenen Lichts spülte für einen Moment die Schattenränder an den Wänden zurück. Der Regen hatte nachgelassen, der Donner ganz aufgehört. Tyrell begriff, daß der Sturm seinem Ende zuging. Aus irgendeinem Grund beunruhigte ihn das. Er fühlte sich gar nicht wohl in seiner Haut. Was ihm nach wie vor schrecklich fehlte, war irgendein Fixpunkt, ein logisches Gedankengebäude, geistiger Boden unter den Füßen. Aber es gab nichts Derartiges, und das verstärkte seine Unruhe. Er versuchte, sich auf Astrids Worte zu konzentrieren.

»Jedenfalls«, fuhr sie fort, »stand ich nach einer guten Woche einigen ziemlich beängstigenden Fragen gegenüber. Ich hatte festgestellt, daß das Gift unglaublich wirksam war. Ich vermutete, daß Sekunden nach einem Biß bereits der Tod eintreten müßte. Ich war aber viele Male gebissen worden, und ich lebte noch. Mir war auch unklar, wieso die Spinnen auf dieser Insel isoliert gewesen sein sollten — so lange, daß sich eine eigene Unterart entwickeln konnte. Es mußten doch sicherlich einige in den Schiffen und Booten mitgenommen worden sein, die hier in den Jahrhunderten landeten, seit die Indianer das Land besiedelt hatten. Und wenn das der Fall gewesen wäre, dann könnten angesichts ihrer Widerstandsfähigkeit und raschen Vermehrung bald nicht mehr viele Menschen auf der Welt am Leben gewesen sein. Ohne hochentwickelte Technologie, ohne Molekularmedizin gab es keine Möglichkeit, ein Gegengift zu entwickeln. Das Gift ist sehr komplex.« Sie seufzte wieder. »Und dann bekam ich seltsame Träume.«

Tyrell mußte an Cisneros und seine Wahnideen denken. »Welche Träume?«

»Es waren eigentlich keine Träume, es waren Erfahrungen aus anderen Menschenleben. Von Männern, Frauen, Kindern. Alle aus den verschiedensten Zeiten, manche von Indianern aus vorkolonialen Zeiten. Das waren die frühesten, davor gab es nichts. Es war nicht so, als ob ich diese anderen Menschen beobachtete. Ich war in ihrem Geist, lebte ihr Leben, ihre Tage und Nächte. Und durch diese Träume begriff ich mit der Zeit die Wahrheit: daß die Spinnen *doch* von der Insel weggekommen waren — vor sehr langer Zeit. Sie waren schon mit Indianerbooten aufs Festland gelangt, auf den Schiffen der Kolonisten nach Europa gekommen und hatten sich von dort aus nach und nach über Asien und Afrika ausgebreitet. Überallhin. Meiner Schätzung nach hatten sie um die Mitte des neunzehnten Jahrhunderts die ganze Welt besiedelt. Ich bezweifle sehr, daß im zwanzigsten Jahrhundert noch viel von der Menschheit übrig war. Natürlich stimmt das überhaupt nicht mit dem überein, was ich über die menschliche Geschichte der Neuzeit weiß beziehungsweise was ich davon selbst miterlebt habe ... Aber das ist ein Teil der Täuschung. In Wirklichkeit müssen die letzten hundert Jahre der Menschheit fürchterlich gewesen sein. Überall sterben die Menschen. Die Bevölkerung schrumpft auf eine Handvoll Leute zusammen, die noch nicht gebissen worden ist.«

Er brauchte eine ziemlich lange Schrecksekunde, um zu begreifen, was sie gesagt hatte. »Moment mal! Wir sind doch der lebende Beweis ...«

»Nein, das sind wir nicht«, sagte sie. »Wir sind nicht lebendig. Wir waren es niemals.« Er wollte sie unterbrechen, aber sie sprach einfach weiter. »Ich verstehe es selbst nicht ganz. Oder vielleicht doch. Ich weiß es nicht. Es ist schwer, das alles in menschlichen Begriffen zu erklären, denn obwohl die Spinnen mit ihrem Gift eine Art Überleben der Menschheit sicherstellen konnten, habe ich keine Ahnung von ihren Motiven ... Oder ob sie überhaupt irgendwelche Motive haben. Vielleicht ist das alles nur eine Art genetisch festgelegte Reaktion. Oder vielleicht sind sie in ihrer Gesamtheit zu einer irgendwie intelligenten Einheit geworden, mit Hilfe des von uns übernommenen genetischen Materials. Ein Gruppenverstand oder so etwas. Der beste Vergleich wäre vielleicht ... Hast du von dem Plan gehört, die Persönlichkeit von Menschen als Computer-Software darzustellen? Das wäre ähnlich wie das, was die Spinnen getan haben. Sie haben unser genetisches Material in ein biologisches Äquivalent von Software verwandelt.« Mit gespitzten Lippen stieß sie heftig die Luft aus. »Manchmal kommt es mir so vor, daß alles für sie nur ein Spiel ist, ein Schauspiel, diese Fortführung der Geschichte einer toten Rasse. Sie scheinen in gewisser Weise dieser Insel und den damit in Verbindung stehenden Menschenschöpfungen wie du und wie ich eine besondere Bedeutung beizumessen, so daß man fast meinen könnte, sie hegten eine Vorliebe für sie. Sie bringen sie wieder und wieder ins Spiel, und manchmal lassen sie sie« —, sie lachte auf —, »glücklich leben. Als ob sie uns irgendwie Ehre erweisen wollten, uns danken, daß wir ihnen durch unser Sterben das Erreichen einer neuen Bewußtseinsebene ermöglicht haben.« Sie nahm seine Hand in die ihre. »Erinnerst du dich, wie du fragtest, warum ich dich im einen Augenblick sehnsüchtig anschaute und im nächsten verängstigt wirkte? Der Grund ist — ich glaube, sie möchten, daß wir für eine Weile glücklich leben, und ich wünsche mir das so sehr, daß ich die Gelegenheit nicht verlieren möchte. Es mag nur ein Traum sein, eine Illusion, eine Simulation. Aber es ist eine so gute, so starke Empfindung, wenigstens auf diese Weise ein bißchen zu leben, verglichen mit dem, was ich vorher war … beinahe nichts, ein Aufflakkern eines Bewußtseins in einem Myriadenschwarm von Träumen.«

Er riß die Hand von ihr weg. »Du bist ja total verrückt!«

»Ich weiß, daß es sich so anhört …«

»Nein, es hört sich nicht verrückt an, es *ist* verrückt!« Er zog die Knie an den Leib, wich tiefer in die Ecke zurück; das Licht der Lampe fiel auf seine Zehen, und er fühlte sich erst sicherer, als er sie in den Schatten zurückgezogen hatte. »Du sitzt da und erzählst mir, daß wir nichts als die Phantasieprodukte von einem Haufen gottverdammter Spinnen sind und daß sie die Weiterentwicklung der Menschheitsgeschichte nur einfach so in ihrer Vorstellung betreiben …«

»Ja, ich …«

»Und du erwartest, daß ich *das* schlucke? Du lieber Himmel, Mädchen!«

»Ich dächte«, erwiderte sie steif, »daß von allen Leuten du das noch am ehesten begreifen könntest … nachdem du ja die ganzen Jahre über in einer eigenen Phantasiewelt gelebt hast.«

»Also wenn's um Phantasie geht, Mädchen, dann kann ich dir nicht das Wasser reichen.«

»Es ist nicht so abwegig, wie es scheint«, sagte sie. »Seit Jahrhunderten haben Philosophen …«

Er schnaubte verächtlich.

»… mehr oder weniger dasselbe gesagt. Denk einmal darüber nach. Hat nicht dein Freund etwas Ähnliches behauptet? Hat er doch?«

Sein Erschrecken darüber, daß sie wußte, was Cisneros gesagt hatte, mußte aus seiner Miene recht deutlich zu erkennen sein, denn sie lachte.

»Woher könnte ich das sonst wissen?« fragte sie. »Wenn ich nicht seine Wahrheit über die Träume erfahren hätte?« Wieder ergriff sie seine Hand. »Früher oder später wirst du es auch verstehen. Für jene von uns, die auf die Insel geholt werden, ist es besonders schwer anzunehmen. Es ist so, wie wenn man aufwacht und feststellt, daß man träumt. Aber schließlich bekommt man eine Art Gefühl dafür, was sie beabsichtigen, ein Gefühl für ihre Tendenzmuster.«

Tyrell schüttelte ihre Hand ab. In seinem Geist brodelte es. War vielleicht alles, was er seit seiner Landung auf der Insel gesehen und gefühlt hatte, eine Halluzination? Das konnte nicht stimmen. Diese Halluzinationstheorie stammte von *ihr*... Nein, das hatte sie wieder abgestritten, als sie ihm die Sache mit den Spinnen erklären wollte. Also stimmte es vielleicht *doch*. Vielleicht war das alles ein Fiebertraun, vielleicht lag er bewußtlos im Bunker oder sogar in seiner Koje auf der *Preciosilla*... Seine Gedanken irrten umher bis in die geheimsten Winkel seines Hirns, verbargen sich wie kleine Spinnen in den Windungen, und er saß stumpf und nichts begreifend da, verwirrt von der endlosen Zahl von Möglichkeiten, die alle in die Irre führten. Astrid sagte etwas, aber er hörte nicht hin, er war sicher, daß alles, was sie auch sagen mochte, in seinem Hirn nur noch mehr Verwirrung stiften würde. Er glaubte, seine Gedanken im Verborgenen ticken zu hören wie kleine Bomben, die irgendwann hochgehen würden. Sein Herz tickte ebenfalls. Die ganze Welt war erfaßt von diesem einen Pulsschlag, der einem explosiven Höhepunkt entgegenhämmerte. Er schloß die Augen, doch das Licht schien heller zu werden, kräftiger, schien sich unter seinen Lidern mit orangefarben glimmenden dünnen Klauen hindurchzwängen zu wollen.

»Jack! Sieh mich an!«

O nein! Er wußte noch zu gut, was passiert war, als er sie das letzte Mal angesehen hatte.

»Bist du in Ordnung, Jack?«

Laß mich in Ruhe, verdammt!

Sie war jetzt ganz nahe, er spürte ihren Atem an seiner Wange, und er konnte der Versuchung nicht widerstehen, doch einen Blick zu riskieren. Aus dieser Nähe wirkte ihr Gesicht ein wenig verzerrt, aber es *war* ihr Gesicht. Ausgeprägte skandinavische Züge, umrahmt von Haaren wie Weißgold. In ihrer Besorgnis wirkte sie sehr schön, aber er traute ihr nicht. Überhaupt nicht.

»Geh nicht fort von mir, Jack!« bat sie. »Du mußt das verstehen ... Sie haben uns eine Chance zu leben zugebilligt, mehr an Leben, als irgend jemand sonst haben kann. Aber du mußt die Dinge annehmen, wie sie sind, du darfst dich nicht dagegenstemmen. Sonst werden sie ... Sie werden dich einfach auslöschen. Verstehst du?«

»Ja ... Ja, ich verstehe.«

Er konnte die Augen nicht mehr von ihr abwenden, erwartete jeden Moment, daß glatte Haut, eisfarbene Augen und weiße Zähne sich wieder in Fäulnis und morsche Knochen verwandeln würden.

»Erinnerst du dich an vorhin?« fragte sie. »Als wir uns liebten?«

»Mhm.«

»Lieb mich jetzt! Ich möchte das noch einmal fühlen.«

Ihr Gesicht kam noch näher, und da wußte er, was sie jetzt mit ihm planten. Sie würden warten mit der Umwandlung, bis er sie küßte, und er würde plötzlich den Tod küssen, seine Zunge würde eine freudlose Leere zwischen verrotteten Wangen und ausgebrochenen Zähnen erforschen. Angeekelt stieß er sie heftig zurück, so daß sie rücklings gegen den Tisch prallte. Ihr Kopf traf die Ecke, ihr Schrei verstummte wie abgeschnitten, und sie kippte auf die Seite. Heftig atmend saß er da und wartete darauf, daß sie sich aufrappelte. Dann bemerkte er das Blut, das den blaßblonden Hinterkopf dunkel färbte.

»Astrid!«

Er warf die Decke ab und kroch zu ihr hinüber, suchte nach dem Puls.

Sie war tot.

Also, dachte er, das beweist, daß sie unrecht hatte. Man muß leben, um sterben zu können.

Oder nicht?

Er war selbst entsetzt über die Gefühllosigkeit, mit der er da so gleichmütig den Tod einer Frau hinnahm, mit der er doch noch wenige Stunden zuvor geschlafen hatte.

Aber hatten sie überhaupt miteinander geschlafen?

Er sprang auf. Höchste Zeit, Schluß zu machen mit diesem Scheiß, mit diesem lächerlichen metaphysischen Karussell! Er hatte eine Frau getötet. Sie war eine Irre gewesen, aber er war für die Tat verantwortlich, und deshalb mußte er sich verdammt gut darum kümmern, keine Spuren zu hinterlassen. Er quälte sich in seine nassen Kleider und versuchte zu überlegen; seine Gedanken waren träge und verschwommen, blieben in einer Art Morast hängen. Dann, als er eben in seine Hose stieg, taumelte er gegen den Tisch und hätte beinahe die Lampe umgeworfen. Er erwischte sie noch beim Tragbügel, hielt sie für einen Augenblick über den Tisch. Ein verrückter Gedankenfetzen wisperte ihm durch den Kopf. Zwei Fliegen mit einer Klappe schlagen, das würde er. Er zwängte die Füße in die klammen Schuhe und vermied es, auf den reglosen Körper zu blicken. Als er jedoch in seine Regenjacke fuhr, fiel sein Blick unwillkürlich darauf, und seine Kehle wurde eng vor Schmerz. Die Augen wurden ihm naß.

»Ach Jesus«, sagte er, »das wollte ich nicht!«

Als ob Jesus ihm zuhörte.

Er machte Gott Versprechungen. *Gott,* betete er, *hilf*

mir aus dieser Sache raus. Ich schwöre, ich werd ein ordentliches Leben führen. Ich werde nach Irland zurückkehren und für Gott und mein Land eintreten.

Und dann tadelte er sich selbst wegen seiner Schwäche. Er hatte die Tat verübt, jetzt mußte er für die Folgen einstehen.

Verdammt! Wie konnte alles, was man über sein Leben, über seine moralische Einstellung entschied, so kraftlos und unwirklich klingen wie die Entscheidungen, die er jetzt zu treffen versuchte?

Er tappte rückwärts bis zur Tür, öffnete sie und hielt die Lampe hoch. Astrids Körper versank in den Schatten, nur die Füße lagen noch in Lichtschein. Er sprach ein Gebet für sie, für sich selber. Dann schleuderte er die Lampe auf den Boden, und als das trockene Gras in Flammen aufloderte, hastete er hinaus in die Dunkelheit.

Binnen Sekunden stand der ganze Schuppen in Brand, die Flammen loderten explosionsartig zum sternlosen Himmel hinauf, hell genug, um vom Leuchtturmwächter auf Gay Head bemerkt zu werden. Tyrell hatte sich mittlerweile so an das Toben des Sturms gewöhnt, daß ihm die nun eingetretene Stille der Nacht unheimlich, feindselig erschien. Er warf einen Blick hinter sich, als erwarte er, irgendeine Bedrohung zu entdecken, aber da waren nur die Föhren, dunkle, sich sachte bewegende Umrisse. Als er jedoch zurück zu dem Schuppen schaute, wurde die Bedrohung Wirklichkeit, die er an meisten gefürchtet hatte.

Es war ein eindrucksvolles Schauspiel, die hochschießenden Flammen, die in dünne Rauchfäden und Funken ausliefen, Funkenschauer, die in eleganten Bogen über die Pinienwipfel sprühten, und der Schuppen selber ein schwarzes Skelett, zwischen dessen verkohlenden Planken Glutnester hervorglommen … So eindrucksvoll, daß Tyrell tatsächlich zuerst die Bewegung im Innern des Schuppens nicht bemerkte. Und als er sie bemerkte, irgend etwas Dunkles, Dürres, das sich bog und wankte und zuckte hinter einer Wand aus Flammen, da dachte er, es sei nur ein vom Feuer zerfressener Stützbalken. Aber dann kam dieses Etwas zur Tür, blieb in der Öffnug stehen, eine schwarze verschwimmende Gestalt mit feuersprühendem Haar und steckendünnen Gliedern, die ihn an den Kapitän im brennenden Ruderhaus der *Preciosilla* erinnerte. Er wußte, dies war nicht der Kapitän. Die Gestalt stand einige Sekunden lang bewegungslos da; dann winkte sie mit der langsamen Präzision eines Signalmasts mit einem Arn vor und zurück, vor und zurück, und jede Wiederholung der Bewegung war für Tyrell wie ein elektrischer Schlag des Entsetzens. Er hätte am liebsten losgebrüllt, geschrien, gekreischt, irgend etwas, um die siedende Spannung im Innern loszuwerden; aber er war wie gelähmt, brach fast zusammen vor Schwäche, bis er nur eine Art Ächzen herausbrachte. Die Kiefermuskeln zitterten ihm, und das Herz schien doppelt so schnell zu schlagen, schien nur noch zu zappeln in der Brusthöhle.

Zu sehr erfüllte ihn die Furcht, um der brennenden Gestalt den Rücken zuzukehren, und so wich er langsam, vorsichtig zurück, mit dem Fuß hinter sich tastend, schob Klunpen nasser Föhrennadeln aus dem Weg und zog die Füße über den Boden, um nur ja nicht zu stolpern oder in einen der Bombentrichter zu fallen. Erst nachdem er gut hundert Meter von dem Schuppen entfernt war, dessen durchdringendes rötliches Glühen wie eine untergehende Miniatursonne die Föhrenstämme in scharf umrissene schwarze Silhouetten verwandelte ... Erst da rannte er los, brach durch die letzten Föhren, kletterte den Dünenwall oberhalb des Bunkers hinauf, wo er in die Knie sank. Er war nicht erschöpft oder außer Atem, sondern eigentlich völlig fassungslos und durcheinander, und es erschien ihm sinnlos, weiter zu fliehen. Mit gekreuzten Beinen saß er oben auf der Düne, sah zu, wie das bernsteinfarbene Licht des Leuchtfeuers von Gay Head über die Unterseite blasser jagender Wolken strich, und fühlte sich leer, ausgehöhlt, spürte kaum die sanfte Berührung des Windes im Gesicht und starrte hinaus auf das immer noch unruhige Meer, die schwere Dünung.

»Hallo, Jack!« sagte eine Männerstimme zu seiner Rechten.

Jetzt konnte Tyrell nichts mehr erschrecken. Er spürte ein leichtes kaltes Prickeln den Nacken hinunterlaufen wie die Berührung einer Spinne, aber mehr nicht. Er drehte den Kopf um neunzig Grad und sah etwa zehn bis zwölf Schritte entfernt einen Mann stehen. Einen sehr ungewöhnlichen Mann, einen Mann, der zwar den Umrissen nach der krummbeinigen kleinen Gestalt von Bert Cisneros glich, einschließlich der Filzmütze auf dem Kopf, aber in der Substanz aus dem Blaudunkel des nächtlichen Himmels zu bestehen schien, übersät mit kleinen, weißen, vielzackigen Sternen.

»Bist du's, Bert?« fragte Tyrell.

»Mehr oder weniger«, antwortete Cisneros. »Du weißt ja, wie es ist.«

»Nein, Bert, das weiß ich nicht. Das scheint mein Problem zu sein. Ich hab keine beschissene Ahnung, wie es ist.«

»Ich hab versucht, es dir zu erklären.« Cisneros streckte einen sternglitzernden Arm zum Inselinnern aus. »Und auch sie hat's versucht.«

Die Sterne innerhalb seiner Körperumrisse bewegten sich, verschoben sich zu seltsamen Konstellationen, fast wie lebendig gewordene Sternbilder. Es war ein beunruhigender Anblick, und Tyrell senkte die Augen, starrte den Sandboden an.

»Also war das die Wahrheit?« fragte er.

»Die Wahrheit.« Cisneros lachte. »Welch illusorische Spezies wir auch geworden sind, jeder Mensch ist immer noch seine eigene Wahrheit. Ich hab dich oft etwas Ähnliches sagen gehört, Jack.«

»So, hab ich das? Ich frage mich, was ich damit wohl gemeint hab.«

»Du wirst es noch früh genug verstehen.«

Eine gewaltige langsame Welle erhob sich aus dem Dunkel, türmte sich hoch über dem Strand auf und stürzte donnernd auf den Sand herunter, ein Chaos aus Gischt und brodelnden Wassermassen mit einem überwältigenden Geruch nach Salz und Tang.

»Und was wird jetzt geschehen?« erkundigte sich Tyrell.

»Mit dir, meinst du?«

»Klar, mit mir.«

»Ich fürchte, daß du einfach nicht geeignet bist für den nächsten Teil der Entwicklung«, sagte Cisneros. »Manchmal geschieht es, daß ihre Geschöpfe unbrauchbar sind. Nicht einmal die Schöpfer sind unfehlbar.«

Tyrell schniefte. »Na ja, ich war schon für meine Mutter eine Enttäuschung.« Für einen Augenblick schwieg er und zog mit einem Zeigefinger eine Linie in den nassen Sand. »Ich würde gern glauben, daß Astrid irgendwie lebt ... Daß es entweder wahr ist, was du sagst, oder daß ich komplett übergeschnappt bin und das alles gar nicht geschehen ist.«

»Mach dir deswegen keine Gedanken«, sagte Cisneros. »Gewißheit in der einen oder der anderen Hinsicht wirst du von mir nicht bekommen, weil es einfach nicht in deiner Natur liegt, von mir einen derartigen Beweis anzunehmen. Aber du hast nichts getan, wofür du dich schämen müßtest ... Nicht wirklich.«

»Aus allem, was du mir erzählst, Bert — angenommen deine Version der Realität ist zutreffend —, schließe ich, daß uns noch ein kleiner Rest an freiem Willen gelassen worden ist.«

»Wenn du das so nennen willst. Die Dinge liegen nicht so sehr viel anders, als du bisher dachtest. Der einzige bedeutsame Unterschied ist der, daß wir statt eines unbekannten mystischen Schöpfers einen bekannten verständlichen Schöpfer haben. Ganz am Anfang allerdings« —, Cisneros hob die Schultern —, »wer weiß das schon?«

Tyrell warf ihm einen Blick zu und wandte die Augen schnell wieder ab. »Selbst wenn du eine Halluzination bist, bist du immer noch ein Arschloch. Mir hat einfach nie eingeleuchtet, wie ein unwissender Lümmel wie du so überzeugt sein konnte, *überhaupt* etwas zu wissen. Jetzt weißt du vielleicht wirklich etwas. Wie auch immer, du *bist* ein anderer geworden, Bert. Und ich meine jetzt nicht deinen Spezialeffekte-Aufzug. Nö, du bist auf einmal so gebildet. Sie müssen wirklich was Wichtiges mit dir vorhaben.«

»Es ist genauso, wie ich es dir erklärt habe«, sagte Cisneros. »Wie ich es dir gezeigt habe. Mit Worten und mit Wundern soll ich den anderen zur Belehrung verhelfen. Ich soll neue Inspiration liefern für das Theaterstück. Wer weiß, zu welchen Ergebnissen das führen mag?«

»Du klingst verdammt selbstsicher, Bert. Nur bist du das auch? Bist du sicher, daß diese Scheißspinnen nicht irgendeinen dreckigen Trick mit dir vorhaben? Ich meine, wieso sollte so ein Arschloch wie du, ein echter Mistkerl ... Wieso sollte der zu so einer Art Messias für die Welt bestimmt sein?«

»Gottes Wege sind unerforschlich.«

Ein heiseres Auflachen drang aus Tyrells Kehle. »Ich wollte, ich könnt diesen ganzen Mist glauben.«

»Ich auch, Jack. Ich auch.« Cisneros schien langsam wegzugleiten. »Ich werde dich jetzt verlassen. Hier endet unser Zusammenspiel, und ich kann dir nicht helfen. Vielleicht treffen wir uns eines Tages wieder. Man kann nie wissen.«

»Ich nehme an, ich sollte wohl darauf hoffen«, meinte Tyrell, ohne seinen Blick von dem Sandflecken zu seinen Füßen abzuwenden. »Aber wenn du die Wahrheit wissen willst, ich hoffe es gar nicht.«

Als er nach etwa einer Minute aufblickte, war Cisneros verschwunden. Doch er war nicht allein. Schrecklich verbrannt, das Gesicht zur Unkenntlichkeit verkohlt, die Augen wie trübe zerborstene Kristalle, die Brüste zu formlosen Fetzen zerschmolzen, heller Knochen sichtbar im aufgeplatzten verkrusteten Fleisch des rechten Beins, so stand Astrid genau an der Stelle, wo eben noch Cisneros gewesen war. Tyrell spürte Ekel und Entsetzen aufsteigen, doch er blieb reglos auf dem Dünenrücken sitzen. »Verdammt, geh weg!« murmelte er.

Er vernahm ein schauerliches Rasseln und begriff, daß da Luft durch verbrannte Lungen strömte; der Luftzug ließ auch Fetzen verbrannter Haut an ihren Armen rascheln. Er vergrub das Gesicht in den Händen. »O Gott!« keuchte er. »Laß mich doch ein bißchen in Ruhe, ja? Laß mich einfach in Ruhe.«

Ein pfeifendes Husten, Zerrbild eines Sprachlauts aus ihrer zerstörten Kehle.

»Ahh!« Er fuhr hoch, stolperte und rollte die Dünenflanke hinab. Endlich gelang es ihm, sich auf einem Knie wieder aufzurichten, und er blickte den Hang hinauf. Einen Augenblick lang dachte er, sie sei verschwunden, doch dann strich der Lichtstrahl des Leuchtfeuers von Gay Head über sie hinweg, und dieser Anblick ätzte sich in Tyrells Hirn: ein kaum mehr menschliches Wesen mit schwarzverkrusteten Schenkeln, mit glänzenden Rissen in aufgeplatztem anthrazitfarbenen Fleisch, blinden Augen und Fetzen papiererner Haut, die in dem böigen Wind wie Haarsträhnen flatterten. Dieses Bild schien in seinem Kopf keinen Platz zu finden. Es dehnte sich aus, immer weiter, verdrängte alle Gedanken, verdrängte alles andere, und immer noch dehnte es sich weiter aus, preßte einen heiseren Schrei aus seiner Brust, trieb ihn taumelnd an den Rand des Wassers.

Er konnte Astrid nicht mehr sehen, aber ihre Erscheinung hatte übermächtige Gewalt über seinen Verstand erlangt, und nur um ihr zu entkommen, watete er hinaus ins Wasser, erst bis zum Bauch, dann warf er sich vorwärts und geriet unter den nächsten Brecher. Er versuchte darunter wegzutauchen, fühlte, wie er sich über ihn hinwegwälzte, und kam in einem Wellental an die Oberfläche, das so tief war, daß er den Strand nicht mehr sehen konnte. Das Wasser war entsetzlich kalt, aber nach ein paar Sekunden wurde sein Körper gefühllos, und diese seltsame Empfindungslosigkeit schenkte ihm irgendwie Zuversicht. Mit kräftigen Bewegungen strebte er weg von der Insel, wohl wissend, daß in dieser Richtung der Tod wartete, aber das kümmerte ihn nicht mehr, er wollte einfach nicht mehr gequält werden von den Abscheulichkeiten, die der Dunkelheit von Nomans Land entsprossen. Wieder türmte sich eine Welle vor ihm auf, und wieder tauchte er in ihr Innerstes und kam weit hinter ihr an die Oberfläche. Ringsum war er jetzt von ungeheuren Wellen umgeben, deren dahingleitende Flanken ihn hochhoben und dann in pechschwarze Täler hinunterstürzten. Er versuchte zu schwimmen, aber es war sinnlos. Das Gewicht seiner nassen Kleider zog ihn hinunter, und seine schwachen Schwimmbewegungen waren nur anstrengend, aber ohne Wirkung. Todesangst überkam ihn. Ein Schrei bildete sich in seiner Kehle, doch als er in ein neues Wellental stürzte, da erstickte diese brausende Talfahrt den Schrei, und er empfand etwas wie Begeisterung gleich einem Kind in einer Berg-und-Tal-Bahn. Er wurde hinuntergedrückt, kam würgend, nach Luft ringend, um sich schlagend wieder hoch und spie Salzwasser aus. Die heranrasende Flanke einer weiteren Riesenwoge drückte ihn ein zweites Mal unter Wasser. Zappelnd kämpfte er sich an die Oberfläche, reckte den Kopf in die Luft und wußte, daß er ertrinken würde, daß die Kälte ihn seiner Kräfte beraubt hatte, und da bedauerte er seine Entscheidung, von der Insel zu fliehen, bedauerte alles, die verlorenen Gelegenheiten, die Mißerfolge, den Verlust flüchtiger Augenblicke des Glücks, die so kurz gewesen waren, verglichen mit den langen ereignislosen Flauten, aus denen sein Leben im wesentlichen bestanden hatte. Aber als er zum letzten Mal unterging, ein weißer Pfahl, der sich selbst in das schwarze Fleisch der See trieb, da entstand im Herzen seiner Panik, seines Bedauerns ein hartnäckiger Kern tiefer Befriedigung — aus dem Wissen heraus, daß er sterben, *wirklich* sterben würde, daß ihn der Wahnsinn im Griff gehabt hatte und daß alles, was er auf der Insel durchgemacht hatte, in keiner Weise Wirklichkeit gewesen war. Daß er ein Mensch aus Fleisch und Blut war und nicht irgendein blasses Vorstellungsprodukt. Einen Moment lang empfand er Bitterkeit neben seiner Todesangst. Was hatte er getan, um ein solches Schicksal zu verdienen? Er war nicht schlechter als die meisten anderen, auch kein schlimmerer Feigling oder Betrüger. Dies alles dachte er weniger, als daß er es fühlte in einem bedrückenden Wirbel der Emotionen, aber als dieser Wirbel sich erschöpft hatte, nahm er — ebenso wie die Ungerechtigkeit des Lebens — die kalte Umarmung der See und versank, sich langsam drehend, in ihren Tiefen, die Arme schwangen hinauf in der harmonischen Grazie eines Tänzers, die Lungen füllten sich, der Geist wurde so dunkel und ruhig wie das Wasser, das ihn begrub, schrumpfte zu einem Punkt nachtschwarzer Stille, der zu verharren schien, friedlich schwebend zwischen Angst und dem Urgrund der Angst, wo es ihm möglich war, das wahre Wesen seiner Seele zu erkennen, es zu prüfen, und er sah, daß sie stark war und ohne Angst, und dann, als diese wichtige Aufgabe erledigt war, machte er sich ohne weiteres Zögern an die geringste und letzte Aufgabe des Sterbens.

9

Am zweiten Abend, nachdem ihn die Küstenwache von Nomans Land gerettet hatte, saß Bert Cisneros an einem runden Tisch im *Café Atlantic* auf Nantucket, wo ihn an eben diesem Nachmittag die Mitglieder einer Untersuchungskommission befragt hatten, die aus Vertretern der Seeleutegewerkschaft und den Eignern der *Preciosilla* bestand. In seiner Gesellschaft befanden sich zwei Freunde aus New Bedford, Seeleute, die in Gehaben und Aussehen ziemlich seinem früheren Ich glichen und von dem Fischtrawler *Carino* stammten, der während des Sturms im Hafen Zuflucht gesucht hatte und bei dem noch ein Maschinenschaden behoben werden mußte. Einer dieser Männer, José Nascimento, fragte, nachdem er sich den Bericht von Cisneros' Abenteuern angehört hatte, ob er diese Geschichte auch der Untersuchungskommission erzählt habe.

»Nein«, erklärte Cisneros, »es war nicht der richtige Zeitpunkt, den Prozeß der Erleuchtung in Gang zu setzen.«

Seine Kumpane wechselten besorgte Blicke; sie hatten ihren Freund noch nie derartig reden gehört.

»Jetzt aber«, fuhr Cisneros fort, »jetzt ist die Zeit gekommen.« Er musterte die affenhaften dunklen Gesichter seiner Freunde. »Ihr glaubt gar nichts von dem, was ich gesagt habe, wie?«

»Na ja, Bert«, meinte Nascimento, »du hast doch ziemlich in der Scheiße gesteckt, Mann.«

»So ist's«, sagte der zweite Mann, Arcoles Gil. »Aber wart nur, du wirst bald wieder auf dem Damm sein. Beruhig dich und trink erst mal noch ein Bier.«

»Bemerkt ihr denn keine Veränderung bei mir?« fragte Cisneros.

»Also«, sagte Gil, »du redest komisch, das steht mal fest.«

»Es ist nicht nur meine Redeweise, die sich verändert

hat«, erklärte Cisneros. »Ich habe mich völlig verändert. Wenn ich nur daran denke, was ich früher für ein Mensch war, was ich schreckliche Dinge getan habe, insbesondere mit Frauen ...«

»Du mußt einer Frau doch manchmal eine reinhauen, Mann«, sagte Nascimento. »Ist doch Scheiße, Bert — du weißt das doch. Manchmal bringen sie einen so weit, daß einem gar keine andere Wahl bleibt ... Wenn man sie nicht verdrischt, schneiden sie einem die Eier ab.«

Cisneros empfand Trauer über Nascimento. Wenn er seine Freunde anschaute, dann war das, als blicke er in einen Spiegel, der seine eigene Gemeinheit reflektierte, die eigene brutale Dummheit. Es wäre jetzt angesichts seiner neuen Lebensperspektive so leicht gewesen, sein altes Leben gänzlich hinter sich zu lassen, seine Vergangenheit zu vergessen und seine ehemaligen Freunde um des eigenen Seelenfriedens willen zu schneiden. Aber Bert Cisneros war ein Mann von Ehre. Es war seine Pflicht, sein Auftrag, Menschen wie Nascimento, alle Menschen, über die wahre Weltordnung aufzuklären.

»Wenn ich an mein früheres Leben zurückdenke«, sagte er, »dann wird mir richtig übel, auch wenn mir klar ist, daß mein gesamtes Leben eine kunstvoll ausgeschmückte Illusion ist.« Er schwieg einen Moment lang und rieb nachdenklich den kleinen achtzackigen Stern zwischen den Fingerspitzen, den er von der Insel mitgebracht hatte. »Ich frage mich des öfteren, ob dieser gewalterfüllte Traum, den die Spinnen aus dem zwanzigsten Jahrhundert gemacht haben, vielleicht genau das widergibt, was geschehen wäre, hätte die Menschheit überlebt ... Ob sie in ihrer biochemischen Genialität vielleicht imstande waren, alle die Wendungen und Verschlingungen nachzuvollziehen, die aus der Gier und Lüsternheit der Menschen entstanden wären. Aber ich glaube nicht, daß die Antwort auf diese Frage jetzt noch weiter wichtig ist. Nachdem ich nun berufen wurde, die Welt über ihre unstoffliche Natur aufzuklären, werden die Dinge vielleicht einen gewissen Grad an Normalität wiedererlangen. Vielleicht werden wir sogar imstande sein, unser Schicksal wieder selbst in die Hände zu nehmen, gleichgültig, wie illusorisch alles ist. Wer kann schon das Potential einer Illusion abschätzen? Ich glaube jedenfalls, daß sie wirklich etwas Gutes mit uns vorhaben.«

Die Mienen der beiden anderen Männer verrieten Gefühle zwischen Mitleid und ernsthafter Betroffenheit, und Cisneros lachte. »Kommt, Freunde«, sagte er und stand auf, »ich werde es euch beweisen.« Sie blieben sitzen. »Kommt! Ich werde euch alles auf eine Weise beweisen, die euch überzeugen wird. Ich werde euch zeigen, wie die Welt in Wahrheit ausschaut. Kommt schon!«

Widerwillig folgten sie ihm durch das Gedränge an der Bar zum Ausgang des Cafés und dann einen schmalen Gehsteig entlang, bis sie zur Hauptstraße des Städtchens kamen. Backsteinhäuser und Fachwerkbauten, Pflastersteine, ein paar Autos, die noch unterwegs waren, Fußgänger, die die hell erleuchteten kleinen Schaufenster begutachteten. Schöne alte Bäume, die sich über die Giebel auf die Straße hereinneigten.

»Was seht ihr?« fragte Cisneros.

Gil und Nascimento wechselten erneut besorgte Blicke.

»Die Straße«, antwortete Gil mit etwas ratloser Miene.

»Nein«, sagte Cisneros. »Ihr seht einen Traum. Ich werde euch die *Straße* zeigen.«

Er konzentrierte sich mit aller Willenskraft, und binnen Sekunden verschwand die Szenerie vor ihm, sie wankte wie etwas, das im Regen verwaschen und aufgelöst wird, und statt dessen erschienen Ruinen, beleuchtet von einem gebeinfahlen Vollmond. Traurige Überreste einer anderen Zeit, eines anderen Traumes. Die geborstenen Hülsen einer Handvoll verwitterter grauer Häuser, erstickt unter Efeuranken, mit zerbrochenen Fenstern, halb versteckt von Gestrüpp und Eichen und Weißdorn; die Pflastersteine waren dick mit Moos bedeckt. Mäuse huschten umher in dem Schattenlabyrinth unter den Zweigen. Aus einem Haufen modernder Blätter ragte etwas Gelblichbraunes, Längliches — ein menschlicher Knochen. Vermutlich lagen sie hier überall herum, dachte er, die Überreste der letzten Spinnenopfer. Und zwischen den Ästen der Bäume, in den Fensterkreuzen, überall hingen die dichten Schleier von Spinnweben, in denen die weißen Spinnen hausten. Nach dem regen Leben in der Straße des Traumes wirkte die Leere der Realität beängstigend. Das Alter und die Einsamkeit des Ortes ließen Cisneros fast körperlich die Last der Jahre fühlen.

»Da ... Hier seht ihr es nun«, sagte Cisneros und wandte sich zu seinen Freunden um.

Aber sie waren genauso wie die Geschäfte und die Autos und die Fußgänger verschwunden.

Cisneros war erstaunt, aber nicht verängstigt. Vielleicht, dachte er, hatte er das Ausmaß seiner Kontrolle überschätzt; vielleicht war es unmöglich, die tatsächliche Welt in ihrer Gesamtheit zu zeigen, ohne damit sämtliche Beobachter auszulöschen. Natürlich, sagte er sich. So muß es sein ... Er versuchte sich wieder in die Welt des Traumes zurückzuversetzen, aber — und dies machte ihm nun doch Angst — er wußte nicht mehr, wie das zu tun war. Das Wissen, wie die irreale Welt mit all ihren Dingen manipuliert werden konnte, war ihm so selbstverständlich und natürlich erschienen wie das Atmen, aber jetzt ... Er lief ein Stück weiter in die Mitte der ausgestorbenen Straße, glitt auf dem Moos aus, geriet in Panik. Wieder versuchte er es, konzentrierte den gesamten Willen auf die Rückkehr, ballte die Fäuste, preßte die Augen zu. Doch als er sie wieder öffnete, mußte er feststellen, daß sich gar nichts geändert hatte. Er konnte die Formen und Energien und Spannungen des Traums gerade außerhalb seiner Reichweite, außerhalb seines Wirkungshorizonts fühlen, quälend, lokkend, unerreichbar. Sie hatten ihn betrogen, die Spinnen hatten mit ihm gespielt, hatten aus seinen tiefsten Bedürfnissen und Wünschen ein trügerisches Netz gewoben. Er fuhr herum, als erwarte er, daß sich eine riesige Falle um ihn schließe, aber da waren nur die verfallenen Häuser, die Bäume, die Einsamkeit, und er begriff, daß die Falle schon längst zugeschnappt hatte. Sie hatten ihn hoch erhoben und dann an einem Ort stranden lassen, wo Geist und Wissen keine Zuhörer hatten, keine Bedeutung, und deshalb nichts als eine quälende Last waren.

Die Ruinen drängten sich um ihn zusammen, das Netz der Schatten schien enger zu werden, einen Käfig um ihn zu errichten. Der einem Gelenkkopf eines verwitterten Knochens gleichende Mond mit seinen aschgrauen Pockennarben schien sich herabgesenkt zu haben und in der Astgabelung einer Eiche zu hängen, von wo er ihn mit seinem fahlen Licht auf die Stelle bannte. In den verlassenen Hausruinen raschelte und trippelte es. Etwas berührte sachte seine Wange; er wollte es wegwischen, da geriet ihm eine Spinne auf die Hand, saß wie ein reichverzierter Ring am mittleren Gelenk des Zeigefingers. Mit einem Schrei schüttelte er sie ab. Stille schluckte diesen Laut seiner Furcht.

Verzweiflung schüttelte ihn, und er fiel auf die Knie, hätte gern Gott angerufen, aber er verstand jetzt, wie sinnlos Gebete waren, wie leer die zugrunde liegenden Vorstellungen. Warum hatten sie ihm das angetan? Er hatte an sie geglaubt, an die Möglichkeit einer Buße, einer Wiedergutmachung. Er hätte ihnen Unterhaltung geboten, einem alten, uralten Spiel zu einer neuen Variante verholfen, doch sie hatten ihn betrogen. Aber vielleicht hatten sie das gar nicht getan, vielleicht war sein Geschick einfach eine Folge chemischer Gegebenheiten. Das konnte sein, dachte er. Wenn etwa die Gesamtheit einer Persönlichkeit und ihres Schicksals nur das Ergebnis biochemischer Gesetze wäre, die die Spinnen in ihrem Traum von einer Menschenwelt in Szene gesetzt hatten? Vielleicht hatten sie einfach nur zugelassen, daß er die unabdingbaren Richtlinien seiner Persönlichkeit bis zum Ende verfolgte? Noch mehr nutzlose Einsichten. Er verschränkte die Hände hinter dem Kopf, als wollte er sich selbst vor seiner Angst schützen, alle Gedanken bannen, um doch dann wieder zu denken, zu denken, immerzu zu denken, sich vorzustellen, daß die letzten Menschen, die diese Ruinen bewohnt hatten, die überall auf der Welt in ähnlichen Ruinen gelebt hatten, die gleiche Einsamkeit und Ratlosigkeit empfunden haben mußten, beraubt aller Möglichkeiten zu Liebe und Erlösung, beraubt auch der einfachsten guten Dinge. Sein Blick streifte über die Ruinen von Nantucket, über die schütteren Eichen mit ihren skeletthaften Schatten, die blinden Fenster, die Überreste alter Schnapsläden und Arzneihandlungen, und da begriff er bis in die Tiefen seiner Seele die Hoffnungslosigkeit seiner Lage und stieß einen angsterfüllten Klagelaut aus, den weißen Hauch eines Schreis, der aufzusteigen schien, immer höher, hoch hinauf über die Leere, und der alle seine Ängste und Kümmernisse mit sich trug und das Herz des einzigen einsamen Bewohners jenes endlosen Landes der fehlgeschlagenen Träume und mißratenen Leben, das Nomans Land genannt wird.

Originaltitel: ›Noman's Land‹
Aus: ›Isaac Asimov's Science Fiction Magazine‹, Oktober 1988

Deutsche Übersetzung von Yoma Cap

NANCY KRESS

Der Preis der Orangen

»Ich mache mir Sorgen um meine Enkeltochter«, sagte Harry Kramer, während er die Hälfte seines Sandwichs Manny Feldman gab. Manny nahm es freudig entgegen. Das Sandwich war gewaltig und bestand aus dicken Scheiben Rindfleisch mit Meerrettich zwischen frischen Schnitten von krustigem Brot. Tauben beobachteten die Parkbank voller Hoffnung.

»Jackie. Die Enkeltochter, die Bücher schreibt«, sagte Manny. Harry paßte auf, daß Manny auch aß. Man konnte sich nicht darauf verlassen, daß Manny genug aß. Er war zu dünn. Zumindest war das die Meinung von Harry. Manny, Jackie — ja, die ganze Welt, dachte Harry manchmal —, alle waren irgendwie zu dünn geworden, während Harry nicht aufgepaßt hatte. Geizig. Alles strecken. Harry nickte zufrieden, als ein dickflüssiger Strom Meerrettich über Mannys dünnen Bart lief.

»Jackie. Ja«, sagte Harry.

»Nu, was fehlt ihr? Ist sie krank?« Manny starrte auf Harrys Kirschstrudel aus echtem Hefeteig. Harry reichte ihn seinem Freund. »Harry, das *ganze Ding?* Das kann ich nicht annehmen.«

»Nimm schon, nimm schon, ich will ihn nicht! Du solltest essen. Nein, sie ist nicht krank. Unglücklich ist sie.« Als Manny, den Mund voller Strudel, keine Antwort gab, legte ihm Harry die Hand auf den Arm. »*Unglücklich.*«

Manny schluckte hastig einen Brocken Strudel hinunter. »Woher willst du das wissen? Du hast sie diese Woche gesehen?«

»Nein, sie kommt nächsten Dienstag. Sie bringt mir ein Buch, das einer ihrer Freunde geschrieben hat. Von *dem* hier weiß ich das.« Er zog eine Zeitschrift aus der Innentasche seines Mantels. Der Mantel war aus festem Tweed, fast neu und mit Knöpfen aus Holz. Von dem Umschlagbild der Zeitschrift lächelte verächtlich eine Frau herab. Eine Frau mit hohlen Wangen — eine Frau, die ganz offensichtlich nicht genug aß.

»Das ist kein Buch«, bemerkte Manny.

»Nu, Geschichten schreibt sie auch. Hör dir das hier an! Hör dir *das* an: ›Ich stand in meinem Hintergarten, umzingelt von dem künstlichen gifterzeugten Grün, und begriff, daß die Welt gestorben ist. Wie könnte es auch anders sein, wenn wir Menschen wie Maden im Aas davon schwärmen, unseren hektischen glänzenden Schimmel anzupflanzen und unsere Schleimspuren auf der sinnlosen Oberfläche zu hinterlassen?‹ Hört sich das nach einer glücklichen Frau an?«

»*Oy, oy*«, machte Manny.

»Die ganze Geschichte ist so. ›Lies meine Sachen nicht, Popsy‹, sagt sie. ›Du bist nicht das Publikum für meine Sachen.‹ Dann lächelt sie, ohne auch nur einen Zahn zu zeigen.« Harry warf die Arme in die Luft. »Wer sonst, wenn nicht der eigene Großvater sollte ihr Publikum sein?«

Manny schluckte den letzten Bissen Strudel hinunter. Die Tauben flatterten beleidigt davon. »Sie zeigt niemals die Zähne, wenn sie lächelt? *Niemals?*«

»Niemals.«

»*Oy, oy*«, sagte Manny. »Wolltest du eigentlich die ganze Orange?«

»Nein, ich habe sie für dich besorgt. Nimm sie nur mit. Aber hast du das halbe Sandwich schon aufgegessen?«

»Ich dachte, ich nehme es mit«, sagte Manny bescheiden. Er zeigte Harry ein Stück des Sandwichs, in braunes Metzgerpapier gewickelt, das aus der Tasche seines alten Mantels hervorragte.

Harry nickte zustimmend. »Gut, gut. Nimm die Orange auch. Die habe ich für dich besorgt.«

Manny nahm die Orange. Drei Jugendliche mit überdimensionalen kreischenden Radios schlenderten vorbei. Manny wollte die Ohren mit den Händen bedecken, erntete einen Blick gefährlicher Verachtung von dem Jugendlichen mit den grüngefärbten Haaren und ließ die Hände in den Schoß fallen. Der Junge warf eine leere Bierflasche vor ihre Füße auf den Boden. Sie zersprang. Harry blickte finster drein, aber Manny starrte einfach vor sich hin. Als die Lärmbelästigung in der Ferne verebbte, sagte Manny: »Danke für die Orange. Südfrüchte — sie sind in dieser Jahreszeit so teuer.«

Harry blickte immer noch finster drein. »Nicht 1937.«

»Fang nicht wieder damit an, Harry!«

Harry sagte traurig: »Warum willst du mir nie glauben? Könnte ich mir diese Lebensmittel bei Preisen von 1989 leisten? Könnte ich mir diesen Mantel leisten? Hast du 1989 jemals solche Knöpfe an einem neuen Mantel gesehen? Hast du jemals wieder, seit wir jung waren, Sandwiches in *solches* Papier eingewickelt gesehen? Warum glaubst du mir nicht?«

Manny schälte langsam seine Orange. Die Schale war blaß, und die Frucht hatte viele Kerne. »Harry, fang nicht wieder damit an!«

»Komm mit auf mein Zimmer und sieh selbst!«

Manny zerteilte die Orange. »Dein Zimmer. Ein billiges möbliertes Zimmer in einem Sozialbau. Was soll ich denn da? Ich weiß, was ich da sehen werde. Was ich da sehen werde, ist dasselbe, was ich in *meinem* billigen möblierten Zimmer in einem Sozialbau sehe. Ein Bett, einen Stuhl, einen Tisch, eine elektrische Kochplatte und ein paar Konservendosen. Es ist besser, ich treffe mich mit dir hier im Park — dann kriege ich zumindest ein bißchen frische Luft.« Er sah Harry scheu an, die Orange fest in der Hand. »Versteh mich nicht falsch. Das sage ich nicht aus Mangel an Freundschaft. Du bist gut zu mir, du bist der beste Freund, den ich habe. Du bringst mir Sachen aus einem wunderbaren Delikatessenladen mit, du redest mit mir, ich kann an dem Familienleben teilhaben, das ich nie hatte. Es ist genug. Es ist *mehr* als genug. Ich muß nicht sehen, daß du lebst, wie ich lebe.«

Harry gab es auf. Manny hatte Launen, Zeiten, in denen es einfach unmöglich war, Manny von irgend etwas zu überzeugen. Er grub sich ein und blieb eingegraben. »Iß deine Orange!«

»Es ist eine gute Orange. Nu, erzähl mir mehr über Jackie.«

»Jackie.« Harry schüttelte den Kopf. Zwei Kinder rasten auf Fahrrädern den Pfad entlang. Eins von ihnen fuhr scharf auf Manny zu und riß ihm die Orange aus der Hand. »Jaaaawooohl!«

Harry schaute dem Kind böse hinterher. Es war ein Mädchen. Manny wischte sich einfach den Saft von den Fingern an der Hose ab. »Ist alles, was sie schreibt, so negativ?«

»Alles«, sagte Harry. »Hör dir *dies* mal an!« Er holte eine andere Zeitschrift aus seinem Mantel. Diese war kleiner, in graues Papier gebunden und mit einer stilisierten Skizze der Geschlechtsteile einer Frau auf dem Umschlag versehen. *Auf dem Umschlag!* Harry hielt eine Hand über die Skizze und hatte es dadurch schwer, die Seiten umzublättern, während er las. »Sie sah ihre Mutter in der einzig möglichen Art an: mit Verachtung. Verachtung für die Betrügereien und Kompromisse, aus denen das Leben ihrer Mutter bestanden hatte, Verachtung für die traurigen kleinen Falten der Niederlage um den Mund ihrer Mutter, Verachtung für das bunte Kleid, das zu jugendlich für die vergeudeten Jahre ihrer Mutter war, Verachtung sogar für die kleine Lederhandtasche

— von Gucci, natürlich —, mit dem Blutgeld eines Mannes gefüllt, der einst ein Leben gekauft hatte, das er seit langem nicht mehr haben wollte.«

»Oy, oy«, sagte Manny. »Über eine *Mutter* hat sie das geschrieben!?«

»Das schreibt sie über alle. Immer.«

»Und wo ist Barbara?«

»Wieder in Reno. Noch eine Scheidung.« Die wievielte war es? Zählte jemand noch mit? Harry zählte sie nicht. Er stellte sich das Leben Barbaras wie ein großes Rouletterad vor; ähnlich wie im Fernsehen: mit kleinen silbernen Männchen, die zwischen roten und schwarzen Zahlenfeldern hinein- und herausspranged. Wieso wurde ihr nie schwindlig?

»Ich habe immer gedacht, daß sie viel Liebe hat«, sagte Manny langsam.

»Hat sie sicher«, kommentierte Harry trocken.

»Nicht Barbara — Jackie. Viel ... Ich weiß nicht. Zärtlichkeit. Unter ihrer Schale.«

»Unter ihrer Schale«, murmelte Harry traurig. »Stachelig. Ein Kaktus. Aber du hast recht, Manny. Ich weiß, was du meinst. Sie braucht einfach jemanden, der ihre Schale zerbricht, der sie vielleicht liebt. Aber *ich* liebe sie.«

Die beiden alten Männer sahen sich an. Manny sagte: »Harry ...«

»Ich weiß, ich weiß. Ich bin nur ein Großvater, meine Liebe zählt nicht, ich bin einfach da. Wie die Luft. ›Du bist wundervoll, Popsy‹, sagt sie und zeigt trotzdem keine Zähne beim Lächeln. Aber weißt du, Manny — du hast recht!« Harry sprang von der Bank. »Du hast recht! Was sie braucht, ist ein junger Mann, der sie liebt!«

Manny wirkte erschrocken. »Ich habe nicht gesagt ...«

»Ich weiß nicht, warum mir das nicht früher eingefallen ist!«

»Harry ...«

»Und ihre Geschichten auch! Mit häßlichen Morden, häßlichen Orten, mit unglücklichem Ende. Man muß ihr zeigen, daß Geschichten auch Zärtlichkeit enthalten können.«

Manny starrte ihn an. Harry spürte eine Flut der Zuneigung. Daß ausgerechnet Manny die Antwort finden sollte! Dünner wunderbarer Manny!

Manny sagte langsam: »Jackie hat zu mir gesagt: ›Ich schreibe über die Realität.‹ Das hat sie zu mir gesagt, Harry.«

»Nu, gibt es etwa keine Zärtlichkeit in der Realität? Bring Zärtlichkeit in ihr Leben, und sie wird zärtlich schreiben. Das *braucht* sie, Manny. Einen wirklich netten jungen Mann!«

Zwei Männer in Jogging-Anzügen liefen vorbei. Einer traf mit seiner Turnschuhsohle eine Scherbe der Bierflasche. »Jedes verdammte Mal!« schrie er, während er sich bückte, um seinen Schuh zu untersuchen. »Verdammter Park!«

»Was hast du denn anderes erwartet?« sprach der andere und sah Harry und Manny an. »Obwohl — wenn wir den Eriesee säubern können, müßte auch das möglich sein ...«

»Verdammte Penner!« knurrte der erste. Sie liefen weiter.

»Natürlich«, meinte Harry, »wird es nicht leicht sein, den Mann zu finden, der Jackie überzeugen könnte.«

»Harry, ich glaube, du solltest besser ...«

»Nicht hier!« unterbrach Harry ihn. »Nicht hier. *Dort.* 1937.«

»*Harry ...*«

»Ja«, sagte Harry und nickte mehrmals. Die Aufregung füllte ihn wie Licht, wie Elektrizität. »Damals war alles anders.«

Manny schwieg. Als er aufstand, rutschte ihm der Ärmel des Mantels hoch, und für einen Augenblick wurde die tätowierte Nummer auf dem Handgelenk sichtbar. Er sagte leise: »1937 war auch kein Paradies, Harry.«

Harry schnappte Mannys Hand. »Ich werde es tun, Manny: dort jemanden für sie finden und hierherbringen.«

Manny seufzte. »Morgen im Schachklub, Harry? Um 13 Uhr? Morgen ist Dienstag.«

»Ich sage dir dann, wie weit ich mit meinem Plan bin.«

»Gut Harry, schön. Meine besten Wünsche begleiten dich, das weißt du.«

Harry hielt Mannys Hand immer noch, als ein Mann mittleren Alters auf die Bank zutorkelte und mehr auf sie fiel, als daß er sich hinsetzte. Der Whiskygestank ging in Wellen von ihm aus. Er sah Harry und Manny verächtlich an. »Verdammte Schwuchtel!«

»Gute Nacht, Harry.«

»Manny! Wenn du doch kämst … Das Geld reicht dort viel weiter …«

»Morgen um eins. Im Schachklub.«

Harry sah seinem Freund nach. Manny zog den linken Fuß ein wenig nach. Wahrscheinlich hatte er wieder Schwierigkeiten mit dem Knie. Harry hoffte, daß Manny zu einem Arzt ginge. Vielleicht wüßte ein Arzt, warum Manny so dürr war.

Harry ging zurück in sein Hotel. In der Halle saßen alte Männer zusammengesunken auf Sesseln, deren Polster durch jahrelange Benutzung dünn geworden und von vielen Zigarettenlöchern gebrandmarkt waren. Die Hosenböden der Männer glänzten vom Sitzen. Sitzen und sitzen, dachte Harry — das Leben an den Hosenböden abgezeichnet. Und jetzt wurde es dunkel. Keiner würde dieses Hotel vor dem nächsten Tagesanbruch verlassen. Harry schüttelte den Kopf.

Der Fahrstuhl funktionierte mal wieder nicht. Er erklomm die Treppen bis zum dritten Stock. Auf halbem Weg hielt er inne und durchsuchte den Mantel nach

Kleingeld. Er fand fünf Vierteldollar-Stücke, sechs Zehn-Cent-Stücke, zwei Fünf-Cent-Stücke und acht Pennies. Er kehrte in die Halle zurück.

»Könnte ich zwei Dollarnoten für dieses Kleingeld haben, bitte? Vielleicht alte Banknoten?« Die Frau am Empfang sah ihn mißtrauisch an. »Ist Ihre Miete schon bezahlt?«

»Natürlich«, sagte Harry. Die Frau gab ihm widerwillig das Geld.

»Danke. Sie sehen heute besonders reizend aus, Mrs. Raduski.« Mrs. Raduski schnaubte.

In seinem Zimmer angekommen, suchte Harry nach seinem Hut. Er fand ihn endlich unter dem Bett — wie war er bloß unter dem *Bett* gelandet? Er entstaubte den Hut und setzte ihn auf. Er hatte ihn drei Dollar und fünfundzwanzig Cent gekostet. Er öffnete die Wandschranktür, zog die Kleidungsstücke auf der Metallstange links und rechts auseinander — wie Moses die See geteilt hat, dachte Harry immer — und schritt zur hinteren Ecke des Kämmerchens. Er erinnerte sich mehr vom Körper als vom Kopf her, den scharfen Rechtsschwenk am linken Ärmel seines besten Wollanzugs vorbei zu vollziehen. Er kam in der leeren Ecke eines Warenlagerhauses heraus. Spinnweben klebten ihm am Hut; er war ein bißchen zu stark nach rechts gegangen. Harry ging über den leeren Betonboden zu den Bauholzstapeln und schlängelte sich durch sie hindurch. Das Holz war auch mit Spinnweben bedeckt. Die Baugeschäfte gingen anscheinend nicht besonders gut. Auf dem Weg nach draußen begegnete Harry dem Nachtwächter, der gerade seinen Dienst antrat.

»War's den ganzen Tag über ruhig, Harry?«

»Wie in der Kirche, Rudy.« Rudy lachte. Er lachte oft. Er hatte auch die Neigung, viele Fragen zu stellen. Das erste Mal, als er Harry benommen aus dem Lagerhaus hatte kommen sehen, hatte er wahrscheinlich angenommen, daß Harry dort arbeitete. Rudys leeres Gesicht deutete an, daß er diesen Job bekommen hat, weil er der Onkel oder Vetter von irgend jemandem war. Das gefiel Harry sehr. Familienmitglieder sollten sich umeinander kümmern. (Harry hatte dem Mann damals erzählt, daß er seinen Schlüssel verloren hatte, und ihn nach einem neuen gefragt.)

Draußen war Spätnachmittag. Harry ging los, und nach einer Weile wurden es immer mehr Passanten; neben ihm, auf der anderen Straßenseite, überall. Alle trugen Kopfbedeckungen. Die Frauen trugen Hütchen aus Velours oder Wolle mit gepunkteten Schleiern über der Nase und lange anmutige Kleider mit kleinen Mustern. Die Männer trugen Fedorahüte und Anzüge, die genauso schlotterig waren wie der von Harry. Als er den Park erreichte, waren überall Kinder zu sehen — Mädchen in langen schwarzen Strümpfen und glänzenden Schuhen, Knaben in zugeknöpft weißen Hemden. Alle sahen so aus, als wäre es Sonntagvormittag.

Straßenstände säumten den Bürgersteig. Harry kaufte ein Paar dicke graue Wollsocken für neunundachtzig Cent. Als der Verkäufer seinen Dollarschein entgegennahm, hielt Harry den Atem an — bei jedem erneuten ersten Kauf hier spürte Harry ein kleines Drehen im Magen — aber niemand sah alte Banknoten genauer an. Er kaufte zwei Orangen für fünf Cent das Stück, und als er an Manny dachte, kaufte er eine dritte. An einem Zeitungskiosk erwarb er ›G-8 und seine Flieger-Asse‹ für fünf Cent. Der Besitzer der *Komiksammler-Ecke* 1989 würde ihm ohne weiteres dreißig Dollar für das Heft zahlen. Schließlich holte er sich eine Cola für fünf Cent und ging zum Park.

»Oh, entschuldigen Sie vielmals«, sagte ein junger Mann, der mit Harry zusammenstieß, »es tut mir sehr leid!« Harry betrachtete ihn eingehend: aber nein. Zu jung. Jackie war achtundzwanzig.

Einige Kinder rannten an ihm vorbei, auf dem Weg ins Kino. Spencer Tracey in *Manuel.* Harry setzte sich auf eine grüngestrichene Bank unter zwei großartigen holländischen Ulmen. Auf der Bank lag eine Zeitschrift. Harry blickte darauf, um den Tag festzustellen. Der achtundzwanzigste September. Auf dem Umschlag war ein junger Nazisoldat in Habtachtstellung abgebildet. Harry mußte wieder an Manny denken und drehte die Zeitschrift um.

Während der nächsten Stunde beobachtete Harry alle Menschen, die vorbeikamen. Als es zu dunkel wurde, um etwas zu erkennen, ging er zurück zum Lagerraum. Unterwegs hielt er bei einer Bäckerei an, um einen Apfelstrudel zu kaufen. Der Mann hinter der Theke aß einen Teller Gulasch zu Ende und bediente Harry. Der Strudel kostete zweiunddreißig Cent.

Harry benutzte seinen Schlüssel, um in den Lagerraum zu kommen, und schlich an Rudy vorbei, der über einer Zeitschrift eingeschlafen war. Er trat in seine von Spinnweben überzogene Ecke und kam aus seinem eigenen Wandschrank wieder heraus. Irgendwo draußen heulten pausenlos Sirenen.

»Und wie weit bist du?« fragte Manny. Krümel vom Strudel fielen auf das Schachbrett; Harry wischte sie weg. Manny hatte ihm einen Springer abgenommen.

»Es wird eine Zeit dauern, bis ich jemanden finde, der für sie richtig ist«, sagte Harry. »Ich hätte gern jemanden bis zum nächsten Dienstag, wenn ich Jackie zum Abendessen treffe, aber ich weiß nicht recht. Es ist nicht leicht. Er muß jung genug sein, um attraktiv zu sein, aber alt genug, um Jackie zu verstehen. Er muß sanftmütig genug sein, um ihr gut zu tun, aber stark genug, um bei einem Zeitsprung von zweiundfünfzig Jahren nicht in Panik zu geraten. Jemand mit Bildung. Ein gebildeter Mann wäre vielleicht eher neugierig als erschrokken über meinen Wandschrank. Meinst du nicht auch?«

»Paß auf deine Königin auf!« riet Manny und zog seinen Turm. »Nu, wie willst du ihn finden?«

»Es braucht Zeit«, sagte Harry. »Ich arbeite daran.«

Manny schüttelte den Kopf. »Du mußt jemanden hierherbringen, du mußt ihn davon überzeugen, daß er überhaupt hier *ist,* du mußt ihn daran hindern, sich umzudrehen und durch deine Hemden in seine eigene Zeit zurückzuflüchten ... Ich weiß nicht, Harry. Ich weiß nicht. Ich habe darüber nachgedacht. Diese Sache ist nicht einfach. Was passiert, wenn du einen Fehler machst? Wenn du jemand *Wichtigen* aus dem Jahr 1937 mitnimmst?«

»Ich werde keinen wichtigen Menschen auswählen.«

»Was wäre, wenn du aus Versehen deinen eigenen Großvater herbringst? Und wenn ihm hier etwas zustößt?«

»Mein Großvater starb schon vor 1937.«

»Und wenn du *mich* hierherbringst? Ich bin schon hier!«

»Du hast 1937 nicht in dieser Stadt gewohnt.«

»Und wenn du dich selbst bringst?«

»Ich habe auch noch nicht hier gewohnt.«

»Und wenn du ...«

»Manny«, sagte Harry, »ich bringe keinen wichtigen Menschen mit. Ich bringe niemanden, den wir kennen. Ich bringe niemanden für immer. Ich bringe einfach einen netten jungen Mann, den Jackie kennenlernen kann, mit dem sie vielleicht tanzen geht und ein anderes Naturell erlebt. Eine andere Sichtweise des Lebens. Eine Frohnatur. Ich bin sicher, daß es auch hier Männer gibt, die ihr das alles zeigen könnten, aber ich kenne keine, und ich wüßte nicht, wie ich sie zusammenbringen sollte, selbst wenn mir jemand einfiele. Von *dort* weiß ich, wie. Nu, ist das so kompliziert? Ist das so unerreichbar?«

»Ja«, sagte Manny. Er hatte wieder seinen sturen Gesichtsausdruck aufgesetzt. Wie konnte ein so dünner Mensch so stur aussehen? Harry seufzte und zog seinen einzigen verbliebenen Springer.

»Ich habe dir neue Socken mitgebracht.«

»Danke. Der Springer wird dir nicht viel helfen.«

»Vorträge. Das ist es. Die gab es dort, und die gibt es hier nicht. Alle gingen zu Vorträgen. Kein Fernsehen, und fürs Kino brauchte man Geld. Sie besuchten alle kostenlose Vorträge.«

»Ich erinnere mich«, sagte Manny. »Ich war auch mal ein junger Mann. Harry, die Sache ist nicht einfach.«

»Doch, sie ist einfach«, beharrte Harry stur.

»1937 war nicht einfach.«

»Es wird klappen, Manny.«

»Schach«, sagte Manny.

Noch am selben Abend ging Harry zurück. Diesmal war es am Nachmittag des sechzehnten September. Die *New York Times* gab bekannt, daß Präsident Roosevelt und John L. Lewis sich im Weißen Haus zu einem angenehmen Gespräch getroffen hätten. Zigaretten kosteten dreizehn Cent pro Päckchen. Frauen trugen Baumwollstrümpfe und Schuhe mit klobigen hohen Absätzen. *Schraffts beste Pralinen* kosteten sechzig Cent das Pfund. Kleine Jungen redeten Harry mit ›Sir‹ an.

Er ging in sechs Vorträge innerhalb von zwei Tagen. Eine gewisse Madame Trefania sprach in einem von schlecht gekleideten Frauen gefüllten Saal mit zusammengepreßten Lippen über Theosophie. Ein Gewerkschafter peitschte sein Publikum so fiebrig auf, daß Harry nach der ersten halben Stunde gehen mußte. Ein dünner nervöser Missionar zeigte Dias von religiösen Zentren in China. Ein Archäologe, frisch aus Mexiko zurück, lieferte eine trockene, nervöse Rede über Tempel an ein Publikum aus drei Leuten. Ein Demokrat sprach voller Leidenschaft über Hilfe gegen die Armut, aber nach dem Vortrag redete er alle anwesenden Frauen mit ›Mädchen‹ an. Aber letztendlich, gerade als er anfing, die Hoffnung zu verlieren, fand Harry, was er gesucht hatte.

Ein Museum bot eine Vortragsreihe an: ›Die Wissenschaft heute — und morgen‹. Harry hörte einen schlanken jungen Mann mit rötlichem Bart voll Leidenschaft über Reisen zum Mond, zu den Planeten und Sternen sprechen. Harry dachte sich, daß das Jahr 1989 — mit den Sternen verglichen — einem solchen Menschen relativ nahe vorkommen müsse. Der junge Mann hatte warme haselnußbraune Augen und Sinn für Humor. Als er über das Leben in einem Raumschiff sprach, erwähnte er beiläufig, daß Frauen von ihrer jetzigen häuslichen Sklaverei größtenteils befreit sein würden. Er rauchte während des Vortrags. Er zündete seine Zigaretten auf ruhige, nicht übertrieben männliche Art an. Er sagte, daß Phantasie die menschliche Qualität sei, die allen Menschen helfen könne, sich auf die Zukunft einzustellen. Seine Schuhe waren blank poliert.

Aber das allerwichtigste: Er hatte etwas *Reines*. Etwas, das Harry dazu bewegte, an Pionierjungen und Titelbilder von der *Saturday Evening Post* — die hier fünf Cent kostete — zu denken.

Nach dem Vortrag blieb Harry weiterhin auf seinem Stuhl sitzen und wartete sogar länger als das Mädchen mit dem hellroten Lippenstift, das um den jungen Mann, Robert Gernshon, herumschwirrte. Von Zeit zu Zeit blickte Gernshon neugierig zu Harry herüber. Endlich verließ das Mädchen mit dem roten Schmollmund den Vortragssaal.

»Hallo!« sagte Harry. »Ich heiße Harry Kramer. Ihr Vortrag hat mir gefallen. Ich möchte Ihnen etwas zeigen, das Sie sehr interessieren wird.«

Die Haselnußaugen wurden mißtrauisch. »Oh, nein, nein!« beteuerte Harry. »Etwas *Wissenschaftliches*. Hier, sehen Sie sich das an.« Er gab Gernshon eine Marlboro 100 Light.

»Wie lang sie ist! Woraus ist die gemacht?«

»Der Filter, meinen Sie? Sie besteht aus einem — neuen Filtermaterial. Die Zigarette schmeckt leichter, und der Filter reduziert den Nikotingehalt. Viel gesünder. Und sehen Sie sich das an.« Er zeigte Gernshon einen Styroporbecher von MacDonald's. »Er wurde auch aus einem neuen Material gefertigt. Sehr billig.«

Gernshon betastete den Becher. »Wer sind Sie?« fragte er leise.

»Ich bin Wissenschaftler. Ich interessiere mich auch für die Wissenschaft von morgen. Wie Sie. Ich möchte Ihnen mein Labor zeigen. In meinem Haus.«

»In Ihrem Haus?«

»Ja. Ein kleines Labor. Nur für Hobbyzwecke, verstehen Sie?« Harry spürte, daß er an Selbstsicherheit verlor. Die jungen Haselnußaugen starrten ihn so scharf an. Jackie, dachte er. Tote Erde. Maden und Aas. Verachtung für Mütter. Was würde Gernshon sagen? Wann würde er *überhaupt* etwas sagen?

»Danke«, sagte Gernshon endlich. »Wann paßt es Ihnen am besten?«

»Jetzt?« fragte Harry. Er versuchte sich zu erinnern, wie spät es jetzt war. Alles, woran er denken konnte, waren Vortragssäle.

Gernshon kam mit. Es war halb zehn Uhr abends am Freitag, dem siebzehnten September. Harry begleitete Gernshon durch die Straßen; er versuchte, sich angeregt zu unterhalten, abzulenken. Er sagte, er sei selbst an Reisen zu den Sternen interessiert. Er sagte, es sei immer sein größter Traum gewesen, auf einem fremden Planeten zu stehen und unverpestete Luft zu atmen. Er sagte, seine Helden seien diejenigen Biologen, die das erste Modell der DNS gebaut hätten. Er sagte, die Wissenschaft sei sein Leben gewesen. Gernshon wurde immer ruhiger.

»Natürlich«, sagte Harry, »bin ich, wie die meisten Wissenschaftler, hauptsächlich über mein eigenes Fachgebiet informiert. Sie wissen, wie das ist.«

»Was ist Ihr Fachgebiet, Doktor Kramer?« fragte Gernshon leise.

»Elektrizität«, sagte Harry und schlug ihm mit einem

massiven Messing-Kerzenständer, den er für drei Dollar von einem Pfandleiher gekauft hatte, auf den Hinterkopf.

Sie waren in dem Viertel angelangt, in dem die Lagerhäuser standen. Es gab keine Passanten, keine Räuber, keine Straßenhändler, keine Schutzengel und keine Punkerbanden. Nur Harry, der einen unbewaffneten Mann mit einem Kerzenständer niederschlug. Er war nicht ein Deut besser als die Punker, aber was sollte er sonst tun? Was sollte er *tun?* Nichts, außer den Schlag so sanft ansetzen, daß Gernshon sich bereits wieder regte, bevor Harry ihm Hände und Füße gefesselt hatte. Bei vollem Bewußtsein war er, als Harry ihm die Augen verbunden und den Mund geknebelt hatte. »Es tut mir leid, es tut mir leid«, beteuerte Harry andauernd. Gernshon sah nicht so aus, als würde die Entschuldigung irgend etwas an der Situation ändern. Harry schleppte ihn in den Lagerraum.

Zum Glück war Rudy wieder eingeschlafen, und Harry zog den jungen Mann, der nicht mehr als siebzig Kilogramm wiegen mochte, in die Ecke und durch seinen Wandschrank. Es ist gut, dachte Harry, daß ich einen *schlanken* jungen Mann gesucht habe.

»Hören Sie«, sagte er eindringlich zu Gernshon, als er ihm den Knebel aus dem Mund nahm, »hören Sie! Ich kann den medizinischen Notdienst anrufen, falls Sie es für nötig halten. Ist Ihnen schlecht? Fühlen Sie sich schwindlig?«

Gernshon lag auf Harrys Teppich und funkelte seinen Entführer an. Er schwieg.

»Hören Sie, ich kann mir vorstellen, daß Sie sich fürchten. Aber ich bin kein Perverser, kein Polizist — nichts als ein Großvater mit einem Problem. Meine Enkeltochter. Ich brauche Ihre Hilfe, um das Problem zu lösen, aber ich werde nicht allzuviel von Ihrer Zeit stehlen. Sie befinden sich jetzt woanders als dort, wo Sie Ihren Vortrag gehalten haben. Ziemlich — *weit* weg. Aber

Sie müssen nicht lange hierbleiben, das verspreche ich Ihnen. Höchstens zwei Wochen. Dann schicke ich Sie zurück. Ich schwöre es Ihnen bei dem Grab meiner Mutter. Und es soll nicht Ihr Schaden sein. Das ist ein Versprechen.«

»Binden Sie mich los!«

»Ja, natürlich. Sofort. Aber Sie dürfen mich nicht angreifen, weil ich der einzige bin, der Sie wieder zurückschicken kann.« Harry hatte eine plötzliche Eingebung. »Ich bin wie ein ausländischer Konsul. Sind Sie vielleicht schon mal ins Ausland gereist?«

Gernshon sah sich in dem halbfinsteren Raum um. »Binden Sie mich los!«

»Das werde ich tun. In zwei Minuten. Höchstens fünf. Ich möchte erst nur ein bißchen erklären.«

»Wo bin ich?«

»Im Jahr 1989.«

Gernshon schwieg. Harry erklärte bruchstückhaft, redete, so schnell er konnte. Er sagte, er könne sich zwischen 1989 und September 1937 bewegen, wann immer er wolle, aber er könne Gernshon auch wieder zurückbringen, kein Problem. Er sagte, daß er die Reise schon ziemlich oft gemacht habe, es sei absolut sicher. Er erwähnte, wieviel weiter sich ein Rentenscheck bei den Preisen von 1937 strecken lasse. Er sprach über Mannys Apfelstrudel. Er erwähnte Jackie nur einmal ganz kurz, und von seinem Wandschrank sprach er überhaupt nicht, obwohl es ihm schwerfiel, nicht zum Schrank zu blicken. Er erklärte aber doch, wie bitter Menschen des Jahres 1989 werden konnten, wie ziellos, wie müde von zu vielen Erwartungen — wie wenig Freude sie empfanden, weil sie keine Überraschungen mehr erlebten. Er wollte gerade eine Schmährede über die verlorene Unschuld loslassen, als Gernshon — allerdings in einem ganz anderen Ton — wiederholte: »Binden Sie mich los!«

»Natürlich«, sagte Harry schnell. »Ich erwarte nicht,

daß Sie mir glauben. Warum sollen Sie auch annehmen, Sie seien im Jahr 1989? Gehen Sie allein raus und sehen Sie selber nach. Sehen Sie das Tageslicht? Es ist noch früh am Morgen. Seien Sie da draußen lediglich vorsichtig, das ist alles.« Er band Gernshon los und wartete mit fest geschlossenen Augen.

Als er keinen Hagel von Schlägen verspürte, öffnete er die Augen wieder. Gernshon war schon an der Tür. »Warten Sie!« rief Harry. »Sie brauchen mehr Geld!« Er grub in seiner Hosentasche und zog einen Zwanzigdollarschein heraus, den er für just diesen Zweck aufbewahrt hatte. Er gab Gernshon die Banknote und alles Kleingeld, das er bei sich trug.

Gernshon inspizierte die Münzen sehr genau, sah Harry an und sagte kein Wort. Er ging hinaus, und Harry setzte sich zitternd in seinen Sessel und wartete ...

... Gernshon kehrte drei Stunden später zurück. Er war blaß und schwitzte. »Mein Gott!«

»Ich weiß genau, was Sie meinen«, sagte Harry. »Es ist wie ein Zoo da draußen. Möchten Sie einen Drink?«

Gernshon nahm die unbekannte Mixtur, die Harry bereits in seinem Zahnputzglas bereitgestellt hatte, und leerte es in einem Zug. Er sah die Flasche, die Harry auf dem Nachttisch stehen hatte — *Seagram's V.O.* —, mit dem kleinen Etikett. Er warf das Glas quer durchs Zimmer und bedeckte das Gesicht mit den Händen.

»Es tut mir leid«, sagte Harry, »aber die Flasche kostet 1937 nur drei Dollar und siebenunddreißig Cent.«

Gernshon bewegte sich nicht.

»Es tut mir aufrichtig leid«, sagte Harry. Er hob beide Arme und ließ sie hilflos wieder fallen. »Möchten Sie ... Möchten Sie vielleicht eine Orange?«

Gernshon erholte sich schneller, als Harry erwartet hätte. Nach einer Stunde saß er auf Harrys Stuhl und stellte Fragen über die Weltraumfähre. Nach zwei Stunden schrieb er Notizen nieder, und innerhalb von drei Stunden war er wieder ganz der intelligente sympathische junge Mann, den Harry in dem Vortragssaal kennengelernt hatte. Harry, der versuchte, so viel und so geduldig zu antworten, wie er nur konnte, war über die Regenerationsfähigkeit Gernshons erstaunt. Was wäre gewesen, wenn er, Harry, sich plötzlich und ohne Warnung im Jahre 2041 befände? Wie würde *er* dann reagieren? Er zitterte. »Wußten Sie, daß eine Kinoeintrittskarte heute sechs Dollar kostet?«

Gernshon blinzelte. »Wir sprachen gerade über die Mondlandung.«

»Jetzt nicht mehr. Jetzt will ich *Ihnen* einige Fragen stellen, Robert. Glauben Sie, daß die Erde tot ist? Daß die Menschen wie Maden im Aas darüberkriechen? Ist das ein Gedanke, der Ihnen manchmal einfällt?«

»Ich — nein.«

Harry nickte. »Gut, gut. Denken Sie an Ihre Mutter voller Verachtung?«

»Natürlich nicht. Harry ...«

»Nein, jetzt bin ich dran. Glauben Sie, daß das Leben eine Niederlage gewesen ist, wenn eine Frau heiratet und die Ehe sich nicht als vollkommen herausstellt, sie aber mindestens *ein* gesundes Kind — sagen wir, eine Tochter — zur Welt bringt und erzieht?«

»Nein, ich ...«

»Wie finden Sie die Zeichnung der Geschlechtsteile einer Frau als Umschlagbild für eine Zeitschrift?«

Gernshon errötete. Es schien, als sei ihm das Erröten peinlich. Sein Gesichtsausdruck verriet aber auch, daß er nichts dafür konnte.

»Das wird immer besser«, sagte Harry. »Und jetzt lassen Sie sich ruhig Zeit für die Antwort auf *diese* Frage: Enthält die Realität — Ihrer Meinung nach — Zärtlichkeit gleichermaßen wie Häßlichkeit?«

Gernshon starrte ihn an. Harry fiel auf, daß sie über die Mittagsstunde hinaus geredet hatten. »Aber lassen Sie sich nicht alle Zeit der Welt, Robert.«

»Ja«, sagte Gernshon, »ich glaube, die Realität enthält sogar *mehr* Zärtlichkeit als Häßlichkeit. Und mehr Seltsames. Viel mehr Seltsames.« Er sah plötzlich benommen aus. »Es tut mir leid, es ist nur so ... Das geht alles so schnell ...«

»Lehnen Sie sich zurück und atmen Sie ganz tief und entspannt!« schlug Harry vor. »Ja — genau so. Fühlen Sie sich jetzt besser? Gut. Ich möchte Sie jemandem vorstellen ...«

... Manny saß auf seiner gewohnten Bank im Park. Als er die zwei Männer kommen sah, wurde sein Gesicht traurig. »Harry! Wo hast du in den letzten zwei Tagen gesteckt? Ich habe mir Sorgen gemacht, ich bin in dein Hotel gegangen und ...«

»Manny«, sagte Harry, »das ist Robert.«

»So, so«, murmelte Manny. Er streckte die Hand nicht aus.

»Er«, sagte Harry.

»Harry. O Harry!«

»Freut mich, Sie kennenzulernen, Sir!« sagte Gernshon. Er streckte seine Hand hin. »Ich fürchte, ich habe Ihren Namen nicht verstanden. Ich heiße Robert Gernshon.«

Manny sah ihn an, sah die ausgestreckte Hand, den weitgeschnittenen Anzug mit breiter Krawatte und das offene Lächeln. Mannys Lippen formten ohne Ton ein Wort: *Sir?*

»Ich hab dir viel zu erzählen«, sagte Harry.

»Dann kannst du es uns allen erzählen«, sagte Manny. »Da kommt Jackie schon.«

Harry sah auf. Eine Frau in Jeans kam den Pfad entlang auf sie zu. »Manny! Es ist erst Montag!«

»Ich hab sie angerufen«, erklärte Manny. »Du warst zwei Tage lang nicht mehr auf deinem Zimmer, Harry. Niemand im Hotel konnte mir sagen, wo du ...«

»Aber *Manny!*« keuchte Harry, während Robert die

beiden Männer verwirrt betrachtete. Gleichzeitig entdeckte Jackie die kleine Gruppe und winkte.

Sie hatte noch mehr abgenommen, sah Harry. Es waren nur zwei Wochen vergangen, seit er sie das letzte Mal gesehen hatte. Trotzdem waren ihre Wangen eingefallen, und sie hatte neue Falten unter den Augen. Magerfalten. Sie erfüllten Harry mit Traurigkeit. Jackie trug ein blaues T-Shirt mit dem Aufdruck: DAS LEBEN IST BESCHISSEN — UND DANN STIRBST DU. Sie hatte eine Zeitschrift und eine als Haarspray getarnte Dose Tränengas bei sich.

»Popsy! Du bist da! Manny hat gesagt, daß ...«

»Manny hat sich geirrt«, sagte Harry. »Jackie, Liebes, du siehst ... Es ist schön, dich zu sehen ... Jackie, ich möchte dir jemanden vorstellen. Das ist mein Freund Robert. Robert, das ist Jackie Snyder, meine Enkeltochter.« Harry sah, daß Robert Jackies enge Jeans anstarrte. »Robert ist — Wissenschaftler«, erklärte Harry. Das war ein Fehler. Im selben Moment, als er es ausgesprochen hatte, wußte Harry, daß er einen Fehler begangen hatte. Die Wissenschaft — die *gesamte* Wissenschaft — war aus einem ihm unbekannten Grund ein rotes Tuch für Jackie. Sie schüttelte das lange Haar aus dem Gesicht. »Ach, ja? Hoffentlich kein *Chemiker.*«

»Im eigentlichen Sinne bin ich kein Wissenschaftler«, sagte Robert freundlich, »sondern Dilettant. Ich schreibe in populären Zeitschriften über neue wissenschaftliche Konzepte, um sie der Allgemeinheit verständlich zu machen.«

»Welche Konzepte, zum Beispiel?« fragte Jackie.

Gernshon öffnete den Mund und schloß ihn wieder. Plötzlich raste ein Junge mit einem Ghettoblaster auf einem Skateboard vorbei. Heavy-Metal-Klänge erfüllten die Luft, und ein Linienflugzeug donnerte über den Himmel. Gernshon lächelte schwach. »Es ist ein bißchen schwer zu erklären.«

»Ich bin in der Lage zu verstehen«, sagte Jackie kalt.

»Frauen können auch *wissenschaftliche* Konzepte verstehen.«

»Jackie, Liebes«, sagte Harry, »was hast du da? Ist das dein neues Buch?«

»Nein«, sagte Jackie, »es ist das Buch, von dem ich dir erzählt habe — das von meinem Freund. Es ist großartig. Es handelt von einem Mann, dessen Geschäftspartner ihn betrügt, indem er Geld von einem Verbrecher-Syndikat annimmt und *ihm* dann die Bestechung anhängt. Der Mann kommt daraufhin ins Gefängnis, wo er einen Gefangenen kennenlernt, der eine neue Religion gegründet hat: *Das Haus Der Göttlichen Verzweiflung.* Sobald beide aus dem Gefängnis entlassen werden, gründen sie eine neue Firma — Selbstmord GmbH. Gegen Honorar helfen sie Menschen, Selbstmord zu begehen. Der ganze Roman ist eine geniale Entlarvung der heutigen amerikanischen Gesellschaft.«

Gernshon entfuhr ein kleiner Laut.

»Es ist eine Komödie«, fügte Jackie hinzu.

»Es hört sich ... Es hört sich ein bißchen deprimierend an«, bemerkte Gernshon.

Jackie sah ihn an. Sehr deutlich sagte sie: »Es ist die Realität.«

Ein Mann schlief im Sitzen auf einer Bank, in sich zusammengesunken. Zeitungen und leere MacDonald's-Verpackungen lagen staubbedeckt am Boden. Ein Abfallkorb hing schief, eine Seite der Verankerung war losgerissen. Neben einem von einem gußeisernen Zaun umzingelten Baum starrte sie ein Kind mit alten Augen an.

»Ich habe dir noch etwas mitgebracht, Popsy.« Harry hoffte, daß Gernshon hören konnte, wieviel sanfter Jackies Stimme klang, wenn sie ihren Großvater anredete. »Einen Schal. Siehst du, aus Alpacawolle. Sehr warm.«

Gernshon sagte: »Meine Mutter hat einen ähnlichen Schal. Äh, nein, doch nicht ganz. Ich glaube, ihr Schal ist aus einer Art Pelz.«

Jackies Gesicht verdüsterte sich. »Was für Pelz?«

»Ich ... Ich bin nicht sicher.«

»Hoffentlich keine gefährdete Tierart.«

»O nein, das nicht. Ich bin sicher — das nicht.«

Jackie starrte ihn einen Augenblick länger an. Das Kind, das sie beobachtet hatte, kam jetzt auf sie zu. Gernshon sah das Kind mit Erleichterung an. Es war ein Junge, etwa elf Jahre alt und in einen maßgeschneiderten Anzug und italienische Schuhe gekleidet. Manny versuchte, sich zwischen Gernshon und den Jungen zu stellen. »Jackie, wie schön, dich endlich wieder zu treffen ...«

Der Junge schlängelte sich geschickt vorbei und stand plötzlich neben Gernshon. Er blickte nicht einmal hoch, und seine Stimme blieb leise, fast im Flüsterton. »Crack ...«

»Peng! Zack! Pardauz! Hab ich dich!« rief Gernshon heiter. Er zwinkerte Harry mit einem verschwörerischen Lächeln zu, um zu zeigen, daß sich zumindest die Kinder in fünfzig Jahren nicht geändert hatten. Der Junge riß den Kopf hoch und sah Gernshon an. »Willst du mich verarschen?«

Jackie stöhnte. »Nein«, sagte sie zu dem Jungen. »Er hat sich nichts dabei gedacht. Hau ab!«

»Ich vergesse nie«, zischte der Junge. Er peilte sie an und ging langsam rückwärts.

Gernshon runzelte die Stirn und sagte: »Es tut mir leid. Ich weiß nicht, was das alles zu bedeuten hatte, aber es tut mir leid.«

Jackie funkelte ihn wütend an. »Sind Sie eigentlich echt, oder was? Was haben Sie sich da für einen Hirnfurz geleistet? Ist Ihnen klar, daß dieser Park der einzige Platz ist, wo Manny und mein Großvater etwas frische Luft japsen können?«

»Ich habe nicht ...«

»Der rotznasige kleine Scheißdealer meinte es ernst, daß er nie was vergißt!«

»Mir gefällt weder Ihr Ton noch Ihre Sprache«, sagte Gernshon.

»Meine Sprache!« Jackies Mund wurde schmal. Manny sah Harry an, schüttelte den Kopf und bedeckte das Gesicht mit den Händen. Der Junge, sieben Meter entfernt, brüllte plötzlich wie ein in Panik geratenes Tier, so laut, daß sich Jackie, Harry, Manny und Gernshon wie auf Befehl zu ihm umdrehten. Zwei ältere muskulöse Jugendliche rannten auf ihn zu. Das Gesicht des kleineren Jungen fiel in sich zusammen, und er sah auf einmal viel jünger aus. Er sprang fort, stolperte, schrie wieder und warf sich, ganz zum verfolgten Tier geworden, auf die Straße hinter der Parkbank.

»Nein!« schrie Gernshon. Harry sah in Gernshons Richtung, aber dieser stand bereits nicht mehr da. Harry sah den Lastzug, der die Straße entlangdonnerte, hörte Jackies Schrei und sah den drahtigen Körper Gernshons gegen den Elfjährigen fliegen. Der Lastzug raste vorbei, und die Geräusche seiner Preßluftbremsen zersprengten schier die Luft.

Gernshon und der Junge erhoben sich von der anderen Straßenseite. Autohupen schmetterten wütend. Der Junge schrie: »Laß meinen Anzug los! Du hast meinen Anzug zerrissen!« Ein rotes Licht blitzte auf, und ein Streifenwagen fuhr heran. Die zwei Jugendlichen verschwanden, und der Elfjährige war plötzlich auch weg.

»Wir werden ihn nie finden«, sagte ein übelgelaunter Polizist über dem Clipbrett, auf das er nichts geschrieben hatte. »Wahrscheinlich auch besser so.« Er ging zu seinem Streifenwagen zurück.

»Sind Sie verletzt?« fragte Manny. Er sprach zum ersten Mal seit dem ganzen Spektakel. Sein Gesicht war aschfahl, und Harry legte ihm einen Arm um die Schulter.

»Nein«, sagte Gernshon und lächelte Manny an, »nur ein bißchen schmutzig.«

»Das war echter *Mumm*«, sagte Jackie. Sie starrte

Gernshon mit gerunzelter Stirn an. »Warum haben Sie das getan?«

»Pardon?«

»Warum? Ich meine, wenn man bedenkt, was der Bengel für einer ist, und wenn man bedenkt ... Ach, das Ganze hier ...« Sie deutete mit einer Rundumgeste auf alles in der Umgebung; eine schwache Bewegung ihrer sonst starken Hände. Die Hilflosigkeit der Geste berührte Gernshon auf seltsame Weise. »Warum haben Sie Ihr Leben riskiert?«

»Dieser Bengel ist ein Kind.«

Manny sah skeptisch drein und wollte gerade seine Meinung dazu äußern. Harry bemerkte es und kam ihm zuvor. »Hört mal zu, ich habe eine wunderbare Idee. Es scheint, daß ihr beide viel zu bereden habt. Ihr müßt unbedingt über Risiken und ... Oh, über *alles* diskutieren. Warum geht ihr nicht zusammen essen? Ich lade euch ein.« Er nahm einen Zwanzigdollarschein aus seiner Tasche. Hinter ihm wurde Manny unruhig.

»Oh, das kann ich nicht annehmen«, stotterte Gernshon. Im gleichen Augenblick setzte Jackie mahnend an. »Popsy ...«

Harry umfaßte ihr Gesicht zärtlich mit beiden Händen. »Bitte tu mir den Gefallen, Jackie. Ohne deine Fragen, ohne deine Bemerkungen über Frauenfeindlichkeit. Nur dieses eine Mal. Für mich.«

Jackie blieb lange still, bevor sie eine Grimasse schnitt, nickte und sich mit einem teils humorvollen, teils resignierenden Laut Gernshon zuwandte.

Gernshon räusperte sich. »Also, eigentlich wäre es vielleicht besser, wenn, äh, wir alle vier zusammen gingen. Es ist mir peinlich, aber ich muß sagen, die Preise in dieser Stadt sind höher als in ... Das heißt, ich bin nicht in der Lage, äh ... Aber, wenn wir irgendwohin gehen könnten, wo es weniger teuer ist, vielleicht in irgendeinen Schnellimbiß, dann könnten wir sicher alle zusammen essen.«

»Nein, nein«, sagte Harry, »wir haben schon gegessen.« Manny sah ihn an. Beleidigt sprach Jackie Gernshon an. »Ich will ganz bestimmt nicht ... Was glauben Sie eigentlich, Freundchen? Ich tue das nur, um meinem Großvater einen Gefallen zu tun. Haben Sie etwa Angst, daß ich Sie vernasche?«

Harry bemerkte Gernshons automatischen schnellen Blick auf Jackies enge Jeans. Er bemerkte auch, daß Gernshon den Blick im gleichen Augenblick bereute. Er bemerkte ebenfalls, daß Manny es auch gesehen hatte — Jackie auch — und daß Gernshon bewußt war, daß *alle* seinen Blick gesehen hatten. Jackies Gesicht verdunkelte sich so sehr, daß Harry erstaunt war, als Gernshon ihre aufkeimende Wut mit einer Würde unterbrach, die keiner erwartet hätte.

»Nein, natürlich nicht«, sagte Gernshon leise. »Aber mir wäre es aus einem anderen Grund lieber, wenn wir alle zusammen essen gingen. Ich liebe meine Frau sehr, Miß Snyder, und ich möchte nichts tun, was ihr Kummer bereiten könnte. Vielleicht erscheint Ihnen das merkwürdig, aber so bin ich eben.«

Harry stand wie hypnotisiert da. Manny begann zu zittern, und Harry hoffte wütend, daß es *nicht* aus verstecktem Lachen geschah. Und Jackie lächelte so spontan, nachdem sie Gernshon eine Weile angestarrt hatte, wie es Harry bei ihr seit Monaten nicht mehr gesehen hatte. »Hey«, sagte sie sanft, »das ist nett. Das ist wirklich, ehrlich verdammt nett.«

Das Wetter wurde plötzlich viel kälter. Es drohte zu schneien, aber noch war nichts heruntergekommen. Jeden Nachmittag unternahmen Harry und Manny einen schnellen Spaziergang im Park und gingen anschließend zum Busdepot oder in den Schachklub oder in die Bibliothek, wo von Bücherregalen versteckt ein Tisch tief hinten im Leseraum stand, an dem sie — ohne entdeckt zu werden — ihre mitgebrachten Sandwiches aßen. Harry brachte Manny ein riesiges mayonnaisetriefendes Rinderschinken-Sandwich für dreiundsechzig Cent sowie ein Paar importierte Wollhandschuhe für einen Dollar mit.

»Nu, wo sind sie heute?« fragte Manny am Samstag, während er sein Sandwich ungläubig anstarrte. Er roch genüßlich daran. »Meerrettich. Harry, du hast sogar den Meerrettich nicht vergessen.«

»Ins Museum, glaube ich«, antwortete Harry unglücklich.

»Welches Museum?«

»Woher soll ich das wissen? Er sagt: ›Heute das Museum, Harry.‹ Und dann ist er um acht Uhr morgens einfach weg.«

Manny hörte auf zu kauen. »Welches Museum macht um acht Uhr auf?«

Harry legte sein Sandwich — Pastrami auf Roggenbrot, neununddreißig Cent — beiseite. Er hatte während der vergangenen Woche sichtlich abgenommen.

»Wahrscheinlich«, meinte Manny hastig, »reden sie nur. Du weißt schon, wie die jungen Leute. Einfach reden ...«

Harry sah ihn noch unglücklicher an. »Du meinst, so wie Leah und du, damals, als ihr jung wart und euch ohne Aufsicht wegschleichen konntet?«

»Du solltest wirklich bald mit ihm sprechen, Harry ... Nein, mit Jackie.« Manny schien nachzudenken. »Nein, doch lieber mit *ihm.*«

»Sprechen wird nicht genügen«, seufzte Harry. Er sah blaß und entschlossen aus. »Gernshon muß zurückgeschickt werden.«

»Zurückgeschickt?«

»Er ist *verheiratet,* Manny! Ich wollte Jackie helfen, ihr zeigen, daß das Leben auch Zärtlichkeit enthalten kann und nicht nur Kampf. Welche Zärtlichkeit wird sie finden, wenn sie sich in einen verheirateten Mann verliebt? Du weißt, was das für eine Geschichte wird. Jakkie …« Harry stöhnte. Warum mußte alles eine solche Wendung nehmen? Er hatte seiner Enkeltochter nur helfen wollen. »Er muß zurück, Manny.«

»Wie?« fragte Manny praktisch. »Du kannst ihn nicht wieder schlagen, Harry. Das letzte Mal hattest du einfach *Massel,* daß du ihm den Schädel nicht eingehauen hast. Das willst du nicht auf dem Gewissen haben, oder? Und wenn du ihm deinen, äh — zeigst …«

»Meinen Wandschrank? Manny, wenn du bloß einmal mitkämst! Für einen Dollar kriegst du …«

»… dann könnte er zurückkommen, wann immer er wollte. Also, was nu?«

Ein plötzliches Geräusch überraschte sie. Irgendwer kam auf sie zu. »Die Bibliothekarin!« zischte Manny. Sie versteckten ihre Sandwiches, einen Strudel und Bier (fünfzehn Cent) blitzschnell in Einkaufstaschen. Harry wischte die Krümel vom Tisch. Als der Eindringling sie erreicht hatte, waren sie in Bücher vertieft. Harry studierte eifrig ›Die Kunst des Papierblumenfaltens‹ und Manny runzelte die Stirn in Konzentration über ›Porzellan der Tschu Won-Dynastie‹. Es war aber nicht die Bibliothekarin, sondern Robert Gernshon.

Der junge Mann ließ sich auf einen Stuhl fallen. Sein Gesicht war aschfahl. In einer Hand hielt er einen Stapel Papierblätter. Die Handschrift auf dem letzten Blatt wurde nach unten immer zittriger und unleserlicher.

Nach einem Augenblick der Stille fragte Manny diplomatisch: »Und wo kommen Sie jetzt her, Robert?«

»Wo ist Jackie?« verlangte Harry zu wissen.

»Jackie?« fragte Gernshon. Seine Stimme war heiser, und Harry sah, daß der junge Mann geweint hatte. »Ich habe sie seit ein paar Tagen nicht mehr gesehen.«

»Seit ein paar *Tagen?*« wiederholte Harry.

»Nein, ich bin … Ich war …«

Manny setzte sich kerzengerade auf. Er sah Gernshon prüfend an, legte das Buch nieder und rückte seinen Stuhl näher zu dem jungen Mann. Er nahm ihm die

Papiere sanft aus der Hand. Gernshon beugte sich über den Tisch und vergrub das Gesicht in den Armen.

»Es tut mir so furchtbar leid, ich benehme mich wie ein Kind ...« Seine Schultern zitterten. Manny breitete die Papiere auseinander. Unter den gekritzelten Notizen befanden sich zwei dünne Bücher — das eine zwischen schwarze Leinendeckel gebunden und das andere kartoniert: ›Memoiren aus Auschwitz‹ und ›Die letzten Tage von Hiroshima‹. Für einen langen Augenblick sprach niemand. Danach sagte Harry vor sich hin: »Ich dachte, er ginge in wissenschaftliche Museen.«

Manny legte den Arm fast nebenbei über Gernshons Schulter. »Also, jetzt weißt du, daß es klug sein wird, beide Orte zu meiden. Viele Menschen hätten das besser wissen sollen.« Harry konnte den Ausdruck auf Mannys Gesicht nicht deuten, ebensowenig wie den Ton, in dem sein Freund zu ihm sagte: »Du hast recht. Er muß zurück.«

»Aber Jackie ...«

»Kann auf diese ›Zärtlichkeit‹ verzichten«, unterbrach ihn Manny harsch. »Nu, was gibt es so Furchtbares in ihrem Leben, daß sie unbedingt Hilfe braucht? Stirbt sie? Ist sie arm? Ist sie häßlich. Tritt jemand ihr mitten in der Nacht die Tür ein? Laß Jackie ihre eigene Zärtlichkeit suchen. Sie wird überleben.«

Harry machte eine hilflose Geste. Mannys stures Gesicht in dem grellen Licht der Leuchtstoffröhren veränderte sich so wenig wie eine Holzschnitzerei. »Manny, die Dinge, die er jetzt weiß ...«

»Daran hättest du früher denken sollen.«

»Hören Sie auf zu streiten, ich ... Es tut mir leid. Ich fange erst jetzt an zu begreifen. Ich hätte nie gedacht, daß die Menschen solche — Dinge — tun könnten und ...«

»Nein«, sagte Manny, »aber sie können. Sind Sie jeden Tag hier gewesen und haben das alles gelesen?«

»Ja. Hier und in den Museen. Ich habe Sie beide hereinkommen sehen. Ich wollte *wissen* ...«

»Also, jetzt wissen Sie es«, sagte Manny in diesem seltsamen ruhigen, aber harten Tonfall. »Sie werden auch überleben.«

Harry fragte: »Weiß Jackie, was los ist? Warum Sie soviel lesen?«

»Nein.«

»Und Sie? Was werden Sie mit diesem Wissen anfangen, wenn Sie zurückkehren?«

Harry hielt den Atem an. Was wäre, wenn Gernshon sich weigerte, zurückzugehen? Gernshon sagte langsam: »Zuerst wollte ich nicht zurück. Überhaupt nie. Wie könnte ich da zusehen? Der Zweite Weltkrieg und die Konzentrationslager. Ich habe *Verwandte* in Polen. Und dann später die Bombe und Korea und die Gulags und Vietnam und Kambodscha und die Terroristen und AIDS ...«

»Wir haben überhaupt nichts davon ausgelassen«, sagte Harry.

»... und dagegen nichts unternehmen können, nicht einmal *hoffen*. Wie könnte ich mit dem Wissen zusehen, daß alles bereits in der Geschichte feststeht? Ohne die geringste Hoffnung, daß alles nicht so schlimm wäre, wie es im Augenblick zu sein scheint?«

»Es kommt immer noch darauf an, *was* Sie ansehen«, sagte Manny, aber Gernshon schien ihn nicht zu hören.

»Aber ich kann auch nicht bleiben. Susan und ich erwarten ein Baby ... Ich brauche Zeit, um nachzudenken.«

»Nein, das brauchen Sie nicht«, sagte Harry. »Sie brauchen nur eins: *zurückzukehren*. Es war mein Fehler. Es tut mir leid, Gernshon. Sie müssen zurückkehren.«

»Libanon«, sagte Gernshon. »D.D.T. Die Kulturrevolution in China. Nicaragua. Entlaubung. Iran ...«

»Penicillin«, sagte Manny plötzlich. Sein Bart zitterte. »Bürgerrechte. Mahatma Gandhi. Die Schluckimpfung. Waschmaschinen.«

Harry sah ihn verblüfft an. Konnte es sein, daß Manny irgendwann in einem Handwäschereibetrieb gearbeitet hatte?

»Oder«, sagte Manny etwas leiser, »Hitler. Auschwitz. Hoovervilles. Tschernobyl. Es kommt darauf an, was Sie ansehen, Robert.«

»Ich weiß nicht«, sagte Gernshon. »Ich muß nachdenken. Es gibt so viel ... Und dann dieses Mädchen.«

Harry wurde hölzern. »Jackie?«

»Nein, nein. Ein Mädchen, das Jackie und ich vor ein paar Tagen in einem Café kennengelernt haben. Es kam einfach herein. Ich sah es an und bekam einen Schreck. Für sie war es vielleicht genauso, ich weiß es nicht. Das Mädchen sah aus wie ich. Und ich *fühlte* ... Ich weiß nicht. Es ist schwer zu erklären. Sie ... Es war, als ob sie *ich* wäre. Ich grüßte sie, aber ich habe ihr meinen Namen nicht gesagt. Das habe ich mich nicht getraut.« Seine Stimme wurde zu einem Flüstern. »Ich glaube, sie ist meine Enkelin.«

»Oy vay«, sagte Manny.

Gernshon stand auf. Er setzte an, seine Notizen und die Bücher aufzusammeln, hielt aber inne und ließ sie auf dem Tisch liegen. Harry stand auch auf, so plötzlich, daß Gernshon ihm einen harten Blick über den Tisch hinweg zuwarf.

»Schlagen Sie mich jetzt wieder auf den Kopf, Harry? Bringen Sie mich jetzt um?«

»Wir?« sagte Manny. »Wir, Robert?« Seine Stimme war weich.

»In gewisser Weise habt ihr mich bereits umgebracht. Ich bin nicht mehr der, der ich war.«

Manny hob die Schultern. »Nu, dann sei ein Besserer.«

»Verdammt noch mal, das *verstehen* Sie nicht ...«

»Nein, mein *reuven*, mein *boychik*, *Sie* verstehen nicht. Das sind die Tatsachen. Was auch immer Sie damals hatten, haben Sie jetzt noch. Sagen Sie mir, in den ganzen Büchern, Zeitungen und Berichten, haben Sie da irgend etwas *Persönliches* gefunden, Kommen Sie in irgendeinem der Geschichtsbücher vor?«

»Das Standesamt braucht zwei Wochen, um eine Geburts- oder Todesurkunde zu finden«, sagte Gernshon etwas bockig.

»Also haben Sie nichts verloren, weil Sie nichts *wirklich* wissen«, sagte Manny. »Nur Geschichte. Geschichte ist billig. Jeder kann sie haben. Sie können so viel Geschichte haben, wie Sie wollen. Was Sie daraus *machen*, ist das, was teuer ist.«

Gernshon nickte zwar nicht zustimmend, aber er sah Manny lange und prüfend an. Dann bewegte sich etwas hinter den traurigen haselnußbraunen Augen, das ihn dazu brachte, den Atem, den er unbewußt angehalten hatte, auszustoßen. Plötzlich kam es Gernshon so vor, als sei *er* derjenige, der alt war. Und das war er auch — mit den zweiundfünfzig Jahren, die er seit einer Woche angesammelt hatte, war er älter, als Harry 1937 mit *Manuel* und breitkrempigen Fedorahüten und sauberen Parks gewesen war. Aber das war die gute Zeit, die Zeit, in die Gernshon zurückkehren würde, die Zeit, die Harry für sich wählen würde, wenn es Jackie und Manny nicht gegeben hätte, die ihm wertvoller waren als jede Epoche der Erde. Aber Harry konnte nicht hinsehen, während sich Gernshon vom Tisch entfernte und ging, als liefe er unter Wasser gegen den Strom.

Gernshon hielt an. Über die Schulter sagte er: »Ich werde heute nacht zurückkehren. Ich verspreche es.«

Nachdem er gegangen war, sagte Harry: »Es ist alles meine Schuld.«

»Ja«, gab ihm Manny recht.

»Kommst du in mein Zimmer, wenn er geht? Um — um mir zu helfen?«

»Ja, Harry, ich komme.«

Irgendwie fühlte sich Harry dadurch noch schlechter …

Gernshon erlaubte Harry, ihm eine Augenbinde anzulegen. Harry führte ihn durch den Schrank, das Lagerhaus, die Straße. Beide schienen das Laufen gerade erst gelernt zu haben — sie stolperten gegeneinander, zögerten und fielen ohne Grund gegen die Wände. Harry rannte im Lagerhaus direkt gegen einen Stapel Bauholz und bekam einen Hexenschuß. Er wartete die ersten Schmerzen ab und hieß Gernshon benommen die Augenbinde abnehmen und allein in der hellen Morgensonne weitergehen.

Trotz seines Rückens kehrte Harry nicht gleich zurück. Er wartete noch und ließ Gernshon einen großen Vorsprung, bevor er zum Park hinkte. Ein Karussell drehte sich, von heiterer Orgelmusik begleitet. Es war der vierundzwanzigste September. Zwei Kinder, die ihm nie zuvor aufgefallen waren, sahen das Karussell mit hungrigen, hoffnungslosen Augen an. Blumen wuchsen auf gepflegten Beeten. Ein Schwarzer ging vorbei, den Kopf gebeugt und die Augen auf den Gehsteig geheftet. Zwei kleine Mädchen, die Seilhüpfen spielten, wurden von einer lächelnden Frau in einer blau-weißen Uniform beaufsichtigt. Irgend jemand hatte mit Kreide ein Hakenkreuz auf das Pflaster hinter dem Karussell gemalt. Der Schwarze wischte achtlos mit den Füßen darüber. Ein Lincoln Zephyr V-12 fuhr vorbei — eintausendneunzig Dollar. Das Auto hätte durch keinen Wandschrank gepaßt, von Harrys Hotelzimmer ganz zu schweigen.

Als Harry zurückkam, schlief Manny auf der seidenen weißen Tagesdecke, die Harry für drei Dollar und achtundzwanzig Cent gekauft hatte.

»Was habe ich erreicht, Manny? Was?« fragte Harry bitter. Der Tag hatte sonnig und warm begonnen, ein unerwarteter Altweibersommertag. Die Bäume im Park reckten die nackten Zweige in den blauen Himmel. Manny trug einen alten roten Wollpullover und Harry ein Flanellhemd. Harry rutschte vorsichtig, den Rücken schonend, auf die Bank. Sonntagsspaziergänger ließen Eiskrempapier, Zigarettenstummel, Zeitungen, Cola-Dosen, Taschentücher und Popcorn zu Boden fallen. Tauben stritten sich, und Kinder schrien.

»Jackie wird genauso hart sein wie immer — und warum auch nicht?« fuhr Harry fort. »Endlich lernt sie einen netten jungen Mann kennen, und er ruft sie nie wieder an. Und ich, ich lasse einen netten jungen Mann verzweifelt weiterlaufen. Bevor ich ihn verlasse, zerstöre ich sein Leben. Während ich sein Leben zerstöre, zerstöre ich meinen Rücken. Nachdem ich ihn verlasse, sitze ich hier und habe ein schlechtes Gewissen. Es gibt keine Antwort, Manny.«

Manny antwortete nicht. Er sah den Fußweg entlang und blinzelte.

»Ich weiß nicht, Manny, ich weiß einfach nicht weiter.«

Manny sagte plötzlich: »Da kommt Jackie.«

Harry sah auf. Er zwinkerte gegen das Licht und versuchte aufzuspringen. Sein Rücken protestierte heftig. Er blieb, wo er war, und seine Augen weiteten sich.

»Popsy!« schrie Jackie. »Ich habe dich überall gesucht!«

Sie strahlte. Die Falten um ihre Augen waren verschwunden, und ihr Gesicht trug zarte Rundungen, wo vorher scharfe Kanten gewesen waren. Sogar die Schulterknochen sahen weicher aus. Glück umgab sie wie eine Aura. Sie hielt die Hand einer schlanken rothaarigen Frau mit ausgeprägten Gesichtszügen und haselnußbraunen Augen. »Das ist Ann«, sagte Jackie. »Popsy, ich habe dich gesucht, weil ... weil ich dir etwas zu erzählen habe.« Sie setzte sich auf die Bank zwischen Harry und Manny und legte einen Arm um Harrys Schulter. Mit der anderen Hand hielt sie sich immer noch an Ann, die Jackie ermutigend anlächelte. Manny starrte Ann an, als wäre sie ein Gespenst.

»Weißt du, Popsy, ich habe mich jetzt lange Zeit mit

etwas herumgeschlagen, etwas Wichtigem. Ich weiß, daß ich schnippisch und schwierig gewesen bin, aber es ist für mich nicht leicht gewesen. Jeder braucht jemanden, den er lieben kann. Das hast du mir oft gesagt, und ich weiß, wie glücklich du und Großmama die ganzen Jahre zusammen gewesen seid. Und ich dachte, für mich wird's nie so etwas geben, und alle Menschen sind nur da, um mir das Leben schwer zu machen. Aber jetzt ... jetzt gibt es Ann. Ich wollte, daß du das als erster weißt.«

Jackie legte ihm den Arm enger um die Schulter. Ihre Augen bettelten. Ann beobachtete Harry scharf. Er kam sich wie ein Ertrinkender vor.

»Ich weiß, daß du jetzt schockiert bist«, fuhr Jackie fort, »aber ich weiß auch, daß du dir immer gewünscht hast, daß ich glücklich bin. Und darum hoffe ich, daß du Ann eines Tages so lieben wirst, wie ich sie liebe.«

Harry starrte die rothaarige Frau an. Er wußte, was von ihm verlangt wurde, aber er glaubte nicht daran; es war nicht echt; so wie das Wetter in fremden Ländern, wo man sich selber nicht befand, unecht war. Windhosen. Dürren. Sonnenschein. Alles, was man in den Zeitungen las.

»Ich glaube, daß von allen Menschen, die ich jemals kennengelernt habe, Ann der vernünftigste, sensibelste und anständigste ist.«

»Hmm«, machte Harry.

»Popsy?«

Jackie sah ihn unnachgiebig an. Je länger er still blieb, um so mehr schmolz ihr Lächeln. Harry fiel ein, daß sie sogar die Zähne gezeigt hatte beim Lächeln. Sie waren sehr weiß, sehr ebenmäßig. Und sehr scharf.

»Ich ... ich ... hallo, Ann.«

»Hallo«, sagte Ann.

»Siehst du, ich habe dir gesagt, er ist großartig!« lachte Jackie. Sie ließ Harry los und sprang von der Bank auf, voller Energie und Leichtigkeit. »Du bist wunderbar, Popsy! Du auch, Manny. Oh, Ann, das ist Manny Feldman, Popsys bester Freund. Manny, das ist Ann Davies.«

»Freut mich, Sie kennenzulernen«, sagte Ann. Sie hatte eine rauhe tiefe Stimme und ein süßes Lächeln. Harry spürte Windhosen, Dürren und Sonnenschein.

»Ich weiß, daß dir das alles jetzt unerwartet kommt ...«, sagte Jackie.

Unerwartet. »Also ...« Mehr konnte Harry beim besten Willen nicht sagen.

»Es war nur höchste Zeit, daß ich mich dazu bekenne, was ich bin.«

Harry stieß einen undefinierbaren Laut aus. Manny fragte: »Und du wohnst hier, Ann?«

»O ja. Mein ganzes Leben lang. Und meine Familie auch, so weit ich zurückdenken kann.«

»Hat Jackie ... Hat Jackie sie kennengelernt?«

»Noch nicht«, sagte Jackie. »Es kann vielleicht — etwas heikel werden, was ihre Eltern betrifft, aber wir werden es schon schaffen.« Sie lächelte Ann an.

»Schade, daß du meinen Großvater nicht kennenlernen kannst«, sagte Ann zu Jackie. »Er hätte genauso fabelhaft reagiert wie dein Popsy. Er war immer fabelhaft.«

»War?« fragte Harry leise.

»Er ist vor einem Jahr gestorben. Aber er war ein wunderbarer Mann. Sensibel und intelligent.«

»Was ... Was war er von Beruf?«

»Er war Geschichtslehrer an der Universität. Er war in vielen Menschenrechtsorganisationen tätig — Amnesty International, ACLU und so weiter. Während des Zweiten Weltkrieges hat er in Judenrettungseinheiten gearbeitet und geholfen, gefährdete Menschen aus Deutschland herauszubringen.«

Manny nickte. Harry betrachtete Jackies Zähne.

»Wir möchten Sie beide bald zum Essen bei uns einladen«, sagte Ann. »Ich bin eine gute Köchin.«

Mannys Augen glitzerten.

»Ich weiß, es ist schwer für euch«, sagte Jackie, aber Harry sah, daß sie es nicht glaubte. Sie fand es nicht schwer. Für sie war es genauso natürlich wie das Wetter; manchmal unerwartet, aber niemals seltsam, niemals fehl am Platze. Vor der Bank fielen Streifen von Sonnenlicht wie Gitter zu Boden.

Jackie sagte plötzlich: »Oh, Popsy, habe ich dir schon erzählt, daß es dein Freund Robert war, der uns miteinander bekannt machte? Habe ich das erzählt?«

»Ja, Liebes«, sagte Harry, »das hast du bereits erzählt.«

»Er ist ein bißchen spießig, aber eigentlich ganz in Ordnung.«

Nachdem Jackie und Ann gegangen waren, saßen die beiden alten Männer für lange Zeit still da. Schließlich fragte Manny diplomatisch: »Sollen wir irgendwo einen kleinen Imbiß nehmen, Harry?«

»Sie ist glücklich, Manny.«

»Ja. Magst du einen Imbiß, Harry?«

»Sie hat ihn nicht mal erkannt.«

»Nein. Wie wär's mit einem Imbiß?«

»Hier, Manny, nimm die! Ich habe sie heute morgen für dich besorgt.« Harry bot ihm eine Orange an, eine satte Navelorange mit einer tadellosen Haut; ohne Kerne, groß, garantiert saftig, geschmacklich hochgezüchtet, perfekt.

»Genieß sie«, sagte Harry. »Sie hat mich zweiundneunzig Cent gekostet.«

Originaltitel: ›The Price of Oranges‹
Aus: ›Isaac Asimov's Science Fiction Magazine‹, April 1989

Deutsche Übersetzung von Vincenzo Benestante

Connie Willis

Auszeit

Ich möchte, daß Sie mit zum Flughafen kommen, Dr. Lejeune«, erklärte Dr. Young. »Ich muß Andrew Simons abholen.«

Es war das erste Mal, daß er mit Dr. Lejeune redete, seit sie sein Forschungsprojekt idiotisch genannt hatte; obwohl sie in den drei Wochen seitdem ziemlich viel darüber nachgedacht hatte, was sie ihm sagen würde, wenn er wieder mit ihr redete, klang das jetzt so nach dem vernünftigen, normalen alten Max Young, daß sie nach ihrer Handtasche griff und nur fragte: »Wer ist Andrew Simons?«

»Er kommt aus Tibet zurück«, sagte Dr. Young, als sie das Physikalische Institut verließen und zum Parkplatz hinübergingen. »Er ist von der Duke-Universität. Hat gerade die kulturellen Aspekte der Zeitperzeption in einem Lamakloster im Himalaja untersucht. Er ist Spitze. Vor drei Monaten habe ich eine seiner Arbeiten über *Déjà vu* gelesen und mich sofort mit Duke in Verbindung gesetzt.« Er blieb neben einem roten Porsche stehen.

»Seit wann haben Sie denn einen Porsche?« erkundigte sich Dr. Lejeune und warf einen Blick auf das Kennzeichen, das TREND 1 lautete, was — wie schon der Porsche — ihre schlimmsten Vermutungen bestätigte. »Und warum kommt nun dieser Simons hierher?«

»Er wird beim Zeitverschiebungsprojekt mitarbeiten«, sagte Dr. Young, als sei das offensichtlich, und quetschte sich in den Porsche. »Kommen Sie, steigen Sie ein! Die Maschine landet um 16 Uhr 19.«

Sie versuchte, in den Porsche hineinzukommen, ohne sich zu verrenken. Sie hatte gehofft, er hätte das Zeitverschiebungsprojekt aufgegeben. Sie hatte versucht, es ihm auszureden, mit dem Ergebnis, daß er drei Wochen lang kein Wort mit ihr gewechselt hatte, und wenn sie auch die Hoffnung gehegt hatte, daß er zu Vernunft gekommen sei, so war dem offensichtlich nicht so.

Das Projekt *war* idiotisch. Er war zu der Ansicht gelangt, daß die Zeit aus Quanten bestand wie Energie oder Raum, und sich unter dieser Voraussetzung zu der Idee verstiegen, daß die Zeit in sogenannte Hodiechronen zerstückelt, versetzt und verschoben werden könne. Zeitreise auf Quanten-Raten. Nur nannte er es Hodiechronen-Verschiebung und das blödsinnige Gerät, das dies alles bewerkstelligen sollte, Temporaloszillator statt einfach Zeitmaschine.

Sie hatte schon eine Weile vermutet, daß er irgendeine Art von Midlife-Krise durchmachte, und der Porsche bestätigte jetzt ihre Ansicht. »Ich bin zu alt für Sportwagen«, erklärte sie und klemmte sich beim Zuschlagen der Tür den Saum ihres Laborkittels ein. »Und Sie auch.«

Dr. Young langte an ihr vorbei ins Handschuhfach und holte eine Tweedmütze und ein Paar lederner Fahrerhandschuhe hervor.

»Simons hat sich sofort für das Projekt begeistert. Er hat den Job angenommen, bevor ich ihm alles genau erklären konnte.«

Was wohl ein Glück war, wenn man bedachte, worum es bei dem Projekt ging, überlegte Dr. Lejeune und klammerte sich am Armaturenbrett fest, als der Porsche aus dem Parkplatz auf die College-Avenue hinausschoß und weiter in Richtung Autobahn.

»Wie alt ist er?« schrie sie in den brausenden Fahrtwind.

»Zweiundvierzig«, brüllte Dr. Young zurück.

»Ist er verheiratet?«

»Natürlich nicht. Er hat die letzten fünf Jahre in einem Lamakloster in Tibet verbracht!«

»Kein Wunder, daß er sofort angebissen hat«, meinte Dr. Lejeune. »Ich sollte ihn mit Bev Frantz zusammenbringen. Sie ist vierzig. Ich denke, Sie kennen sie, sie macht dieses Semester den Einführungskurs für Krankenpflege. Sie wäre ganz die Richtige für ihn.«

»Auf keinen Fall!« schrie Dr. Young. »Ich wünsche nicht, daß Sie mein Projekt gefährden.« Er schwenkte hart in den Flughafenparkplatz ein, verstaute Mütze und Handschuhe wieder im Handschuhfach und stieg aus. »Ist Ihnen bewußt, daß Kuppelei eine Ersatzhandlung für Sex ist? Eines der klassischen Symptome für eine Midlife-Krise.«

Wenn da nicht ein Narr die eigene Kappe analysiert, dachte Dr. Lejeune und mühte sich aus dem Wagen. »Wie nennen Sie es, wenn sich jemand Ihres Alters plötzlich einen Porsche zulegt?« fragte sie, während sie ihm zum Flughafengebäude folgte. »Und wenn Sie auf einmal Ihre Arbeit über subatomare Teilchen aufgeben und eine Zeitmaschine zu bauen versuchen? Würden Sie das nicht als klassische Symptome bezeichnen?«

»Es ist ein Temporaloszillator, keine Zeitmaschine«, erklärte Dr. Young. Er marschierte durch die Kontrollschleuse. Der Summer ertönte. Der Wachposten winkte ihn zurück und hielt ihm eine Plastikschale für seinen Tascheninhalt hin. »Die Universität setzt volles Vertrauen in mein Projekt. Dr. Gillis hat mir die uneingeschränkte Unterstützung der Fakultät zugesagt. Und vollkommen freie Wahl bei der Zusammenstellung meiner Mitarbeiter.«

»Offensichtlich«, bemerkte Dr. Lejeune. »Wenn Sie tibetanische Lamas einstellen.«

»Er ist Psychologe, ein anerkannter Forscher«, stellte er pikiert fest, legte seinen Schlüsselbund in die Schale und machte einen neuen Versuch. Diesmal summte es, bevor er auch nur halb die Schleuse passiert hatte. Einige Wachen von den anderen Sicherheitssperren wurden aufmerksam und kamen herüber. »Ist Ihnen bewußt, daß Widerstand gegen neuartige Ideen ein klassisches Symptom für Frauen in den Wechseljahren ist?« Er nahm den Gürtel ab. »Die Bundesregierung teilt Ihre Meinung über mein Projekt ebenfalls nicht. Täte sie es, dann hätte ich wohl kaum eine Forschungssubvention gekriegt, oder?«

»Man hat Ihnen eine Subvention bewilligt?« fragte Dr. Lejeune erstaunt. »Die jetzige Regierung muß genauso senil sein wie die vorige.«

Er trat durch die Schleuse. Es summte laut. »Diese Art negativer Einstellung ist daran schuld, daß dieses Projekt bereits einen Monat im Verzug ist!« stellte er fest.

»Sind Sie sicher, daß nicht verschobene Hodiechronen die Ursache sind?« fragte sie und passierte die Schleuse. »Es ist sein Halskettchen«, erklärte sie dem Posten. »Er ist in den Wechseljahren. Ein klassisches Symptom.«

»Ma, wann gibt's Abendessen?« erkundigte sich Liz und öffnete den Kühlschrank. »Lisa und ich möchten heute abend unsere College-Bewerbungen ausfüllen.«

»Sobald euer Vater nach Hause kommt«, sagte Carolyn. Sie quetschte sich an Liz vorbei und holte die Radieschen und eine Tomate aus dem Gemüsefach. »Er kommt später, irgendwas mit dem Gymnastikkurs.«

»Aber Ma, ich muß um sechs beim Volleyball-Training sein«, sagte Wendy.

»Ich dachte, eure Klasse hätte um vier Training«, meinte Carolyn und durchsuchte die Besteckschublade vergeblich nach einem Gemüsemesser.

»Am Montag, Dienstag und jeden zweiten Freitag«, sagte Wendy. »Heute ist Mittwoch, Ma.«

Das einzige Messer in der Schublade war ein riesiges Brotmesser mit Wellenschliff. Carolyn versuchte, die Tomate damit aufzuschneiden. Es ritzte nicht einmal die Haut.

»Wieso hat Pa eigentlich jetzt schon Gymnastik?« erkundigte sich Liz. »Ich dachte, die Saison fängt erst nächste Woche an.«

»So ist es«, sagte Carolyn. »Mach den Eiskasten zu. Er muß, glaube ich, die Bewerber für den Hilfstrainerposten interviewen.«

»Ich brauch neue Sportstiefel«, stellte Wendy fest.

»Du hast doch zum Schulanfang neue Sportschuhe gekriegt.«

»Ja, aber es sollen spezielle für Volleyball sein. Trainer Nicotero sagt, wir brauchen welche mit Spikes und Torsionssohlen.«

Das Telefon schrillte. Liz warf sich mit einem Satz darauf. »Ist für dich«, sagte sie enttäuscht und übergab Carolyn den Hörer.

»Hallo, hier ist Sherri, aus der Volksschule«, sagte die Stimme in der Leitung. »Ich habe schon versucht, dich beim Freiwilligendienst zu erwischen, aber hör mal, es ist einfach unglaublich, was unser geliebter Direktor, der Alte Bürohengst, seiner Sekretärin als neuestes aufgehalst hat! Ich soll alle anrufen, um zu überprüfen, ob die Eintragungen alle stimmen. Nur für den Fall, sagt er. Ist dir klar, daß du die ›zu kontaktierende Person bei Nichterreichbarkeit der Eltern‹ auf den Notfallkarten von vierzehn verschiedenen Schülern bist?

»Ja«, sagte Carolyn. »Einfach deshalb, weil ich untertags zu Hause bin. Wahrscheinlich bin ich die letzte Frau in ganz Amerika, die untertags daheim ist.«

»Nein, Heidi Dreismeiers Mutter geht auch nicht arbeiten. Jedenfalls, der Bürohengst verlangt, daß ich jede einzelne ›zu kontaktierende Person bei Nichterreichbarkeit der Eltern‹ anrufe, um sicherzugehen, daß sie kontaktiert werden können und daß ihr Telefon in Ordnung ist. Der Mann ist eine Seuche.«

»Ma, es ist *fünf*«, sagte Wendy.

»Na ja«, meinte Sherri, »ich muß dir also die Namen von all den betreffenden Kindern vorlesen. Heidi Dreismeier, Monica Morales, Ricky Morales ...«

»Ma, ich werde keine Zeit mehr zum Essen haben«, klagte Wendy.

»Troy Yoder«, fuhr Sherri fort, »Brendan James. Dabei fällt mir ein, wußtest du, daß Brendans Eltern sich scheiden lassen?«

»Soll das ein Witz sein?« meinte Carolyn. »Sie ist Vizepräsidentin des Elternvereins!«

»Eben nicht mehr. Erinnerst du dich an diesen Burschen, diesen ›Lebensgefühl‹-Vertreter, der mit Farbenberatung und ähnlichen Tricks hier überall unterwegs war? Also, anscheinend hat sich Brendans Mutter für mehr interessiert als nur ein paar farbenpsychologisch ausgewählte Stoffmuster oder so.«

»Mama, Trainer Nicotero sagt immer, wir sollen nicht unmittelbar vor dem Training essen.«

»Hör mal, Sherri, ich muß jetzt Schluß machen«, sagte Carolyn. »Wer auch immer meinen Namen auf der Notfallkarte stehen hat, es geht in Ordnung.«

»Halt, warte, deshalb habe ich eigentlich gar nicht angerufen. Erinnerst du dich an den dicken Glatzkopf von der Uni, der vorigen März diese Tests mit dir gemacht hat?«

»Dr. Young?«

»Genau. Also, der kommt jetzt mit einer Art Forschungsteam wieder, und er möchte, daß du für ihn arbeitest. Er sagt, es sei durchgehend jeden Tag etwa einen Monat lang, und es ist auf jeden Fall besser bezahlt als der Schulhilfsdienst.«

»Och je, ich weiß nicht«, seufzte Carolyn und dachte an Wendys Sportschuhe. »Don fängt nächste Woche mit dem Gymnastikkurs an, und das Fest vom Elternverein rückt in bedrohliche Nähe. Hat er gesagt, wieviel er zahlt?«

»Hat er, und er muß wirklich Wert auf dich legen,

weil er sagt, er sei mit allem einverstanden, was du verlangst. Und du müßtest erst am zweiten Oktober anfangen.«

Carolyn versuchte mit der Hand, in der sie immer noch das Brotmesser hielt, das September-Blatt des Kalenders umzuschlagen. »Das wäre nächsten Mittwoch, wie?«

»Am Mittwoch habe ich meinen Zahnregulierungstermin«, sagte Wendy.

»Ich muß erst sehen, ob ich verschiedene Sachen umplanen kann. Wie lange bist du eigentlich noch in der Schule?«

»Oh, wenn's nach dem Bürohengst geht, bestimmt bis Mitternacht. Wenn ich die Notfallkarten durchhabe, möchte er eine alphabetische Aufstellung der Diensteinteilung für die Pausenaufsicht.«

»Ich rufe dich zurück«, sagte Carolyn und legte auf.

»Also ich kann mir nicht vorstellen, daß der Hackbraten vor sechs fertig ist.«

Carolyn bohrte mit der Spitze des Brotmessers ein paar Löcher in einen Frankfurter. Dann rief sie den Zahnrzt an und ließ Wendys Termin auf Dienstag viertel nach vier verlegen.

»An Dienstagen hab ich aber um vier Training«, wandte Wendy ein. »Trainer Nicotero sagt, wenn wir auch nur einmal fehlen, läßt er uns nicht spielen.«

»Was haben Sie am Donnerstag noch frei?« fragte Carolyn die Sprechstundenhilfe.

»Wir haben um dreiviertel sechs noch einen Termin«, sagte sie.

»Wie wär's mit dreiviertel sechs?« erkundigte sich Carolyn bei Wendy.

»Prima«, sagte Wendy.

»Am Donnerstag ist das College-Fest«, sagte Liz. »Du hast versprochen, daß du mich und Lisa hinfährst.«

»Ich hätte da noch am Mittwoch um halb vier etwas frei«, sagte die Sprechstundenhilfe.

»Oh, gut. Das ist nach der Schule. Einverstanden«, sagte Carolyn.

Bevor sie auflegen konnte, läutete das Telefon schon wieder.

»Hi, hier ist Lisa. Kann ich mit Liz sprechen?«

Carolyn übergab Liz den Hörer und holte für Wendy das aufgeheizte Würstchen aus dem Mikro. Dann goß sie ihr ein Glas Milch ein.

»Trainer Nicotero sagt, wir sollen bei jeder Mahlzeit von jeder der vier Lebensmittelgruppen etwas bekommen. Fleisch, Getreide, Milchprodukte ...«

»Obst und Gemüse«, sagte Carolyn und überreichte Wendy die Tomate.

Liz legte auf. »Ich kann bei Lisa abendessen«, verkündete sie. »Kannst du mich absetzen, wenn du Wendy zum Training fährst?« Sie lief in ihr Zimmer und kam mit einem Stoß College-Prospekten zurück. »Auf welches College bist du gegangen, Ma?«

»NSC«, sagte Carolyn.

»Und hat's dir gefallen?«

Es war einfach himmlisch, dachte Carolyn. Ich mußte niemanden irgendwohin fahren, und von den vier Lebensmittelgruppen hat mir auch keiner was erzählt. Mein bevorzugtes Nahrungsmittel war ein Gesöff namens Selbstmord, das meine Zimmerkollegin Allison und ich aus den verschiedensten Soda-Geschmäckern zusammenmischten.

»Sehr«, sagte Carolyn.

Das Telefon läutete.

»Tut mir leid, daß ich mich so spät melde, Liebling«, sagte Don. »Wir sind noch nicht einmal mit der Hälfte durch. Wartet also mit dem Abendessen nicht auf mich. Iß du nur inzwischen mit den Mädchen.«

Das Flugzeug rollte aus, und alle drängten zum Gang. Andrew hatte einen Fenstersitz. Gemächlich holte er seine Reisetasche unter dem Sitz vor ihm heraus und ließ sich nochmals gegen die aufrechte Lehne seines Sitzes sinken. Er hätte sich den Scotch auf der Strecke L.A. – Denver schenken sollen. Er hatte gehofft, der Alkohol werde ihn schläfrig machen, so daß er nicht mehr dem penetrant unglücklich verheirateten Paar auf den Nebensitzen zuhören müßte.

Doch die Folge davon war nur, daß er sich in sentimentalen Erinnerungen an sein erstes College-Jahr erging, das vermutlich das schlimmste Jahr seines Lebens gewesen war. Er hatte um ein Haar einen wichtigen Einführungskurs versaut, er hatte sich ernsthaft für Stephanie Forrester interessiert, hatte dann aber als Platzanweiser bei ihrer Hochzeit ausgeholfen. Er fand nicht den geringsten Grund, sich überhaupt an dieses lausige Jahr zu erinnern, und insbesondere nicht wehmütig.

»Ich habe ja nicht gesagt, daß du nicht Tennis spielen sollst«, sagte die männliche Hälfte des unseligen Ehepaars. Er stand auf, öffnete das obere Gepäckfach und holte einen Handkoffer und seinen Regenmantel heraus. »Ich sagte nur, daß ich vier Stunden pro Tag ein bißchen zuviel finde.«

»Zu deiner Information«, sagte die Frau, »Carlos findet, daß ich echtes Potential habe.« Sie griff in die elastische Tasche an der Sitzlehne vor ihr, holte eine Taschenbuchausgabe von *Passages* hervor und stopfte sie in ihre Handtasche.

Dabei erinnerte sich Andrew an Dr. Youngs Projekt und fischte das Exposé aus seiner Sitztasche. Das war der eigentliche Grund gewesen, daß er einen Scotch gebraucht hatte — um nicht an Dr. Youngs hirnrissige Ideen denken zu müssen. Dr. Youngs Theorie besagte, daß die Zeit nicht als kontinuierlicher Fluß existierte, sondern als Reihe diskreter Quantenobjekte. Diese wurden zwar als Fluß wahrgenonmen, aber nur infolge eines sogenannten Persistenzphänomens, das man in der Kindheit ›lernte‹. Dieser Teil der Theorie war nicht so schlecht. Ashtekars Forschungen an der Syracuse-University hatten die Quantennatur der Zeit schon angedeutet, und die Vorstellung perzeptueller Zeiteinheiten oder Zeitblöcke von gewisser Dauer wurde von den Temporalpsychologen generell anerkannt. Ohne diese wäre ein Phänomen wie Musik nicht möglich gewesen, wozu ja die Wahrnehmung einzelner, nach bestimmten Gesetzmäßigkeiten aufeinanderfolgender Töne erforderlich war. Wäre die Zeit ein kontinuierlicher Fluß gewesen, dann hatte man Musik als einen einzelnen Ton wahrgenommen, der im Bewußtsein unvermittelt in einen anderen überginge, und nicht als ein Muster aus Tönen und Intervallen.

Der Begriff der Zeitblöcke oder Hodiechronen, wie Dr. Young sie getauft hatte, war jedoch ein Begriff aus der Perzeptionslehre und keine physikalische Realität. Dr. Young war aber nicht nur überzeugt, daß seine Hodiechronen real waren, sondern er glaubte auch, daß sie wesentlich länger seien, als irgendein Temporalpsychologe je anzunehmen gewagt hätte — Minuten oder gar Stunden statt der Sekunden oder Sekundenbruchteile, die einen eine Melodie auch als solche wahrnehmen ließen. Doch der wahrhaftig verrückte Teil seiner Theorie war, daß die Hodiechronen herumgeschoben, ja sogar aufeinandergestapelt werden konnten wie Bausteine.

Jedenfalls hatte das überhaupt nichts mit den kulturellen Aspekten der Zeitwahrnehmung oder *Déjà vu* zu tun, und wenn er dies alles vorher durchgelesen hätte, dann wäre ihm nie eingefallen, Dr. Youngs Angebot anzunehmen, aber er hatte sich überhaupt nicht nach Dr. Young erkundigt. Dr. Young hatte aber über ihn Erkundigungen eingezogen -- und er hatte verlangt, daß Andrew eine ganze Batterie von Tests durchmachte, bevor er ihm den Job anbot. Andrew hatte sich darauf gestürzt, ohne vorher auch nur durchzulesen, worum es sich bei dem Forschungsprojekt handelte. Andrew richtete sich halb aus dem Sitz auf und spähte nach vorn in den Gang, wo die Leute immer noch dichtgedrängt standen. Er hätte ihnen liebend gern irgendwie Beine gemacht.

»Zu deiner Information«, sagte die Frau, »Carlos meinte, ich hätte die schönste Backhand-Haltung, die er je gesehen hat.«

»Zu *deiner* Information«, sagte der Mann, der sich mit irgend etwas oben im Gepäckfach herumplagte, »Carlos wird dafür bezahlt, daß er solche Sachen zu übergewichtigen älteren Frauen sagt.«

Andrew fischte die Plastikkarte mit den Notfallinstruktionen aus der Sitztasche und studierte den Plan der Notausgänge.

»Ich habe schon daran gedacht, auf Tournee zu gehen«, sagte die Frau.

»Genau das meine ich ja«, sagte der Mann und zog einen Tennisschläger mit lavendelfarbener Schutzhülle herunter. »Dir ist dieses blöde Tennis einfach zu Kopf gestiegen!«

»So wie dir diese Managua-Kommunalanleihen zu Kopf gestiegen sind? Oder wie dir diese kleine Blondine in der Wertpapierabteilung zu Kopf gestiegen ist?« Sie riß ihm den Tennisschläger aus der Hand.

Wie die Instruktionskarte zeigte, gab es Notrutschen auf beiden Seiten oberhalb der Flügel. Wenn er über die Sitze bis zur Reihe H zurückklettern könnte, wo er den Griff für den Notausstieg erreichen würde ...

»Ich dachte, wir hätten uns geeinigt, nicht mehr über Vanessa zu sprechen«, sagte der Mann.

»Ich spreche nicht von Vanessa. Ich spreche von Heather.«

Andrew ließ sich in seinen Sitz sinken, schloß den Sicherheitsgurt und tat, als läse er die Projektzusammenfassung, bis alle außer den Flugbegleitern die Maschine verlassen hatten. Das Projekt kam ihm immer noch so unsinnig vor wie beim ersten ernsthaften Durchlesen.

Er warf noch einen sehnsüchtigen Blick auf den Notausstieg, stopfte die Zusammenfassung in die Reisetasche und wanderte durch den überdachten Verbindungsgang zum Flughafengebäude. Dr. Young und eine Frau um die fünfzig waren die einzigen Leute, die noch am Ausgang warteten. Die Frau spähte interessiert die Halle hinunter.

»Dr. Simons«, rief Dr. Young und kam mit ausgestreckter Hand auf ihn zu, »ich möchte Sie mit Dr. Lejeune bekanntmachen! Dr. Lejeune, Dr. Simons wird den psychologischen Teil unseres kleinen Forschungsprojekts übernehmen. Dr. Lejeune?«

Dr. Lejeune kam und schüttelte ihm die Hand, wobei sie immer noch Blicke auf die andere Hallenseite hinüberwarf. »Da drüben hat eine Frau eben einem Mann einen Tennisschläger über den Kopf gehauen«, sagte sie.

»Sie hat die Sache mit Heather herausgekriegt«, erklärte Andrew.

»Wir sind begeistert, daß wir Sie als Mitarbeiter gewonnen haben«, sagte Dr. Young. »Ich werde am Oszillator arbeiten, und Dr. Lejeune wird die Computerauswertung übernehmen.«

»Ach, seit wann?« meinte Dr. Lejeune.

Andrew sah sich nach Notausgängen um. Aber offenbar gab es hier keine.

»Dr. Gillis sagt, ich hätte völlig freie Hand bei der Wahl meiner Mitarbeiter. Ich erklärte ihm, daß ich Sie als stellvertretende Projektleiterin brauche.«

Dr. Lejeune schaute sich in einer Haltung um, als suche sie nach einem Tennisschläger, um ihn Dr. Young über den Kopf zu hauen. »Haben Sie ihm auch erklärt, daß ich der Meinung bin, Ihr Projekt sei völlig irrwitzig?«

Ich hätte mindestens zwei weitere Scotch gebraucht, dachte Andrew. Oder wie hatten diese Dinger geheißen, die er bei Stephanie Forresters Hochzeit getrunken hatte? Uhrstopper? Ja, er hätte einen Uhrstopper gebraucht.

»Irrwitzig?« rief Dr. Young. »Irrwitzig! Dr. Simons findet es gewiß nicht irrwitzig. Er hat die weite Reise von Tibet auf sich genommen, um an diesem Projekt mitzuarbeiten. Sagen Sie, Dr. Simons, ist ›irrwitzig‹ das Wort, das Ihnen bei diesem Projekt in den Sinn kommt?«

Das Wort, das ihm in den Sinn kam, war Katastrophe. Er hätte eine Menge Uhrstopper brauchen können. Zehn. Oder fünfzehn.

»Nein«, sagte er.

»Sehen Sie?« triumphierte Dr. Young. Er nahm Andrew die Tasche ab. »Wir fahren sofort wieder ins Labor, und ich zeige Ihnen den Oszillator. Dann werde ich Ihnen meine Theorie detaillierter erläutern.«

Alles in allem war sein erstes Studienjahr doch nicht so übel gewesen, überlegte Andrew, während er mit ihnen zum Parkplatz ging. Er hatte zwar bei Stephanie Forresters Hochzeit aushelfen müssen, und als der Pfarrer jene Stelle verlas, wo es hieß, ›dann möge er jetzt sprechen oder für immer schweigen‹, da hatte sich die gesamte Gemeinde umgedreht und ihn angestarrt, aber ansonsten war es gar nicht so übel gewesen.

Auf der Rückfahrt vom Flughafen sprach Dr. Lejeune mit Dr. Young kein einziges Wort, obwohl er erst beim Wagen merkte, daß in dem Porsche nicht Platz für alle drei war, und ihr daraufhin erklärte, sie solle Andrews Reisetasche nehmen und sich ein Taxi suchen. Andrew, der dreinschaute, als täte es ihm leid, Tibet überhaupt verlassen zu haben (vielleicht litt er auch nur unter der Zeitverschiebung durch den langen Flug), bestand darauf, selbst ein Taxi zu nehmen, worauf Dr. Young die Rückfahrt zur Universität dazu benutzte, ihr klarzumachen, wie ihre Einstellung sein Projekt untergrabe. Sie verharrte in steinernem Schweigen.

Sie verharrte weiter darin, als er ankündigte, die eigentlichen Forschungsarbeiten würden nicht an der Universität, sondern an einer Volksschule eines Städtchens namens Henley durchgeführt werden, das praktisch am anderen Ende des Bundesstaats lag, und auch als er endlich seinen Temporaloszillator enthüllte, obwohl es ihr bei dieser Gelegenheit wahrhaftig schwerfiel. Der Oszillator schaute aus wie eine riesige Partyleuchte.

Sie redete statt dessen mit Dr. Gillis, doch mit ihm kam sie auch auf keinen grünen Zweig. Dr. Gillis weigerte sich, sie ernstzunehmen, als sie die Mitarbeit an dem Projekt ablehnte. Schlimmer noch, er war der Ansicht, daß verschiebbare Hodiechronen und temporale Oszillation durchaus plausibel seien, und als sie ihm mitteilte, ihrer Meinung nach leide Max an einer Art Midlife-Krise, da erstarrte Dr. Gillis und stellte fest: »Dr. Young ist drei Jahre jünger als ich. Ich würde das kaum als mittleres Alter bezeichnen. Außerdem ist er ein viel zu intelligenter und vernünftiger Mensch, um so etwas wie eine Midlife-Krise zu haben.«

»Das dachte ich auch«, sagte Dr. Lejeune, »bis ich den Porsche sah.«

Sie kehrte ins Labor und zu Andrew Simons zurück, der den Temporaloszillator anstarrte. Andrew sah fürchterlich aus. Max hatte ihm seit seiner Ankunft keine Minute Ruhe gegönnt, aber sie hatte das Gefühl, daß es irgendwie mehr war. Er schaute unglücklich drein. Er sollte heiraten, dachte sie. Ich sollte ihn wirklich mit Bev Frantz bekanntmachen. Sie ist hübsch und klug und unverheiratet. Sie wäre ideal.

»Wie kann das ein Temporaloszillator sein?« meinte Andrew. »Das sieht aus wie eine von diesen Partyleuchten mit bunter Flüssigkeit, in der kleine Bläschen aufsteigen.«

Dr. Young kam strahlend herein. »Ich habe eben mit der Schulsekretärin in Henley telefoniert.« Sein kahler Scheitel war hellrosa vor Aufregung. »Ich war der Meinung, daß Sie einen Assistenten brauchen, Dr. Simons, und ich bekam gerade einen Anruf, daß jemand gefunden wurde. Die Frau heißt Carolyn Hendricks. Sie ist ideal. Sie wird Ihnen mit den Tests helfen und Kaffee kochen und so weiter.«

›Wozu muß sie ideal sein, wenn Kaffeekochen so ziemlich alles ist, was sie tun soll?‹ hätte Dr. Lejeune um ein Haar gefragt, bevor ihr einfiel, daß sie nicht mehr mit ihm redete.

»Sie ist vierzig, verheiratet, Sekretärin vom Elternverein, und hat zwei Töchter. Ihr Mann ist Gymnastiklehrer, trainiert die Mädchengymnastikgruppe der High School. Die Turnsaison beginnt gerade«, fügte er noch hinzu, als ob auch dies ideal sei. »Das erinnert mich ...«, sagte er und verschwand.

Warum ist es ideal, wenn ihr Ehemann eine Schar junger Dinger in Turntrikots trainiert? dachte sie. Meint er, die arme Frau wird vom Stufenbarren abheben und in die Vergangenheit davonschweben?

»Haben Sie schon mal von einem Getränk namens Uhrstopper gehört?« fragte Andrew, der immer noch die Blasen-Partyleuchte anstarrte. »Das hab ich im College öfter getrunken.«

»Nein«, sagte Dr. Lejeune und musterte düster die Tür, durch die Dr. Young eben entschwunden war.

»Bier und Wein«, sagte Andrew. »Das waren die Hauptbestandteile. Ich meine von den Uhrstoppern.«

»Oh«, meinte Dr. Lejeune mit immer noch düsterer Miene, »die nannten wir Sintflut.«

Carolyn setzte Wendy an der Mittelschule ab und fuhr weiter zur Volksschule.

»Wo soll ich hingehen?« fragte sie Sherri im Sekretariat. »In die Bibliothek?«

»Nein«, sagte Sherri und übergab ihr einen Papierstapel. »Ihr seid unten im Musikzimmer untergebracht.«

»Und wo sind jetzt die Musiker?«

»Die sind bei den Turnern einquartiert. Sie haben einen Teil vom Turnsaal einfach mit Abdeckband abgeteilt.«

»Und das hat sich die Musiklehrerin gefallen lassen?«

»Sie mußte. Der Bürohengst hat ihr erklärt, wieviel Dr. Young zahlt, um sein Projekt an unserer Schule durchführen zu können.«

»Wenn er so gut zahlt, warum darf er dann nicht die Bibliothek haben?«

»Keine Ahnung. Das Musikzimmer ist ja wirklich ziemlich eng.«

»Weiß ich«, sagte Carolyn. »Voriges Jahr hab ich dort die Hörtests gemacht. Der Raum ist L-förmig, und der einzige Lichtschalter ist bei der Tür am Ende des längeren gangförmigen Teils und damit meilenweit vom Hauptteil des Raums entfernt. Die Drittkläßler haben beim Rausgehen bei Pausenbeginn immer das Licht ausgeschaltet und mich im Finsteren sitzengelassen, weil's zu allem Überfluß keine Fenster gibt. Kannst du nicht versuchen, daß wir vielleicht doch die Bibliothek benutzen können?«

»Ich werd den Bürohengst fragen«, meinte Sherri. »Obwohl ich nicht weiß, weshalb du dich beklagst. Mir wäre es ein Vergnügen, mit so einem Prachtstück von Mannsbild auf beengtem Raum zusammenzuarbeiten.«

»Mit *Dr. Young?*«

»Aber wo. Der Bursche, dem du assistieren sollst.« Sie stöberte die Zettel auf der Ablage durch. »Andrew Irgendwie.« Sie fand ein rosafarbenes Blatt und überflog es. »Andrew Simons. Da wir gerade von Prachtstücken reden, wie geht's deinem wundervollen Ehemann?«

»Wundervoll«, meinte Carolyne lächelnd. »Das heißt, wenn ich ihn überhaupt zu Gesicht bekomme. Die Turnsaison ist für uns die schlechteste Zeit im Jahr. Wir sehen uns kaum noch. Und dieses Jahr hat alles noch viel früher angefangen, weil er eine neue Hilfstrainerin suchen mußte.«

»Mir ist zu Ohren gekommen, daß sie so eine Zwanzigjährige mit dem Aussehen von Farrah Fawcett eingestellt haben.«

»Richtig«, sagte Carolyn und sah sich das Sortiment von Formularen durch. »Don hat sich wirklich geärgert. Zwei Wochen lang hat er damit vertan, Bewerberinnen zu interviewen, und dann stellt der Vorstand einfach diese Person ein, diese Linda, die sich noch nicht mal beworben hatte.«

»Ich möchte wetten, daß er sich gar nicht mehr so ärgert«, sagte Sherri. »Er kann mit Farrah Fawcett arbeiten, du kannst mit einem absoluten Superexemplar von Psychologen zusammenarbeiten, warum krieg nur ich nie irgendwelche interessanten Typen?« fragte Sherri. »Weißt du, was passiert ist, als dieser Lebensgefühl-Vertreter bei mir war? Er hat mir ein Geschirrtuch um den Kopf gewickelt, ein paar Stoffmuster danebengehalten und mir erklärt, in Rosa sähe ich bleich aus. Es ist einfach unfair. Die verheirateten Frauen schnappen einem alle brauchbaren Junggesellen weg. Wie Shannon Williams' Mutter.«

»Shannon Williams' Mutter?« meinte Carolyn, von den Formularen aufblickend. »Ich dachte, es sei Brendans Mutter gewesen, die mit dem Farbenberater durchgegangen ist?«

»Ja doch. Shannons Mutter treibt sich mit einem Burschen herum, der in derselben Bank arbeitet wie sie. Wie es scheint, mußten sie etliche Zeit gemeinsam im Tresorraum verbringen, und ehe man sich's versah ... Übrigens, wieviel Zeit wird denn dein Don mit dieser Linda verbringen?«

»Ich glaube, ich gehe wohl besser runter in den Musikraum, bevor es läutet«, sagte Carolyn. »Ist dieser Dr. Simons unten?«

»Ich weiß nicht. Er ist den ganzen Vormittag über mit dem Hereinschleppen von irgendwelchen Geräten beschäftigt gewesen. Wegen der Bibliothek werd ich mit dem Bürohengst reden. Inzwischen nimm dich in acht vor diesem Simons. Das Musikzimmer ist nämlich kleiner als der Tresorraum.« Sie hielt sich das rosafarbene Blatt ans Kinn. »Meinst du wirklich, daß ich in Rosa blaß aussehe?«

»Ja«, sagte Carolyn.

Andrew schloß den Temporaloszillator an die Reaktionsmonitoren an und steckte alles an dem einzigen Steckkontakt an, den er im Musikzimmer fand. Die Beleuchtung ging nicht aus.

Gut, dachte er, und begann damit, auch die übrigen Sensorkabel anzuschließen, über die die Reaktionen der Testpersonen übertragen werden sollten.

Wie Dr. Young erklärt hatte, würden sie zunächst Tests durchführen, um Kinder herauszusuchen, die die Zeit in diskreten Blöcken wahrnahmen, statt als kontinuierlichen Fluß. Bei diesen Kindern würde man längere Hodiechronen finden, weil, so behauptete Dr. Young, die Hodiechronen um so kürzer wurden, je besser sie lernten, die Zeit als Fluß wahrzunehmen.

Wenn Andrew diese Kinder gefunden hätte, würden sie an den Temporaloszillator angeschlossen und in einen Zustand emotionaler Erregung versetzt werden, in dem sie dann ihre Hodiechronen verschieben würden. Dr. Young behauptete, auf der subatomaren Ebene habe er den Effekt schon zustande gebracht.

»Höchste Erregung«, hatte Dr. Young gesagt. »Einfacher Beschuß reicht nicht aus. Der höchste Erregungszustand ist notwendig.«

»Aber selbst wenn der Effekt auf der mikrokosmischen Ebene tatsächlich stattfindet, was läßt Sie so sicher sein, daß Sie ihn auch im Makrokosmos auslösen können?« hatte Dr. Lejeune gefragt, die ersten Worte, die sie seit anderthalb Wochen an Dr. Young richtete.

»Weil er immer wieder stattfindet«, hatte Dr. Young geantwortet. »Sie haben ihn beide gewiß schon wahrgenommen. Das sogenannte *Déjà-vu*-Phänomen. Eine

Millisekunde lang wird das Jetzt durch ein Hodiechron aus der Vergangenheit verdrängt, und man hat das Gefühl, irgend etwas schon früher gehört oder gesehen zu haben. Üblicherweise findet das in einem emotionalen Erregungszustand statt. *Déjà-vu* ist Zeitverschiebung, und worauf wir bei diesem Projekt hinauswollen: Zeitverschiebung mit längeren Hodiechronen hervorzurufen, eine Sekunde, eine Minute, vielleicht sogar mehrere Stunden lang.«

Andrew glaubte nicht ein Wort davon. Das hatte er auch Dr. Lejeune gesagt, als sie die Geräte für die Übersiedlung in die Volksschule von Henley zusammenpackten.

»Ich glaube es auch nicht«, hatte sie festgestellt.

»Warum bleiben Sie dann dabei?«

Sie hob die Schultern. »Vielleicht weil irgend jemand da sein sollte, der ihn vor sich selber beschützt oder der zumindest hinter ihm aufräumt, wenn sein kostbarer Oszillator nicht funktioniert. Für Sie ist das allerdings kein Grund. Warum also machen Sie mit?«

Ich weiß es nicht, dachte er. Warum war ich bereit, bei Stephanie Forresters Hochzeit den Festordner zu spielen? »Vielleicht mache ich eine Art Midlife-Krise durch«, sagte er.

»Wie wir alle hier, scheint es«, bemerkte Dr. Lejeune und bekam einen nachdenklichen Blick. »Sie sind zweiundvierzig, nicht wahr?« erkundigte sie sich. »Hmmm. Hatten Sie eigentlich eine Freundin in Tibet?«

»Ich lebte in einem Lamakloster im Himalaja.«

»Aha«, hatte sie gesagt und ihm einen weiteren Ausrüstungsgegenstand überreicht.

Davon gab es wirklich einfach zu viele. Bei manchen wußte er nicht einmal, wozu sie dienten. Da war zum Beispiel ein mittelgroßer grauer Kasten, an dem nur ein Aus-Ein-Schalter zu erkennen war, und zwei kleinere mit nicht einmal einem solchen, und keiner davon besaß irgend etwas, das im entferntesten einem Anschlußstekker glich. Er fragte sich allmählich, ob das nicht Geräte waren, die die Musiklehrerin zurückgelassen hatte. Er stellte sie aufs Klavier neben den Photonenzähler und das Spektroskop.

Das Licht ging aus. »He!« rief er. Das Licht ging wieder an.

»Tut mir leid«, sagte eine Frauenstimme. Jemand kam durch den Längsteil in den eigentlichen Musikraum. Sie hatte kurzes dunkles Haar, trug einen Rock und einen Blazer und streckte ihm die Hand entgegen. »Ich bin Carolyn Hendricks. Ich wußte nicht, ob Sie hier drinnen sind oder nicht, und ich wollte nicht eingeschlossen werden. Sherri hat vergessen, mir einen Schlüssel zu geben. Ich habe ein paarmal gerufen, aber der Raum ist schalldicht, wenn man nicht gerade brüllt.«

Er schüttelte ihr die Hand. »Und Sie nahmen an, ich würde brüllen, wenn Sie das Licht ausschalteten?«

»Ja«, meinte sie. »Wissen Sie, ich hab voriges Jahr hier Hörtests machen müssen, und die Drittkläßler machten sich immer einen Spaß daraus, mir das Licht auszuschalten, wenn sie in der Pause rausgingen.« Sie lächelte. »Ich mußte viel brüllen.« Sie hatte ein nettes Lachen.

»Einen Augenblick lang dachte ich, ich hätte vielleicht die Sicherung durchgebrannt«, sagte er und deutete auf das Durcheinander von Kabeln. »Sie werden's nicht glauben, aber in dem ganzen Raum gibt es nur einen einzigen Steckkontakt!«

»Doch«, sagte sie. Sie sah zu, wie er den Spektralanalysator auch noch anschloß. »Ich sollte morgen vielleicht besser eine Taschenlampe mitbringen, falls die Sicherung den Geist aufgibt.«

»Oder eine Grubenlampe«, sagte er und musterte die Rückseite des Spektralanalysators. »Als Sie das Licht abdrehten, wurde es hier ganz abscheulich finster.«

»›Wahrlich, keiner ist weise, der nicht das Dunkel kennt‹«, sagte sie.

Er warf ihr einen Blick zu.

»Ich kenne Sie«, sagte er.

»Oh?« meinte sie und musterte ihn mit leicht zusammengekniffenen Augen, wie man es macht, wenn man sich klarzuwerden versucht, ob einem jemand wirklich bekannt vorkommt oder nicht.

»Waren Sie jemals auf der Duke University?«

»Nein«, sagte sie mißtrauisch.

»Und ich nehme auch nicht an, daß Sie in letzter Zeit in Tibet gewesen sind.«

»Nein«, antwortete sie noch mißtrauischer, und ihm wurde plötzlich klar, wie dieses Gerede auf sie wirken mußte, insbesondere hier in diesem finsteren Loch.

»Tut mir leid«, sagte er. »Das war wohl nicht sehr originell, wie? Aber ich meinte es ernst. Sie scheinen mich an jemanden zu erinnern«, sagte er und runzelte die Stirn.

Das war gelogen. Sie erinnerte ihn an niemanden. Er war überzeugt, daß er sie noch nie zuvor gesehen hatte, und dennoch hatte er vorhin, als sie sagte ›der nicht das Dunkel kennt‹ einen Sekundenbruchteil lang das sichere Gefühl, sie zu kennen.

Sie sah noch immer mißtrauisch drein. »Nun, eigentlich brauche ich zuallererst Ihre Hilfe, um diese Geräte hier ein bißchen umzuräumen, damit wir uns bewegen können. Wenn wir das Ding«, — er deutete auf den Resonanzkonverter, »da drüben zur Tafel stellen könnten und dann irgendwie die vielen Stühle aus dem Weg schaffen ...«

»Klar«, sagte sie und quetschte sich zwischen Oszilloskop und Magnetometer zu ihm durch. Zusammen wuchteten sie den Resonanzkonverter hoch, trugen ihn hinüber zur Tafel und setzten ihn dort ab. »Wir sollten die Stühle überhaupt hinausbringen, wenn Sie sie nicht brauchen«, meinte sie. »Wir könnten sie in den Abstellraum schaffen.«

»Großartig«, sagte er.

»Ich hole mal eben die Schlüssel vom Schulwart«, sagte sie. Sie wollte einen Stuhl gleich mitnehmen, wobei sie ihn aber umstieß.

»Ich ...«, murmelte er und schluckte den Rest hinunter.

Sie hob den Stuhl auf und schaute ihn fragend an.

»Ein paar müssen wir wohl dalassen«, sagte er verlegen. »Für uns beide und für das Kind, das wir gerade testen. Und vielleicht auch noch zwei für Dr. Young und Dr. Lejeune, falls sie einmal zuschauen wollen. Fünf. Ja, lassen wir fünf Stühle hier.«

»Okay«, sagte sie und verschwand im Längsgang.

»Ich kenne dich«, sagte er und schaute ihr nach, obwohl sie längst draußen war. »Ich *kenne* dich.«

Dr. Lejeune verbrachte den halben Tag damit, ihren Computer einschließlich Zusatzgeräten zu installieren, und die andere Hälfte des Tages mit der Suche nach Dr. Young.

»Waren Sie schon unten in dieser Besenkammer von Musikzimmer?« fragte sie, als er endlich kam. »Meine Handtasche ist größer. Ich war heute vormittag dort, und nicht mal die beiden hatten genügend Platz, um sich zu rühren, ganz zu schweigen von den Kindern, mit denen sie arbeiten wollen.«

»Ideal«, sagte Dr. Young.

»Ideal?« meinte Dr. Lejeune mißtrauisch. Er hatte gesagt, Carolyn Hendricks sei ideal. Bei genauerer Überlegung hatte er auch Andrew so bezeichnet. »Er ist ideal«, hatte er gesagt. »Er ist zweiundvierzig und hat die letzten fünf Jahre in einem Lamakloster in Tibet verbracht.«

»Wieso ist das ideal?« fragte Dr. Lejeune.

»Ihre Computerinstallation«, sagte Dr. Young. »Ich wußte, daß der Vorschulraum der ideale Arbeitsplatz für Sie ist.«

»Also, das Musikzimmer ist das jedenfalls nicht.«

»Nein, ich weiß«, meinte er und schüttelte betrübt

den kahlen Kopf. »Ich versuchte, die Bibliothek zu bekommen, aber Mr. Paprocki sagte, sie werde für die Feuerverhütungswoche gebraucht. Wenn die vorüber ist, können wir vielleicht übersiedeln«, sagte er und verschwand, bevor sie ihn noch irgend etwas anderes fragen konnte.

Sie ging hinauf ins Sekretariat. »Ist Mr. Paprocki da?« fragte sie Sherri, die damit beschäftigt war, einen Stapel orangefarbener Blätter einzeln in der Mitte zusammenzufalten.

»Er ist draußen auf dem Spielplatz. Brendan James war in eine Rauferei verwickelt, übrigens in die dritte heute. Seine Mutter ist mit dem Lebensgefühl-Vertreter durchgebrannt.«

Dr. Lejeune nahm einen der gefalteten Zettel und klappte ihn auf. Die Titelzeile lautete: »ACHTUNG ELTERN: ES IST WINDPOCKENZEIT!« Dr. Lejeune faltete ihn wieder zusammen. »Lebensgefühl-Vertreter?« wiederholte sie.

»Na ja, der sagt einem, welche Farben zu einem passen, je nach der Teinttönung. Und dann brennt er mit einem durch, natürlich nur dann, wenn man Brendan James' Mutter ist. Mir hat er nur gesagt, meine Farbe sei Fuchsie.«

Dr. Lejeune nahm einen Teil der orangeroten Blätter und faltete sie zusammen.

»Also eigentlich hat mich das gar nicht überrascht. Ich hab da erst unlängst in einer Frauenzeitschrift über die sogenannte Eselsflaute gelesen. Wissen Sie, daß ist die Zeit in einer Ehe, wenn man sich nur noch wie ein Packesel vorkommt, und genau eine Woche, bevor es passierte, da war sie hier bei mir, um Brendan sein Lunchpaket zu bringen, das er vergessen hatte, und da sagte sie, ihr Mann beachte sie überhaupt nur noch, wenn sie ihm die Schlüssel suchen müsse oder so. Trotzdem kriege ich immer noch eine Wut deswegen. Schließlich war dieser Lebensgefühl-Bursche so ziemlich der letzte brauchbare Junggeselle in unserem Städtchen.«

»Ist Mr. Paprocki verheiratet?« fragte Dr. Lejeune und faltete Zettel.

»Der Bürohengst?« meinte Sherri überrascht. Sie faltete das letzte Blatt von ihrem Stapel und holte einen Stempel und ein Stempelkissen aus der Schreibtischlade. »Verheiratet? Machen Sie Witze? Der schaut doch von seinen Dreifachformularen nicht mal lange genug auf, um zu bemerken, daß man eine Frau ist, geschweige denn um einen zu heiraten!« Sie drosch den Stempel ein paarmal auf das Stempelkissen und dann auf das erste gefaltete Blatt. Es zeigte ein Smiley-Gesicht. Sie knallte den Stempel auf das nächste Blatt. »Was ist mit Dr. Simons? Er sieht wohl zu gut aus, um nicht verheiratet zu sein.«

»Nein«, sagte Dr. Lejeune, die an etwas anderes dachte. »Er hat die letzten fünf Jahre in einem Lamakloster in Tibet verbracht.«

»Sie machen Witze!« rief Sherri. »Das ist ideal.«

Dr. Lejeune kniff die Augen zusammen. »Wieso sagen Sie das?«

»Also, weil er vermutlich schon ziemlich verzweifelt ist. Fünf Jahre ohne Sex würden mich auch verzweifelt machen«, stellte sie fest und stempelte weiter. »Was rede ich da? Fünf Jahre ohne Sex *haben* mich verzweifelt gemacht. Aber ich möchte wetten, die erste Frau, die in seine Nähe kommt, kriegt ihn wie auf dem Serviertablett.«

»Ich versuche Dr. Paprocki später zu erreichen«, sagte Dr. Lejeune und gab Sherri den Stapel gefalteter Blätter. »Sagen Sie ihm nur, ich möchte ihn wegen des Musikzimmers sprechen.«

»Was ist damit?«

»Es ist zu klein. Sie haben eine Menge Geräte dort und können sich kaum umdrehen. Ich wollte mich nur erkundigen, ob es nicht einen anderen Raum gibt, den sie haben können.«

»Carolyn Hendricks hat heute vormittag deswegen nachgefragt, und ich hab den — Mr. Paprocki verständigt. Er sagte, er wisse, daß es zu klein sei, und er habe Dr. Young statt dessen die Bibliothek angeboten, aber Dr. Young habe auf dem Musikzimmer bestanden. Er sagte, es sei ideal für seine Zwecke.«

Während Carolyn beim Zahnarzt auf Wendy wartete, öffnete sie das zusammengeheftete orangerote Flugblatt, das Sherri ihr beim Fortgehen überreicht hatte, und las es.

»ACHTUNG ELTERN: ES IST WINDPOCKENZEIT!« lautete die Überschrift in Blockschrift. Es gab noch drei Untertitel: Aufmerksam sein, Vorbereitet sein und Informiert sein, die alle mit einem ulkigen Bienenbildchen versehen waren. ›Aufmerksam sein. Seit Schulbeginn wurden im Bundesstaat sechzehn Fälle gemeldet, zwei davon in Henley, obwohl es an den Schulen selbst bisher noch keine Fälle gab.‹

Der Abschnitt Vorbereitet sein zählte die Symptome der Krankheit auf, während unter Informiert sein über die Inkubationszeit berichtet wurde, die dreizehn bis sechzehn Tage betrug, und am Ende festgestellt wurde: ›Windpocken sind am ansteckendsten am Tag vor dem Auftreten der Symptome und während der ersten paar Tage des Krankheitsausbruchs.‹

Prächtig, dachte Carolyn. Weder Liz noch Wendy hatten die Windpocken gehabt, obwohl sie beide als Kleinkinder der Ansteckung ausgesetzt gewesen waren.

Als Wendy fertig war, sauste Carolyn in die Reinigung und auf die Bank und in ein Lebensmittelgeschäft.

»Vergiß nicht, daß wir keine Limo mehr haben«, sagte Wendy. »Und Trainer Nicotero sagt, wir sollen ...«

»Die vier Hauptgruppen von Nahrungsmitteln bekommen«, sagte Carolyn. »Dir ist schon klar, daß Limo nicht zu den wichtigen Nahrungsmittelgruppen zählt?«

»Können wir nachher ins Einkaufszentrum, meine

Ballstiefel besorgen?« wollte Wendy wissen. »Heute beim Training sind mir die Schuhbänder aufgegangen, und ich hab eine Auszeit verlangt, aber Sarah Perkins hat behauptet, beim Volleyball gibt's keine Auszeit, und ich sagte, es gibt bei allen Mannschaftsspielen Auszeit. Also können wir?«

»Können wir was?« murmelte Carolyn und starrte die Zweiliterflaschen auf dem Getränkeregal an. Als sie im College gewesen war, hatte es Limo in vernünftigen Flaschengrößen gegeben. Sie hatten je eine Flasche Cola und Orange und Zitrone gekauft und was noch? Kräuterlimo? Vanillesoda?

»Meine Ballstiefel besorgen. Im Einkaufszentrum.«

Carolyn sah auf die Uhr. »Es ist schon viertel vor fünf, und euer Vater hat gesagt, er kommt heute abend zeitig heim. Wir müssen das nach dem Abendessen erledigen.«

»Mutter«, erklärte Wendy und brachte es fertig, das Wort *Mutter* so auszusprechen, als habe es weit mehr Silben als zwei, »heute ist Mittwoch. Ich habe um sechs Training.«

Carolyn kaufte Zweiliterflaschen Cola, Orange, Kräuter, Zitrone und Vanillesoda und ein paar neue Batterien für die Taschenlampe und hetzte mit Wendy hinüber ins Einkaufszentrum, um die Ballstiefel zu kaufen. Sie kamen nicht vor halb sechs nach Hause.

»Ich werd bei Lisa zu Abend essen«, verkündete Liz. »Wir wollen die Bewerbungsschreiben mit ihrem Computer aufsetzen.«

»Ich muß um sechs beim Training sein«, sagte Wendy und schnürte sich die Ballstiefel zu.

Carolyn machte Wendy ein Erdnußbuttersandwich und packte die Lebensmittel aus. »Hat euer Vater angerufen, Liz?«

»Nein, aber Sherri. Du sollst sie in der Schule zurückrufen. Was für Microcomputer hattet denn ihr auf dem College?«

»Gar keine.« Carolyn nahm die Limoflaschen heraus und stellte sie auf die Anrichte. »In jenen fernen Tagen gab's noch keine Microcomputer.«

»Du machst Witze! Wie seid ihr denn da klargekommen?«

»Es ist zwanzig vor sechs«, stellte Wendy fest und kaute auf ihrem Sandwich herum.

Carolyn überreichte Wendy einen Apfel und rief Sherri an.

»Ich hab heute nach dem Unterricht mit der Mutter von Monica und Ricky Morales gesprochen, und sie sagt, es wundert sie gar nicht, daß Brendan James' Mutter mit dem Lebensgefühl-Vertreter durchgebrannt ist. Sie hat in *Cosmopolitan* den Artikel über die sieben Warnsignale des Über-Vierzig-Kollers gelesen, und sie hat sie alle. Sie ist über vierzig, ihr Mann ist nie daheim, ihre Kinder sind beide in einem überaus anstrengenden Alter ...«

»Ach? Dreizehn und siebzehn?« fragte Carolyn.

»Nein, zwei und fünf. In dem Artikel hieß es, sie sei eine leichte Beute für jeden Mann, der nur zwei nette Worte zu ihr sagt.«

»Ma, es ist viertel vor sechs«, sagte Wendy.

»Das Gefühl kenne ich nur zu gut«, sagte Carolyn.

»Und ich kenne dich«, meinte Sherri. »Du würdest nie mit jemandem durchbrennen. Du bist vernarrt in Don, und deine Mädchen sind die nettesten, die ich kenne.«

»Ma«, sagte Wendy und deutete auf die Küchenuhr.

»Ich bin ein bißchen in Eile«, sagte Carolyn. »Kann ich noch mal anrufen?«

»Brauchst du nicht. Ich wollte dich einfach vorwarnen, daß Heidi Dreismeiers Mutter angerufen hat. Sie hat gehört, daß irgendwelche Tests gemacht werden sollen, und will wissen, was Heidi dafür lernen oder üben soll. Ich sagte ihr, sie brauche sich deswegen keine Gedanken zu machen, aber du weißt ja, wie sie ist. Wahrscheinlich wird sie dich als nächstes anrufen. Wir sehen uns morgen.« Sie hängte auf.

Carolyn zog den Mantel an und fischte die Autoschlüssel aus der Handtasche. Das Telefon läutete. Sie gab Liz die Schlüssel und nahm den Hörer ab.

»Hallo, Liebling«, sagte Don, »wie war dein erster Arbeitstag?«

»Prima«, sagte sie und winkte den Mädchen zum Abschied. »Wir haben den ganzen Tag Geräte herumgetragen. Und Sessel. Mir ist immer noch nicht klar, worum's bei dem Projekt geht. Ein Apparat schaut wie so eine Blasen-Partyleuchte aus. Und der Bursche, mit dem ich arbeite ...« Sie hielt inne.

»Was ist mit dem Burschen?«

»Nichts. Wußtest du, daß Brendan James' Mutter mit dem Lebensgefühl-Vertreter durchgebrannt ist? Und es hat zwei Windpockenfälle in Henley gegeben.«

»Na prächtig«, sagte Don. »Die Mädchen werden sie wohl beide kriegen. Du hast schon Windpocken gehabt, oder?«

»Windpocken? Ja, sicher ...« Carolyn brach ab. »Komisch, ich kann mich nicht erinnern.« Sie runzelte die Stirn. »Ich muß sie gehabt haben, als kleines Mädchen schon. Wenn ich daran denke, wie oft die Kinder einer Infektion ausgesetzt waren, da war ich es doch auch und bin nicht angesteckt worden, aber ... Ist das nicht wirklich sonderbar? Ich kann mich nicht daran erinnern, Windpocken gehabt zu haben.«

»Es wird dir schon noch einfallen, wenn du nicht darüber nachdenkst«, sagte Don. »Du bist wahrscheinlich einfach müde.«

»Und ob«, sagte sie. »Wendy hatte ihren Zahnregulierungstermin, und dann hat sie mich durch das ganze Einkaufszentrum gezerrt wegen ihrer Volleyballschuhe, und dann hat Sherri angerufen, und Wendy mußte zum Training.«

»*Und* du hast den ganzen Tag Geräte geschleppt. Kein

Wunder, daß du erschöpft bist. Linda sagt, sie weiß gar nicht, wie du das alles schaffst, die Kinder und den Haushalt und jetzt noch den Job. Sie meint, daß du damit wohl kaum noch Zeit hättest, Ehefrau zu sein.«

»Und was hast du ihr geantwortet?«

»Ich sagte, du seiest immer eine wunderbare Ehefrau, und ich ...« Don sagte etwas zu jemandem anderen und meldete sich dann wieder. »Sorry. Linda kam eben zurück. Sie hat uns ein paar Brötchen geholt. Deswegen rufe ich eigentlich an. Ich dachte, ich könnte heute früher heimkommen, aber Linda fühlt sich noch sehr unsicher wegen dieses Gymnastikwettbewerbs morgen. Sie will die Bodenübungen noch einmal durchgehen. Aber hör mal, Liebes, ich kann den Mädchen sagen, sie sollen lieber morgen vor der Schule noch mal herkommen.«

»Nein, ist schon in Ordnung«, sagte Carolyn. »Ich bin nur einfach müde und grantig.« Plötzlich hatte sie einen Einfall. »Ich werde mir einen Selbstmord machen«, verkündete sie.

»Einen *was?*« fragte Don.

»Einen Selbstmord«, sagte sie. »Das haben wir immer im College getrunken, wenn wir einen lausigen Tag gehabt hatten.«

Sie sagte Don adieu, legte auf und öffnete sämtliche Limoflaschen.

Das haben wir immer im College getrunken, dachte sie und goß ein wenig Cola in ein Glas. Dann noch ein wenig Orangen- und Kräuterlimo. Meine Zimmerkollegin Allison und ich saßen am Boden und tranken das Zeug und unterhielten uns darüber, was wir mit unserem Leben anfangen wollten. Ich kann mich nicht erinnern, daß wir je darüber geredet hätten, Kinder zur Zahnregulierung oder zum Volleyballtraining oder ins Einkaufszentrum zu schleppen. Sie fügte noch einen Schuß Traubensoda hinzu, füllte das Glas mit der Zitronenlimonade auf und rührte mit dem Erdnußbuttermesser um.

Ich kann mich nicht erinnern, daß wir uns darüber unterhalten hätten, mit einem Trainer verheiratet zu sein, der eine freche Assistentin hat.

Sie nahm den Selbstmord mit hinüber ins Wohnzimmer, setzte sich auf den Boden und nahm einen Schluck. Er schmeckte überhaupt nicht wie die Selbstmorde, die sie und Allison sich damals gemacht hatten, vermutlich, weil Allison diejenige war, die sie immer gemixt hatte. In dem einen Herbstsemester, das Allison in Europa verbracht hatte, hatte sie tagelang experimentieren müssen, bis sie die richtige Mischung herausfand. Das war überhaupt ein lausiges Herbstsemester gewesen. Es hatte die ganze Zeit geschneit, und sie hatte am Fenster gesessen und gegrübelt, über Verliebtsein, über gutaussehende Männer, über Sex.

Das erinnerte sie an etwas. Sie stellte den Selbstmord auf den Couchtisch, holte die Taschenlampe und setzte neue Batterien ein.

Andrew kam ziemlich früh in die Schule, weil er hoffte, noch ein paar Minuten für sich zu haben, um draufzukommen, warum er glaubte, Carolyn Hendricks zu kennen, aber sie war schon da.

»Ich habe die Taschenlampe mitgebracht«, sagte sie. »Wo soll ich sie hinlegen, damit wir sie im Notfall beide finden?«

»Wie wär's mit dem Klavier?« schlug er vor.

Sie stellte sie aufrecht zwischen die beiden grauen Kästen, die an gar nichts angeschlossen waren. Sie kam ihm heute überhaupt nicht mehr bekannt vor, wofür Andrew dankbar war. Es war schon schlimm genug, an einem närrischen Projekt arbeiten zu müssen. Er brauchte sich nicht auch noch selber wie ein Narr zu benehmen.

»Wir werden heute zunächst nur ein bißchen ausmustern«, sagte er. »Mit den Idelman-Ponoffo-Kurzzeitgedächtnis-Listen. Man liest dabei Reihen von Zahlen,

Buchstaben und Wörtern vor und läßt sie das Kind wiederholen, von vorn, von hinten, von der Mitte her ...«

»Ich weiß«, sagte Carolyn. »Dr. Young hat diese Tests voriges Jahr mit mir gemacht.«

»Oh«, machte Andrew. Er hatte angenommen, daß Dr. Young sie gar nicht kannte, daß sie einfach von der Volksschule als Assistentin ausgesucht worden war. »Na gut. Sie werden die Fragen stellen, und ich werde die Reaktionen aufzeichnen. Sie werden an ein EKG und andere Sensoren für autonome Reaktionen angeschlossen sein, und ich nehme alles mit der Videokamera auf.«

»Glauben Sie nicht, daß diese Geräte Fünfjährigen Angst machen könnten?«

»Deswegen sind Sie dabei. Sie kennen die Kinder schon, und Sie sind diejenige, die sich mit ihnen befaßt. Fangen Sie nicht gleich mit dem Test an. Reden Sie erst ein bißchen mit ihnen, dann werden wir sie so unbemerkt wie möglich anschließen und mit dem Test beginnen.«

Sie ging hinaus, um das erste Vorschulkind zu holen, und führte es herein. »Das ist Matt Rothaus«, sagte sie.

»Ui, super!« bemerkte Matt und flitzte hinüber, um sich den Temporaloszillator genauer anzusehen. »›Star Trek: Die nächste Generation!‹«

Carolyn lachte. Sie beugte sich vor. »Schaust du alle Enterprise-Folgen an?«

Ich kenne dich, dachte Andrew. Ich hab dich noch nie gesehen, aber ich hab dich so lachen gehört wie jetzt eben.

»Was habt ihr denn heute in der Erzählstunde gemacht?« erkundigte sich Carolyn eben.

»Heidi hat brechen müssen«, sagte Matt. »Echt scheußlich war's.«

Beim Lunch stellte Dr. Lejeune ihr Tablett neben das von Sherri. »Wie geht es Heidi?« fragte sie. »Es sind doch nicht die Windpocken, oder?«

»Nein. Ein nervöser Magen. Ihre Mutter ...«

»Sagen Sie's nicht. Ihre Mutter ist mit dem Monteur vom Kabelfernsehen durchgebrannt.«

»Sie machen Witze! Wo haben Sie das gehört?«

»Es war ein Witz. Was ist mit ihrer Mutter?«

»Oh, die dressiert das arme Kind zu Tode. Ballettstunden, Steptanzen, Schwimmen, Taekwondo. Heidi wünscht sich wahrscheinlich nichts mehr, als daß ihre Mutter wirklich mit irgend jemanden durchbrennt und sie in Frieden läßt.« Sie seufzte. »Ich wünsche mir, daß jemand mit mir durchbrennt.«

»Was ist mit Mr. Paprocki?« meinte Dr. Lejeune.

»Der Bürohengst? Ist doch ein Witz! Der hat mich nie auch nur angeschaut.« Sie nahm eine Gabel voll Makkaroni mit Tomatensoße und Hackfleischbällchen. »Irgendwie stimmt mein Timing nie. Die interessanten Männer treff ich immer erst, wenn sie schon verlobt oder verheiratet sind. Sie werden's nicht glauben, aber ich lag mit akuter Mandelentzündung im Bett, als vorigen März Dr. Young alle diese Tests machte, sonst wäre nämlich ich diejenige gewesen, die jetzt in dem gemütlichen kleinen Musikkämmerchen mit Dr. Simons zusammenarbeitet.«

»Wieso alle diese Tests?« wollte Dr. Lejeune wissen.

»Die Tests, die er machte, um jemanden zu finden, der mit Dr. Simons zusammenarbeitet«, sagte Sherri und aß ihr Pfirsichkompott. »Er hat eine Menge Befragungen und solches Zeug gemacht, und die in die engere Wahl gekommenen Kandidaten mußten dann alle diese psychologischen Tests absolvieren. Wenn ich gewußt hätte, wie super dieser Dr. Simons ist, hätte ich selber gern ein paar Tests über mich ergehen lassen, aber ich dachte, wer ausgesucht wird, müßte mit *Dr. Young* arbeiten!«

Dr. Young war im Februar ans Fermilab übergesiedelt und zwei Monate lang weggeblieben. Sie hatte angenommen — Korrektur, er wollte, daß sie annahm —, daß er die ganze Zeit am Zyklotron gearbeitet habe, an dem Versuch, seine subatomaren Hodiechronen zu einer Phasenverschiebung zu bewegen. »Die Schule hat nicht vielleicht zufällig Kopien von diesen Tests, oder?«

»Machen Sie Witze? Der Bürohengst läßt mich Kopien von *allem* machen.« Sie lud ihr Besteck und die Milchtüte auf den leeren Teller. »Wirklich, mit meinem Timing stimmt was nicht. Im College hab ich immer Jungs kennengelernt, die gerade den Einberufungsbefehl bekommen hatten.« Sie stand auf und schob ihren Stuhl zurecht. »Es wäre doch phantastisch, wenn diese Zeitmaschine von Dr. Young funktionierte, nicht? Man könnte zurückgehen und einmal wenigstens zur rechten Zeit am rechten Ort sein.«

»Ja«, sagte Dr. Lejeune, »phantastisch wäre das wirklich.«

Wendy rief nach der Schule an und berichtete Carolyn, daß sie ein Volleyballspiel auswärts hätten und ob Carolyn ihr Geld für McDonalds vorbeibringen könne und eine Flasche Gatorade, damit sie im Bus was zu trinken habe. »Trainer Nicotero sagt, wir sollen viel Elektrolytsachen trinken.« Sie und Andrew waren noch nicht mit Heidi Dreismeier fertig, aber er meinte, sie solle ruhig gehen, er werde schon mit den letzten paar Fragen klarkommen.

Carolyn lief in den Lebensmittelladen und kaufte die Isotonic-Gatorade und eine Zweiliterflasche Kirschenlimo, die ihrer Meinung nach die noch fehlende Zutat zum Selbstmord war. Sie brachte Wendy die Gatorade und das Geld und holte dann Liz von der High School ab.

»Kannst du mich bei Lisa absetzen?« fragte Liz. »Harvard hat ihr ein Studienanfänger-Video geschickt. Aber ich weiß nicht so recht. Wie wichtig findest du eigentlich gemischte Studentenheime?«

»Ich weiß nicht«, sagte Carolyn, als sie vor Lisas Haus stehenblieb. »Wir hatten so was nicht.«

»Ach, hör auf! Wie habt ihr dann überhaupt Jungs kennengelernt?« Sie sammelte ihre Schulsachen ein und stieg aus. »Oh, beinah hab ich's vergessen. Ich hab Pa getroffen. Er sagt, ich soll dir ausrichten, daß er und Linda noch ins Einkaufszentrum müssen wegen irgendwelcher Trainingsanzüge. Wir sollen mit dem Abendessen nicht warten.«

Carolyn fuhr heim und machte sich einen Selbstmord, wobei sie versuchsweise einen kleinen Schluck Kirschlimonade hinzufügte. Wir hatten nicht nur keine gemischten Studentenheime, dachte sie, wir durften nicht mal irgendwelche männlichen Besucher empfangen. Die Heimmutter hat um Mitternacht des öfteren die Zimmer kontrolliert, und wenn jemand einen Jungen eingeschmuggelt hatte, dann konnte der relegiert werden, aber ich hab trotzdem genug Jungs kennengelernt, Liz. Sie saßen bei den Vorlesungen neben mir, sie tanzten mit mir bei den verschiedenen Studentenkränzchen, und sie riefen mich an.

Das Telefon läutete. »Allerbesten Dank, daß Sie mich vorhin allein meinem Schicksal überließen«, sagte Andrew.

»Was war denn los?« fragte Carolyn. »Hat Heidi wieder brechen müssen?«

»Schlimmer. Ihre Mutter kam her. Ich brauchte eine Stunde und fünfzehn Minuten, um sie zu überzeugen, daß Heidi keine Stunden in Hodiechronizität braucht.«

»Sherri erzählte, sie habe einen Artikel über Hausfrauenhysterie gelesen, und das sei genau das, worunter Heidis Mutter leide«, sagte Carolyn. Sie nahm einen Schluck vom Selbstmord. Kirschlimo war nicht die fehlende Zutat. »Sie kann für ihre frustrierten Bedürfnisse keine gesellschaftlich akzeptable Lösung finden.«

»Deshalb läßt sie die arme Heidi Bauchtanzstunden nehmen. Sie hat mir fünfundvierzig Minuten lang von ihren Suzuki-Stunden erzählt. Mir war zumute, als sei ich in einer besonders gräßlichen Zeitfalle gelandet. Geschieht mir recht, was hab ich mir auch so ein Fach ausgesucht?«

»Weshalb haben Sie sich eigentlich wirklich dieses Fach ausgesucht?« erkundigte sich Carolyn und öffnete den Kühlschrank, um zu sehen, ob nicht noch eine andere Limosorte da war, mit der sie es versuchen konnte.

»Sie meinen, warum hab ich mich der Zeitforschung zugewandt? Nun, ich ...« Es entstand eine längere Pause, dann sagte er in einem sonderbaren Tonfall: »Ist das nicht eigenartig? Ich kann mich gar nicht erinnern.«

»Sie meinen, Sie sind so nach und nach hineingeraten?« In der Kühlschranktür stand ein Glas Maraschinokirschen, in dem sich nur noch eine Kirsche befand. Sie aß die Kirsche und goß den Saft in den Selbstmord. »Sie sind sozusagen hineingerutscht?«

»Temporalpsychologie ist nicht etwas, in das man reinrutscht«, sagte er. »Es ist einfach lächerlich. Ich kann mich um keinen Preis erinnern!«

»Vielleicht haben Sie sich noch nicht wieder an die geringere Meereshöhe gewöhnt oder so was«, meinte Carolyn und probierte den Selbstmord. Maraschinokirschsaft war ebenfalls nicht die fehlende Zutat. »Und außerdem sind Sie wahrscheinlich ziemlich unter Streß mit diesem Projekt und so. Da kann man schon vergeßlich werden.«

»Man vergißt Telefonnummern und wo man die Schlüssel hingelegt hat. Aber man vergißt nicht, aus welchen Gründen man seine Berufswahl getroffen hat!«

»Ich kann mich nicht erinnern, ob ich die Windpokken gehabt habe«, sagte Carolyn. »Ich hab deswegen sogar meine Mutter angerufen. Sie sagte, als Kind hätte ich sie nicht gehabt, aber sie glaubt, irgendwann in der College-Zeit, und als sie das sagte, kam mir das richtig vor, aber ich kann mich einfach nicht daran erinnern. Es ist, als wäre da irgendwo ein großes Loch in ...«

»Nebraska State College«, sagte Andrew.

»Was?« fragte Carolyn.

»Ihr College. Sie waren am Nebraska State College. Und von dorther kenne ich Sie.«

»Das gibt's doch nicht. Sie waren am NSC?«

»Nein, in Stanford, aber ...« Er brach ab. »Sie sind wirklich nie nach Kalifornien gekommen in Ihrer College-Zeit, wie? Während der Semesterferien vielleicht?«

»Nein«, sagte Carolyn. »Sind Sie je nach Nebraska gekommen?«

»Nein, und Sie denken jetzt bestimmt, ich versuch's noch immer mit dem uralten Trick ›Irgend woher kenne ich Sie‹, nicht wahr?«

»Nein«, sagte Carolyn, »ich denke, Sie hatten auf dem College vermutlich eine Freundin, an die ich Sie erinnere.«

»Keine Chance. Stephanie Forrester war blond und boshaft.«

Und ob sie das war, dachte Carolyn. Ihn bei ihrer Hochzeit aushelfen zu lassen!

»Braun und Gold«, sagte er unvermittelt.

»Was?«

»Ihre Schulfarben. Braun und Gold.«

Sie warf einen Blick auf den Selbstmord und schüttete ihn in den Ausguß. Ihre Schulfarben waren Braun und Gold, und Andrew hatte bis zu diesem Augenblick nie von Stephanie Forrester gesprochen, und trotzdem wußte sie alles darüber, daß auch ein Trauzeuge in sie verliebt gewesen war und wie sie ausgegangen waren und Uhrstopper getrunken hatten und ...

»Ich muß jetzt das Abendessen zubereiten, bevor mein Mann nach Hause kommt«, sagte sie und legte auf.

Dr. Lejeune hatte gehofft, Sherri werde gleich nach den Testunterlagen suchen, aber als sie nach der Unterrichtszeit ins Sekretariat kam, empfing sie Sherri mit den Worten: »Oh, tut mir leid, ich hab das ganz vergessen. Der Bürohengst entschloß sich plötzlich, mich ein Lagerinventar machen zu lassen, wobei ich *natürlich* jedes einzelne Blatt Bastelkarton zählen muß.«

»Wie alt ist Mr. Paprocki?« fragte Dr. Lejeune.

»Sechs, sieben«, sagte Sherri, die grünen Bögen zählend. »Dreiundvierzig.«

»Dreiundvierzig«, wiederholte Dr. Lejeune nachdenklich und sah Sherri beim Zählen zu. »Wußten Sie, daß zwanghafte Beachtung von Details ein klassisches Symptom sexueller Verdrängung ist?«

»Neunzehn — Sie machen Witze«, sagte Sherri. Sie blickte auf den halb durchgezählten Stoß. »Wo war ich?«

»Neunzehn«, sagte Dr. Lejeune. »Sind Sie sicher, daß er Sie nicht beachtet?«

»Bin ich. Seit einer Woche trage ich nur Fuchsienrot.« Sie war fertig mit dem Durchzählen und klopfte am Tisch die Kanten des Stapels zurecht. »Ich werde schauen, daß ich die Tests finde, sobald ich mit dieser Inventur fertig bin.«

Dr. Lejeune ging in den Musikraum hinunter, um zu sehen, wieviel aus Carolyn herauszubekommen war, aber sie war nicht da, und Andrew auch nicht. Wahrscheinlich sind sie unter dem Wust von Geräten verlorengegangen, dachte Dr. Lejeune und musterte die verschiedenen Metallgehäuse, die da neben dem Klavier aufeinandergetürmt waren oder unter der Tafel nebeneinanderstanden. Sie fragte sich, wozu er den Photonenzähler brauchte. Und den Spektralanalysator. Bei manchen dieser Geräte wußte sie gar nicht, was es überhaupt war. Sie nahm einen grauen Metallkasten in die Hand, der keinerlei Anschlüsse hatte. Es gab auch weder Skalen noch irgendwelche Bedienungselemente außer einem Ein-Aus-Schalter. Was immer das war, es war jedenfalls eingeschaltet.

Das Licht ging aus. »He!« schrie Dr. Lejeune. Sie wagte einen Schritt in Richtung Ausgang und krachte gegen den Papierkorb. »He!« rief sie nochmals.

»Tut mir leid«, sagte Dr. Young, als er das Licht wieder einschaltete. Er kam durch den L-förmigen Gang in den Hauptteil des Raumes, und er wirkte sonderbar schuldbewußt, als habe sie ihn eben bei irgend etwas ertappt. »Ich wußte nicht, daß jemand hier ist, und ich sah Licht. Es ist eine Stromverschwendung, wenn man in einem leeren Raum das Licht brennen läßt und ...« Er brach ab. »Was tun Sie da?«

»Nichts«, antwortete Dr. Lejeune überrascht.

Er schaute auf den Kasten, den sie noch immer in der Hand hatte. Sie stellte das Ding zurück aufs Klavier. »Ich habe Dr. Simons gesucht.«

»Wozu?« fragte er mißtrauisch. »Sie wollten ihn doch nicht wieder mit Bev Frantz verkuppeln, oder?«

»Ich wollte ihn fragen, was er von den bisher getesteten Kindern hält«, erklärte Dr. Lejeune steif. »Der Computer zeigt nicht den Schimmer eines Hodiechrons auf, egal, ob kurz oder lang. Und bevor Sie das Licht ausschalten, sollten Sie sich vergewissern, daß niemand hier ist. Es wird hier drinnen finster wie in einem Kohlebergwerk.«

Dr. Young sah schon wieder schuldbewußt drein, und sein Blick hing immer noch an dem Kästchen auf dem Klavier.

»Ich muß mit den Extrapolationen weitermachen«, sagte Dr. Lejeune und ging wieder ins Sekretariat hinauf.

Sherri zählte gelbe Bastelkartonbögen. Dr. Lejeune erkundigte sich, ob sie das Telefon im Direktionszimmer benutzen könne, um die Universität anzurufen. »Zweiundvierzig, dreiundvierzig«, sagte Sherri. »Sicher. Aber Sie müssen das da ausfüllen.« Sie reichte Dr. Lejeune ein zentimeterdickes Bündel an Formularen.

»Ich mach's als R-Gespräch«, sagte Dr. Lejeune. Sie ging in das Büro, schloß die Tür und rief das physikalische Institut an. »Ich möchte dringend mit jemandem sprechen, der mit Dr. Young an dem Temporaloszillator gearbeitet hat«, erklärte sie dem Assistenten, der ans Telefon kam. »Ich möchte genau wissen, wie das Ding eigentlich funktioniert.«

»Der Zentralteil?«

»Ich denke schon«, sagte Dr. Lejeune. Sie hatte keine Ahnung, daß das Ding aus mehr als einem Teil bestand.

»Der hat zwei Funktionen. Zum einen produziert er die Agitationsstimuli, zu anderen speichert er die temporale Energie, die von den tragbaren Sende- und Empfangsgeräten aufgefangen wird.«

»Agitationsstimuli?«

»Gewiß. Eine Kombination aus Infraschallemissionen und subliminalen Botschaften, welche bei den Versuchspersonen den Zustand emotionaler Erregung hervorrufen.«

Ah ja, und ich wette, ich weiß, was diese subliminalen Botschaften enthalten, dachte Dr. Lejeune.

»Dieser ›Zentralteil‹ sieht nicht zufällig aus wie so eine Blasen-Partyleuchte?«

»Partyleuchte? Warum, in aller Welt, sollte ein Temporaloszillator wie eine Partyleuchte aussehen?«

»Gute Frage«, sagte Dr. Lejeune. »Erzählen Sie mir noch was über diese tragbaren Sende- und Empfangsgeräte!«

Sie brauchten noch zwei Tage für die Vorschüler. Brendan James war der letzte auf der Liste. »Vielleicht sollten wir ihn lieber weglassen«, sagte Carolyn. »Der steht jetzt sehr unter Streß.«

»Ich glaube, wir hätten ohnehin nicht mehr genug Zeit«, meinte Andrew. Es war fast halb drei. Das wußte er, weil er die dritte Klasse auf ihrem Weg in die Mittagspause hinauspoltern hörte. »Verschieben wir das auf morgen, und ich werde fragen ...«

Das Licht ging aus.

»Einen Augenblick«, sagte Andrew. »Ich hole die Taschenlampe. Man sieht hier ja wirklich die Hand nicht vor den Augen.«

Das war noch eine Untertreibung. Es war pechschwarz, so vollkommen dunkel wie in einem tiefen Bergwerksschacht. Es war so dunkel, daß sogar sein Richtungssinn darunter litt. Er wagte einen Schritt auf das Klavier zu und stieß sich das Knie am Pult. Falsche Richtung. Er drehte sich um und tastete sich mit ausgestreckten Armen in die entgegengesetzte Richtung.

»Ich werde versuchen, den Lichtschalter zu finden«, sagte Carolyn, und gleich darauf krachte es laut und metallisch.

»Bleiben Sie, wo Sie sind!« rief Andrew. Seine Händen trafen mit einem Gewirr angeschlagener Töne auf die Tastatur. »Ich hab's beinahe.« Er tappte auf dem Klavier herum, erwischte erst den einen der Metallkästen, dann den zweiten. Keine Taschenlampe. Er tastete die ganze Deckelfläche ab. »Haben Sie die Taschenlampe weggenommen?« fragte er.

»Nein«, sagte sie. »Sie vielleicht?«

»Nein«, antwortete er und wandte sich in die Richtung, aus der er ihre Stimme zu hören glaubte. Er stieß an den Papierkorb. »Ich kann die Hand nicht vor den Augen sehen«, sagte er. »Wie Sie neulich zitierten, keiner ist weise, der nicht das Dunkel kennt, nur ist mir überhaupt nicht weiser zumute. Wo sind Sie?«

Sie antwortete nicht sofort, aber er brauchte keine Antwort mehr. Plötzlich wußte er genau, wo sie stand. Er konnte absolut nichts sehen, es war so wenig Licht vorhanden, daß seine Augen sich in hundert Jahren nicht an die Finsternis gewöhnt hätten, aber er wußte genau, wo sie war.

»Ich glaube, ich bin bei der Tafel«, sagte sie. Das war sie nicht. Sie war zwischen dem Photonenzähler und dem Oszilloskop, und er brauchte nur den Arm auszustrecken und sie an sich zu ziehen. Ihr Gesicht war dem seinen schon zugewandt in der pechschwarzen Finsternis. Er brauchte nur ihren Namen zu sagen.

Und was dann? Sherri die nächste Klatschepisode zur Verbreitung liefern? Ach, wissen Sie schon, was mit Wendys und Liz' Mutter los ist? Sie ist mit dem Hodiechronizität-Mann durchgebrannt.

»Die Tafel ist da drüben«, sagte er, legte ihr die Hand auf die Schulter und drehte sie sanft in die richtige Richtung. Mit der freien Hand berührte er die Tafelfläche und war nun auch ganz sicher, wo sich alle anderen Gegenstände befanden. Er hätte geradewegs den Gang hinunter zum Lichtschalter gehen können, ohne auch nur einen falschen Schritt zu tun. »Sie haben vermutlich eine bessere Vorstellung davon, wo der Lichtschalter ist«, sagte er und ließ ihre Schulter los. »Tasten Sie sich einfach mit der Hand die Kreideablage entlang, und dann brauchen Sie nur an der Wand bleiben.«

»Das ist aber gegen die Vorschriften«, meinte sie. »Die Musiklehrerin sieht es gar nicht gern, wenn die Kinder so mit den Händen an der Wand herumtappen.«

Nichts in ihrer Stimme deutete darauf hin, daß sie auch nur eine Ahnung hatte, wie nahe sie beide einer Katastrophe gewesen waren, und wahrscheinlich wußte sie es wirklich nicht. Sie war glücklich verheiratet mit diesem Gymnastiklehrer. Sie hatte eine halbwüchsige Tochter, die sich aufs College vorbereitete, und eine, die auswärts Volleyball spielte. Sie hatte wahrscheinlich gar nicht einmal bemerkt, daß sie sich in diesem Raum kaum bewegen konnten, ohne einander zu berühren.

»Ich bin sicher, die Musiklehrerin wird eine Ausnahme machen«, sagte er, »schließlich ist das ein Notfall.«

Er wußte, daß sie stehengeblieben war, eine Hand bereits auf dem Lichtschalter. »Ich weiß.«

Sie drehte das Licht an. »Ich glaube, ich sollte mal ein Wörtchen mit dem Klassenlehrer von der Dritten reden«, meinte sie und öffnete die Tür.

»Das sollten Sie wirklich«, sagte er.

Nach dem Unterricht ging Dr. Lejeune ins Sekretariat, um Mr. Paprocki zu fragen, ob sie von seinem Büro aus ein Ferngespräch mit dem Fermilab anmelden könnte.

»Es ist nicht zu fassen«, sagte Sherri. »Der letzte Junggeselle im ganzen Bundesstaat, und der geht weg.«

»Wer geht weg?« fragte Dr. Lejeune. »Dr. Simons?«

»Ja. Er kam gegen halb drei herauf und sagte, er gebe auf, und wir sollen bitte Dr. Young ausrichten, er gehe zurück nach Tibet.«

»Ist das alles, was er gesagt hat? Hat er eine schriftliche Nachricht hinterlassen?«

»Nein«, sagte Sherri. »Es ist einfach gemein. Dabei hab ich gerade meine gesamte Garderobe auf Fuchsienrot umgestellt.«

Dr. Lejeune ging Dr. Young suchen. Er war in der dritten Klasse und verteilte Zuckerlutscher. »Andrew macht nicht mehr mit«, sagte sie.

»Ich weiß«, antwortete er und reichte ihr einen Lutscher.

»Er sagt, er geht zurück nach Tibet«, sagte sie. »Wollen Sie nicht versuchen, ihn aufzuhalten?«

»Aufhalten?« meinte er. »Warum denn? Wenn er hier unglücklich ist, nutzt er uns bei dem Projekt wohl nicht mehr viel, oder? Außerdem«, er wickelte sich einen Zukkerlutscher aus —, »können Sie doch auch mit einer Videokamera umgehen, oder?«

»Sie haben ihn eigens aus Tibet hergeholt. Sie sagten, er sei ideal.«

»Ich weiß«, sagte er und musterte nachdenklich den Lutscher. »Aber wir machen wohl alle mal Fehler.«

»Ich hätte ihn mit Bev Frantz bekanntmachen sollen, solange noch Gelegenheit dazu war«, murmelte Dr. Lejeune.

»Wie?« sagte Dr. Young.

»Ich meinte, was wird nun aus Ihrem Projekt?«

»Das Projekt«, sagte Dr. Young und schob den Lutscher in den Mund, »geht voran wie vorgesehen.«

»Ich hab schlechte Nachrichten«, sagte Sherri, als Carolyn am nächsten Morgen in die Schule kam.

»Sag nichts!« bat Carolyn und musterte den Zeitplan für ihre Tests. »Pam Lopez' Mutter ist mit dem evangelischen Pfarrer durchgebrannt.«

Sherri ging auf die Herausforderung nicht ein. »Dr. Simons ist fort«, sagte sie.

»Oh«, machte Carolyn und setzte Brendan James ans Ende der Liste von der ersten Klasse. »Wohin ist er denn?«

»Nach Tibet.«

Gut, dachte Carolyn. Vielleicht kannst du dann aufhören, dich wie eine Studentin zu benehmen. Du bist nicht mehr neunzehn und in einem Mädchenwohnheim zu Hause. Du bist einundvierzig und verheiratet und hast zwei Kinder, und es ist viel besser, wenn er wieder in Tibet ist statt da unten in dem Musikzimmer, wo man sich kaum umdrehen kann, ohne einander zu berühren. »Wird Dr. Young das Projekt fortführen?« fragte sie.

»Ja.«

Brendan James' Mutter war auch verheiratet und hatte zwei Kinder, dachte Carolyn, aber was in aller Welt ist mit dir los? Brendan James' Mutter ist eine dumme Pute und war immer eine, und du liebst deinen Mann, du liebst Liz und Wendy, und selbst wenn sie jetzt gerade von Gymnastik und Volleyball und College ein bißchen viel in Anspruch genommen sind, ist das doch kein Grund, sich wie ein verknallter Teenager aufzuführen. »Ich frage mich, wer seine Aufgaben übernehmen wird. Dr. Young selbst?«

»Ich weiß es nicht. Also ehrlich, du scheinst es dir nicht sehr zu Herzen zu nehmen, daß er weg ist«, bemerkte Sherry. »Nun, vielleicht macht es dir wirklich nichts aus, daß der letzte noch zu habende Mann weit und breit eben zu einem anderen Kontinent aufgebrochen ist, aber mir schon.«

Ein anderer Kontinent, dachte Carolyn. Die Universität war nicht weit genug. Selbst die Duke-Universität war nicht weit genug. Es mußte schon Tibet sein.

»Es ist doch noch Mr. Paprocki da«, sagte Carolyn und ging in den Musikraum hinunter.

»Dr. Simons wurde plötzlich abberufen«, erklärte ihr Dr. Young. Er zeigte eben Dr. Lejeune, wie man mit der Videokamera umging. »Irgendeine Art von Notfall«, sagte er.

Irgendeine Art von Notfall. ›Dies ist ein Notfall‹, hatte Andrew gesagt und nicht gewußt, wie recht er hatte. Mitten in dem undurchdringlichen Dunkel hatte sie nämlich genau gewußt, wo er stand. Sie hatte die eigene Hand vor den Augen nicht sehen können, sie hatte den Spektralanalysator nicht finden können, bis sie hineinkrachte, aber sie hatte genau gewußt, wo Andrew stand. Sie hatte gedacht: Ich brauche ihm nur die Hände in den Nacken legen und zu mir herunterzuziehen ...

»Tut mir leid, wenn ich störe!« rief Sherri und hielt Carolyn eine Notiz hin. »Ich hab schlechte Nachrichten. Die Oberschule hat eben angerufen. Liz hat die Windpocken.«

Andrew nahm den Greyhound-Bus zurück zur Universität. Irgend jemand hatte auf dem Nebensitz ein Exemplar von *McCall's* liegengelassen. Die Titelseite zeigte ein Bild von Elizabeth Taylor und die Schlagzeile ›Sind Sie reif für eine Affäre? Unser Test gibt Ihnen die Antwort‹.

Er füllte die Testfragen so aus, wie Carolyn sie vermutlich beantwortet hätte. Er erinnerte sich, daß sie erwähnt hatte, ihr Mann sei Gymnastiklehrer, deshalb antwortete er ja bei ›Ich bin viel allein‹. Ebenfalls ja schrieb er hin bei der Frage, die besagte: ›Ich habe manchmal Tagträume von einer Beziehung zu jemanden, den ich kenne‹, obwohl er sicher war, daß das lediglich seinem Wunschdenken entsprach.

Am Ende des Tests hieß es: ›Geben Sie sich einen

Punkt für jedes Ja. 0—5 Punkte: Sie sind nicht bereit. 6—10: Es dauert nicht mehr lange. 11—15: Bereit oder nicht, reif wären Sie. Über 16 Punkte: GEFAHR!«

Carolyn hatte vier Punkte.

Er starrte für eine Weile aus dem Fenster, dann füllte er den Test für sich selbst aus, wobei er die Fragen so umformulierte, daß sie auch für ihn paßten. Um einen möglichen Geschlechtseinfluß auszuschalten, beantwortete er jede zweite Frage, die mit den Wechseljahren zu tun hatte, mit nein, ebenso die eine, die lautete: ›Ich denke viel an eine alte Flamme.‹ Stephanie Forrester war es nicht, an die er dachte, während er aus dem Fenster starrte, und er fand nicht, daß Carolyn Hendricks der Beschreibung ›alte Flamme‹ entsprach, wo doch weiter nichts passiert war, als daß er gewußt hatte, wo sie in völliger Finsternis stand!

Er bekam zweiundzwanzig Punkte zusammen. Er ging den Test noch einmal durch und beantwortete alle Wechseljahre-Fragen mit nein. Es wurden immer noch siebzehn Punkte.

Dr. Young schien den Verlust von Carolyn genausowenig schwerzunehmen wie den Weggang von Andrew. Genaugenommen wirkte er sogar ausgesprochen heiter, als er Troy Yoder eine Zahlenreihe vorlas. Sobald er fertig war, erbot sich Dr. Lejeune, ihm den nächsten Erstkläßler zu holen, und ging hinauf ins Sekretariat. »Haben Sie diese Tests schon gefunden?« fragte sie Sherri.

»Nein«, antwortete Sherri empört. »Ich hab haufenweise Windpockenfälle am Hals, und *er* weiß nichts Besseres, als von mir doppelte Buchführung beim Milchgeld zu verlangen. Sobald ich eine Sekunde Luft habe, werde ich sie Ihnen ganz bestimmt suchen.«

»Geht in Ordnung«, sagte Dr. Lejeune.

»Wenn es wirklich dringend ist, dann könnten Sie Heidi Dreismeiers Mutter danach fragen«, sagte Sherri.

»Sie hat vermutlich Kopien von den Testfragen heimgeschmuggelt, um Heidi damit zu traktieren.«

»Heidi Dreismeiers Mutter?« fragte Dr. Lejeune. »Wie viele Personen hat Dr. Young eigentlich getestet?«

»Also, er hat zuerst Auswahltests gemacht mit dem gesamten Schulpersonal und den freiwilligen Helfern und allen Müttern, die bei der Vorschülerbetreuung helfen, aber das war nur so eine Art Interview. Ich glaube, fünf sind dann in die engere Wahl gekommen, und mit denen hat er dann eine ganze Reihe von richtigen Tests durchgeführt.«

»Wer waren diese fünf?«

»Also, Carolyn Hendricks natürlich, und Heidis Mutter, und Francine Williams ...«

»Shannons Mutter?« fragte Dr. Lejeune.

»Ja, und wer war da noch?« Sie überlegte eine Minute lang. »Oh, Brendan James' Mutter. Gut, daß sie nicht als erste abgeschnitten hat bei den Tests, nicht? Und Maribeth Greenberg. Sie hat voriges Jahr hier die vierte Klasse unterrichtet.«

»Wie alt war sie?« wollte Dr. Lejeune wissen.

»Vierzig«, antwortete Sherry sofort. »Wir haben nämlich eine Geburtstagsparty für sie veranstaltet, bevor sie wegging.«

»Sie ist nicht vielleicht mit irgendeinem Mannsbild durchgebrannt?«

»Maribeth?« meinte Sherri. »Welch eine Idee! Sie hat gekündigt, weil sie ins Kloster gehen wollte.«

Liz sah nicht allzu schlimm aus, als Carolyn sie von der Oberschule abholte, aber am nächsten Morgen war sie mit Pusteln übersät. »Was soll ich jetzt tun?« jammerte sie. »Nächste Woche sollen die Fotos für unser Abschlußjahrbuch gemacht werden.«

»Ich werde anrufen und einen späteren Termin für dich vereinbaren«, versprach Carolyn, aber das Telefon läutete, bevor sie die Nummer herausgesucht hatte.

»Noch mehr schlechte Nachrichten«, sagte Sherri.

»Wendy?« fragte Carolyn und dachte: Hoffentlich kriegen sie's zur gleichen Zeit!

»Nein, Monica und Ricky Morales. Ich kann ihre Mutter nicht erreichen. Sie arbeitet für ein Immobilienbüro. Und dein Name steht auf der Notfallkarte.«

»Ich komme gleich rüber«, sagte Carolyn. Sie sah nach Liz, die auf der Wohnzimmercouch schlief, und fuhr dann zur Volksschule. Unterwegs blieb sie beim Supermarkt stehen und ergänzte ihren Vorrat an Limo, besorgte Eislutscher und Zinklotion und kaufte auch noch eine Flasche Ingwerbier — sie war jetzt überzeugt, daß dies die fehlende Zutat bei Allisons Selbstmorden war.

Als sie in die Schule kam, saßen Monica und Ricky mit fieberroten Backen und glänzenden Augen bereits im Sekretariat. »Seit heute früh hatten wir fünf Fälle«, berichtete Sherri. »Fünf! Und Heidi Dreismeier hat gebrochen, aber ich glaube, da ist bloß ihr nervöser Magen schuld.« Sie half Monica in die Jacke. »Ich versuche weiter ihre Mutter zu erreichen. Im Büro haben sie gesagt, daß sie irgendeinem Junggesellen Wohnungen zeigt.«

Carolyn führte Monica und Ricky hinaus zum Wagen. Ricky legte sich sofort auf den Rücksitz und wollte nicht mehr aufstehen. Carolyn mußte die Einkäufe in den Kofferraum räumen, damit Monica neben ihr auf dem Beifahrersitz Platz bekam. Sie legte Monica den Gurt an und ließ den Motor an.

»Halt, warte!« rief Sherri und klopfte ans Beifahrerfenster. Carolyn beugte sich hinüber und kurbelte es herunter. »Du kriegst noch jemanden mit«, sagte sie atemlos. »Es war nicht der nervöse Magen. Heidis Brust ist voller Flecken. Oh, beinah hätte ich's vergessen. Don rief an. Er hat versucht, dich zu Hause zu erreichen. Er wird spät heimkommen. Zwei Mädchen von seinem Gymnastikteam hat's erwischt, deshalb müssen er und Linda eine Balkenübung mit einer Neuen ausarbeiten.«

Carolyn drehte den Motor ab. »Warum muß ich Heidi mitnehmen?« wollte sie wissen. »Ihre Mutter arbeitet doch nicht.«

»Die ist auf einem dreitägigen Seminar mit dem Thema ›Wie verbringe ich mehr Zeit mit meinem Kind‹.«

Andrew ging geradewegs zu Dr. Gillis, als er die Universität erreichte, und teilte ihm mit, daß sie auf seine weitere Mitarbeit verzichten müßten. »Ja, ja, Max hat angerufen und mir alles berichtet«, sagte Dr. Gillis. »Es ist zu schade, aber wenn man Sie in Tibet dringend braucht, dann muß wohl unser Projekt zurückstehen. Nun, mal sehen, was wir tun können, um Ihre Rückreise zu beschleunigen.« Er telefonierte mit der Duke-Universität, mit dem amerikanischen Gesandten für Tibet und mit Bev Frantz, mit der er einen Termin für eine Choleraauffrischungsimpfung für Andrew ausmachte, und schließlich fand er ein Zimmer auf dem Campus, wo Andrew wohnen konnte, bis seine Abreise feststand.

Letzteres war keine gute Idee gewesen. Das Zimmer erinnerte ihn zu sehr an das im Studentenheim von Stanford, in jenem ersten Studienjahr, als er sich in Stephanie Forrester verliebt hatte. Er hätte damals Carolyn Hendricks kennenlernen sollen statt Stephanie. Aber damals wäre sie noch nicht Carolyn Hendricks gewesen. Sie wäre gar nicht verheiratet gewesen und hätte auch keine zwei Kinder gehabt, und er hätte sich in sie verlieben können, statt in ein Mädchen, das es übers Herz brachte, einen ihrer alten Verehrer bei ihrer Hochzeit als Platzanweiser anzustellen. Der eine Trauzeuge war auch einer ihrer ehemaligen Verehrer gewesen. Das hatte er Andrew nach einem halben Dutzend Uhrstopper anvertraut, und daraufhin hatten sie beide festgestellt, daß sie noch etliche weitere nötig hätten. Er wußte nicht mehr, wie viele es geworden waren, aber es mußte reichlich gewesen sein, denn am anderen Morgen hatte er sich an überhaupt nichts mehr erinnern können, und Stephanie war ihm gänzlich gleichgültig geworden. Wirklich ein bombensicheres Heilmittel. Eigentlich ein Jammer, daß im Studentenheim Alkohol nicht erlaubt war.

Dr. Young weigerte sich, das Projekt aufzugeben, obwohl gegen Ende der ersten Woche kaum noch Testkandidaten übrig waren. »Wir werden mit den bisher gesammelten Daten arbeiten, bis diese Epidemie vorüber ist«, meinte er durchaus nicht verärgert. »Wie lange dauert es, bis man die Windpocken hinter sich hat?«

»Zwei Wochen«, sagte Dr. Lejeune, »aber Sherri meint, daß es mindestens einen Monat lang immer wieder neue Fälle geben wird. Warum kehren wir nicht zur Universität zurück, bis alles vorbei ist? Wir können die Geräte ja hierlassen.«

»Auf gar keinen Fall!« donnerte Dr. Young. »Genau diese Einstellung ist es, die das Projekt von Anfang an untergraben hat!« Er marschierte hinaus, vermutlich, um mit den bisher gesammelten Daten zu arbeiten.

Wir haben keine brauchbaren Daten, und meine Einstellung ist es nicht, die das Projekt untergräbt, dachte Dr. Lejeune, als sie ins Sekretariat hinaufging. Sie fragte sich, warum er sich so aufgeregt hatte. Andrews Weggehen hatte ihn nicht aufgebracht, Carolyns Weggehen nicht und auch nicht die Windpocken. Allein der Vorschlag, hier die Zelte abzubrechen, hatte seine Glatze hellrot entflammt.

Sherri betupfte einen Viertkläßler mit Zinklotion. »Ich habe endlich diese Tests gefunden«, sagte sie und übergab Dr. Lejeune einen Stapel Papiere. »Es tut mir leid, daß es so lange gedauert hat, aber ich mußte heute vormittag sechs Kinder heimschicken, drei davon zu Carolyn Hendricks.«

Dr. Lejeune blätterte die Testbogen durch. Der oberste Stapel war der Idelman-Ponoffo-Test, den sie bei den Kindern verwendet hatten, und darunter eine ganze Reihe verschiedener psychologischer Tests.

»Und als ob nicht alles schon schlimm genug wäre, hat der Bürohengst gefunden, ich müßte die Freistellungsanträge für Schulexkursionen alphabetisch ordnen.«

Der letzte in dem Stapel war der sogenannte Rick-Test. Dr. Lejeune kannte ihn nicht. Sie bat Sherri, Mr. Paprockis Büro benützen zu dürfen, und rief das Psychologie-Institut ihrer Universität an.

»Damit wird logisches Denken, Verantwortungsbewußtsein sowie Pflichtbewußtsein getestet«, erklärte ihr die Assistentin.

»Wie steht's mit partnerschaftlicher Treue?« wollte Dr. Lejeune wissen.

»Natürlich auch. Tatsächlich hat Dr. Young vom physikalischen Institut diesen Test gerade bei einem seiner Forschungsprojekte verwendet. Er wollte die Wahrscheinlichkeit von Seitensprüngen bei Vierzigjährigen untersuchen.«

»Nehmen wir an, jemand erreicht beim Rick sechshundertzweiundneunzig Punkte, wie hoch ist dann die Wahrscheinlichkeit, daß er oder sie eine außereheliche Beziehung anfängt?«

»Sechshundertzweiundneunzig?« wiederholte die Assistentin. »Praktisch gleich null. Siebenhundert ist nämlich die höchste erreichbare Punktezahl.«

Ideal, dachte Dr. Lejeune. »Sie haben nicht vielleicht zufällig Dr. Andrew Simons' Testergebnis irgendwo aufgezeichnet, oder?«

»Ich weiß, daß Dr. Young einen Rick mit ihm gemacht hat, aber ich weiß nicht recht, wo ...«

»Vergessen Sie's«, sagte Dr. Lejeune. »Ich weiß schon, wie er abgeschnitten hat.«

Zwei Wochen lang untersuchte Carolyn jeden Morgen Wendys Bauch, aber sie fand keinerlei Anzeichen von

Windpocken, obwohl Carolyn bei einer Gelegenheit sogar fünf Patienten beherbergte, in Wendys Bett, in ihrem und Dons Bett und auf der Wohnzimmercouch. »Ich kann nicht krank werden«, erklärte ihr Wendy und zog ihr T-Shirt hinunter, nachdem Carolyn den Bauch begutachtet hatte. »Wir haben heute nachmittag ein Spiel. Ich bin aufgestellt worden. Sarah Perkins ist gestern krank geworden. Trainer Nicotero mußte Auszeit pfeifen und so weiter.«

Das ist es, was ich brauche, dachte Carolyn, als sie Wendy zum Training fuhr. Eine Auszeit. Nur, bei diesem Spiel gibt's so was nicht.

»Ich hab jetzt nur noch Vassar, Carleton und Tufts in der engeren Auswahl«, erklärte Liz, als Carolyn zurückkam. Sie lag auf der Couch, tupfte sich Zinklotion auf die Beine und las College-Prospekte. »Ma, meinst du, daß Videorecorder in den Studentenzimmern wichtig sind?«

Das Telefon läutete. »Es tut mir *ehrlich* leid, daß ich dir das antun muß«, erklärte Sherri, »aber ich weiß mir nicht anders zu helfen. Es geht um Shannon Williams. Ich hab ihre Mutter in der Bank angerufen. Glaubst du, ich hätte das lieber nicht tun sollen?«

»War sie da?«

»Ich weiß nicht«, sagte Sherri und senkte die Stimme. »*Er* war am Apparat und sagte, sie sei nicht da, aber er klang sehr verärgert, und ich glaube, daß sie doch da war. Also kannst du das Mädchen abholen?«

»Ich bin gleich drüben«, sagte Carolyn.

Sie brachte Erin in Wendys Bett unter, mit einem Eislutscher und einem Vorrat von Wendys Comics. »Ich muß Shannon Williams abholen«, erklärte sie Liz, die die Kataloge weggelegt hatte und eine Kindersendung im Fernsehen anschaute.

»Ist ihre Mutter auch Immobilienmaklerin?«

»Nein«, sagte Carolyn. Ihre Mutter ist in großen Schwierigkeiten, wenn ihr Mann draufkommt. Und wie konnte es dazu kommen? Ich weiß, wie es dazu kam, dachte Carolyn. Sie wußte genau, wo er sich befand, und sie dachte nicht an ihren Mann und nicht an ihre Kinder, denn in diesem Augenblick existierten sie gar nicht. Zeitverschiebung, eh? So, als läge dieser eine Moment, als sie im Dunklen standen und sie wußte, daß sie ihm nur die Hände in den Nacken zu legen und ihn zu sich herunterzuziehen brauchte, überhaupt außerhalb der Zeit.

Nur stimmte das nicht. Shannon Williams' Mutter hielt sich selbst zum Narren, wenn sie das glaubte. Es wäre wundervoll, wenn die Menschen ihre Zeit verlassen könnten, wie Dr. Young anscheinend glaubte, zurückgehen könnten in die Studienzeit, in eine unbeschwerte Zeit ohne Pflichten, ohne Familie, ohne Verantwortung, aber es war eben nicht möglich. Und als sie da in der Dunkelheit stand, hätte Shannons Mutter bedenken sollen, wie sehr das ihren Mann verletzen würde. Sie hätte daran denken sollen, wer Shannon zum Volleyballtraining oder zur Zahnregulierung fahren würde, wenn die Scheidung durchgestanden war.

Das Telefon läutete. Es war Don. »Wie steht's daheim?« erkundigte er sich.

»Prächtig«, sagte sie. »Erin Peterson liegt auf der Wohnzimmercouch, ich bin auf dem Sprung, um Shannon Williams abzuholen, wir haben keine Eislutscher mehr *und* keine Zinklotion, und du rufst an, um mir zu sagen, daß du wieder später kommst.«

»Hm ja«, sagte er. »Es tut mir leid, dir auch noch damit zu kommen, da du jetzt mit diesem Haufen Kinder soviel zu tun hast, aber es ist so, daß jemand die Musik für die Bodenübungen völlig gelöscht hat, und morgen findet ein großes Schauturnen statt. Glücklicherweise hat Linda ein zweites Band und einen Doppeldeckrecorder in ihrer Wohnung, deshalb fahren wir schnell rüber, um es zu kopieren. Ich komme heim, sobald ich kann. Und hör mal, nimm's doch ein bißchen leichter. Du klingst schrecklich.«

»Danke herzlich«, sagte Carolyn kalt. Sie öffnete den Kühlschrank. Limo war auch nicht mehr da.

»Genau das meine ich. Du klingst so überreizt. Linda meint, du tust dir einfach zuviel an mit den vielen blatternarbigen Gören. Sie sagt, eine Frau in deinem Alter muß darauf achten, sich nicht zu überfordern.«

»Sonst krieg ich wieder mein Rheuma, was?« sagte sie und legte auf. Sie wählte die Bank und verlangte den Chef der Kreditabteilung.

»Erklären Sie jetzt mal Shannon Williams' Mutter, daß es mir egal ist, ob sie da ist oder nicht, aber sie hat ein krankes Kind und soll gefälligst kommen und es abholen«, sagte sie und legte auf.

Das Telefon läutete. »Ich habe schlechte Nachrichten«, sagte Sherri.

»Es ist mir ganz egal, wer es ist«, erklärte Carolyn. »Die Mutter soll selber kommen und das Kind abholen.«

»Es ist Wendy«, sagte Sherri.

Nach gut drei Wochen begannen einige schorffleckige Kinder wieder in die Schule zurückzutröpfeln, aber Dr. Young zeigte keinerlei Interesse daran, sie zu testen.

»Wenn wir den Musikraum schon nicht mehr brauchen, warum können wir dann nicht wenigstens einen Teil der Geräte wegbringen, damit die Musiklehrerin wieder hineinkann?« schlug Dr. Lejeune vor.

»Sie stellen mir auf keinen Fall irgend etwas irgendwo anders hin«, fauchte Dr. Young, und sein kahler Schädel nahm Fuchsienfarbe an. »Diese Einstellung ist es ...«

»Ich weiß schon«, sagte Dr. Lejeune, aber sie ging trotzdem ins Musikzimmer hinunter. Sie konnte wenigstens die Geräte ein wenig umstellen, damit die Musiklehrerin das Klavier erreichte.

Sie montierte die Videokamera ab und legte sie in den Instrumentenschrank. Ganz hinten zwischen zwei Xylophonen lag eine Taschenlampe. Die konnte nützlich sein, wenn wieder jemand das Licht abdrehte. Sie steckte sie in die Tasche und zwängte sich zum Klavier durch, um den Temporaloszillator beiseite zu räumen. Dabei fiel ihr auf, daß der graue Kasten, der keinerlei Anschlüsse hatte, noch auf dem Klavier stand, die beiden kleineren flachen jedoch nicht mehr.

Sie ging ins Sekretariat hinauf und rief Carolyn an. »Hat Ihnen Dr. Young irgend etwas mit nach Hause gegeben?« fragte sie.

»Die Durchschriften von den Interviews«, antwortete Carolyn müde. »Er meinte, ich hätte vielleicht Zeit, sie durchzuarbeiten, aber ich hab hier ein halbes Dutzend ...«

»Es ist nicht vielleicht ein flaches graues Kästchen dabei?« unterbrach Dr. Lejeune.

»Kann ich mir nicht vorstellen. Einen Augenblick!« bat Carolyn. Sie blieb ziemlich lange weg. »Ja, sorry, es ist doch so was dabei. Keine Ahnung, wie das zu den Durchschriften gekommen ist. Möchten Sie, daß ich es in die Schule bringe?«

»Nein«, sagte Dr. Lejeune. »Wir können's mitnehmen, wenn wir die Testunterlagen abholen. Machen Sie sich deshalb keine Gedanken.«

»Fehlt das andere eigentlich auch? Es standen nämlich zwei gleiche solche Dinger auf dem Klavier.«

»Nein, es fehlt nicht«, sagte Dr. Lejeune. »Ich weiß genau, wo es ist.«

Auch mit der Hilfe von Dr. Gillis dauerte es drei Wochen, bis alles geregelt war, und dann hatte Andrew noch Schwierigkeiten, einen Flug nach L.A. zu bekommen. Die Maschine, in der er schließlich noch einen Platz bekam, war überfüllt. Er saß zwischen einem schnarchenden Mann und einem kleinen Mädchen eingezwängt. Als die Hosteß mit dem Getränkewagen durchkam, bestellte er einen Uhrstopper.

»Bedaure, Sir«, sagte sie. »Diesen Drink kenne ich nicht. Wie mixt man ihn?«

»Ich will'n Cola«, erklärte das kleine Mädchen.

»Geben Sie mir einfach ein Bier und ein Glas Wein, dann mische ich ihn mir selber«, sagte er.

»Es tut mir leid, Sir. Ich darf Ihnen nur einen Drink auf einmal servieren.«

»Na gut«, sagte er und wies auf den schlafenden Mann im Fenstersitz. »Geben Sie ihm ein Bier und mir Wein, und ich zahle beides.«

Die Hosteß klatschte eine Papierserviette auf sein Tischchen und setzte einen dicken Plastikbecher darauf, in dem ein schauerliches braunrosafarbenes Gebräu herumschwappte. Es war nicht annähernd die Menge, die für irgendeine Wirkung ausgereicht hätte, außer daß es auch so schmeckte, wie es aussah. Er trank es trotzdem.

Das kleine Mädchen nahm ihr Glas in beide Hände und versuchte den schwankenden Strohhalm mit den Zähnen zu erwischen. »Ich besuche meine Ma«, erzählte sie dabei. »Sie lebt in Santa Monica. Mein Pa wohnt in Philadelphia. Sie sind nämlich geschieden.«

»Oh?« machte Andrew. Er drehte sich in seinem Sitz um und versuchte, den Blick der Stewardeß aufzufangen, aber der Getränkewagen stand bereits fünfzehn Reihen weiter hinten.

»Meine Ma ist nach Kalifornien gegangen, um sich selbst zu verwirklichen«, sagte das kleine Mädchen. Sie stellte das Glas hin und begann durch das Röhrchen hineinzublasen. »Sie lebt mit diesem Carlos zusammen. Er spielt Tennis.«

Die Drinks verschwanden in den hinteren Gefilden der Maschine.

»Mein Pa hat eine neue Freundin, die heißt Heather.«

Eine andere Hosteß kam mit Kopfhörern vorbei und fragte: »Möchten Sie den Film sehen? Diesen Monat haben wir das Nostalgie-Programm.«

»Wie heißt der Film?« fragte das kleine Mädchen, knickte das Trinkröhrchen in der Mitte und versuchte, damit von oben her zu trinken.

»›Die große Liebe meines Lebens‹.«

Andrew ließ sich die Kopfhörer geben. Er setzte sie auf, drehte die Lautstärke so weit wie möglich hinunter und schloß die Augen.

»Mein Psychiater sagt, die Scheidung hat eine traumatische Auswirkung auf mich gehabt«, sagte das kleine Mädchen, wobei es den Strohhalm über den Kopf hielt und die Tropfen mit der Zunge aufzufangen versuchte. »Er sagt, ich fühle mich vernachlässigt und verlassen.«

Andrew nahm die Kopfhörer ab und setzte sie dem kleinen Mädchen auf. Er klappte die Sitzlehne hinunter, zog dem schlafenden Mann die Decke weg und starrte aus dem Fenster in den grauen Himmel hinaus. Es sah aus, als werde es bald zu schneien beginnen.

Dr. Lejeune wartete, bis alle Lehrer das Gebäude verlassen hatten, und ging dann hinunter in den Musikraun, wo sie den grauen Kasten mit dem Ein-Aus-Schalter holte. Sie nahm ihn mit nach oben ins Sekretariat, wo sie Sherri fragte, wo Mr. Paprocki sei.

»Er hat Aufsicht beim letzten Schülerbus«, erklärte Sherri. »Ein Lehrer von der Zweiten mußte mittags mit Windpocken heimgehen.«

»Oh«, sagte Dr. Lejeune. »Hat er Ihnen das mit dem Musikraum gesagt?«

Sherri schüttelte den Kopf. Sie wirkte ein bißchen abgehetzt, und sie trug auch nichts Fuchsienfarbenes, aber das tat nichts zur Sache.

»Er möchte, daß Sie den Stapel Notenblätter nach der Tonart der Musikstücke ordnen«, sagte sie.

Kaum war Sherri nach unten unterwegs, marschierte Dr. Lejeune hinaus auf den Schulhof. Sie traf Mr. Paprocki, der eben zurückkam. »Sherri schickt mich, um

Sie zu holen. Sie ist im Musikraum. Ich fürchte, sie hat auch die Windpocken.«

Mr. Paprocki verschwand im Eiltempo. Dr. Lejeune folgte langsamer, immer noch den grauen Kasten unter dem Arm, und als er ganz im Musikzimmer, im hinteren Teil war, schaltete sie das Licht aus.

»He!« riefen Sherri und Mr. Paprocki unisono.

Dr. Lejeune sperrte die Tür ab und ging hinauf in den Kindergarten-Vorschulraum. »Ich will jetzt wissen, was da vorgeht«, sagte sie.

Dr. Young saß am Computer. »Was vorgeht?« wiederholte er und drehte sich um. »Was meinen Sie damit?« Er bemerkte den grauen Kasten. Seine Glatze wurde schreckensblaß. »Was tun Sie damit?«

»Ich werde den Temporaloszillator in etwa zehn Sekunden ausschalten, wenn Sie mir nicht sagen, was vorgeht«, sagte sie und hielt die Hand über den Schalter. »Das *ist* doch der Temporaloszillator, nicht wahr? Gleich neben den tragbaren Sender-Empfängern, die Sie heimlich mitgeschickt haben, einen zu Carolyn — und wo ist der von Andrew Simons? In seinem Gepäck?«

»Ja«, sagte Dr. Young. »Tun Sie's nicht — was wollen Sie wissen?«

»Ich will wissen, worum es bei Ihrem Projekt wirklich geht, und erzählen Sie mir bloß nicht, daß Sie die Hodiechronen von Kindergartenkindern untersuchen, weil ich weiß, daß das nur ein Ablenkungsmanöver ist«, sagte sie. »Was tun Sie da eigentlich? Sie stellen eine Hausfrau an, deren Mann nie zu Hause ist, und einen Psychologen, der fünf Jahre lang ohne Sex auskommen mußte, und Sie stecken die beiden in einen winzigen Raum, wo sie sich nicht umdrehen können, ohne einander zu berühren, und dann schalten Sie das Licht aus, und bearbeiten sie mit Infraschall-Einflüsterungen.« Ihre Hand schloß sich fester um den Schalter. »Sie wollten ganz offensichtlich, daß sie ein Verhältnis miteinander anfangen, und ich will wissen, wieso!«

»Ich wollte gar nicht, daß sie ein Verhältnis anfangen«, murmelte er.

»Ich glaube Ihnen nicht«, sagte sie und packte den Schalter.

»Es stimmt aber! Also gut, ich sage Ihnen alles! Nur nehmen Sie die Hand von dem Schalter!«

Dr. Lejeune tat ihm den Gefallen. Er ließ sich auf einen der kleinen Kindergartensessel sinken. »Der Zustand höchster Erregung ist unbedingt erforderlich, sowohl im physikalischen als auch im psychischen Sinn, aber Infraschall und unterbewußte Beeinflussung reichen nicht aus, um allein einen Zustand höchster emotioneller Erregung zu erzeugen, deshalb brauchte ich Versuchspersonen, die von vornherein unter Streß standen. Menschen, die eine Midlife-Krise durchmachen, leiden auch ziemlich unter Streß. Sie grübeln über das Altwerden, über den Tod nach und sehnen sich nach vergangenen Zeiten. Die meisten finden irgendein Ventil für diese Sehnsucht ...«

»Zum Beispiel, wenn man mit dem Lebensgefühl-Vertreter durchbrennt«, meinte Dr. Lejeune.

»Oder zu Gott findet«, sagte Dr. Young, »oder sich wie besessen in die Arbeit stürzt oder sich zwanghaft dauernd mit den Kindern beschäftigt.«

»Aber Leute, die sechshundertneunzig Punkte beim Rick erreichen, finden keine Ventile.«

»Richtig. Deshalb befinden sich ihre Hodiechronen in einem Zustand höchster Erregung.«

»Und wenn sie's noch nicht waren, dann haben Sie dafür gesorgt«, stellte Dr. Lejeune grimmig fest. »Was haben Sie außer der Infraschall-Beeinflussung noch angestellt? Sherri bestochen, daß sie den Klatsch über Shannon Williams' Mutter und ihren Freund in der Bank überall herumerzählt? Ein paar Windpockenviren freigesetzt?«

»Mit Sherri oder den Windpocken hatte ich nichts zu tun«, erklärte er pikiert. »Ich versuchte lediglich, die jeweilige Erregung zu maximieren, um die Hodiechronen der Versuchspersonen zu destabilisieren. Stabile Hodiechronen können nicht verschoben werden.«

»Und was ist mit Carolyn und Andrew?«

»Die liefern nur die temporale Energie, die dann im Oszillator gespeichert wird. Die eigentlichen Zeitverschiebungsexperimente werden mit Laborratten durchgeführt werden.«

»Oh, sie liefern nur die temporale Energie! Und wie ist das, was geschieht mit ihnen danach?«

»Nichts geschieht mit ihnen danach«, sagte Dr. Young und machte Miene, sich auf das Speichergerät zu stürzen. »Der Temporaloszillator übt keinerlei Wirkung auf sie aus.«

»Keinerlei Wirkung? Und was ist mit den Gefühlen, die Sie aufgewühlt haben? Wie sollen die beiden damit fertigwerden?«

»Sie werden darüber hinwegkommen, sobald sie keinen Kontakt mehr mit dem Temporaloszillator haben. Ihr Erregungsniveau wird langsam wieder auf das Normalmaß absinken, und nach einer Weile werden sie das alles vergessen haben. Ich weiß nicht, warum Sie sich solche Sorgen machen. Sie werden ja wohl kaum noch ein Verhältnis haben, nachdem Andrew auf dem Weg nach Tibet ist und ich beabsichtige, Linda zur Schauspieleragentur zurückzuschicken, sobald ...«

»Sie haben Linda angestellt!« Dr. Lejeunes Hand krampfte sich um den Schalter.

»Es war notwendig. Carolyn hatte sechshundertneunzig beim Rick. Sonst kam niemand auch nur über fünfhundert. Aber sie war zu glücklich verheiratet.«

»Und Sie wünschten maximale Erregung, daher mußten Sie ihre Ehe kaputtmachen.«

»Oh, das glaube ich gar nicht«, sagte Dr. Young, der sich vorsichtig näher pirschte. »Ihr Mann hatte vierhundertachtzig, und Linda hatte genaueste Anweisungen ...«

»Sie wünschten maximale Erregung«, sagte Dr. Lejeune so wütend, daß ihr die Stimme kaum gehorchte, »also holten Sie sich die vermutlich letzten beiden Leute auf der Welt, die ihren Partner nicht betrügen würden, und dann manipulierten Sie und drangsalierten und beeinflußten ihr Unterbewußtsein so lange, bis sie sich verliebt hatten und unglücklich waren, und dann wollten Sie verschwinden und die beiden in diesem Zustand ihrem Schicksal überlassen, als leichte Beute für das erstbeste tibetanische Barmädchen oder irgendeinen Farbberater, nicht wahr? So ist es doch?«

Dr. Young wagte sich noch ein paar Schritte näher. »Ich glaube, Sie übertreiben. Sie haben beide im Rick über sechshundert erreicht. Sie werden nicht plötzlich mit irgendwem anderen davonlaufen. Andrew wird zurückkehren in sein Lamakloster, und Carolyn wird zurückgehen zu ihrem Mann.«

»Und was ist mit den Kränkungen, dem Mißtrauen, dem Verlangen, den ganzen Gefühlen, die Sie mutwillig aufgerührt haben? Was ist mit ihrer Sehnsucht nach der Vergangenheit?«

»Das wird bei meinen Zeitverschiebungsversuchen verwendet werden«, sagte Dr. Young.

»Den Teufel wird es tun!«

Dr. Young packte den Temporaloszillator und entriß ihn ihr, bevor sie den Schalter umlegen konnte. »Ich durfte nicht zulassen, daß Sie schalten«, sagte er. »Es ist völlig ungewiß, was die plötzliche Freisetzung einer solchen Menge temporaler Energie anrichten könnte.«

»Ihre Bedenken kommen zu spät«, sagte sie. »Ich habe es schon getan.«

Linda rief an, kaum daß Don zu dem staatlichen Turnertreffen aufgebrochen war. »Ich wollte ihn eigentlich nur fragen, ob ich Übernachtungsgepäck mitnehmen soll. Der Wetterbericht klingt ganz so, als müßten wir bis morgen bleiben. Geht bei euch immer noch diese Windpockenepidemie um?«

»Ja«, sagte Carolyn, »und das ist eine sehr ansteckende Krankheit. Er hat sie noch nicht gehabt, und es wäre doch fürchterlich, wenn Sie sie bekämen, bei diesen knappen Trikots und so weiter!«

Nachdem sie aufgelegt hatte, machte sie die Runde bei ihren Patienten. Liz war auf der Couch eingeschlafen, eine Texas A&M-Broschüre in der Hand. Susy Hopkins lag in ihrem Ehebettt. Ihre Mutter hatte angerufen und gesagt, sie müsse wegen der vielen Windpockenfälle die Spätschicht in der Kinderstation übernehmen. Wendy bekam immer noch neue Pusteln. Sie wirkte fiebrig.

Carolyn legte eine Hand auf Wendys Stirn in der Erwartung, sie werde sich heiß anfühlen, aber sie empfand sie als kühl. Sie fühlte ihre eigene Stirn. Warm, zu warm. Offenbar habe ich die Windpocken doch noch nicht gehabt, dachte sie. Aber sie hatte sie gehabt. Auf dem College. Sie war die einzige des ganzen Wohnheims gewesen, die die Krankheit gehabt hatte, und der Arzt hatte einfach nicht verstehen können, wie sie angesteckt worden war.

Sie deckte Wendy zu. Am Fuß des Bettes lag eine Überdecke. Sie nahm sie mit in Liz' Zimmer und legte sich damit hin.

Sie hatte damals zehn Tage lang auf der Krankenstation gelegen, und der Arzt hatte von ihr eine Liste aller Personen verlangt, die sie vielleicht angesteckt hatte, und sie hatte Dons Namen dazugeschrieben, weil er in der Psychologie-Einführung neben ihr saß, und auf diese Weise hatten sie sich kennengelernt.

Es fröstelte sie sehr, obwohl sie sich unter der zu dünnen Decke ganz eingerollt hatte. Der Hals tat ihr weh. Ich kriege wirklich die Windpocken, dachte sie. Nur ist das gar nicht möglich. Ich hab sie schon gehabt, in meinem zweiten College-Jahr, in dem Herbstsemester, als

Allison in Europa war. Ich erinnere mich jetzt ganz genau. Sie legte eine Hand unter die glühende Wange und schlief ein.

Das Licht ging aus, und er konnte überhaupt nichts mehr sehen. Er tat einen Schritt vorwärts und krachte gegen irgend etwas. Einen Papierkorb. Er hatte keine Ahnung gehabt, daß da neben der Bar ein Papierkorb stand. Er versuchte, ihn wieder aufzustellen, und stieß sich dabei das Knie an einem anderen Gegenstand. Einem Sessel. Es hatte in der Bar auch keine Sessel gegeben. Nicht einmal Barhocker. Er und Stephanie Forresters Trauzeuge hatten sich praktisch an der Theke aufrechthalten müssen, während sie ihre Uhrstopper hinuntergossen. Er war offensichtlich wieder in seinem Zimmer im Studentenheim.

»Wer ist da?« fragte eine weibliche Stimme. »Ist da jemand?«

Er war nicht in seinem Zimmer. Er trat einen Schritt zurück und krachte noch einmal gegen den Papierkorb.

»Ich weiß, das jemand da ist«, sagte die Stimme und klang jetzt ziemlich ängstlich. Er hörte einen Krach, und dann mußte sie die Vorhänge weggezogen oder eine Jalousie hinaufgelassen haben, denn auf einmal sah er sie in dem blassen Licht einer Straßenlaterne.

Sie saß aufrecht im Bett, eine Art Überdecke um die Schultern. Ein offenes Buch lag neben ihr. Sie mußte beim Lesen eingeschlafen sein. Auf dem Schreibtisch stand eine Uhr. Sie zeigte halb vier. Die Lampe, die sie vermutlich hatte anknipsen wollen, lag neben dem Bett auf dem Boden. Er bückte sich, um sie aufzuheben.

»Kommen Sie ja nicht näher!« rief das Mädchen und rutschte von ihm weg bis ans Kopfende. Sie drückte die Decke fest an sich. »Wie sind Sie überhaupt hier reingekonmen?«

»Ich weiß es nicht.« Er schaute sich um. An der Tür war die Sicherheitskette eingehängt. Das Fenster. Vielleicht war er zum Fenster hereingestiegen und hatte es hinter sich geschlossen. Es schneite draußen. Dichte Flocken wirbelten durch den Lichtkegel der Straßenlaterne, und er bemerkte das unberührte Schneepolster auf dem Fenstersims. »Ich weiß es nicht«, wiederholte er hilflos.

Das Mädchen hatte ebenfalls zum Fenster und zur versperrten Tür geblickt. »Sind Sie ein Freund von Allison?« fragte sie.

»Nein.« Stephanie Forrester. Er hatte bei Stephanie Forresters Hochzeit ausgeholfen und ... »Sind Sie eine Freundin von Stephanie?«

»Nein«, sagte sie. »Sie sind betrunken, wie?«

Das mußte es sein. Er war betrunken. Das würde eine Reihe von Dingen erklären, unter anderem, warum er sich nicht erinnern konnte, was er mitten in der Nacht im Zimmer eines völlig unbekannten Mädchens zu suchen hatte. »Ich bin betrunken«, sagte er, und plötzlich kam ihm die Erinnerung. »Ich hab Uhrstopper getrunken, mit Stephanies Trauzeugen. Bier und Wein. Gemischt.«

»Das wird's gewesen sein«, meinte sie. Es klang nicht mehr sehr ängstlich. Sie hatte die Decke ein wenig herunterrutschen lassen, und er stellte fest, daß sie ein braunes T-Shirt trug, das ihr gerade bis zu den Hüften reichte. Nebraska State College stand in gelben Buchstaben quer über der Brust. Er versuchte, sich darüber nicht zu sehr den Kopf zu zerbrechen. Und über den Schnee.

Es mußte eine ganz einfache Erklärung für das alles geben. Es hatte zu schneien begonnen, während er und der Festordner in der Bar waren. Es schneite manchmal in Kalifornien. Ihr Freund aus Nebraska hatte ihr das T-Shirt geschenkt.

»Haben Sie einen Freund?« fragte er und bereute es im nächsten Augenblick. Sie schaute sich wild um nach irgendeinem Gegenstand, der als Verteidigungswaffe dienen konnte. »Wegen des T-Shirts«, sagte er hastig. »Ich hab nur gedacht, Ihr Freund hat's Ihnen geschenkt, nachdem es nicht von dieser Hochschule ist.«

»Es *ist* von dieser Hochschule«, sagte sie. »Nebraska State College.«

»In *Nebraska?*« sagte er. Er tappte nach der Lehne des Schreibtischsessels und hätte ihn beinahe noch einmal umgeworfen.

»Wo haben Sie eigentlich diese Uhrstopper getrunken?« fragte das Mädchen.

»In Kalifornien.«

Eine ganze Minute lang sagte keiner von beiden etwas. Endlich fragte das Mädchen: »Erinnern Sie sich überhaupt nicht, wie Sie hierhergekommen sind?«

»Doch«, sagte er. »Ich habe ... Nein.«

»Denken Sie nicht dran, dann fällt es Ihnen schon wieder ein«, sagte das Mädchen. Ihre Miene wirkte verstört. »Mir ist, als hätte ich das schon einmal gesagt — oder jemand anders zu mir. Nur hab ich dieses komische Gefühl, daß das noch gar nicht geschehen ist.«

Sie beugte sich vor, auf die Hände gestützt, und musterte ihn scharf. »Irgendwie kenne ich Sie«, sagte sie. »Sie sind ein Temporalpsychologe.«

»Ich bin ein Anglistikstudent«, antwortete er. »Ich habe Uhrstopper hinuntergegossen, mit Stephanie Forresters Trauzeugen, und ganz plötzlich wurde es finster, ein Dunkel, wie ich's noch nie ...«

»›Niemand ist weise, der nicht *das* Dunkel kennt‹«, zitierte das Mädchen.

Der Stuhl krachte zu Boden. »Ich kenne Sie!« rief er. »Sie sind Carolyn Hendricks.«

Sie schüttelte den Kopf. »Ich heiße Carolyn Rutherford.«

»Das ist Ihr Mädchenname. Nach der Heirat heißen Sie Hendricks.«

»Ich bin nicht verheiratet«, sagte sie, und ihre Miene wurde wieder ein wenig ängstlich.

»Noch nicht. Aber Sie werden heiraten, und Sie werden zwei Töchter haben.«

»Sie sind Dr. Andrew Simons«, sagte sie unvermittelt. »Sie haben die letzten fünf Jahre in Tibet verbracht und *Déjà-vu*-Effekte studiert.«

»Ich habe die letzten fünf Jahre in der High School und in Stanford verbracht. Und wieso sollte ich mich mit *Déjà vu* beschäftigen? Mein Hauptfach ist Anglistik.«

»*War* Anglistik. Ich glaube, nach heute nacht werden Sie vermutlich auf Psychologie umsatteln.« Sie richtete sich auf. »Hendricks, wie? Ich glaube, da gibt's einen Hendricks in meinem Psychologiekurs.«

»Aber Sie haben ihn noch nicht kennengelernt«, sagte er, nun nicht mehr verwirrt, nicht mehr beunruhigt. »Und wir haben uns auch noch nicht kennengelernt. Aber wir werden uns kennenlernen. In ungefähr zwanzig Jahren.«

»Ja«, sagte sie, »und da werde ich verheiratet sein und zwei Töchter haben, und Sie gehen nach Tibet.«

»Und es wird keine Möglichkeit mehr für ein Beisammensein geben, weil wir uns zur falschen Zeit kennenlernen«, sagte er.

»Aber jetzt ist alles möglich«, sagte sie. »Es ist halb vier.« Sie lächelte leise und beugte sich, auf die Hände gestützt, näher zu ihm hin. »Nach Mitternacht kontrollieren sie nie die Zimmer.«

»Aber was ist mit — mit deiner Zimmerkollegin?« fragte er ein wenig atemlos, und ihr freudig überraschter Blick traf ihn wie ein Blitz.

»Oh«, antwortete sie fröhlich, »in diesem Semester ist Allison in Europa!«

»Um ein Haar hätte ich dich nicht gefunden«, sagte Don. Er beugte sich mit einem Becher in der Hand über sie.

»Susi lag in unserem Bett«, sagte sie verschlafen.

»Wie habt ihr abgeschnitten?« Sie setzte sich auf und zog die Decke über die Knie.

»Wir sind Zweite geworden.« Er setzte sich zu ihr aufs Bett und reichte ihr den Becher. »Jennifer Whipple ist krank geworden und konnte ihre Barrenübung nicht vorführen, und Linda hat gekündigt. Wie geht's dir denn jetzt?«

»Prima«, sagte sie und probierte einen Schluck. »Was ist das?«

»Ein Selbstmord«, sagte er. »Mir ist eingefallen, daß du im College ganz versessen auf das Zeug warst, deshalb bin ich noch schnell beim Supermarkt rein und hab Ingwerbier besorgt und ...«

»Ingwerbier!« rief Carolyn. »Das war es, was mir von den Zutaten nicht mehr eingefallen ist.« Sie nahm noch einen Schluck. »Es schmeckt genauso wie die Drinks, die Allison uns immer mixte. Oh, da ich gerade von Allison spreche — mir ist endlich eingefallen, wann ich die Windpocken hatte. In dem Semester, als Allison in Europa war. Es ist wirklich sonderbar. Ich ... Linda hat gekündigt?«

»Mitten während einer Übung am Pferd. Sie ist nicht einmal mit uns im Bus zurückgefahren. Ich hab versucht, dich anzurufen.«

»Um mir zu sagen, daß sie gekündigt hat?« fragte sie.

»Nein, um dir zu sagen, daß du die Windpocken wirklich gehabt hast. Als Jennifer so plötzlich krank wurde, ist mir auf einmal eingefallen, daß du sie im College gehabt hast. Mir ist schleierhaft, wie ich das vergessen konnte, weil wir uns doch deswegen kennengelernt haben. Ich hab dich auf der Krankenstation besucht.«

»Ich weiß«, sagte Carolyn. »Der Arzt wollte eine Liste von den Leuten, die ich angesteckt haben könnte, und ich hab deinen Namen aufgeschrieben, weil du im Psychologiekurs neben mir gesessen hast.«

»Du hast grauenhaft ausgeschaut«, grinste er »Du warst übersät mit Schorfflecken. Und wie ich so bei dir saß, hatte ich die komische Vision, daß wir zwei verheiratet und zwei Kinder hätten, die beide die Windpocken bekommen. Ich kann mir nicht vorstellen, daß Linda das verstanden hat.«

»Du hast Linda das erzählt?«

»Mhm. Sie meinte, daß du am Telefon so komisch geklungen hast, so wie jemand, der sich irgend etwas eingefangen hat, und da ist mir plötzlich eingefallen, wie ich dich kennengelernt habe, und da hab ich ihr eben alles erzählt.«

»Kein Wunder, daß sie gekündigt hat.«

»Na ja, es war vielleicht wirklich langweilig für ein junges Mädchen wie sie, wenn ihr ein alter Knacker da lang und breit seine alte Geschichte erzählt. Das Sonderbare dabei ist, daß es mir aber gar nicht wie eine alte Geschichte vorkommt, weißt du. Mir kommt's vor, als sei das irgendwie gerade erst gestern passiert.«

»Ich weiß«, sagte Carolyn. »Das ist nicht das einzige Sonderbare. Ich ...«

»Hör mal, Schatz, ich muß noch mal in die Schule«, sagte Don. Er tätschelte ihr das Knie. »Ich muß die Ausrüstung abladen. Ich wollte nur vorher nach dir schauen, weil du nicht ans Telefon gegangen bist.«

Sie nahm die Decke um die Schultern und folgte ihm ins Wohnzimmer. »Ich hab's nicht läuten hören«, sagte sie. »Jedenfalls, das war nicht das einzige Sonderbare. Ich ...«

»Ich hab mich für ein College entschieden«, erklärte Liz. Sie saß auf der Couch und tupfte sich Zinklotion auf die Arme. »NSC!«

»NSC?« sagte Carolyn. »Ich dachte du hättest Vassar, Carleton und Tufts als engere Wahl übrigbehalten.«

»Na ja, das stimmt schon, aber ich konnte nicht schlafen, weil es mich überall juckte, und da hab ich daran denken müssen, wie du und Pa immer davon schwärmen, wie toll's am NSC war, und deshalb habe ich beschlossen, dorthin zu gehen.«

»Es war toll«, sagte Don. »Dort hab ich eure Mutter kennengelernt. Sie hatte die Windpocken und ...«

»Ich *weiß*«, stöhnte Liz. »Das hast du schon tausendmal erzählt.«

»Der alte Knacker schlägt wieder zu«, grinste Don. Er gab Carolyn einen Kuß. »Ich werde in ungefähr einer Stunde zurücksein, wenn ich nicht beim Entladen des Busses plötzlich vor Altersschwäche zusammenbreche.« Er küßte Carolyn noch einmal.

»Ich versteh nicht, wie das sooo romantisch sein kann, wenn man die Windpocken hat«, meinte Liz, als er fort war.

»Es war romantisch«, sagte Carolyn.

Dr. Lejeune besuchte Andrew in der Krankenstation der Universität. »Sherri Paprocki läßt grüßen«, sagte sie. »Sie möchte wissen, wie Sie die Windpocken kriegen konnten. Die Inkubationszeit dauert nur zwei Wochen, und Sie haben sie erst fünf Wochen nach Ihrem Weggehen bekommen.«

»Auf dem Flug nach L.A. habe ich neben einem kleinen Mädchen gesessen, das vielleicht schon die Ansteckung in sich trug«, sagte er. »Nur gut, daß ich doch nicht in Tibet zurück bin.«

»Entschuldigen Sie«, sagte Bev Frantz, die mit dem Thermometer hereingekommen war. »Ich muß Fieber messen.«

»Wunderbar«, sagte Andrew. »Ich hab mich schon gefreut, Sie wie ...«

Sie steckte ihm die Temperatursonde in den Mund und blickte auf das Gerät. Er lächelte zu ihr hinauf. Sie konzentrierte sich verbissen auf die LED-Anzeige.

Er schaute gar nicht krank aus, wenn man von den zinklotiongetränkten Schorfflecken überall im Gesicht und an den Armen absah. Tatsächlich schaute er besser denn je aus, fand Dr. Lejeune. Glücklicher.

Das Gerät piepste. Bev nahm ihm den Sensor aus dem Mund und steckte ihn in die Halterung zurück. Sie wandte sich an Dr. Lejeune. »Dr. Young hat nach Ihnen gefragt.«

»Sie sollten wirklich zu ihm gehen«, sagte Andrew. »Ich glaube, er möchte Sie um Verzeihung bitten.«

»Sie sind derjenige, bei dem er sich entschuldigen sollte«, sagte sie, aber dann warf sie ihm einen forschenden Blick zu. »Oder doch nicht? Sind Sie sicher, daß Sie die Windpocken von diesem kleinen Mädchen im Flugzeug bekamen?«

»Max hat viel für Sie übrig, wissen Sie«, meinte Andrew. »Er sagte mir, der eigentliche Grund für dieses Projekt war sein Wunsch, Sie zu beeindrucken.«

»Hmm«, äußerte Dr. Lejeune nur. Sie verabschiedete sich von Andrew und trat hinaus in den Gang.

»Sagen Sie, könnte ich wohl kurz mit Ihnen über Dr. Simons reden?« fragte Bev. »Ich hab ihn wirklich gern, aber als er das erste Mal da war wegen seiner Cholera-Auffrischung, da hatte ich den Eindruck, er sei in eine andere verliebt.«

»Das stimmt«, sagte Dr. Lejeune. »In ein Mädchen, das er vom College kannte. Aber das ist lange her. Ich würde mir darüber wirklich keine Gedanken machen.«

Sie wollte schon zur Tür hinaus, doch dann machte sie kehrt und betrat das Zimmer von Max Young. Er schaute fürchterlich aus. Selbst seine Glatze war mit Pockenbläschen bedeckt, und an beiden Händen trug er Fäustlinge, die an den Handgelenken festgeklebt waren. »Also?« fragte er. »Hat er sie schon um ein Rendezvous gebeten?«

»Wer?« fragte Dr. Lejeune.

»Andrew. Hat er Bev schon gefragt? Ich hab ihm gesagt, er solle sich ranhalten, solange sie noch in seiner Reichweite ist. Seit ich hier bin, versuche ich, die beiden zusammenzubringen. Es ist das mindeste, was ich tun kann.«

»Ich dachte, Sie seien der Meinung, Kuppelei sei ein Substitut für Sex.«

»Stimmt. Und meine Zeitmaschine war es eigentlich auch. Ich wollte in der Zeit zurück und wieder jung sein.«

»So alt sind Sie doch gar nicht«, sagte sie. »Immerhin haben Sie eine Kinderkrankheit gekriegt, oder?«

»Und dabei ist gar nichts passiert, wußten Sie das? Diese ganze aufgestaute Zeitenergie wird auf einmal freigesetzt — und nichts! Carolyn hat die ganze Zeit über geschlafen.« Er hob die vermummte Hand und versuchte sich im Gesicht zu kratzen, ließ die Hand aber wieder fallen. Noch nie in ihrem ganzen Leben hatte ihr jemand so leid getan.

»Soll ich Ihnen ein bißchen Zinklotion drauftun?« fragte sie.

»Und auch mit ihm ist rein gar nichts passiert.«

»Er hat die Windpocken bekommen.« Sie öffnete das Fläschchen mit der Lotion und tupfte ihm ein wenig auf die Wange. »Wußten Sie, daß Carolyn diese Krankheit auf dem College hatte und dabei die einzige Person im ganzen Studentenheim war, die sie bekam? Niemand hat je herausbekommen, wie sie sich angesteckt haben könnte. Nun, ich persönlich bin überzeugt, daß sie sich von den kranken Kindern angesteckt hat, die bei ihr einquartiert waren. Und jetzt hat Andrew die Windpocken, und kein Mensch hat eine Ahnung, wie *er* sich angesteckt haben könnte.«

»Er meint, er habe sie von einem kleinen Mädchen, das im Flugzeug neben ihm saß.«

»Ich persönlich glaube, er hat sie von Carolyn.« Sie stand auf und tupfte ihm Zinklotion auf die Glatze.

»Sie glauben ...«, sagte er merklich munterer.

»Ihre Theorie besagt doch, daß ein ganzes Hodiechron verschoben werden kann. Einschließlich etlicher Windpockenviren. Nehmen wir einmal an, Carolyn hat die Windpocken von einem ihrer Pfleglinge aufgeschnappt und war schon Krankheitsüberträger, hatte aber noch keine sichtbaren Symptome. Und nehmen wir weiter an, sie hat dann Andrew damit angesteckt, als sie auf dem College beisammen waren.«

»Wir könnten die Fluglinien alle anrufen und herausbekommen, wer das kleine Mädchen war und ob es wirklich die Windpocken bekommen hat«, sagte er aufgeregt. Er zerrte an den Heftpflasterstreifen, die seine Fäustlinge festhielten. »Wir können den Versuch wiederholen. Heidi Dreismeiers Mutter hatte vierhundertneunzig Punkte, und wir finden gewiß ...« Er brach ab und ließ die Hände wieder in den Schoß fallen. »Wir können es nicht noch einmal tun. Sie hatten recht. Ich hätte nicht im Leben anderer Menschen herumpfuschen dürfen.«

»Wer redet denn davon, daß Sie im Leben anderer herumpfuschen sollen? Weshalb können wir den Versuch denn nicht mit uns selber wiederholen? Ich komme mir alt vor, ich sehne mich nach meiner Jugend und ich habe ein ganz normales Bedürfnis nach Sex wie andere auch, die schon verzweifeln. Ich wäre liebend gern mit Ihnen in einem engen kleinen Zimmer eingeschlossen.«

Dr. Young packte ihre Hände mit den Fäustlingen. »Ich finde nicht, daß Sie alt sind«, sagte er. Er beugte sich vor, um ihr einen schüchternen Kuß auf die Wange zu drücken.

Bev kam mit dem Thermometer herein. »Oh, Verzeihung«, meinte sie, »ich bin offenbar zur falschen Zeit hereingeplatzt.«

»Das können wir vielleicht ändern«, sagte Dr. Lejeune.

Originaltitel: ›Time-Out‹
Aus: ›Isaac Asimov's Science Fiction Magazine, Juli 1989

Deutsche Übersetzung von Yoma Cap

Mark W. Tiedemann

Auf der Abschußliste

Danielle Crissa öffnete die Tür und musterte freundlich lächelnd den Fremden, der auf den Stufen vor ihrer Haustür stand. Das helle Morgenlicht zeichnete seine Gestalt als dunkle Silhouette. Er trug einen dunkelgrünen Mantel und einen Trachtenhut aus den Alpen, in dessen breitem rotgoldenen Hutband eine Gänsefeder steckte. Beide Kleidungsstücke paßten in keiner Weise zu dem Mann. Mit Hilfe des Radar-Scannerbildes hatte sie sich — ehe sie hinunterging, um die Tür zu öffnen — vergewissert, daß der Mann nicht bewaffnet war. Überhaupt ließ seine Haltung eher auf den Wunsch schließen, sein Vorhaben aufzugeben und die lange, enge Straße hinunterzuflüchten. Genau diesen Wunsch drückte auch seine Miene aus, mehr als alles andere.

Ein Luftkissenwagen schwebte vorbei und erschreckte die Pferde vor einer Wagenladung von Baumstämmen. Eine Gruppe Jugendlicher, die alle schwarze Baskenmützen mit dem rot-weiß-grünen Zeichen der Iberischen Unabhängigkeitsbewegung trugen, schlenderten auf der anderen Straßenseite vorbei und unterhielten sich angeregt und lautstark. Zwei grünuniformierte Polizisten, die gerade mit einer Reisegruppe aus Skandinavien sprachen, beobachteten sie unauffällig. Kinder verteilten eifrig Flugblätter an die Passanten.

»Ich bin Dani«, sagte die Frau. »Sie sind Olin?«

Der Mann blinzelte, trat vorsichtig einen Schritt näher heran und nickte. Sein Blick huschte unsicher über ihr seidenes Hemdkleid und ihre langen braunen Beine.

Danielle trat beiseite. »Bitte, kommen Sie herein! Ich habe Sie schon erwartet.«

Als er durch die Tür trat, rief einer der Jugendlichen auf der anderen Straßenseite laut: »Otro cliente por la puta creida?«

Die Polizisten bei den Touristen murmelten eine Entschuldigung und gingen auf die jungen Basken zu. Danielle schloß die Tür. Seit die Bewegung, die Spanien in die Welt-Konföderation bringen wollte, auf die mehrheitliche Unterstützung der Bevölkerung zählen konnte, wagten sich die Basken immer stärker an die Öffentlichkeit. Sie hatten ihren Ruf nach Unabhängigkeit geschickt mit dem Gedankengut des spanischen Nationalismus gekoppelt — eine weitere Strömung in der politischen Landschaft. Danielle empfand dafür wenig Sympathie und hielt die meisten Anhänger für Randalierer und politisch Unterentwickelte.

»Pamplona füllt sich langsam für San Fermin«, bemerkte sie zu ihrem Besucher, der verlegen im langen Korridor stehengeblieben war. »In einer Woche werden die Menschen in Türeingängen, auf Café-Stühlen und auf den Straßen übernachten.«

Er runzelte verständnislos die Stirn.

»Sie haben noch nie das Fest von San Fermin miterlebt?«

»Ich fürchte, nein. Leider hatte ich bisher kaum Gelegenheit zum Reisen.«

Danielle schüttelte den Kopf. »Das ist aber wirklich schade. Sie sollten, wenn Sie die Möglichkeit haben, wieder herkommen und sich das Treiben anschauen.« Sie öffnete die Tür eines kleinen Zimmers. »Sie können Ihre Sachen dort abstellen und sich ein wenig frisch machen. Sie finden mich im Wohnzimmer.« Sie wandte sich um, durchquerte die Diele und betrat durch die linke Tür das Wohnzimmer. Sie setzte sich in den hochlehnigen Ohrensessel in der Ecke neben dem rechteckigen Fenster, das auf die Straße hinausging. Als Olin ins

Zimmer trat, wartete sie gespannt, was er sich zuerst anschauen würde. Sein Blick wanderte über die Vitrine mit kleinen Raritäten und Kostbarkeiten, das Regal mit Magazinen und Büchern und blieb an einem Foto an der Wand hängen. Es zeigte Präsident Manuel Adibba von der Welt-Konföderation.

»Nehmen Sie bitte Platz!« Sie deutete auf einen Sessel gegenüber dem Fenster. »Ihr Name ist Olin Staniscek, ist das richtig?«

Er setzte sich unbeholfen und sah sie an. In seinem Blick erkannte sie Furcht, Mißtrauen und Müdigkeit. Er war ein Mann in mittleren Jahren, um die fünfundvierzig, mit einem schlanken Körper, vollem Haar, das langsam ergraute, und großen dunkelbraunen Augen.

»Ja, das stimmt. Und Sie sind ...«

»Nennen Sie mich einfach Dani — eine Abkürzung für Danielle.«

Er beobachtete sie einige Sekunden lang und schaute dann unzufrieden aus dem Fenster.

»Stimmt etwas nicht?«

»Ich habe es langsam satt, mit Leuten zu verkehren, die keine Nachnamen haben.«

»Er wäre bedeutungslos, selbst wenn ich Ihnen meinen Namen verriete. Für Sie und für mich. Haben Sie eine Kennkarte?«

Olin ließ die rechte Hand in die Jackentasche gleiten und reichte ihr eine dünne Karte.

Danielle erhob sich und deutete auf eine dunkle Vitrine unter dem Foto. »Da steht Wein, Bier und Cognac. Bedienen Sie sich. Ich bin in ein paar Minuten zurück.«

Sie verriegelte die Tür hinter sich, stieg die mit Teppich ausgelegten Stufen hinauf in den zweiten Stock, durchquerte das Schlafzimmer und blieb vor einer ebenfalls verriegelten Tür stehen. Sie drückte den Daumen auf den Kontakt. Die Tür glitt auf, und sie betrat das kleine Büro. Dort schob sie die Karte in einen Scanner, schaltete den Computer ein und wartete ein paar

Sekunden lang, bis die Daten auf dem Schirm auftauchten.

Zuerst erschien auf dem Schirm ein Bild des Mannes und rotierte langsam um 360 Grad. Es folgten weitere Daten:

OLIN STANISCEK, BIOSIM CORPORATION, VERTRAG AUSLAUFEND, OPTION 6-10-27, TRANSFER-VERHANDLUNGEN MIT TOWER ENTERPRISES, STATUS SCHWEBEND. UNBEDINGT FESTHALTEN BIS ZUR KONTAKTAUFNAHME, EX. OPTION, CODE 19, AUF DER ABSCHUSSLISTE.

Danielle runzelte die Stirn. Sie berührte einen anderen Kontakt, und ein weiterer Schirm über dem Scanner wurde hell. Olin saß auf seinem Platz und starrte aus dem Fenster. Danielle gab eine Scanner-Sequenz ein und wartete auf die Daten. Der Schirm zeigte Datensäulen, in denen die biologischen Einheiten, aber auch Metall- und Plastikbestandteile aufgelistet waren. Beim Anblick der Daten schüttelte sie erneut den Kopf. Zuviel Metall und Plastik. Seine Herzschlagfrequenz war normal, seine Temperatur aber zu hoch. Sie aktivierte ein weiteres Radarprogramm, erhielt aber auch diesmal keinen Hinweis auf irgendwelche Waffen. Vielleicht mußte der Monitor mal wieder gewartet werden.

Sie ließ vom Computer die Karte auswerfen und ging zu ihrem Besucher zurück. Olin las gerade ein Flugblatt. Als sie eintrat, hob er den Kopf. »Was ist das?« fragte er und deutete auf das Flugblatt.

»Einer der Jungen auf der Straße hat es mir in die Hand gedrückt.« Danielle warf einen Blick darauf. »Verhaltensregeln zu San Fermin. Die Polizei gibt sie heraus, um die Menschen zu informieren, welche Verhaltensweisen strafbar sind. Und das sind fast alle.«

Olin nickte. »Scheint ja tatsächlich ein Riesenfest zu werden. Schade, daß ich das verpassen werde.«

»Möglich, daß Sie es doch erleben.«

»Was wollen Sie damit sagen?«

Sie gab ihm seine Karte zurück. »Ich soll Sie hier in Pamplona festhalten, bis ich eine anderslautende Weisung erhalte.« Sie musterte ihn neugierig. »Ihre Karte verrät nicht, wer Sie sind oder warum Sie mit Biosim brechen.«

»Ist das wichtig?«

Danielle hob die Schultern. »Wenn sich ein X für längere Zeit in meinem Haus aufhält, möchte ich schon den Grund wissen.«

»Ein X?«

»Ein Mann mit Exekutiv-Option, ein Überläufer oder Abwerber — X ist ein unbekannter Faktor. Sie wurden nicht auf dem schnellsten Weg durch die Pipeline geschickt. Das macht Sie zu einem Unbekannten. Im Normalfall wären Sie heute abend wieder abgeholt und nach San Sebastian gebracht worden. In Ihrem Fall weiß ich nicht, wann Sie wieder gehen. Peinlich für mich.«

Olin richtete den Blick auf das Foto. »Auf dem Bild da erkenne ich Adibba. Ich hatte nicht erwartet, daß jemand, der für die Corporation arbeitet, eine politische Meinung besitzt.«

»Wie naiv! Haben Sie denn Ihre menschlichen Eigenschaften aufgegeben, nur weil Biosim Sie eingestellt hat?«

Seine Lippen spannten sich zu einem schmalen Strich.

»Wollen Sie mir auf meine Frage keine Antwort geben?«

Olin sah sie an und schüttelte den Kopf.

»Auch eine Antwort«, bemerkte Danielle und wandte sich von ihm ab. »Kommen Sie, ich zeige Ihnen Ihr Zimmer.«

Im ersten Stockwerk ihres Hauses lagen vier Räume: das Wohnzimmer, die Küche, das Eßzimmer und ein kleines Schlafzimmer, das kaum größer war als ein überdimensionaler begehbarer Kleiderschrank. Das einzige Badezimmer befand sich im zweiten Geschoß auf dem Gang gegenüber von Danielles Schlafzimmer. Flügeltüren öffneten sich vom Schlafzimmer auf einen Balkon über der Straße.

»Von meinem Balkon habe ich einen sehr guten Blick auf den Umzug und den Lauf«, erklärte sie. »Jedes Jahr kommen ein oder zwei Gäste, um ihn von hier aus zu verfolgen. Sollten Sie nächsten Samstag noch hier sein, werde ich Ihnen eine Identität schneidern und Ihre Anwesenheit erklären. Einige meiner Freunde wissen ohnehin Bescheid.«

Er seufzte müde, sagte aber nichts dazu. Danielle zeigte ihm, wo sich in der Küche die Lebensmittel befanden.

»Ist vorher schon mal jemand länger als einen Tag geblieben?«

»Nein.«

Er wartete darauf, daß sie weiterredete. Als sie schwieg, nickte er und betrat das kleine Gästezimmer. Danielle lehnte sich mit verschränkten Armen gegen den Türrahmen. »Ich bin in Pamplona als Hure bekannt. Ich habe zwar eine Lizenz dazu, was aber nicht heißt, daß ich diese Art der Tätigkeit auch ausübe.«

Er hob die Augenbrauen.

»Ich will Sie lediglich mit der Hausordnung vertraut machen.« Ihr Körper straffte sich. »Eine weitere Vorschrift lautet, daß Sie das Haus nicht ohne meine Erlaubnis verlassen dürfen. Alle Türschlösser im Haus sind auf meinen Daumenabdruck programmiert, die Türen selbst durch Sprengladungen gesichert.« Sie lächelte. »Wenn Sie etwas brauchen, benutzen Sie das Intercom über dem Bett. Ich wünsche Ihnen einen angenehmen Aufenthalt, Mr. Staniscek.«

Sie stieg nach oben, schlüpfte in weite Ledershorts und halbhohe Stiefel aus Kalbsleder, zog dazu einen dunkelbraunen Sweater über und stülpte sich eine schwarze Baseball-Mütze auf den Kopf. In die Scheiden, die in jeden Stiefelschacht eingearbeitet waren, steckte sie zwei lange Messer. Danach verriegelte sie die Tür zum Büro und ging hinunter. Olin beobachtete sie von der Tür des Gästezimmers aus mit besorgter Miene. Danielle verschloß die Eingangstür und ging in nördlicher Richtung die belebte Straße hinauf. Obwohl das Festival erst in zehn Tagen stattfand, wurden an den Fassaden der Häuser schon die Holzwände und Verschalungen befestigt. Sie bildeten die lange Gasse, durch die die Stiere hinter den Läufern in weißen Musselinhosen und Hemden mit roten Schärpen herstürmen würden. Acht Tage lang würden in Pamplona wieder Übermut und Verrücktheit regieren. Danielle sah Leute, die lange Knoblauchgebinde wie Ketten um den Hals gehängt hatten und gemeinsam sangen. Junge Menschen aus den verschiedensten Nationen flanierten die Estafa auf und ab, erfüllten den Platz mit lautem Lachen und Gesang. Doppelstreifen der Polizei schoben sich durch das Gedränge, doch keiner schien Notiz von ihnen zu nehmen.

Danielle überquerte den Platz und setzte sich vor der Bar Txoco an einen Tisch. Sie lächelte. Gegen ihren Willen liebte sie diese Wochen, liebte die Hektik und Erregung, die die Menschen seit Jahrhunderten jedes Jahr um diese Zeit ergriff. Seit sie sich vor vier Jahren vom aktiven Dienst im Feld zurückgezogen hatte, betrieb sie ihre Station hier in relativer Ruhe.

»Señorita?« Der Kellner lächelte sie an und stellte ein Glas Wein vor sie hin. »Heute wieder Anschovis?«

»Nein, danke, Roberto. Haben Sie schon Señor Vallechi gesehen?«

»Heute morgen war er noch nicht hier, doch in den letzten vier Tagen erschien er immer so gegen elf Uhr.«

Roberto warf einen Blick auf die Uhr. »Jetzt ist es zwanzig vor elf.«

»Dann warte ich.«

Eine Gruppe Militanter mit schwarzen Baskenmützen kam über den Platz. Sie stießen die Passanten nicht direkt beiseite, sondern bildeten einen Stoßkeil, dem die Leute meist rechtzeitig auswichen. Einer von ihnen sah zu Danielle herüber. Seine Augen weiteten sich. Er machte eine Bemerkung zu seinen Kumpanen und zeigte auf sie. Danielle nahm einen Schluck von dem süßen Rotwein und schaute in eine andere Richtung, beobachtete die Gruppe aber aus den Augenwinkeln.

Die Basken blieben stehen und schauten in die Richtung, in die ihr Kumpan zeigte. Eine Weile diskutierten sie lautstark. Ihr Anführer — zumindest der, den Danielle für den Anführer hielt — runzelte die Stirn und schüttelte den Kopf. Schließlich lösten sich zwei aus der Gruppe und kamen auf sie zu.

»Ach nee, die Señorita Hure«, sagte der Jüngere und setzte sich. Er sprach absichtlich laut, damit die Passanten zu ihnen herübersahen. »So früh schon bei der Arbeit?«

Danielle hob das Glas an die Lippen und musterte ihn kühl. »Verschwinde, Kleiner, ehe du verlorengehst.«

Sein schiefes Grinsen gefror ihm im Gesicht, und er ballte die Hand auf der Platte zur Faust. »Besser, du verschwindest, ehe du alles verlierst.«

Roberto kam heraus und trat neben ihn. »Belästigt dieser Hundesohn Sie, Señorita?«

Der andere Baske drängte den Kellner rückwärts gegen einen besetzten Tisch. Der jüngere griff mit seiner rechten Hand nach Danielle. Sie wich nach rechts aus, packte die Hand des Burschen, schmetterte sie gegen die Tischkante und drückte sie dann nach unten. Der Bursch verzog das Gesicht vor Schmerz, versuchte sich aus ihrem Griff zu befreien, beugte sich vor und wollte aufspringen. Mit einer blitzschnellen Bewegung zerschmetterte Danielle das Weinglas auf der Tischplatte und hielt den gezackten Scherben kaum einen Zentimeter vor das linke Auge des Angreifers. Er erstarrte mitten in der Bewegung und stierte gebannt auf das glitzernde Glas.

Der andere Militante stand gebückt über einem Stuhl. Ein untersetzter Mann hatte ihm den Arm auf den Rükken gedreht und lächelte Danielle fröhlich zu. »Guten Morgen, Dani«, sagte er sanft. »Wie stehen die Dinge denn immer so?«

»Nicht schlecht, Carlos, obwohl es besser sein könnte.«

Robertos Blicke wanderten ungnädig zwischen den beiden jungen Basken hin und her. Sein Gesicht war vor Ärger und Verlegenheit rot angelaufen. Ein Dutzend Schritte weiter beobachteten zwei Polizisten das Geschehen, bereit, im Ernstfall sofort einzugreifen. Danielle schenkte ihnen ein Lächeln und nickte. Sie salutierten und schauten beiseite. Danielle wandte sich ihrem Basken zu.

»Verschwinde, und mach mich nie wieder an! Sonst beiße ich dich.« Sie drückte die überdehnte Hand ein wenig weiter nach unten und spürte wie der Knorpel nachgab. Der Bursche riß vor Schmerz den Mund auf. Schweiß rann ihm über das verzerrte blasse Gesicht, doch er wagte nicht, sich zu rühren. Als Danielle seine Hand losließ, machte er einen Satz rückwärts und riß dabei einen Stuhl um. Carlos drehte seinen Mann unsanft herum und verabreichte ihm einen kräftigen Tritt. Die Zuschauer lachten laut. Carlos drehte sich zu ihnen um und vollführte eine tiefe theatralische Verbeugung. »Roberto!« Er bückte sich und stellte den Stuhl wieder an den Tisch. »Ein neues Glas für Señorita Danielle! Was für ein Lokal führen Sie hier eigentlich? Zerbrochene Gläser sind doch nicht zum Trinken da.«

»Sofort, Señor Vallechi!« Roberto verschwand auf der Stelle.

Die Basken machten sich rasch durch die Menge davon.

Mit einer Flasche und zwei Gläsern kam Roberto zurück. Carlos zog den Korken und goß die Gläser voll. »Danielle, heiraten Sie mich!«

Sie lächelte. »Armer Carlos. Ich kann nicht. Sie kennen mich doch, ich bin die jungfräuliche Hure. Kein Mann ...«

»... darf jemals behaupten, Sie zu besitzen. Ja, ich weiß, und trotzdem versuche ich es. Verzeihen Sie mir!«

»Es gibt nichts zu verzeihen.«

Carlos deutete mit dem Daumen über die Schulter zum Platz hinüber. »Sie werden immer dreister. Adibba scheint ihnen schwer im Magen zu liegen mit seinem Gerede vom Beitritt Spaniens zur Welt-Konföderation.«

Danielle schüttelte den Kopf. »Die sind überempfindlich. Warum können sie nicht begreifen, daß ihre Beteiligung an einer solchen Regierung nur Vorteile bringt?«

Carlos hob die Schultern. »Sie sind eben Basken und gewohnt zu kämpfen. Sie haben so lange für ihre Unabhängigkeit gekämpft, daß sie nicht mehr wissen, was Frieden eigentlich ist. Außerdem hatten wir zehn Jahre lang keinen Aufruhr mehr in der Bevölkerung, und daher langweilen sie sich. Adibba ist nur ein Vorwand für sie, sich wieder ins Rampenlicht zu schieben und Kinder und unverheiratete Frauen zu belästigen.« Er grinste. »Aber Politik ist sicher nicht die richtige Einstimmung auf die Festlichkeiten zu San Fermin.«

Sie runzelte die Stirn. »Das hat weniger mit Politik zu tun als mit Vernunft. Adibba ...«

Carlos hob abwehrend die Hand. »Ich weiß, er ist Ihr Held. Ich stimme zu, ich stimme zu, ich bin anderer Meinung, ich stimme zu. Also bitte! Die Diskussion ist doch schon vorgezeichnet. Sie brauchen nur noch meine Antworten einzufügen, wo immer Sie wollen, und fertig ist die Argumentation. Trinken Sie!«

Sie lachte, als er in einem Zug das halbe Glas hinunterstürzte. Er grinste, wischte sich den Mund mit dem Hemdärmel ab und sah plötzlich zu Boden. Dann bückte er sich und hob etwas auf.

»Ein Souvenir«, brummte er und warf eine schwarze Baskenmütze vor ihr auf den Tisch. »Ich würde es an Ihrer Stelle erst mal gründlich reinigen, ehe ich es aufsetzte. Denn Sie können ja nicht wissen, wo es überall herumgeflogen ist.« Damit schaute sich Carlos nach Roberto um und wedelte mit dem Arm. »Hallo, ein paar Anschovis bitte!«

»Ich brauche etwas, Carlos«, sagte Daniele.

»Aha, bestimmt ein Job für mich. Was kann ich für Sie tun?« Mit theatralischer Geste tippte er sich an die Schläfe. »Meine Datenbank steht Ihnen zur freien Verfügung.«

»Welche Daten haben Sie über Deals, die Biosim oder Tower Enterprises betreffen und erst kürzlich abgewikkelt wurden?«

»Mmm, zwei sehr große Unternehmen — und sehr komplex. Eine Menge Daten. Können Sie das nicht etwas näher spezifizieren?«

»Abwerbung, Überläufer.«

Carlos hob dramatisch die Schultern, lächelte aber, als Roberto einen Teller mit Anschovis servierte. Mit seitlich geneigtem Kopf, als lausche er einer inneren Stimme, knabberte er gedankenverloren an einer Sardelle. Danielle fragte sich, wie es sein mochte, wie er mit Implantaten zu leben, die ständig mit Datenbanken verbunden waren. Sie machten ihn zu einem der meistbeschäftigten Unabhängigen im Land. Nach mehreren Sekunden schaute er auf. »Bei beiden wenigstens jeweils ein halbes Dutzend«, sagte er. »Die Mehrzahl davon ist unbedeutend, aber zwei Produktionsleiter von der São Paulo-Niederlassung von Tower gingen zu Biosim, und ein R- und D-Mann von Biosim nahm den umgekehrten Weg. Ich bin sicher, es gibt viel Ärger wegen solcher Untreue bei beiden Unternehmen.«

»Dieser R- und D-Mann — haben Sie einen Namen? Seine Abteilung?«

»Staniscek. Prothesenentwicklung.« Carlos sah sie fragend an. »Sagt Ihnen das was?«

»Und die beiden von Tower?«

»Mitchell und Velasquez, Waffenabteilung.«

Danielle nickte langsam. »Mitchell ist ursprünglich von der Reider Corporation übergewechselt.«

»Mmm.« Carlos ließ den Blick über die Menschenmenge wandern. »Verspricht eine schöne *feria* zu werden dieses Jahr, wie? Sie haben Glück, daß Sie ein Haus an der Estafa haben. Logenplätze für den *enciero,* den Lauf. Darum beneide ich Sie!«

»Wenn es möglich ist, werde ich Sie einladen, Carlos.«

»Oh, das wäre schön! Aber ich glaube, ich werde diesmal mit den Stieren laufen. Das letzte Mal ist schon eine Weile her. Ist ganz gut, mal seine Kräfte zu testen und ab und zu etwas völlig Verrücktes zu tun.«

»Nehmen Sie hin und wieder auch etwas ernst, Carlos?«

Sein Lächeln verschwand, und die Stirn zwischen den buschigen Augenbrauen faltete sich in höchster Konzentration. »Alles, Señorita. Ich nehme alles ernst.« Plötzlich lachte er. »Das ist auch der Grund, warum ich für niemanden arbeite! Ich schulde niemandem etwas außer demjenigen, dem ich etwas schulden will. Oder dem, der am meisten bietet.« Er schob sich eine Sardelle in den Mund, spülte sie mit Wein hinunter, lachte noch lauter und ergriff die schwarze Baskenmütze. »Mir tun diese Kinder leid, die sich falschen politischen Idealen verschrieben haben. Sie vergeuden ihre Jugend an eine Dame, die nicht mal mit ihnen schläft. Das ist ja noch schlimmer, als für eines dieser Unternehmen zu arbeiten.« Er schaute sich um. »Roberto, Käse bitte!«

Zwischendurch: [redacted] Eine merkwürdige Vorstellung: Ein Gesprächspartner, der durch Implantate ständig mit Datenbanken verbunden ist – und trotzdem volkstümliche Tradition und überlieferte Genüsse zu würdigen weiß. [redacted] Wie würden wir uns wohl in seiner Anwesenheit fühlen? Mit diesem Gedanken können wir das Buch für einen Moment beiseite legen – und unsere Gegenwart mit einer kleinen heißen Mahlzeit zwischendurch bereichern. Wie wär's jetzt mit der … [redacted]

Danielle betrat ihr Haus und blieb einen Moment lang lauschend stehen. Mit gerunzelter Stirn ging sie leise zu Olins Zimmer und warf im Vorübergehen die schwarze Baskenmütze auf den Küchentisch. Als sie sich seinem Zimmer näherte, vernahm sie ein schwaches Summen, gelegentlich unterbrochen von einem hohen schrillen Pfeifton. Vorsichtig öffnete sie die Tür.

Olin saß, bis auf die Unterwäsche ausgezogen, auf der Bettkante. Den rechten Fuß hatte er auf den Sessel aus Bambusrohr gelegt. Das Fleisch war glatt und haarlos und zeigte eine einwandfreie gleichmäßige Färbung. Danielle glaubte, im Schenkel etwas durchschimmern zu sehen, das so aussah wie stumpfes Plastik. Doch es war das Knie, das ihren Blick magisch anzog. In der Oberfläche hatte Olin eine runde Platte entfernt, und durch das Loch erkannte Danielle ein Gewirr von Röhren, Drähten und metallfarbenen Teilen. Olin berührte mit einer Nadel einen bestimmten Punkt und las von einem kleinen Instrument in der linken Hand irgendwelche Werte ab.

Danielle beobachtete sich dabei, daß sie einen Moment lang zitterte. Rasch ließ sie den Blick über den übrigen Körper ihres Gastes wandern. Außer einem schmalen Segment im oberen Brustkorb, dem sichtbaren Teil seines Nackens und dem Kopf zeigte er überall dieselbe Farbe, Glätte und Unbehaartheit. Der Körper schimmerte wie stumpfes Plastik.

In diesem Moment blickte Olin auf. Seine Augen weiteten sich, und er legte schnell, sehr schnell das Instrument beiseite, ergriff die Platte neben sich auf dem Bett und schloß die Öffnung im Knie. Dann sprang er auf und zog sich rasch etwas über.

»Prothesen ...« hauchte Danielle.

Olin schoß das Blut ins Gesicht. Verlegen und nachdenklich kaute er auf der Unterlippe herum. Er hatte die Augen zusammengekniffen, offenes Mißtrauen lag in seinem Blick. Danielle runzelte die Stirn.

»Der ganze Körper?« fragte sie.

Zögernd nickte er. »Außer Kopf, Lungen, Magen, Därmen, Gliedmaßen — diesen Dingen eben.« Er schaute beiseite, als schäme er sich. »Der letzte Krieg hat ein paar unangenehme Veränderungen mit sich gebracht — wie zum Beispiel die schwere Myasthenie ...«

»Ihre Spezialität ist zwar die Prothetik«, meinte Danielle, »aber ich wußte nicht, daß diese Kunst schon so weit entwickelt ist.«

»Nun, bis jetzt bin ich der einzige, der mit so vielen Ersatzteilen herumläuft.« Er musterte sie prüfend. »Hören Sie, was — was werden Sie jetzt tun. Ich meine ...«

Danielle durchquerte den Raum und setzte sich auf die Bettkante. »Machen Sie sich keine Sorgen, ich arbeite nicht für die Konkurrenz. Sie werden wie geplant weitergereicht, sobald die Anweisung dazu kommt.« Sie deutete auf den Sessel. »Setzen Sie sich!«

Sie betrachtete ihn und spürte ihre Faszination nur zu deutlich, obwohl sie unangebracht war. Trotzdem versuchte sie nicht, dieses Gefühl zu unterdrücken.

»Es ist nicht einfach, mit Krankheiten zu leben«, meinte sie. »Aber ich weiß nicht, ob es unbedingt leichter ist, etwas zu tun wie — wie das.« Sie zeigte auf seinen Körper.

Olin schien zu lächeln, doch dieses Lächeln beschränkte sich auf ein Verziehen des Mundes — es war zynisch und hart. »Wissen Sie, wie es ist, wach im Bett zu liegen und deutlich zu fühlen, wie die Kraft aus den einzelnen Körperteilen rinnt? Genau zu wissen, daß am nächsten Morgen ein Teil Ihres Körpers nicht mehr Ihren Befehlen gehorcht, daß er einfach aufgehört hat zu funktionieren? Ein Finger, eine Hand, ein Zeh — nur noch totes Gewebe.« Er errötete erneut und schaute beiseite. »Entschuldigen Sie bitte!«

»Ist das schwer?«

»Ich weiß nicht — mir blieb kaum eine andere Möglichkeit.«

»Ich meine, könnten Sie das auch für jemand anderen tun?«

Er hob die Brauen. Nach längerem Schweigen antwortete er: »Ich bin mir nicht sicher, ob ich das möchte. Warum?«

Danielle stand auf. »Was möchten Sie essen? Ich bekomme allmählich Hunger.«

»Oh — ich esse nicht viel.«

»Das kann ich mir vorstellen. Aber was mögen Sie, wenn Sie essen?«

Diesmal gelang Olin wirklich ein scheues Lächeln. »Ich hatte schon immer eine Vorliebe für Lasagne.«

Danielle erwiderte sein Lächeln. »Ich glaube, das schaffe ich gerade noch.«

»Mit zwanzig hat man bei mir die Krankheit festgestellt«, sagte Olin. Er schob den Teller mit über der Hälfte seiner Lasagne zurück und hob das Glas Wein an den Mund. »Damals befand ich mich mitten im Studium — Neurologie. Die Ärzte gaben mir maximal vier Jahre.«

»Und deshalb haben Sie Ihr Studienfach gewechselt?«

»Nicht sofort. Ich hoffte immer noch, ich könnte irgendwie Heilung finden. Ich habe über ein Jahr daran gearbeitet. Dann zeigten sich die ersten größeren Beeinträchtigungen.« Er schwieg für einen Moment. »Es ist wirklich eine schreckliche Krankheit. Über Nacht verliert man die Kontrolle über etwas. Ich verlor in einer Nacht die Bewegungsfähigkeit des linken Fußes und zweier Finger der linken Hand. Darüber war ich sehr erschrocken. Das ganze folgende Jahr über entwickelte ich den größten Teil der Technik für die Prothetik und testete ihn schließlich auch an mir selbst. Biosim wurde aufmerksam und machte mir ein Angebot — freie Hand und alle finanziellen Mittel im Gegenzug für die Vertriebsrechte. Ich habe nicht lange darüber nachgedacht.

Ich wollte nur leben, und bei Biosim fand ich bessere Bedingungen als an der Universität.«

»War es schwer?«

»Im Vergleich wozu? Zum Sterben?«

Danielle hob die Augenbrauen und nahm einen Schluck aus ihrem Weinglas. Sei vorsichtig, mahnte sie sich selbst, doch trotz dieser Ermahnung fühlte sie sich von seinem Schicksal berührt, nahm Anteil daran.

»Die Hardware für diese Zwecke war schon lange auf dem Markt. Aber man hatte noch keine Methode gefunden, sie perfekt an das Nervensystem anzukoppeln. Mein Verdienst — und mein Durchbruch — war lediglich die Entwicklung einer solchen Methode. Das ist alles. Aber sprechen wir doch von Ihnen. Warum machen Sie das hier?«

»Ich warte auf die Revolution«, antwortete sie. Er lachte, und sie lächelte. »Dies ist besser als so manches, was ich für die Gesellschaft getan habe. Fast zehn Jare lang habe ich für Tower Enterprises gearbeitet. Wenn es Adibba gelingt, die Welt zu vereinen, kann ich vielleicht etwas anderes tun.«

»Es ist Ihnen sehr ernst damit, nicht wahr?«

Sie nickte. »Ich habe Manuel Adibba einmal persönlich getroffen. Das war vor langer Zeit — ehe ich Argentinien verließ. Er ist einer der wenigen wirklich aufrichtigen, gutherzigen Menschen, denen ich in meinem Leben begegnet bin.«

»Sie glauben doch nicht im Ernst, daß er alles durchsetzen kann, was er verspricht, oder?«

Sie hob die Schultern. »Schon allein der Versuch verdient meiner Meinung nach Respekt.«

Olin nahm die schwarze Baskenmütze, die auf einem unbenutzten Stuhl lag, in die Hand. »Und was ist mit diesen Zeitgenossen? Spanien ist nicht das einzige Land auf der Welt mit Separatisten und Isolationisten.«

Danielle nickte langsam und starrte auf die Mütze. »Das Problem dieser Strömungen ist, daß sie nicht ausschließlich politisch orientiert sind.« Sie seufzte schwer und erhob sich. »Hat Ihnen das Essen geschmeckt?«

Überrascht schaute Olin auf seinen Teller. »Oh ... Natürlich, es war ausgezeichnet. Aber ich sagte Ihnen ja schon, daß ich nicht sehr viel esse ...«

Sie nahm die Teller und trug sie zur Spüle. Ohne an etwas Besonderes zu denken, räumte sie das Geschirr in die Spülmaschine ein und deckte den Tisch ab. Olin war aufgestanden und beobachtete sie ein paar Schritte vom Tisch entfernt mit dem Weinglas in der Hand. Seine Miene war besorgt — als habe er unbewußt etwas Falsches gesagt oder getan.

»Wie — wie sind Sie in diese Position hier gekommen?« fragte er.

Danielle wischte die Brotkrümel vom Tisch und füllte sie in die hohle Hand. »Man hat mich eingestellt. Ebenso wie Sie. Meine Arbeitgeber setzten mich auf verschiedenen Positionen ein — bis diese hier frei wurde. Ich schien ihnen dafür geeignet.«

»Und warum ausgerechnet Pamplona?«

»Es ist ein ausgezeichneter Ort für diese Arbeit«, antwortete sie und warf die Krümel in den Mülleimer. Danach wusch sie sich an der Spüle die Hände. »Jedes Jahr lockt das Festival Besucher aus aller Welt an. Dann wird es hier turbulent, die Ordnungskräfte drücken beide Augen zu, und die Menschen sind weniger wachsam. Ein Haufen Geschäfte läuft dann hier. Sie würden sich wundern.«

»Sind Sie glücklich?«

Jede andere Frage hätte es ihr ermöglicht, das Gespräch oberflächlich und automatisch fortzusetzen. Doch jetzt hielt sie inne und musterte ihn, als hätte er erst in diesem Moment ihr Haus betreten. Ihre Augen verengten sich, während sie ihn betrachtete und die Falten und Schatten im Gesicht dieses Fremden erforschte. Die Gewißheit, daß sie ihn nicht kannte, ihn vorher nie gesehen hatte, war eine Erkenntnis für sich. Trotzdem war dieses Gefühl ihr nicht fremd. Sie dachte an die Zeit in Argentinien und Brasilien, als sie noch keine feste Anstellung hatte. Erinnerung reihte sich an Erinnerung, öffnete sich, andere Gesichter legten sich wie Schablonen über das seine, hier ein Feind, dort — nein, kein Freund, denn es hatte keinen Freund gegeben — zumindest ein Mensch, den man in den vom Krieg ausgezehrten Ansiedlungen, unter Söldnern und diesen opportunistischen Objektivisten, die ihr Fähnlein immer in den Wind hingen, annähernd als einen solchen betrachten konnte. Der Mann, der immer kam, um mit ihrer Mutter zu schlafen, hatte sie so lange beschützt, bis sie selbst alt genug war, um sein Verlangen zu wecken. Die Frau, die den Kindern Guerillataktiken beibrachte, hatte sie beschützt, bis deren eigener Mann über sie herfiel. Wechselnde Gesichter, wechselnde Bündnisse, wechselnde Ergebnisse. Der Überfall, bei dem man sie faßte und nach São Paulo schickte, die Labors, Männer und Frauen, Dutzende von Gesichtern, die in ihr Leben getreten waren, sie verändert und in die Berge zurückgeschickt hatten, damit sie dort durch ihre Berührung, durch ihre Liebe tötete — unbewußt zuerst, später gewollt und fast süchtig. Ihre durch Menschen bewußt herbeigeführte Abartigkeit und Sucht hatte sie von den tiefsten menschlichen Regungen ausgeschlossen. Vertrauen wurde unmöglich. Sie kämpfte gut, tötete für die Sache — die Revolution. Aber niemand wollte sie, keiner bewies ihr sein Vertrauen durch Freundlichkeit oder gar Freundschaft. Es gab Feinde, die man tötete, und Feinde, die man tolerierte. Unter solchen Gegebenheiten starb das Vertrauen, noch ehe es Gelegenheit zum Wachsen hatte, und mit ihm alle Möglichkeiten zur Freude und zum Glücklichsein.

Auch damals hatte einer gefragt: »Bist du glücklich?«

Sie sah wieder sein Gesicht — das Lächeln, die warmen Augen des Söldners aus dem Ausland, gekommen, um ihnen neue Waffen zu zeigen, sie auf einen noch größeren Aufstand vorzubereiten. Und seine Frage hatte sie in Erstaunen versetzt. Er hatte offenbar ihren starren Blick, ihre ausbleibende Antwort mißdeutet, gelacht und ihr von der großen Welt und einer schöneren Zukunft mit allen Möglichkeiten für ihre Talente erzählt — wenn sie den nächsten Überfall überlebte. Sie hatte den Überfall als einzige überlebt und war entkommen. Erst viel später begriff sie, daß man sie alle als Lockvögel für andere Ziele benutzt hatte, aber der Verlust ihrer Gefährten berührte sie kaum. Sie wollte weg aus diesem Land, dorthin, wo niemand sie kannte, und sie alle die Dinge tun konnte, die sie in Brasilien, Argentinien, Chile oder in Peru niemals tun durfte. Doch es war beim Töten und ständigem Mißtrauen geblieben. Die Unterschiede verwischten sich im Lauf der Zeit, und übrig blieb nur der Wunsch nach einer gewissen Anonymität, nach einem Ort weit weg von allen Entscheidungen über Vertrauen, Tod, Freundschaft. Glück hatte niemals zur Debatte gestanden — nur Ruhe und Friede.

Die Serie von Gesichtern verblaßte und wich dem Gesicht von Olin Staniscek. Sie betrachtete es mit einer Intensität, die ihn sichtlich erschreckte. Vergessen waren die Gesichter und Namen aller Leute, die sie durch dieses Haus geschleust hatte. Sie dachte daran, daß man ihr befehlen könnte, ihn zu töten, und der Gedanke ließ sie erschauern. Sie holte tief Luft und schaute beiseite.

»Ich wollte Ihnen nicht …«

»Wovor laufen Sie davon?« unterbrach sie ihn. »Was hat Biosim von Ihnen verlangt, daß Sie nicht mehr für das Unternehmen arbeiten wollen, daß Sie Ihr Leben riskieren, um zu einer anderen Gesellschaft überzuwechseln?«

Er wand sich sichtlich, schaute an ihr vorbei. »Sie würden es doch nicht verstehen.«

»Schon möglich. Ich habe bis jetzt über einhundert Überläufer durch dieses Haus hier weitergereicht und niemals Fragen gestellt. Wissen Sie, ich führe hier ein recht behagliches Leben — kein glückliches, aber ein bequemes Leben. Ich glaube, ich will es auch so haben. Sie sind der erste, der nicht innerhalb von vierundzwanzig Stunden dieses Haus wieder verläßt. Diese Tatsache behagt mir nicht sonderlich.«

Olin nickte. »Ich möchte mich für diese Unannehmlichkeiten entschuldigen.«

Danielle lachte leise und schüttelte den Kopf.

»Sagen Sie mir, wohin würden Sie gehen, wenn Ihnen die ganze Welt offenstünde?«

»Ich weiß nicht, ob es überhaupt einen Ort gibt, den ich allen anderen vorzöge.«

Sie setzte sich an den Tisch. »Ich würde gern nach Hause zurückkehren.«

»Und wo ist das?«

»Das weiß ich nicht. Ich habe nie ein Zuhause gefunden.«

Danielle starrte auf ihre Hände, die flach auf der Tischplatte lagen. Sie hörte, wie ein anderer Stuhl herangezogen wurde, dann legte sich eine fremde Hand auf ihre rechte. Sie schaute überrascht hoch. Olin betrachtete sie, sein Gesicht zeigte Furcht und Sorge. »Ich darf Ihnen nicht vertrauen«, murmelte sie.

Er hob die Schultern und lächelte schief. Danielle befreite ihre Hand und verschränkte die Finger mit seinen. Seine Haut war ein wenig zu glatt, ein wenig zu trocken und vielleicht ein bißchen zu warm. Trotzdem mochte sie die Berührung.

Am nächsten Tag überraschte Olin sie mit einem Feinschmeckeressen, das er selbst zubereitete. Am übernächsten Tag brachte er ihr Schach bei, ein Spiel, das sie aus Mangel an Zeit nie gelernt hatte. Am darauffolgenden Tag half er ihr beim Hausputz.

Danielle war unzufrieden mit sich selbst. Sie beobachtete Olin, wie er Dinge für sie erledigte, sich mit ihr unterhielt und sie auf eine Weise behandelte, wie sie nie zuvor ein anderer Mensch behandelt hatte. Eine innere Stimme riet ihr, auf der Hut zu sein und das Ganze abzubrechen, bevor sie sich zu sehr daran gewöhnte. Doch sie wußte nicht wie. Sie bemerkte, daß sie die Kontrolle über sich selbst verloren hatte, und zu ihrem Schutz versuchte sie zu verhindern, daß Olin es ebenfalls merkte.

In den Straßen liefen die Vorbereitungen für das Fest von San Fermin auf Hochtouren. Große Modepuppen wurden zusammengezimmert und mit Feuerwerk gespickt. Die Brüstungen, die die Gebäudefronten entlang der Estefada schützen sollten, wuchsen allmählich zu einem geschlossenen Wall zusammen. Jeden Tag kamen neue Touristen in Scharen. Danielle ertappte sich dabei, wie sie die Gesichter der Ausländer ängstlich betrachtete. Jeden Moment rechnete sie mit dem Auftauchen der Kontaktperson, die ihr sagte, was weiter mit Olin geschehen sollte. Kaum war ihr dieses seltsame Verhalten bewußt geworden, mußte sie sich auch eingestehen, daß sie, sollte sie den Befehl dazu erhalten, wohl nicht in der Lage sein würde, Olin zu töten.

Auch die baskischen Separatisten waren nicht untätig. Überall in Pamplona protestierten sie mit Plakaten gegen Manuel Adibbas Versuche, Spanien in die Welt-Konföderation einzugliedern. Die Guardia Civil tolerierte ihre Aktivitäten bis zu dem Tag, da die Basken drei schwedische Staatsbürger auf dem Marktplatz zusammenschlugen. Danielle sah das Blut auf den Pflastersteinen und die zerschmetterte Scheibe des Cafés. Die Angreifer wanderten hinter Gitter, die Polizeistreifen wurden verdreifacht, die Plakate mit den Aufrufen zur Unabhängigkeit Spaniens entfernt. Über Nacht wurden die Plakatwände erneut aufgestellt, und am Morgen riß die Polizei sie wieder nieder. Die festliche Stimmung in der Stadt wich drohender Anspannung. Täglich kamen neue Besucher, und immer noch hörte man überall Gelächter, doch schwang eine Hektik darin mit, die Danielle immer nervöser machte.

Die Stiere kamen am Montag, zwei Tage vor dem Beginn der *feria*, und Danielle ging zu den altertümlichen *Corales de Gas*, um sie sich anzusehen. In den Pferchen schnaubten stolze Salamancas drohend die kleineren Andalusier an. Ab und zu stürmte ein Stier wütend durch den Korral und kam schnaubend zum Stehen, sobald er feststellte, daß es kein Angriffsziel gab.

Danielle kehrte in ihr Haus zurück. In Gedanken beschäftigte sie sich mit den Basken. Auf den Stufen vor dem Eingang saß Carlos mit einem der abgerissenen Plakate. Er sah zu ihr auf und wedelte das Poster zornig durch die Luft. »Diese jungen Idioten denken, sie könnten den Fortschritt mit solchem Mist aufhalten! Hier!« Er zerknüllte das Plakat und warf es auf die Straße. »Ich habe es an Ihrer Tür gefunden. Adressiert an *Señorita Puta.* Ich glaube, ich werde langsam böse auf Navarra.« Er spuckte in den Rinnstein. »Eigentlich bin ich gekommen, um Ihnen zu sagen, daß einer Ihrer Gäste angekommen ist.«

Sie runzelte die Stirn. »Ich glaube, ich werde keine Besucher einladen, Carlos.« Sie trat an die Tür. »Diesmal liegen die Dinge — anders.«

Carlos hob die Augenbrauen. »Ihr Gast ist immer noch da? Mmm, interessant. Aber der andere Gast hat mich schon bezahlt, um sicherzugehen, daß er auch in Ihr Haus eingeladen wird.« Er seufzte. »Vermutlich darf auch ich dann nicht zu Ihnen kommen, um den Lauf von Ihrem Balkon aus zu verfolgen. Schließlich laufe ich selbst nicht an jedem Tag mit.«

Danielle lächelte. »Bei Ihnen mache ich eine Ausnahme, Carlos.«

»Oh, gracias! Haben Sie sich schon die Stiere angeschaut.«

»Ja, ich komme gerade von dort.«

»Sind ein paar ziemlich dürre dabei dieses Jahr. Doch

die Miuras sehen wirklich gut aus.« Er grinste. »Ich komme am frühen Mittwochmorgen wieder. Um welche Zeit werden Sie auf sein?«

»Um vier.« Sie berührte den Kontakt mit dem Daumen, und die Tür schwang auf. »Bis dahin, Carlos.«

Er nickte, verbeugte sich und ging die Straße hinauf. Danielle sah ihm nach und fragte sich, wer der Ankömmling sein mochte. Es war schon ein seltsames Gefühl, in diesem Jahr keine Gäste in ihrem Haus zu haben.

Sie drehte sich um und wollte hineingehen. In diesem Moment erhielt sie einen heftigen Schlag in den Rükken. Die Luft in ihren Lungen schien zu explodieren, und sie stürzte zu Boden. Hinter sich hörte sie Schritte ins Haus eilen. Die Tür wurde krachend ins Schloß geworfen. Sie versuchte aufzustehen. Jemand packte sie an den Haaren und zerrte sie beiseite, an die Wand. Sie schüttelte den Kopf und versuchte sich aufzusetzen. Jemand schlug ihr mit dem Handrücken hart auf die Wange und zog sie in eine sitzende Haltung hoch.

»Such Staniscek!« sagte eine harte Stimme.

Danielle öffnete die Augen und sah in das Gesicht eines jungen Mannes. Seine kalten Augen waren ebenso schwarz wie sein Haar. Ein anderer Mann ging an ihm vorbei zum Wohnzimmer.

Die Hand des Anführers packte ihre Haare fester und stieß ihr den Kopf hart gegen die Wand. Ihre Zähne schlugen aufeinander, einen Moment lang verschwamm ihr der Blick.

»Was wollen Sie?« hörte sie aus dem nächsten Zimmer Olins Stimme, dessen war sie sicher — und dann das typische dumpfe Klatschen einer Faust, die auf Fleisch traf. Ein Körper fiel schwer gegen die Wand, und Danielle hörte, wie er langsam zu Boden glitt, begleitet vom Geräusch zersplitternden Glases.

»Wir haben hier ein paar Dinge zu bereinigen, nicht wahr, mein Schatz?« Der Mann, eher noch ein Junge, wie sie jetzt feststellte, grinste breit. Sie musterte ihn genauer — und erkannte ihn wieder: Es war der Bursche vom Platz, eine Woche zuvor.

Danielle musterte ihn kalt, studierte ihn wie ein Mechaniker, registrierte Körperproportionen, Gewicht, Größe, Verhalten. Sie analysierte die Art, wie er sie am Haar gepackt hielt, mit hartem Griff und leicht vorgebeugt, um ihr den Kopf gegen die Wand zu drücken, überschlug rasch, wie weit sein Gleichgewicht durch diese Haltung beeinflußt wurde — und hatte die Lösung des Problems. Sie lächelte verführerisch, und nach einem kurzen Augenblick erwiderte er das Lächeln. Sein Griff lockerte sich, und er beugte sich etwas vor. Sie ließ ruckartig den Körper tiefer an der Wand hinabrutschen und unterdrückte die Schmerzen, als einige Haarbüschel in seiner Hand zurückblieben. In einem sauberen Bogen schoß ihr rechtes Bein nach oben und traf ihn voll im Unterleib. Der harte Stoß trieb ihn gegen die Wand. Er ließ ihr Haar los, um das Gleichgewicht zu bewahren. Sie richtete sich halb auf und schlug ihm mit der rechten Handkante seitlich gegen den Hals, wobei sie ihr ganzes Körpergewicht in den Schlag legte. Keuchend taumelte er zur Seite, umklammerte seinen Hals und stürzte hustend zu Boden. Aus dem Mundwinkel rann Blut, und das Gesicht lief dunkel an.

Danielle sprang auf und zog eins der Messer aus dem Stiefel. Sie erreichte die Tür zum Wohnzimmer genau in dem Moment, als der andere Mann herauskam. Seine Augen weiteten sich überrascht, und er sah an ihr vorbei zu seinem Kumpan, der röchelnd am Boden lag.

Danielle stieß ihm die Klinge mit der Schneide nach oben in den Unterbauch. Der Mann knickte nach vorn und grunzte. Danielle packte das Messer mit beiden Händen und zog es nach oben, schlitzte dem Burschen den Bauch bis hoch zum Brustbein auf. Blut spritzte auf den Boden, auf ihre Unterarme. Einen Augenblick lang verzerrte sich das Gesicht ihres Gegners vor Wut. Sie stieß ihn mit einer Hand zurück, um das Messer freizubekommen, und sprang rasch zur Seite. Mit dem Gesicht nach unten stürzte der Mann zu Boden. Danielle wandte sich wieder dem zweiten Gegner zu. Sein Gesicht war blau angelaufen, und er wand sich zuckend und würgend am Boden. Sie beobachtete, wie sich sein Körper plötzlich versteifte, sich noch einmal aufbäumte und dann regungslos liegenblieb.

Danielle ging ins Wohnzimmer zurück. Olin lag neben dem Barschrank am Boden. Das Porträt von der Wand war dicht neben ihm gelandet. Sie prüfte seine Atmung, dann seinen Herzschlag an der Halsschlagader — und atmete erleichtert auf.

Er war leichter, als sie erwartet hatte. Sie schaffte es, ihn durch den Flur zu seinem Zimmer zu schleppen, lehnte den Körper gegen das Bett, packte ihn unter den Schultern und hob den Oberkörper auf die Matratze. Dabei zitterten ihr die Arme vor Anstrengung. Sie legte ihn zurück und schob die Beine nach.

Sorgfältig untersuchte sie seinen Kopf auf Brüche, entdeckte aber nur eine Beule, die langsam anschwoll. Die Pupillen waren nicht geweitet, das Gesicht war nicht klamm. Trotzdem deckte sie ihn sorgfältig zu. Wer konnte schon wissen, welche Behandlung bei ihm im Fall einer Gehirnerschütterung angemessen war?

Sie schloß die Tür zu seinem Zimmer und betrachtete die beiden Leichen im Flur. Nach ein paar Minuten ging sie in die Küche, nahm vom Gewürzbord ein Fläschchen mit Stimulierungspillen, schluckte zwei, reinigte in der Spüle ihr Messer und schob es zurück in den Stiefelschacht. Dann holte sie vier große Müllsäcke und eine Rolle Kordel. Sie band die Hände und Füße der Toten zusammen, drückte die Beine gegen den Brustkorb und verschnürte die Leichen zu zwei kompakten Bündeln. Danach öffnete sie die Müllsäcke und zerrte jeweils zwei über einen Toten.

Anschließend wischte sie das Blut auf, mit dem sie

selbst inzwischen von Kopf bis Fuß besudelt war. Sie wischte es von den Säcken und entfernte die riesige Blutlache auf dem Boden.

Noch im Flur zog sie sich aus und stopfte ihre blutverschmierten Kleider in einen fünften Müllsack. Dann ging sie nach oben, duschte ausgiebig, zog einen alten Jogginganzug an und trat auf den Balkon hinaus. Dort lehnte sie sich an die Brüstung und ließ den Blick langsam über die Fronten der gegenüberliegenden Häuser wandern. Aber sie konnte keine Beobachter entdecken, niemanden, der sich auch nur im geringsten auffällig verhielt.

In ihrem Büro aktivierte Danielle die Haus-Monitore und checkte sie auf elektronische Signale, die nicht zum Haus gehörten.

Tatsächlich fand sie eins in der Küche. Sie verzog das Gesicht und ging hinunter. Auf dem Küchentisch lag immer noch die schwarze Baskenmütze. Sie untersuchte sie sorgfältig und fand schließlich den kleinen Sender im Stoff des Emblems. Sie entfernte ihn und warf ihn in den Sack mit ihren blutigen Kleidern. Dann reinigte sie ihre Stiefel und ging durch die Hintertür in den unkrautüberwucherten Garten, ein kleines Areal, das von einem hohen Holzzaun eingegrenzt wurde. Sie öffnete das kleine Gartentor und schaute die unasphaltierte Gasse hinauf und hinunter. Kein Mensch war zu sehen. Aus dem Keller holte sie einen kleinen Handwagen, wuchtete einen der verschnürten Säcke darauf und zog den Wagen durch die Hintertür und das Gartentor. Etwa einhundert Meter die sandige Gasse hinunter befand sich der Verbrennungsofen des Häuserblocks, ein riesiger abgeschnittener Kegel mit einem großen Loch einen halben Meter über dem Boden. Danielle zog den Wagen zu dem Trichter und kippte die Last über den Rand. Der Schein der Brennerflamme huschte kurz über ihr Gesicht, als sie sich umdrehte, um die umliegenden Gärten nach neugierigen Nachbarn abzusuchen. Die

Gasse lag immer noch leer und verlassen. Rasch ging sie zu ihrem Haus zurück, um den zweiten Sack zu holen. Gleichzeitig schaffte sie auch den Sack mit den Kleidern und die Baskenmütze zu Verbrennungsofen.

Im Haus roch es immer noch stark nach Bleiche und Blut. Die Bleiche hatte an der Stelle, wo das Blut des zweiten Basken eine große Lache bildete, die Farbe der Dielen weggefressen, aber zumindest war kein Blut mehr zu sehen. Sie holte einen Eimer Wasser und säuberte die Stelle nochmals, um ganz sicher zu sein, untersuchte auch die Wände nach Spritzern, wischte sie weg und räumte alles wieder an seinen Ort. Dann kramte sie in ihren Schränken nach einem alten türkischen Teppich, den sie seit Jahren nicht mehr benutzt hatte, und legte ihn über den Fleck.

Zufrieden, daß sie alles Menschenmögliche getan hatte zu ihrem Schutz, kehrte sie schließlich zu Olin zurück. Er war immer noch bewußtlos, aber jetzt fühlte sich seine Haut viel zu warm an. Blieb die Frage, für wen die Burschen gearbeitet hatten. Wahrscheinlich für Biosim, vermutete sie. Entweder wollten sie ihn zurückhaben oder ihn liquidieren. In beiden Fällen wäre sie entbehrlich.

Danielle setzte sich neben das Bett und betrachtete ihn. Sie wußte nicht, wie lange sie schon weinte, als sie bemerkte, daß ihr Gesicht naß von Tränen war.

Sie erwachte durch ein Klopfen. Erst Sekunden später wurde ihr klar, daß jemand gegen die Tür hämmerte. Olin hatte sich nicht gerührt. Sie rieb sich den Schlaf aus den Augen und stand auf. Wieder klopfte jemand.

Danielle ging nach oben und öffnete eine Schublade unter ihrem Bett. Sie entnahm ihr eine kleine Pistole und schloß die Lade wieder. Die Waffe schimmerte in mattem Blauschwarz und war kaum größer als ihre Handfläche. Sie steckte sie hinten in den Gürtel und ging nach unten.

Carlos grinste, als sie die Tür öffnete. »Guten Morgen, liebste Freundin. Ich dachte, ich komme einfach etwas früher vorbei. Ich habe Ihnen jemanden mitgebracht, der behauptet, Sie wollen ihn sehen.«

Hinter Carlos stand ein hochgewachsener Mann, der sie mit einem schwachen Lächeln musterte. Er hatte seine Lederjacke lässig über die linke Schulter geworfen und hielt sie mit einem Daumen fest. Sie verbarg fast die Schultertasche, die an seiner Hüfte baumelte. Es wäre einfach, ihn jetzt sofort zu erschießen, dachte Danielle. »Sie wollen ein Paket abholen?«

Er schüttelte den Kopf. »Nein, ich bin hier, um den Versand abzusagen.«

Hinter Danielle trat Carlos ins Haus. Sie schaute an dem Neuankömmling vorbei auf die Straße, wo Arbeiter für den Lauf am nächsten Tag Schutzwände vor den Schaufenstern der Geschäfte aufbauten.

»Darf ich eintreten?« fragte der Fremde.

Danielle trat beiseite, um ihn hereinzulassen. Hinter ihm schloß sie die Tür und drehte sich sofort um. Sie beobachtete, wie er die Wände absuchte und den Flur hinunterging.

»Was war denn hier los?« rief Carlos aus dem Wohnzimmer. Der Fremde steckte den Kopf durch die Tür. Danielle trat neben ihn. Carlos kniete neben dem zersplitterten Porträt, schaute aber jetzt zu ihr herüber. »Ihr Adibba? Ich denke, ich kriege das wieder hin.« Der Fremde ging weiter. Mit drei großen Schritten stand er an der Küchentür und ließ den Blick darin umherwandern. Dann drehte er sich um und öffnete die Tür zu Olins Zimmer.

»Dies ist *mein* Haus«, sagte sie scharf. »Sie könnten zumindest um Erlaubnis fragen, ehe Sie hier herumschnüffeln.«

Überrascht schaute er für einen Moment zu ihr herüber. Seine Augen verengten sich, doch dann verzog sich sein Mund zu einem amüsierten Lächeln. Er schüttelte den Kopf und trat ein. Danielle folgte ihm sofort. Er hatte sich über Olin gebeugt, der immer noch bewußtlos war.

»Ist das die Sendung? Was ist los mit ihm?«

»Ich weiß nicht. Er ist gestürzt und hat sich verletzt.«

Der Mann hob die Schultern. »Wenn er in diesem Zustand bleibt, vereinfacht das die ganze Angelegenheit.« Er drehte sich zu ihr um. »Ich habe ein paar Tage Zeit. Carlos erzählte mir, von Ihrem Haus aus könne man die Läufe ausgezeichnet beobachten.«

»Warum ist der Versand abgesagt worden?«

Wieder hob er die Schultern. »Dinge ändern sich nun mal. Ich denke, die zwei beteiligten Parteien haben sich anders einigen können. Nebenbei gesagt bin ich hier, um auch Sie wegzubringen. Man hat beschlossen, diese Station aufzugeben. Wir sind ziemlich sicher, daß Sie hier gefährdet sind.« Er drückte sich an ihr vorbei und betrat die Küche. Dort öffnete er den Kühlschrank und nahm eine Flasche Dos Equis heraus. »Wo ist das Schlafzimmer?«

»Oben. Was hat man mit mir vor, wenn die Station geschlossen wird?«

»Ich glaube, man wird Sie wieder in den aktiven Dienst im Feld übernehmen.«

Er entfernte die Verschlußkappe, setzte die Flasche an die Lippen und nahm einen tiefen Schluck. Dann stieg er die Treppe nach oben.

Carlos stand mit verschränkten Armen im Flur und beobachtete sie. »Wie schön«, sagte er nur.

»Was ist geschehen, Carlos?«

»Tatsache ist, daß Tower und Biosim ein Übereinkommen getroffen haben. Zur Zeit herrscht Friede zwischen ihnen. Natürlich im Tausch gegen gewisse Besitztümer, bestimmte Märkte.« Er runzelte die Stirn. »Sie sehen sehr erschöpft aus, Danielle.«

»Besitztümer«, flüsterte sie und schaute zu Olin hinüber. Dann nickte sie. »Das bin ich auch, Carlos.«

Sie schenkte ihm ein dünnes Lächeln und ging nach oben. Der Fremde hatte das Fernsehen eingeschaltet, stand aber in der Balkontür und schaute auf die Straße hinunter. Danielle wollte etwas sagen, doch dann fiel ihr Blick auf den Bildschirm.

»... Panik hier in Reykjavik, während die Menschen herauszufinden versuchen, was eigentlich geschehen ist«, meldete der Sprecher voller Erregung, während sich auf dem Schirm eine Menschenmenge um etwas in ihrer Mitte drängte. Schwarz uniformierte Polizisten der Welt-Konföderation drängten sich mit massiver Gewalt durch die Ansammlung. »Man hat auf Manuel Adibba geschossen, ihn vielleicht sogar getötet. Ich wiederhole: Auf Präsident Manuel Adibba wurde geschossen. Wir werden versuchen, etwas über seinen Zustand zu erfahren.«

»Das war zu erwarten«, sagte der Fremde. »Schon seit Jahren rechne ich damit, daß irgend jemand ihn wegpustet.« Er drehte sich um, schaltete mit der Fernbedienung, die er in der Hand hielt, das Gerät aus und lächelte Danielle an. »Sie gefallen mir. Carlos erzählte mir, daß Sie zur Tarnung als Prostituierte arbeiten. Ist das wirklich nur Tarnung?«

Sie warf ihm einen forschenden Blick zu. Einen Moment lang sah sie wieder Adibba vor sich, zu der Zeit, als sie ihm kurz begegnet war — als er noch Präsident von Brasilien war. Er hatte die illegalen Laboratorien schließen lassen. In einem von ihnen hatte auch Danielle sich damals verändern lassen. Adibba hatte alles Erdenkliche getan, um den Gesellschaften die Möglichkeit zu nehmen, jemals wieder so frei zu operieren wie zuvor. Damals war sie der Ansicht gewesen, noch nie zuvor jemandem begegnet zu sein, der sich um andere Leute Sorgen machte. Daran erinnerte sie sich.

Die Erinnerung verblaßte, und sie sah wieder jenen Fremden vor sich, der mit einem Bier in der Hand auf ihre Antwort wartete. Dieses Bild überlagerte das andere, und Danielle empfand Bedauern, daß es mehr Bestand hatte.

»Diese Tarnung ist nur für die Einheimischen«, hörte sie sich sagen, »nicht für Mitarbeiter...« Mit diesen Worten verließ sie das Zimmer und schloß die Tür hinter sich.

Zu Danielles Leidwesen dauerte es drei Tage, bis sie den Mann erledigt hatte. Obwohl es Jahre her war, daß sie so etwas zum letzten Mal gesehen hatte, waren ihr die Symptome alle noch überraschend vertraut, als ob sie ihr letztes Opfer erst eine Woche zuvor erledigt hätte.

Am ersten Tag verfolgte Carlos mit ihnen zusammen den *enciero*. Der Lauf war wild, und ein Mann wurde von einem Stier niedergetrampelt. Danielle fragte sich, wieso sie den Wettlauf so liebte. Er war eigentlich überflüssig, eine sinnlose Quälerei für die Stiere, die abends unter der Klinge eines Matadors ihr Leben lassen mußten.

Am zweiten Tag lief Carlos mit den Stieren. Der Mann von der Gesellschaft spottete über den Irrsinn einer solchen Veranstaltung, trank sein Bier und verschlief den Rest des Morgens.

Am dritten Tag hatte er leichtes Fieber, war aber trotzdem noch voller Tatendrang und Energie. »Ich glaube, ich werde das morgen auch mal probieren«, erklärte er und deutete auf die Läufer in ihren weißen Kleidern und roten Schärpen. Beifallheischend lächelte er sie an. »Was meinen Sie dazu?«

»Wenn Sie es schaffen, aus dem Bett zu kommen — warum nicht?« Er lachte, trank sein Bier aus und legte sich wieder schlafen. Aus diesem Schlaf würde er nicht mehr erwachen.

Carlos kam an diesem Nachmittag zurück. Wortlos zeigte sie ihm den Körper des Mannes. Sie wickelten ihn in Abfalltüten und trugen ihn nach unten. Die ganze Zeit über sagte er kein Wort.

»Bedeutet das, Sie wollen Ihren Job aufgeben?« fragte er später. Danielle warf einen Blick in Olins Zimmer. Sein Fieber war gebrochen. Er bewegte sich, als sie ihn sanft berührte. Sie wußte aber immer noch nicht, ob er am Leben bleiben würde.

»Was nun?« fragte Carlos.

Es wird Zeit, meinen eigenen Kampf zu führen, dachte sie. Laut sagte sie: »Wir müssen Pamplona verlassen.«

Er nickte. »Ich kenne ein paar Leute in Roncevalles. Vielleicht finden wir für Sie in den Bergen ein sicheres Versteck.«

Sie nickte. »Auch für Olin, Carlos.«

»Natürlich.«

Weit nach Mitternacht schafften sie den Körper des Fremden die Gasse hinunter zum Verbrennungsofen. Am Morgen verließ Danielle Pamplona.

Originaltitel: ›Targets‹
Aus: ›Isaac Asimov's Science Fiction Magazine‹, Dezember 1990

Deutsche Übersetzung von Peter Pape

SCIENCE FICTION AUS DEUTSCHLAND

PETER MELEGHY

Der Todestag

Eine Dokumentation

Deutschaufsatz der Laura M.

Der Sommer war schön, Gott sei Dank: junge Katzen im Mai, Blütenmeer auf den mannshohen Sträuchern vor dem Haus, zehn neugeborene Schafe, von denen nur eines von der Mutter verstoßen wurde, heiße Tage, Gewitter, hinterher dampfende Erde, der Duft von frischgemähtem Gras, Fliegen, heiße Nächte im Juli, eine Nachtigall im Park, Frösche, schläfrige Nachmittage und sinnliche Abende mit geröstetem Knoblauchbrot und Buttermilch, Glockengeläut und dem Geruch von verbranntem Laub.

Und doch: Es war alles anders in diesem Sommer.

Es begann bei einem Frühstück auf der Terrasse Anfang Mai, Vater, Mutter, Bruder Toto, Großmutter und ich saßen am Tisch. Geschirrgeklapper, Vogelgezwitscher, kein Wort.

Plötzlich sagte Mutter, offenbar vollkommen in Gedanken: »Dieses Jahr zu Weihnachten ...« Und brach erschrocken ab. Wir fuhren hoch und starrten entsetzt auf Großmutter, die ebenfalls aufgehört hatte zu kauen und in sich zusammengesunken am Ende des Tisches saß. Niemand sagte etwas, auch Mutter nicht — es hätte nichts genützt.

Ich will es erklären: Der Gedanke der Vergänglichkeit

hat für mich nicht nur etwas Beängstigendes, er ist auch voller Wehmut. Wenn ich etwa im Ausland einen Freund besuche, stimmt es mich irgendwie traurig zu hören, was er unternehmen werde, nachdem ich wieder abgereist sei. Also ohne mich. Und am Tod beunruhigt mich der Gedanke — unter anderen —, daß meine Freunde und wer auch noch immer am Tag nach meinem Tod am weißgedeckten Mittagstisch sitzen und leise klappernd goldgelbe Rindfleischsuppe mit Fadennudeln löffeln werden. Kein Blitz, kein Donner, kein Erdbeben. Eben nichts.

Und dieses Gefühl hatte jedes Mitglied unserer Familie. Mein siebzehnjähriger Bruder genauso wie meine Großmutter. Wir hatten früher einmal darüber gesprochen, als man noch darüber sprechen konnte. Über den Tod selbst sprachen wir nach wie vor. Aber seit geraumer Zeit schon, durch stillschweigende Übereinkunft, hat keiner von uns etwas von seinen Plänen nach dem 30. September gesagt: dem Todestag der Großmutter.

Auf mich hat der letzte Tag im September schon immer einen tiefen Eindruck gemacht. Der Tod ist immer wieder großartig, imposant, überwältigend. Die Feste, die das Sterben umgeben, sind rührend, naiv, menschlich. Ich habe den Todestag schon immer gemocht.

Allerdings: Bisher hatte in unserer Familie niemand die Altersgrenze erreicht. Und die Sterbenden, zu deren Todesfeiern und Sterbestunden ich eingeladen worden war, standen mir nicht nahe. Das merkte ich erst jetzt. Trotzdem. Ich ging gern hin, denn an diesem Tag sind alle ehrlich: Alle bangen um ihr Leben. Sie bedauern den eigenen Tod. Ich auch.

Mit Großmutters Sterbensneurosen hat es vor zwei Jahren am Todestag begonnen — wie es sich gehört. Die Sterbensneurose ist in unserer Kultur gründlich erforscht. Kein Wunder. Großmutters Neurose verlief in den klassischen Bahnen: die tiefsitzende Furcht, das verschüttete Wissen, zwei Jahre sind eine kurze Zeit, werden durch die bewußtmachenden Ereignisse des jährlichen Todestages an die Oberfläche gebracht. Die Neurose wird akut. Anzeichen der ersten Phase: betonte Heiterkeit, betonte Geschäftigkeit (Sprachkurse werden belegt, Reisen zu Freunden und Verwandten unternommen). Zweite Phase: Resignation (ich bin zu nichts mehr nütze, niemand will mich, ich bin ein Wrack, im Weg, überflüssig, alle wissen das, alle denken das; auch wenn sie es nicht sagen, denken sie: Hoffentlich sind wir die Alte bald los!).

Diese beiden ersten Phasen dauern zusammen ein Jahr. Bei Großmutter war es auch so. Dann, beim letzten Todestag, den sie überleben, beginnt die dritte Phase: Panik. Viele wollen diesen Tag nicht erleben. Auch Großmutter wollte zuerst Schlaftabletten nehmen und schlafen. Doch dann war sie überall dabei. Flucht und Ergebenheit wechseln sich ab. Nervosität, Reizbarkeit mit Apathie.

Vater sagte immer: »Geduld, Kinder Geduld. Wir werden alle mal so. Hoffentlich. Wenn ich daran denke, daß ich noch fünfzehn Jahre zu leben habe, höchstens, dann kann ich sie verstehen.«

»Und«, sagte er immer, »keine Argumente! Kinder, keine Argumente! Eine Sterbensneurose ist eine irrationale Angelegenheit, keine rationale. Da wird nicht gesagt, was gedacht wird, sondern was gefühlt wird, und da gibt's nur eins: den Liebesbeweis. Großmutter, wir haben dich lieb!« Ich glaube, Vater hatte recht.

Interview mit dem Euthanasie-Unternehmer Leonardo Rossi von der Firma Rossi & Rossi.

Laura M.:	Was bedeutet Ihnen Ihr Beruf, Herr Rossi?
Rossi:	Alles.
L. M.:	Bitte erklären Sie.
Rossi:	Einfach alles. Sehen Sie, es ist doch so: Das Leben ist nichts, der Tod alles.
L. M.:	Aber Sie leben gut davon.

ROSSI: Wie können Sie so etwas sagen? Sie sind eben sehr jung. Aber wenn man nur noch acht Jahre zu leben hat, da denkt man anders.

L. M.: Also, der Tod ist alles?

ROSSI: Ja. Sehen Sie, das ist so wie beim Skilaufen: Alle fangen oben an und enden unten, nachdem sie eine bestimmte Strecke durchlaufen haben. Das Ziel ist unten. Das Ziel ist wichtig. Alle fahren zum Ziel. Und spätestens dort hört es eben auf.

L. M.: Und so ist es auch mit dem Leben in unserer Kultur?

ROSSI: Ja. Natürlich liegt es auch an meinem Beruf, daß ich diese Auffassung habe, Sie wissen, daß mein Vater, Großvater und alle meine männlichen Vorfahren Euthanasisten waren. Also, ich sehe das Leben als eine Vorbereitung auf den würdigen Tod.

L. M.: Wäre für Sie eine Kultur ohne gewaltsame Beendigung des Lebens denkbar?

ROSSI: Nein. Kultur ist Beschränkung. Kultur ist Auswahl. Kultur ist der willkürliche Eingriff der Gesellschaft in die Natur. Gegen die Natur. Für die Gesellschaft. Und wir greifen tatsächlich überall ein. Wir beeinflussen die Natur. Schon immer hat es der Mensch getan. Wenn Kulturen klug waren, haben sie nie diametral gegen die Natur gearbeitet, das hat sich noch nie ausgezahlt, sondern sie nur ein wenig umgelenkt. Für sich.

L. M.: Und was tun Sie?

ROSSI: Das gleiche. Es ist wie Heckenschneiden. Wenn Sie eine Hecke nicht schneiden, werden Bäume daraus — doch nicht einmal sie werden richtig, weil sie sich gegenseitig das Licht nehmen. Dann muß man einige Stämme entfernen. Und eben das wollen wir in unserer

Kultur nicht. Kriege würden diese Funktion erfüllen. Wir schneiden lieber die Spitzen ab. Es ist menschlicher. Und kultivierter.

L. M.: Auch wenn das einmal Ihre Spitze sein wird?

Rossi: Welche Frage? Natürlich. Und noch etwas: Wir leben — eben in unserer Kultur — mit den jährlich in Feiern und in Liebe sterbenden Menschen. Und sehen Sie, auch das ist menschlich: Wir Alten erkaufen mit unserem pünktlichen Tod die Zuneigung aller. Haben Sie schon einmal die emotionelle Seite des Problems durchdacht? Was wäre, wenn ein jeder sterben könnte, wann er wollte? Wie würden das die Verwandten erwarten? Etwa in Liebe? Und wann würden sie feiern? Nach dem Tod erst? Was hätte dann der Tote davon? Nein! Es gibt keine andere menschliche Lösung. Auch wenn in acht Jahren meine Spitze abgeschnitten wird — wie Sie es formulieren.

L. M.: Danke, das leuchtet ein. Bitte berichten Sie kurz von Ihrer Karriere.

Rossi: Keine Karriere. Ich bin in diesen Beruf hineingewachsen. Und merkwürdig: Wie jedes männliche Mitglied der Familie, so habe auch ich niemals den Wunsch verspürt, etwas anderes zu werden als Euthanasist. Ich habe als Kind in jedem Alter den Tod gesehen, wie viele andere Kinder auch. Nur: In unserer Familie war es unerheblich, ob jemand von uns starb oder nicht. Bei uns starb immer jemand — habe ich empfunden. Wir leben schon seit jeher mit dem Tod. Und mit den Traditionen, Techniken des Todes. Den Geheimnissen unserer Familie: dem Geheimnis des sanften Schnittes an der Pulsader von Alfredo Rossi um 1700; dem Geheimnis des Todesrausches mit süßen Träumen von Niccolo Rossi um 1600; dem Geheimnis des duftenden Todes von Rosen und anderen Gewürzen, erdacht vom Namensgeber der Familie, Pietro Rossi, im Frühmittelalter.

L. M.: Und Sie leben davon.

Rossi: Ja. Und ich muß sagen, ich halte es auch emotionell für wichtig. Ja, wir leben davon. Wir sind angesehen, reich. Und wir alle glauben daran, daß es gut ist so. Wir sind quasi der Ausdruck unserer Gesellschaft: Wir leben in Reichtum und Überfluß durch den Tod der Alten.

Auch die letzten Wochen und Tage von Großmutter verliefen in den bekannten Bahnen der Sterbensneurose. Sie sprach von Selbstmord (tatsächlich töten sich etwa zehn Prozent der sechzigjährigen einige Wochen oder Tage vor dem 30. September), oder sie sprach von den Möglichkeiten der Flucht: Man könne versuchen, illegal Ausweispapiere zu kaufen, versuchen, sich schwängern zu lassen, wodurch — bei nachgewiesener Schwangerschaft — der Todestag laut Gesetz zunächst bis zur Geburt und bei Lebendgeburten noch einmal um vier Jahre hinausgeschoben wird. Doch, wie aus dem Gesundheitsministerium zu erfahren war, ›hat es im ganzen Land in den letzten 50 Jahren drei Schwangerschaften bei Frauen an der Altersgrenze gegeben, von denen es in zwei Fällen zu Lebendgeburten gekommen ist‹. Dafür aber gibt es um so mehr Scheinschwangerschaften: ›jährlich um dreitausend und mehr.‹ Die meisten Schwangerschaftstests werden jedes Jahr am 28. September gemacht. Im Juli, August und September haben die Männerbordelle Hauptsaison — mit einem vom Bundesfinanzministerium geschätzten Umsatz von einer Milliarde Mark. Und über zweitausend registrierte Kurpfuscher leben vom Versuch der künstlichen Befruchtung.

Ich weiß nicht, was Großmutter alles unternommen hat, um schwanger zu werden. Sie hat mich einmal gefragt, ob ich das alles für unanständig halte oder nicht.

»Nein«, habe ich ihr gesagt, »das heißt, es fragt sich nur, wie man so etwas macht.«

»Da hast du recht«, hat sie geantwortet, ihr schönstes Seidenkleid angezogen und ist in ein Bordell gegangen.

Laut Veröffentlichung eines Meinungsinstitutes versuchen fünfundachtzig Prozent der Frauen an der Altersgrenze sich schwängern zu lassen. Ich denke, ich täte es auch.

In den letzten fünf Tagen ihres Lebens ist Großmutter täglich ins Bordell gefahren. Am 28. September zweimal. Sie stand täglich Schlange vor verschiedenen Apotheken, um die Ergebnisse der Schwangerschaftstests zu erfahren. »Heute habe ich von einer Frau gehört«, berichtete sie einmal, als sie nach Hause kam, »die hat sich drei Jünglinge gemietet.«

»Schön für sie«, habe ich gesagt.

»Na eben!« meinte Großmutter. »Denn wenn es auch nichts nützt, so macht es doch wenigstens Spaß.«

Interview mit dem Historiker Prof. Dr. Hypolite Werner-Kraus, Leiter des Instituts für alte Geschichte an der Universität Hamburg.

LAURA M.: Herr Professor, die Ergebnisse Ihrer Ausgrabungen in Tibet haben die Diskussion um die Anfänge der Todesriten neu belebt. Müssen wir umdenken?

WERNER-KRAUS: Nein. Das heißt, ein wenig natürlich schon. Aber — es gilt nach wie vor als gesichert, daß unsere Todesriten ihre Anfänge in Tibet haben und daß sie über Indien, Persien, Griechenland und schließlich durch das Römische Imperium nach und nach in ganz Europa verbreitet wurden. Auf diesem langen Weg haben sich wichtige Teile des Ritus verändert. Das haben wir auch bisher gewußt. Andererseits können wir an der Länge des Weges ablesen, wie groß das Interesse der Menschheit am Todesritus war. Immerhin stammen die ersten Tibetischen Zeugnisse von etwa 3000 vor Christus. Weiterhin ist schon seit längerem gesichert, daß der Ritus in allen diesen alten Kulturen ein Privileg der Reichen gewesen war. Klar: Die Armen mußten als Arbeitskräfte erhalten bleiben. Dagegen konnten es sich die Reichen leisten — und hier kommt schon das Neue —, ihre alten Familienmitglieder ermorden zu lassen. Bisher haben wir angenommen, sie hätten sich selbst getötet. Und zwar haben wir es deshalb gedacht, weil alle alten Zeugnisse, die wir bisher besaßen, bezeugen, sie seien durch die eigene Hand zum Todesgott eingegangen. Wir wissen natürlich auch, daß in allen diesen Kulturen Jugend und Schönheit als die höchsten Güter galten und es entsprechend unschicklich war, alte Menschen im Haus zu haben. Wer es sich also leisten konnte, umgab sich mit hübschen Mädchen und Burschen zwischen neun und sechzehn Jahren.

Den alten Armen war es also verboten, sich zu töten. Ganz besonders verboten war es im September. Dem Monat des Todesgottes. Wie auch immer dieser Todesgott hieß — er war der Gott der Reichen.

Ich bin sicher, daß sich viele ältere Menschen gefreut haben, noch etwas leben zu dürfen. Aber ich bin auch sicher, daß viele die Reichen um dieses Privileg beneidet haben. Und wir haben endlich Beweise dafür, daß viele tatsächlich Selbstmord begangen haben. Denn das war endlich eine Sache, die die Reichen hatten, die man aber auch als Armer — wenn auch unerlaubt, so doch unwiderruflich, sagen wir — bekommen konnte.

Die Verbreitung der Sitte wurde durch die Verbreitung der Schrift begünstigt, die dem alten Menschen die Funktion des Archivs, des Gedächtnisses, nahm. Wenn man bedenkt, daß es fünfhundert vor Christus in Athen kaum Analphabeten gab, versteht man, daß immer mehr alte Menschen zu Gott Hades eingegangen sind. Wie auch immer. Und viele dieser ›Alten‹ waren erst fünfunddreißig, vierzig.

Als die Sitte etwa um 300 vor Christus in Rom auftauchte, waren es nur die ganz reichen Familien, die ihre Väter und Mütter töteten. Und zwar so, daß kaum jemand erfuhr, daß es nämlich kein Selbstmord gewesen war. Und der, der es wußte, hielt den Mund.

Im Lauf der Zeit jedoch wirkte die wachsende Sehnsucht der Armen auf die Mittelschicht und selbst auf die reiche Oberschicht zurück. Immer mehr alte Menschen begingen im Herbst tatsächlich Selbstmord oder ließen sich von Freunden und Verwandten kunstvoll töten. Die ersten berufsmäßigen Euthanasie-Künstler tauchten auf. Doch erst 1663 wurde der 30. September als Todestag festgelegt: in Köln, Mainz und Trier. Aber das wissen Sie ja auch.

Am 29. September wurde nun unser Haus geschmückt. Weiß mit vielen Blumen. Drei Angestellte der Firma Rossi arbeiteten bis spät am Abend daran — zum Schluß im Scheinwerferlicht. Auch die Innenräume wurden hergerichtet, besonders das Sterbezimmer.

Großmutter ist am Nachmittag im Bordell gewesen und hat sich hinterher mit drei Freundinnen betrunken. Dann haben sie Haschisch geraucht, und weil Großmutter davon — wie immer — Herzrhythmusstörungen bekam, nahm sie noch ein paar Aufputschtabletten und war gegen Mitternacht entsprechend in Stimmung. Von Schlafen konnte keine Rede sein. Die ganze Familie war versammelt, und im Lauf der Nacht kamen immer mehr Freunde. Wir hörten Musik, mal Vivaldi, dann die Stones, aßen Süßigkeiten, dann Käse mit Obst, dann heiße Suppen — wie es Großmutter gerade einfiel. Sie aß allerdings — ihrer Sterbensneurose gemäß — meist nur Süßigkeiten und verlangte und bekam laufend Liebesbeweise.

»Aber nur, weil ich sterbe! Nur weil ihr wißt, daß ich morgen abend nicht mehr bin!« wiederholte sie immer wieder. Dann fuhren wir noch einmal in die Stadt, denn nach Sonnenaufgang durfte sie das Haus nicht mehr verlassen. Großmutter wollte sich immer wieder nur noch von dieser Straße, von jenem Park, eigentlich von jedem Haus verabschieden. Und Vater hielt überall geduldig an.

Wir waren natürlich nicht allein: überall lärmende Gruppen in Autos, Pferdekutschen, zu Fuß. Aus vielen geschmückten Häusern drang Musik, bunte Raketen wurden in den Himmel geschossen, und hin und wieder regnete es aus den offenen Fenstern Blumen auf uns herab.

Zum Frühstück gab es Milchkaffee und warme Butterbrötchen. Großmutter war merkwürdig ruhig und versprach jedem von uns, uns als Geist zu erscheinen.

Um neun Uhr kam der Standesbeamte. Er stellte offiziell fest, ›daß Großmutter anwesend, des Sterbens willig und in der Lage‹ sei, und zog alle ihre Ausweise ein.

»Jetzt bin ich offiziell tot«, stellte Großmutter fest. »Kommt, darauf trinken wir!« Wir tranken. Inzwischen kamen immer mehr Freunde, die mittranken. Einige gingen gleich wieder. Gegen Mittag kamen die Köche von Rossi & Rossi und kurz danach eine fünfköpfige Musikkapelle, ebenfalls vom Euthanasieunternehmen. Es gab laufend scharfe Schnapssuppen und Fleischspieße, die Musik spielte ununterbrochen, und Großmutter wurde von allen — ob Männer, Frauen oder Kinder — zum letzten Tanz aufgefordert.

Am Nachmittag kam der Priester, ganz in Weiß, wie es sich gehört. Um Großmutter Trost zu spenden, wie er sagte. Sie aber wollte nichts von Trost hören, es sei denn, er würde mit ihr schlafen. Es sei nun einmal ihre Zeit am Nachmittag, sie habe sich daran gewöhnt, und mit einem Priester sei die Sache sicherlich nicht ohne Reize.

»Also nein«, sagte sie, nachdem er nicht geantwortet hatte, »auch gut. Wenn Sie mich nur mit Ihrem Trost verschonen. In einem so großen Haus müßte doch noch eine gute Seele mit einem hübschen Körper zu finden sein.« Und kurze Zeit später verschwand sie mit einem freiberuflichen Prostituierten. Er war in meinem Alter oder höchstens 21, auffallend schön und mit der Selbstsicherheit und dem Charme der teuersten Huren. Ich hätte auch gern mit ihm geschlafen.

Die Musik spielte ununterbrochen: Bach, Vivaldi, griechische Folklore. Und immer mehr Gäste kamen. Aber jetzt ging niemand mehr. Jetzt waren nur noch Freunde da. Sie wollten Großmutter sterben sehen. Über hundert Menschen saßen oder standen in Gruppen oder einzeln, aßen, tranken oder diskutierten in der Diele, im Eßzimmer und in den anschließenden Räumen. Ich stand mit Vater, Mutter und Toto im Eßzimmer herum und wartete auf Großmutter. Plötzlich sagte jemand neben mir: »Sonnenuntergang um siebzehn Uhr achtundfünfzig.« Natürlich habe ich sofort gewußt: die Todeszeit der Großmutter.

Sie erschien um fünf Uhr in der Schlafzimmertür: lächelnd und mit glänzenden Augen, das Gesicht gerötet, die dunklen Locken ein wenig unordentlich — kunstvoll *decoiffée*. Doch plötzlich wurde sie blaß, als sie in der Menge Alfredo Rossi entdeckte: mit schneeweißgepudertem Gesicht; das Haar weiß mit leichtem hellblauen Schimmer, streng nach hinten gekämmt; die vollen Lippen weißlich-hellblau; die riesig geschminkten traurigen Augen dunkelblau, beinahe schwarz. Er trug das traditionelle weiße Gewand der Euthanasisten. Auch er hatte Großmutter gesehen. Doch sie waren weit voneinander entfernt, zwischen ihnen vielen Menschen, und sie verloren sich immer wieder aus den Augen, während er sich langsam den Weg zu ihr bahnte.

»Fredo, mein Lieber«, sagte Großmutter mit Tränen in den Augen.

»Gertrud«, sagte er und umarmte sie.

»Ist deine Schminke auch wasserfest?« fragte sie.

»Gott sei Dank!« antwortete er. »Ich habe früher sehr darunter gelitten.«

»Willst du mich schminken?« fragte sie.

»Komm!« sagte er nur und schob sie ins Schlafzimmer.

Die elektrische Uhr zeigte 17 Uhr 12. Großmutter und Alfredo erschienen in der Schlafzimmertür. Sie trug das lange, weiße Sterbegewand. Fredo hatte ihr die Augen riesig groß und bis hinauf zu den Brauen schwarz geschminkt, den Mund herzförmig und ebenfalls dunkel,

Gesicht, Hals und Nacken schneeweiß. Mit ihren dunklen Locken erinnerte sie mich an einen traurigen Nachtfalter. Das oberste Zifferblättchen der elektrischen Uhr klappte herunter und entblößte das nächste mit der Zahl: 17, 21. Großmutter sah uns nacheinander an und sagte: »Gehen wir!« Sie wandte sich um zu einem Mann, der ihr am nächsten stand und den ich nicht kannte, umarmte ihn, küßte ihn und sagte: »Adieu, mein Lieber.«

Dann ging sie zu dem nächsten. Ich folgte ihr, hinter mir Fredo und die Familie.

Nach dem dritten Abschiedskuß drehte sich Großmutter um und sagte: »Jetzt kann man mich nicht mehr anstecken. Jetzt bin ich gegen jede Krankheit immun.« Dann gingen wir weiter. Auf der Armbanduhr einer Hand, die Großmutter umarmt hatte, wurde aus einer leuchtenden eckigen Fünf eine eckige Sechs, indem nur die linke offene Seite der Fünf durch einen kurzen leuchtenden Strich ergänzt wurde: 17 Uhr 26. Noch 32 Minuten.

Plötzlich drehte sich Großmutter um: »Glaubst du, daß etwas dran ist an den Altenhorden?«

»Ich weiß nicht«, antwortete ich. »Ich weiß nur, was jeder weiß.«

»Bitte, sag es trotzdem«, bat Großmutter nervös.

»Es soll sie geben«, sagte ich unsicher und aufgeregt, denn alle starrten uns an, »es seien entflohene Alte. Nur zum Todestag kämen sie herunter in die Städte, um maskiert den Tod anderer mitzufeiern. Das ist alles, was ich weiß. Gesehen hab ich noch keinen. Das heißt, wenn, dann eben nur maskiert. Mehr weiß ich nicht.«

»Ja, aber glaubst du, daß es wahr ist?« fragte sie.

»Großmutter, ich weiß es nicht«, antwortete ich. Sie sah tragikomisch aus mit ihren riesigen traurigen Augen und dem romantischen herzförmigen Mund. Ich umarmte sie: »Es tut mir leid, daß ich es nicht weiß, aber das weiß doch niemand!«

»Schon gut«, sagte sie, »ich bin nur so wahnsinnig nervös. Du hast nicht zufällig eine Beruhigungstablette?«

Onkel Fredo, der hinter mir stand und zugehört hatte, reichte ihr etwas in knisterndem Papier: »Nimm das! Ein Glücksbonbon. Zum Lutschen. Wirkt sofort.«

Großmutter schälte es aus dem Papier und steckte es in den Mund. Dann küßte sie den nächsten und sagte ihm adieu.

Um 17 Uhr 48 hatte sie sich von allen verabschiedet. Die Zeit drängte. Fredo war sichtlich nervös. Großmutter dagegen wirkte gelassen, beinahe amüsiert — das Bonbon hatte Wunder gewirkt. Die Tür zum Sterbezimmer wurde geöffnet. Es war Vaters Arbeitszimmer, das für die Sterbestunde hergerichtet worden war: das schwarzbezogene Bett, darauf große schwarze Kissen, das Ganze mit weißen Blüten übersät. Hinter dem Bett zwei Assistenten von Onkel Fredo, gekleidet und geschminkt wie er.

Fredo eilte voran, nahm Großmutter am Arm und führte sie zwischen den vielen Stühlen und Blumenvasen zum Bett, half ihr darauf und blieb dahinter stehen.

»Bitte setzen Sie sich, meine Damen und Herren«, sagte er.

Hinter uns wurden Stühle gerückt, die Kapelle spielte Händel. Ich sah auf die Uhr, sie zeigte 17 Uhr 53. Also wird Großmutter nicht pünktlich sterben, dachte ich. Draußen war es noch hell, aber in fünf Minuten wird die Sonne untergehen. Und bis dahin müßte sie schon tot sein. Zum Glück kann einem so großen Euthanasisten wie Alfredo Rossi so etwas auch einmal geschehen.

Fredo winkte uns zum Bett. Ich ging als erste hin und küßte Großmutter.

»Tschau, Kleine!« sagte sie nur. Schade: Die letzten Worte gelten als prophetisch. Schade. Sie wirkte müde und teilnahmslos, während sie sich von uns verabschiedete. Wahrscheinlich war es die Wirkung des Glücksbonbons. Als letzter setzte sich Vater auf seinen Hocker. Ich starrte auf Fredo und hatte plötzlich den Eindruck, als zittere er am ganzen Körper. Er sah noch einmal auf Großmutter hinab, nahm ihren rechten Arm, ließ sich, ohne ein Wort zu sagen, das Spray für die Betäubung der Haut geben und besprühte die Innenseite ihres rechten Handgelenks. Er gab die Sprayflasche zurück und wartete einige Augenblicke lang mit gesenktem Kopf. Dann nahm er das Skalpell. Er hob Großmutters Hand so, daß das Publikum die Innenseite sehen konnte, setzte das Skalpell an und stieß es tief in die Schlagader hinein. Großmutter fuhr zusammen. Das Blut schoß aus der Wunde. Quer über das Bett. Im Rhythmus des Herzschlages, zweimal, dreimal. Dann nahm Fredo den Arm herunter und hielt ihn über einen silbernen Kübel. Großmutter, die seit dem letzten Abschiedskuß niemanden mehr angesehen hatte und durch ein hohes Fenster in den Himmel oder auf die weit entfernten Baumwipfel am Ende des Parks starrte, drehte noch einmal den Kopf zu mir um und sagte: »Dieser Duft!«

Erst jetzt spürte ich den starken, herben Duft der Blüten um sie herum und hörte die Musik. Doch dann sah ich, daß sie das Bewußtsein verloren hatte.

Auch Onkel Fredo muß es gemerkt haben, denn er sagte: »Bitte, meine Damen und Herren!« Er fing an, und wir sprachen mit:

»Wir sind da,
bei dir,
alle.
Wir bleiben,
auch du,
nichts geht
verloren.
Dein Körper
wird die Erde,
das Wasser, die Luft.
Dein Körper
werden wir,

werden unsere
Kinder,
deine Gefühle
sind unsere,
sie bleiben
in uns,
in unseren
Kindern.
Deine Gedanken
denken,
deine Empfindungen
empfinden wir
immer weiter,
wahrnehmen, wollen
bewußt.
Bis unsere Körper
werden die Erde,
das Wasser,
die Luft.
Die Körper unserer
Kinder.
Unsere Empfindungen,
Wahrnehmungen, Wollen,
unsere Gedanken,
Bewußtsein werden
das große
Bewußtsein,
die großen
Empfindungen,
die großen
Wahrnehmungen,
universellen Gedanken:
Miteinander.
Wir sind du,
Freundin!
Du bist wir!
Wir sind eins

mit dir
und alle
mit allen.

Schon während des Gebetes hörte ich die Bewegungen hinter mir, und ich wußte natürlich, was sie bedeuteten. Ich erinnerte mich an frühere Gelegenheiten bei Sterbestunden, zu denen ich eingeladen worden war, bei denen auch ich mich während des Abschiedsgebetes geschminkt hatte. Wie alle Welt. Doch jetzt war es mir unangenehm. Hätten sie nicht fünf Minuten warten können, bis Großmutter endgültig tot war?

Nach dem letzten Wort wurde es still, und nur ein leises Rauschen der Lautsprecherboxen kündigte an, daß die Verstärker voll aufgedreht waren. Dann die leisen und schnellen Schläge an den Bongotrommeln. Beängstigend rhythmisch und immer lauter. Ich hatte nie geahnt, daß Bongotrommeln so traurig klingen können. Dann die Rasseln, die Schlagstöcke, ein Tamburin und schließlich der elektrisch verstärkte Baß, der auf mein Herz pochte: die reine Verzweiflung. Mir flossen die Tränen über das Gesicht. Dann der Gesang: ein schnelles brasilianisches Lied voll überwältigender Sinnlichkeit. Ich war ganz die Musik, die Traurigkeit, die herben und süßen Töne, der runde rollende Rhythmus und merkte zunächst nicht, daß sie schon begonnen hatten, mich zu trösten.

Plötzlich stand Onkel Fredo vor mir mit Großmutters Blut im Silberkübel. Ich trank einen kleinen Schluck zusammen mit meinen Tränen. Dann wurde der Kübel weitergereicht.

Erst jetzt drehte ich mich um, und obwohl ich wußte, was ich sehen würde, fuhr ich doch zusammen: Hinter mir tobte der Karneval. Alle Gäste wild geschminkt oder maskiert, tanzend, hüpfend, singend und saufend in einem Durcheinander von umgeworfenen Stühlen, Vasen und zertretenen Blumen. Alle tranken von Großmutters Blut. Die meisten mit Sekt. Anschließend gingen sie ins Eßzimmer hinüber, wo ein großes Büffet aufgebaut worden war. Auch die Musiker gingen, ohne ihr Spiel zu unterbrechen. Das Sterbezimmer wurde aufgeräumt, die Stühle entfernt, neue Blumen aufgestellt.

»Geht, Kinder, wenn ihr wollt«, sagte Vater. »Wir werden Großmutter noch ein Stück begleiten.« Und Fredo, der neben Großmutters Leiche stand, zitierte aus dem Bardo Thödol.

Draußen herrschte vollkommenes Chaos: ohrenbetäubender Lärm, engumschlungene Paare, Fressende, Saufende, Tanzende. Der Standesbeamte kam uns entgegen, wünschte viel Glück und verschwand im Sterbezimmer.

Mir schien, als seien mehr Menschen da als vorher. Und natürlich dachte ich sofort an die Altenhorden, nach denen mich Großmutter gefragt hatte. Die gute Großmutter. Wie ist es jetzt wohl mit ihr? Ich entdeckte einige freiberufliche Prostituierte beiderlei Geschlechts, und endlich entdeckte ich auch eine Freundin, die mir, ohne ein Wort zu sagen, das Gesicht abtrocknete und mich in einer ruhigen Ecke zu schminken begann: Sie malte mir einen knallroten herzförmigen Mund, dunkle Augenränder, rote Wangen und puderte den Rest weiß. Ich trank. Sie sammelte weiße Blüten aus einigen Vasen, die noch nicht umgefallen waren, und steckte sie mir zwischen die schwarzen Locken. Dann gingen wir in mein Zimmer, und sie suchte mir aus dem Kleiderschrank einen bunten hochgeschlitzten Rock und eine durchsichtige Bluse heraus.

»Du bist hübsch«, sagte sie schließlich. Ich küßte sie und ging, um den schönen Prostituierten von Großmutter zu suchen.

Er unterhielt sich, ich glaube mit seiner Partnerin, einer Klassenhure. Als ich mich neben ihn hingestellt hatte, ging sie.

Ich fragte naiv: »Nimmst du auch Geld von mir?«

Er lächelte: »Ich nehme Geld von jedem.«

»Aber ich bin schöner als Großmutter«, sagte ich und schämte mich plötzlich.

»Ha, was weißt du schon? Die paar Sachen, die wirklich schön sind an dir — die sind jetzt eben so in Mode. Die paar Sachen, denn auch du bist nicht vollkommen. Aber selbst die verlieren ihre Schönheit, na, sagen wir, wenn man dir die Haut abzieht. Dann bist du etwas häßlicher als deine Großmutter.«

»Aber warum?« fragte ich entsetzt. »Schönheit macht doch Spaß, auch wenn sie der Mode unterworfen ist. Es ist doch angenehm, einen so schönen schlanken Mädchenschenkel zu sehen!« Ich zog den Rock zur Seite und sagte noch: »Ich bin jung!«

»Ha, du bist jung!« sagte er und schaute nicht einmal hin. »Toll! Dann hast du eben noch alles zu verlieren! Deine Großmutter war glücklich mit mir, weil sie kaum etwas mehr erwartet hatte: gute Musik, guten Wein, einen guten Mann. Aber du, du willst noch alles!

Du bist mit nichts zufrieden! Klar: Einen besseren gibt's immer. Also: Willst du mich? Dann besorg dir einen Hunderter. Das zahlen alle. Und dafür bin ich der Beste, den du heute kriegen kannst.«

»Das glaub ich gern«, sagte ich kleinlaut.

»Übrigens, wenn du es nicht hast, es eilt nicht. Du kannst es mir überweisen. So feine junge Damen wie du bleiben mir nicht lange etwas schuldig.« Er lachte. »Sie wollen mich wieder. Also: Wo ist dein Zimmer, oder wo willst du es haben?«

»Nein, nein, mein Zimmer ist schon richtig, ich will keine Extratour«, sagte ich unsicher und zeigte ihm den Weg.

Es war großartig mit ihm. Ich war nervös, aufgedreht und geriet schnell in Ekstase. Meine Nerven waren durch zwei aufregende Tage ohne Schlaf strapaziert, ich empfand die Erregung doppelt, dreifach. Doch hinterher waren meine Gedanken noch mehr durcheinander. Mein

Gott, Großmutter, dachte ich, wo bist du jetzt? Ich habe dein Blut getrunken und deinen letzten Knaben gehabt. Ob das was ist? Bin ich du, wie unser Glaube sagt? Wenn ja, wer sind wir? Wenn nein, wer bin ich, und warum sagt man einem so etwas? Ach, wahrscheinlich ist es Jacke wie Hose, und keiner weiß was.

Am nächsten Tag gab es Tafelspitz. Wir: Vater, Mutter, Bruder Toto und ich saßen da und löffelten die goldgelbe Rindfleischsuppe mit den Fadennudeln. Kein Blitz, kein Donner, kein Erdbeben. Nichts. Ich dachte an Großmutter und an die Rindfleischsuppe nach meinem Todestag.

Der Autor:

Peter Meleghy, geboren 1939 in Budapest, lebt seit 1956 in Deutschland, war nach dem Abitur Musiker, Schauspieler, studierte jeweils ohne Abschluß Medizin, Germanistik und Philosophie, arbeitet seit 22 Jahren als freier Autor für Kunst-, Architektur- und Feinschmekker-Zeitschriften — und liebt alles, was das Leben erträglich macht. Wie alle Ungarn, auch diejenigen, die schon Jahrzehnte im Ausland leben, hat auch er eine besondere Beziehung zu Tod und Sterben — eine herzliche.